J'AI ÉGARÉ LA LUNE

Loi n° 49-956 du 16 juillet 1949 sur les publications destinées à la jeunesse,
modifiée par la loi n° 2011-525 du 17 mai 2011

ISBN : 978-2-09-258007-3

Dépôt légal : mars 2018

ERWAN JI

J'AI ÉGARÉ LA LUNE

Nathan

« De rien pour toi, mais de beaucoup pour moi. »

ABOUT

Je m'appelle Capucine. J'ai dix-neuf ans, et je pars à l'aventure.

Avant de partir à l'aventure, on peut faire plusieurs trucs. Un : acheter un chapeau à calotte plate, façon Indiana Jones. Deux : prier pour que ça se passe bien. Moi j'ai pas une tête à chapeau, et si je prie j'ai peur de m'endormir. Heureusement, il y a une option numéro trois : écrire.

Il y a deux ans, j'ai ouvert un blog pour raconter ma dernière année de lycée dans le Delaware. Le jour de la remise des diplômes, j'ai posé ma plume. J'avais tout dit. On ne peut pas écrire quand on a tout dit.

Cette année, je vais me balader dans des rues que je n'avais jamais empruntées, avaler des aliments que je n'avais jamais mangés et répéter des mots que je n'avais jamais prononcés. Un petit oiseau m'a dit qu'il était temps d'épousseter ma plume.

Enfin, ça c'est quand je pense en anglais. Si je pense en français, c'est pas un petit oiseau qui m'a dit ça, c'est mon petit doigt. C'est pour ça que je suis contente de penser en deux langues : je peux recevoir des informations d'un tétrapode ailé ou d'une extrémité articulée. C'est bien pratique, tout de même.

Bref. N'ayant pas une tête à chapeau, je ressors mon blog du tiroir et j'époussette ma plume.

Tu es sur le blog de Puce. ようこそ !

Panique pas. Ça veut dire bienvenue.

今

- 1 -

VIVRE, TOUT DE SUITE

Pinky Swear

Vendredi 12 août

Je suis dans les nuages.

Sous mes pieds, c'est l'océan Pacifique. Au-dessus de ma tête, l'espace. Certains diraient qu'ils se sentent minuscules, moi je me sens énorme. J'ai trop mangé avant de partir.

Derrière mon siège, un enfant avec des lunettes comme des loupes vient de me poser une question fondamentale.

« T'es une fée ? »

Amusée par sa chemise boutonnée jusqu'en haut et ses cheveux en brosse comme on n'en voit que dans les films des années 90, j'ai chuchoté une réponse appropriée.

« Bah ouais. Mais je suis ici incognito, tu le dis à personne, hein ? »

« C'est quoi, inco-machin ? »

« *Incognito*. Ça veut dire que c'est un secret. »

Le sourire jusqu'aux oreilles, il m'a tendu son petit doigt. J'ai avancé le mien, et on les a entrelacés pour un *pinky swear*. Il paraît qu'à l'origine, ce geste d'enfant chez moi aux États-Unis signifiait dans un autre pays, au Japon, que la personne brisant sa promesse devait se couper le petit doigt. C'est pas excessif du tout.

À côté de moi, une fille vient de s'endormir. Tout à l'heure, elle a posé sa tête contre mon épaule et j'ai arrangé quelques mèches sur son front. Ses cheveux sont blond clair, lisses, un peu en vrac, asymétriques sur l'avant, courts mais pas trop, juste assez longs pour que je puisse y cacher mes petites mains. J'aime cacher mes mains sur le corps de ma copine. Parfois c'est dans ses cheveux, parfois sous son tee-shirt, parfois dans son pantalon. Souvent, elle sursaute.

« C'est pas ma faute, je dis alors. C'est mes mains, elles ont trop envie. »

Pour se venger, elle a une fâcheuse tendance à me mordiller le nez à des moments improbables. Certains couples s'offrent des fleurs et marchent sur la plage au coucher du soleil, nous on se mordille le nez et on se glisse des mains-surprises dans le pantalon.

La première fois que j'ai vu Aiden, c'était dans un bus. On allait au lycée, le jour de notre rentrée de dernière année. Son pantalon et ses dreadlocks blond décoloré de l'époque avaient attiré mon attention. Quelques jours plus tard, on s'est parlé. Quelques semaines plus tard, on est devenues copines. Quelques mois plus tard, on est devenues amies. Et puis l'amitié est devenue une boîte trop petite pour ranger mes sentiments. J'ai paniqué. C'était la première fois que j'avais ce problème de rangement avec une fille. Coup de bol, Aiden aussi trouvait la boîte trop petite. Alors après quelques mois d'hyper-amitié, on s'est embrassées à Philadelphie un soir de printemps, et on a agrandi la boîte.

Depuis, plein de choses sont arrivées. On a reçu nos diplômes et dit au revoir au lycée. On a passé l'été à philosopher sur les plages du Delaware avec nos amis, et puis on est parties étudier à New York, Aiden dans une école à Brooklyn pour devenir illustratrice, et moi à Manhattan pour apprendre l'anthropologie et le journalisme à l'Université de Columbia.

Au lycée, certains disaient que ça ne durerait pas. Aujourd'hui, ça fait un an, quatre mois et trente jours qu'on est ensemble. Je n'étais jamais restée aussi longtemps avec quelqu'un avant. Mon oncle français pense qu'il ne faut pas « en faire un fromage ».

« Tu es trop jeune, il m'a dit une fois. Tu ne peux pas savoir si c'est sérieux. »

J'ai haussé les épaules. C'est mon truc, ça, hausser les épaules. J'aime bien. Ça dit quelque chose, mais ça ne dit pas tout. C'est une réponse qui laisse de la place.

Au fait, tu te demandes peut-être ce qu'Aiden et moi on fabrique dans les nuages. On est en route pour le

Japon. Bah oui. C'est pour ça que je t'ai parlé des petits doigts qui s'entrelacent.

Tu remarqueras, j'ai décidé de te tutoyer. Avant on se disait vous, mais j'estime qu'on a fait du chemin. J'espère que ça ne te gêne pas.

Pour comprendre pourquoi on se trouve dans un engin métallique à plus de neuf kilomètres au-dessus du sol, il faut remonter à un soir d'hiver, il y a six mois.

On était dans l'appartement d'Aiden à Brooklyn, sur un canapé fait en tresses de jacinthe d'eau. La tête sur mes genoux, Aiden dessinait des créatures rigolotes sur mes notes de cours pendant que je gribouillais le plan d'un article pour *La Gazette du Hérisson*, un petit journal caustique créé avec quelques copains à Columbia. Un flyer qui traînait parmi mes notes a attiré l'attention d'Aiden.

Ce petit bout de papier rose faisait la promotion des échanges internationaux. On y insistait sur l'importance de découvrir d'autres cultures pendant ces années de « quête de soi-même ». Je n'avais pas fait attention. Je vais être honnête, je suis plus souvent en quête de chocolat qu'en quête de moi-même.

Sur un ton hybride, mi-sérieux mi-blagueur, Aiden a proposé qu'on fasse notre deuxième année de fac à Tokyo. Elle est fascinée par le Japon depuis qu'elle est petite. Elle m'en avait souvent parlé, elle projetait d'y passer une année après ses études. Appelle ça le destin, la chance, ou bien le talent de nos anges gardiens architectes de vie, mais parmi les échanges proposés à la fois par ma fac et par l'école d'Aiden, il y avait Tokyo.

Elle n'imaginait pas à quel point ça résonnerait en moi. Une aventure à deux, se construire des souvenirs, faire ce que les autres ne font pas ? *Yes, please*. On a dix-neuf ans, on a fait une *college prep*, normalement on suit un chemin qui est tracé devant nous et la vie se passe sans trop de surprises. Mais moi je voulais un chemin pas tracé. Arrêter de dire que la vie est courte et commencer à vivre comme tel. Ne pas attendre la fin de la fac, le début d'une carrière, un mariage ou des enfants pour avoir l'impression d'accomplir quelque chose. Vivre, tout de suite.

Je me suis dit que faire ça sur une autre planète, avec ma personne préférée, ça aurait de l'allure. Et puis, mon film favori est *Lost in Translation*, et on peut dire ce qu'on veut, mais un film favori, ça compte pour quelque chose dans une vie.

Quand on a expliqué l'idée à nos parents, il y a eu des sourcils froncés, des fronts ridés et un gros paquet de questions, mais après quelques négociations bien menées, ils ont fini par accepter. La quête de soi-même a fait forte impression.

Alors on s'est toutes les deux inscrites pour partir, presque incrédules, convaincues que quelque chose finirait par faire capoter notre projet fou. Une sorte de grain de sable. Mais nos anges gardiens architectes de vie devaient veiller au grain, parce que nous voilà bien six mois plus tard, en route pour une aventure à Tokyo.

Notre but ? Vivre, tout de suite.

Maybe No

Samedi 13 août

Ça commence bien.

J'adore cette phrase. C'est beau, des mots qui signifient l'inverse de ce qu'ils disent.

Quand j'avais six ans, j'ai tanné mes parents pendant des mois pour faire du cheval. Un samedi après-midi, ils ont fini par m'emmener faire du poney. Dès la première minute de la leçon, je suis tombée sur les fesses.

« Ça commence bien », mon père a dit.

J'ai pleuré. D'abord parce que j'avais mal aux fesses, et ensuite parce que je me disais que si mon père considérait vraiment que c'était un bon début, ce qui m'attendait devait être vachement moins marrant que je ne l'avais imaginé. J'étais trop jeune pour comprendre le sarcasme à la française.

Afin d'éviter tout malentendu de ce genre, il vaudrait

mieux que je trouve une autre façon de commencer ce post :

Notre aventure a débuté depuis moins de vingt-quatre heures, et c'est déjà la gadouille.

Après avoir récupéré nos bagages à l'aéroport de Haneda, Aiden et moi on est parties chacune de notre côté. Aiden devait rejoindre Asakusa, un quartier où se trouvent son école et sa résidence, et moi je devais attraper un métro pour me rendre à ma nouvelle université dans l'arrondissement de Shinjuku. Un administrateur de Columbia m'avait demandé d'y aller pour récupérer les clés d'une chambre sur le campus.

Je suis arrivée à la station vers huit heures. Je ne suis pas très forte en maths, mais je suis à peu près sûre qu'à huit heures à Tokyo, il y a trop de Japonais et pas assez de rames de métro. Tu sais, quand tu fais tes bagages et que tu as trop de trucs, alors tu sautes à pieds joints sur la valise pour réussir à la fermer ? Les Japonais font ça aussi, mais avec le métro. Ils s'entassent comme tu ne peux même pas imaginer qu'ils s'entassent. Et ça n'a pas l'air de les déranger. J'ai vu un homme avec le visage écrasé contre une vitre, sa priorité n'était pas de hurler, c'était de continuer à lire l'écran de son téléphone.

Avec mes deux valises géantes et mon sac à dos de rando presque aussi grand que moi, impossible de m'immiscer là-dedans. J'ai dû attendre une heure pour monter à bord d'un wagon moins bondé.

Lorsque le bout de mon nez est enfin arrivé dehors, j'ai été surprise par la chaleur étouffante et l'humidité dans l'air. Très vite, un sourire s'est dessiné sur mes lèvres. J'aurais dû m'y attendre, mais les gens avaient tous une tête de Japonais ! Et puis les voitures roulaient à gauche, et je ne comprenais rien aux enseignes des magasins accumulées à la verticale et écrites avec ce qui aurait aussi bien pu être des symboles extraterrestres. L'air aussi était différent. C'était toujours la planète Terre, mais on ne respirait pas pareil.

J'ai attaché mes cheveux et je me suis mise en route comme un dromadaire dans un désert, les yeux plissés sous le soleil éclatant, des gouttes de sueur perlant déjà sur mon front hâlé, mon téléphone coincé entre deux doigts pour suivre mon GPS jusqu'à l'université.

Il faut que tu saches que je suis née sans sens de l'orientation. Je distingue la droite de la gauche, mais c'est à peu près tout. Avant de quitter les États-Unis, j'ai enregistré tous les endroits importants de ma future vie sur le GPS de mon téléphone. C'est comme ça que j'ai survécu pendant un an à New York. Et encore, à New York, les rues avaient des noms. À Tokyo, j'ai lu qu'elles n'en ont presque jamais. Sans mon GPS dans cette ville, j'ai une probabilité de 100 % de devenir un personnage tragi-comique.

Après m'être perdue deux fois, je suis enfin arrivée à ma nouvelle fac, la langue pendue, les bras et le dos traumatisés. Le sourire avait quitté mes lèvres.

Une secrétaire boulotte avec des cheveux courts et des sourcils dessinés au crayon m'a accueillie en me bombardant de mots avec des *shi* et des *ka*. Quand elle a vu que je ne comprenais rien, elle a appelé un collègue qui parlait un peu anglais. Je dis « un peu » pour être polie, mais la vérité c'est qu'il parlait anglais comme je joue de la cornemuse.

Premier indice que cette situation allait mal se terminer : il avait l'air surpris de me voir. Deuxième indice : il a regardé l'écran de son ordinateur, tapé sur son clavier, et dit un truc à la femme aux sourcils dessinés, qui a secoué la tête. J'étais bien inscrite à la fac, mais Columbia ne les avait pas prévenus que j'avais aussi besoin d'une chambre. Aussi tard en été, ils n'en avaient plus aucune de disponible.

Je lui ai demandé s'il pouvait essayer de m'en trouver une quand même. Il a répondu un truc que j'avais jamais entendu avant :

« *Hmm… maybe no.* »

C'est bizarre de dire ça. C'est oui, c'est non, c'est peut-être, mais on ne peut pas en mettre deux ensemble. En français je ne sais pas, mais en anglais personne ne dit ça, ce serait comme de dire qu'on est presque enceinte, ou un peu décédé.

Je lui ai répondu :

« *Maybe no… maybe yes ?* »

« *Maybe no.* »

« Écoutez, monsieur. Je viens de passer quinze heures dans un avion à proximité d'un groupe de Chinois qui n'arrêtaient pas de hurler. L'un d'eux s'est coupé les ongles de pied devant tout le monde. Je suis restée une éternité dans votre métro au ratio gens/wagon déraisonnable et je me suis perdue avec mes trois bagages sous votre soleil bien excessif. J'apprécierais fortement que vous trouviez une solution pour que je ne dorme pas sous un pont, car d'ailleurs je ne sais pas où sont les ponts par ici, d'avance merci. »

Évidemment, j'ai pas dit ça du tout. Au lieu de libérer cette merveilleuse tirade, j'ai soupiré, j'ai regardé l'homme, la femme aux sourcils dessinés, et puis j'ai re-soupiré. Si tu te demandes pourquoi j'ai rien dit, c'est dur à expliquer, faudrait que tu rencontres la femme aux sourcils dessinés. Il y avait dans ses yeux une sorte de fatalité, une lueur de c'est-comme-ça qui m'a paru infranchissable.

Me voilà donc à Tokyo, crevée, trempée de sueur, sans domicile, sans pont, et sans même la possibilité d'appeler Columbia pour résoudre le problème, parce qu'à New York c'était la nuit, et l'espèce d'idiot de sac à crottes qui avait oublié de me réserver une chambre était probablement en train de ronfler à côté de sa femme, qui à tous les coups n'a aucune idée qu'elle est mariée à un idiot de sac à crottes.

Heureusement, de son côté, Aiden était bien arrivée

dans sa chambre. Grâce à la magie du wi-fi, j'ai pu lui raconter mon calvaire. Et Aiden a fait du Aiden. Si tu connais pas, faire du Aiden, ça consiste à transformer un mauvais moment en un bon moment. C'est sa spécialité.

« Viens me rejoindre, elle a dit. Tu peux dormir ici jusqu'à ce qu'on trouve une solution. »

« Je croyais que t'avais pas le droit de recevoir des gens ? »

« On le dira à personne. »

« On prétendra que je suis une fugitive ? Tu me recueillerais après m'avoir vue dissimulée derrière les poubelles d'un restaurant dans une ruelle sombre, je serais sale et apeurée, tu me ramènerais chez toi, on tomberait amoureuses et faudrait faire super gaffe à pas se faire voir sinon je retournerais en prison et on serait séparées pour toujours et ça serait hyper tragique. »

« Hey, c'est exactement ce que j'allais te proposer. »

J'ai pouffé, et j'ai raccroché en souriant.

Il m'a fallu presque trois quarts d'heure pour atteindre Asakusa. En arrivant dehors, après avoir monté une cinquantaine de marches avec mes trois bagages, à bout de souffle et dégoulinante, j'ai serré les dents en remarquant qu'un ascenseur aurait pu m'éviter le supplice.

Je suis passée devant des tireurs de pousse-pousse. Ils étaient tous jeunes, bronzés, musclés, enjoués, et ils interpellaient les touristes avec enthousiasme pour leur proposer une visite guidée.

Comme ma journée avait décidé d'être gadouille

jusqu'au bout, la batterie de mon téléphone m'a lâchée. Une petite lumière en moi s'est éteinte en même temps que mon GPS.

Désespérée, je me suis collée à la vitrine d'un restaurant derrière laquelle il y avait des reproductions en cire de leurs plats. J'ai jeté mon sac à dos par terre et je me suis assise sur l'une de mes valises, réfléchissant à une solution pour retrouver Aiden sans téléphone. J'étais sale et apeurée. Manquait plus que la police japonaise à mes trousses, et mon fantasme de fugitive prenait vie.

Alors, j'ai entendu une voix.

Un jeune tireur de pousse-pousse avec une barbichette se tenait devant moi. Il avait la peau mate, comme la mienne, et des cheveux noirs qui tombaient devant ses yeux. La barbichette était aussi éparse et moche que les cheveux étaient épais et beaux.

Quand il a vu que j'étais occidentale, il m'a demandé si tout allait bien dans un anglais encore plus approximatif que celui du collègue de la femme aux sourcils dessinés.

Gênée d'être avachie sur ma valise, je me suis relevée et j'ai essayé de lui expliquer la situation. J'ai parlé lentement. J'ai prononcé plusieurs fois le nom de l'école d'Aiden.

Il a jeté un coup d'œil rapide à mes bagages avant de se tourner vers ses collègues et de leur crier quelque chose en japonais.

L'un d'eux, petit et trapu, s'est approché. Il s'est incliné devant moi, puis il a attrapé mes bagages et les a chargés dans son pousse-pousse. Barbichette m'a invitée à monter à bord du sien.

Dix minutes, plus tard, ils m'ont déposée devant la résidence d'Aiden.

Après avoir déchargé mes bagages, Petit-Trapu s'est incliné de nouveau. Il a dit quelque chose en japonais et il est parti.

J'ai demandé à Barbichette combien je lui devais. Il a secoué la tête en souriant.

« *No. Gift. Gift for you. Welcome Tokyo. Tokyo good. You like.* »

J'ai insisté mais il s'est incliné, et lui aussi a dit quelque chose en japonais.

« *Thank you so much* », j'ai répondu en m'inclinant maladroitement.

Et Barbichette est reparti en trottinant devant son pousse-pousse.

The Almost Peter Pan

Dimanche 14 août

Quand j'ai enfin joint Columbia au téléphone, on m'a dit que le coup de la chambre devait être un malentendu, de ne pas m'inquiéter, et qu'on allait arranger ça. Vingt minutes plus tard, on me rappelait pour me confirmer que c'était bien un malentendu, de ne toujours pas m'inquiéter, mais que par contre on ne pouvait pas arranger ça.

Ne pouvant plus m'obtenir de chambre sur le campus, Columbia a décidé de transférer le budget alloué à ma chambre à un autre logement, que je dois trouver moi-même dans la limite de quatre-vingt mille yens par mois, *thank you and good luck*.

Pour ne rien arranger, je ne peux plus dormir dans la chambre d'Aiden. Une sorte de Madame Sécurité nous a vues ce matin et nous a annoncé que je devais partir. Tu sais ce qu'elle a dit quand on lui a demandé si je pouvais rester une nuit de plus ? Elle a dit *maybe no*.

Afin d'éviter d'avoir à trouver un pont, Aiden m'a aidée à déménager dans une auberge de jeunesse à Asakusa ce matin. Ensuite, elle est allée à une journée d'orientation pour son école, et un agent immobilier dépêché par Columbia est venu me chercher pour m'emmener visiter des logements. Il est originaire de Hong Kong. Comme son nom chinois est compliqué à prononcer, il a pris un nom plus facile pour les Occidentaux : Peter Pang. Je sais, moi aussi ça m'a fait sourire. Il m'a dévisagée curieusement, comme s'il attendait que je lui explique pourquoi je souriais. Je n'ai rien dit, parce que certaines choses sont plus belles quand on ne les explique pas.

D'abord, M. Pang m'a emmenée voir des studios, mais avec mon budget il n'y avait que des trucs minuscules.

Genre cellule d'isolement dans laquelle on enverrait un prisonnier qui aurait insulté un gardien. Même quand les loyers de ces cages à lapin étaient dans mes prix, il y avait tout un tas de trucs à payer en plus, et Columbia n'avait pas prévu ça dans mon budget. Peter Pang m'a expliqué qu'au Japon, il est traditionnel de payer l'équivalent de trois à six mois de loyer en plus rien que pour avoir le droit d'emménager. Sur la longue liste de ces frais supplémentaires, il y avait quelque chose qu'il appelait *reikin*. J'ai demandé à quoi ça correspondait.

« *It's gratitude money* », il a dit.

« C'est quoi, ça ? »

« Vous payez le propriétaire pour le remercier de vous laisser louer son appartement. »

Mon père m'a fait promettre d'être respectueuse de la culture japonaise, alors je ne porterai pas de jugements hâtifs. M'enfin quand même, quoi, *gratitudc money* !

Tout cet argent requis pour avoir un toit au-dessus de sa tête à Tokyo m'oblige à abandonner l'idée d'un petit appartement rien qu'à moi comme je l'imaginais joyeusement. Avec Peter Pang, on s'est mis d'accord pour changer de stratégie, on cherche maintenant un truc à partager avec d'autres personnes.

Enfant, je rêvais de mon premier chez-moi. J'imaginais que je serais sortie de ma chambre universitaire, que j'aurais un travail et que je serais enfin indépendante. Je m'envisageais adulte, prête à payer des impôts, et peut-être même à parler de plans d'épargne retraite. Je n'aurais jamais pensé que cette quête d'un chez-moi arriverait aussi tôt dans ma vie, et encore moins à Tokyo. Cette année, grâce à la négligence de l'idiot de sac à crottes, les circonstances m'offrent la possibilité de vivre une fausse vraie vie.

J'ai essayé d'expliquer ça à Peter Pang, mais il n'a pas pigé. Comme avec son nom, il comprenait seulement les mots, pas ce qu'il y avait derrière. J'étais branchée sur une fréquence qu'il ne captait pas. Il a fallu que je revienne à une autre fréquence pour que la communication se fasse encore.

Au lycée, il y avait un garçon qui s'appelait Eugene. Je le trouvais bizarre, parce que rien de ce qu'il disait n'avait de sens pour moi. Dans la même phrase, il pouvait évoquer le comportement sexuel des marsupiaux comme la meilleure manière de faire mordre la poussière à un troll. Aujourd'hui, je me rends compte qu'il était juste pour moi ce que je suis pour Peter Pang : quelqu'un de branché sur une fréquence différente.

Peut-être que c'est ça d'arriver à vingt ans. On trouve des explications pour tout ce que nous paraissait bizarre avant. J'ai hâte de découvrir enfin pourquoi on n'a pas le droit de parler avec la bouche pleine.

Corncob

Mardi 16 août

« C'est quoi cette histoire… ils n'ont pas de poubelles, les Japonais ? »

On marchait tranquillement dans Asakusa le long d'échoppes, de boutiques d'ustensiles, de restaurants de sushis et d'étalages d'éventails, et je commençais à me sentir simiesque avec ma peau de banane à la main.

« Pas dans la rue », Aiden a répondu.

« Comment ça se fait ? »

« C'est depuis les attentats au gaz sarin en 1995. Ils ont supprimé les poubelles publiques. »

« Les terroristes avaient mis le gaz dans les poubelles ? »

« Non, ils ont laissé tomber des paquets par terre dans le métro et ils les ont percés avec la pointe de leur parapluie. Mais les Japonais ne voulaient plus prendre de risque après ça, je suppose. »

J'ai mis la peau de banane dans mon sac en inspectant le sol autour de moi. Il n'y avait pas un emballage, pas un chewing-gum, pas une crotte. Pas de poubelles et pas de détritus ? Tokyo a des trottoirs paradoxaux.

Asakusa ne correspond pas à l'idée que je me faisais de Tokyo avant de venir. C'est un quartier traditionnel, touristique, avec des temples et des présentoirs de tee-shirts *I ♥ Tokyo*. Pas exactement la folie urbaine moderne et futuriste que j'avais vue dans *Lost in Translation*.

Cette balade a été l'occasion pour nous d'ouvrir grand les yeux et les oreilles et le nez pour découvrir des trucs qu'on n'avait jamais vus et entendus et sentis sur la planète Terre avant. Les intonations, les interjections, les rires, l'odeur des gens, des restaurants, les panneaux, les vitrines, les chaussures, les voitures, presque tout était nouveau autour de nous.

C'est étonnant de marcher parmi des congénères qui sont de la même espèce que toi, mais qui semblent avoir une autre conception du Vivre. Une autre façon de penser, de bouger, de communiquer. Parfois, quand je croisais des Japonais, j'avais envie de leur dire : « Ah oui, vous faites ça comme ça, vous ? » Aiden était moins surprise que moi. Elle s'intéresse au Japon depuis longtemps, elle savait qu'ils faisaient ça comme ça.

Tout à coup, on a entendu des murmures derrière nous. De l'autre côté de la route, un vieil homme en costume cravate tenait une laisse. Jusque-là, rien d'anormal. Sauf qu'en suivant la laisse, on n'arrivait pas à un chien, mais à… un épi de maïs ! Il traînait par terre, quelques mètres derrière l'homme.

J'y ai bien réfléchi, je n'ai rien trouvé qui puisse expliquer que quelqu'un promène un épi de maïs dans les rues de Tokyo. J'ai mis ça sur ma liste Trucs Éternellement Inexpliqués, avec ce qui se passe dans la tête des garçons qui regardent mes seins alors qu'ils se trouvent juste en face de moi et qu'ils doivent bien se rendre compte que je vois où vont leurs yeux.

Après cette longue promenade dans Asakusa, il a fallu rentrer dormir, un truc qui d'habitude est une bonne nouvelle, mais qui là était une mauvaise nouvelle. Je ne pouvais pas aller chez Aiden, car si je me faisais voir encore par Madame Sécurité, c'était un coup à finir dans une prison japonaise et à ce qu'on n'entende plus jamais parler de moi. Aiden ne pouvait pas rester dans mon dortoir non plus, je ne voulais pas lui infliger Carl. C'est mon voisin du dessous. Ses pieds ont fait un pari avec ses dessous de bras pour savoir lequel des deux réussirait à offenser mon nez le premier. Si seulement j'étais allée à Poudlard, je nous jetterais un sortilège de Têtenbulle, une grosse bulle pour ma tête et celle d'Aiden, on pourrait se papouiller tant qu'on le voudrait et on ne sentirait rien des catastrophes corporelles de Carl.

On s'est dit au revoir devant Sensō-ji, un grand temple à côté duquel un petit singe accroché à une laisse faisait des tours pour les touristes. Les gens trouvaient ça chouette. Aiden et moi, pas trop. On n'était pas certaines que la destinée d'un singe soit d'être accroché à une laisse.

Avant de partir, j'ai questionné Aiden sur son activité secrète. Toute l'année à New York, deux ou trois fois par semaine, elle s'est rendue dans un endroit mystérieux dont elle n'a jamais rien voulu me dire. Je continue de lui poser la question, mais jusqu'ici j'ai reçu vingt mille sourires et zéro réponse. Recrutée par la CIA, membre d'une secte, des Alcooliques anonymes ou d'un club de tricot, j'envisage tout.

Comme d'habitude, devant son refus de me répondre, j'ai laissé échapper un faux soupir de dépit et j'ai fait mine de m'en aller. Aiden m'a rattrapée par le bras. On s'est embrassées en rigolant. Et puis on a regardé autour de nous. Beaucoup de gens nous dévisageaient. Certains semblaient même… rire de nous ?

Je n'ai vu aucun couple de filles depuis qu'on est arrivées, ni aucun couple de garçons, ni même aucun couple qui se tenait la main. Les Japonais font ça comme ça, je suppose.

Desert Island

Vendredi 19 août

Mon grand-père Wesley m'a dit un jour que la vie n'est qu'un jeu, dont le but est d'être heureux. Des obstacles se dressent sur ta route, mais si tu veux gagner, ils ne doivent pas t'empêcher d'avancer. Notre vie vient d'accueillir un nouvel obstacle qui ne nous empêchera pas d'avancer, mais qui risque quand même de sacrément nous ralentir : on est devenues analphabètes. Normalement, c'est quand on ne sait ni lire ni écrire, mais nous en plus, on ne peut pas parler et on ne comprend rien à ce qu'on nous dit. C'est une sorte d'analphabétisme de luxe, avec toutes les options.

J'essaie d'imiter Aiden, qui passe son temps le nez dans un livre pour apprendre des phrases, mais il y a tellement tout le temps les mêmes syllabes en japonais, dès que j'essaie d'apprendre un truc, je me mélange les pinceaux. Hier, j'avais appris les mots pour s'excuser et ceux pour « combien ça coûte ? », je n'arrêtais pas de les répéter pour m'en souvenir, et puis je me suis cognée à quelqu'un dans la rue, et au lieu de lui dire que j'étais désolée, je lui ai demandé combien ça coûtait. J'espère qu'il a pas compris ce que je crois qu'il a compris.

Il faut aller au Japon pour comprendre le privilège incroyable que représente la possibilité de lire une étiquette. Mon amie Sara m'avait dit que je trouverais des tas de nourritures végétariennes délicieuses au Japon, eh bah c'était pas vrai du tout. Non seulement les fruits coûtent des prix fous, mais en plus les Japonais mettent de la viande ou du poisson partout. Pour faire simple et sans vouloir dramatiser : c'est la catastrophe. Et comme on ne sait pas lire les étiquettes pour identifier ce qu'il y a dans la nourriture, en attendant mieux, on survit avec des ananas et des bananes. En gros, on est sur une île déserte.

Ce midi, dans un restaurant de cuisine bouddhiste, j'ai demandé à Aiden quels seraient les objets qu'elle prendrait avec elle sur une île déserte, si elle ne pouvait en choisir que trois.

Elle a répondu :

« 1. Un crayon à mine éternelle.

2. Un carnet de croquis aux pages infinies.

3. Toi. »

Alors, elle m'a retourné la question.

« 1. Eddie Vedder pour me chanter des chansons.

2. L'exemplaire du *Petit Prince* que tu m'as offert pour mon anniversaire.

3. Un grand conteneur avec des tas de graines pour qu'on se fabrique un potager. »

« *On* ? elle s'est offusquée. Tu ne m'as même pas prise avec toi. »

« Chuuuut, j'ai murmuré en regardant autour de moi. Pourquoi tu crois que c'est un *grand* conteneur ? »

Ça l'a désoffusquée. Oui, cette année on va inventer des mots. Dans la vie, il faut inventer, sinon on fait et on dit ce que tout le monde a fait et dit avant nous, et ça, c'est une sacrée ennuyade.

J'ai reçu un message de Soupe pendant le déjeuner. Il voulait me dire qu'il m'en voulait d'être partie et qu'il se sentait seul sans moi avec « les deux bigorneaux ». On formait un groupe de quatre amis au lycée, mais Vaneck et Sara sont devenus un couple un peu avant la remise des diplômes. Sara va à la fac à Newark, et Vaneck à New York. Quand il va à Newark voir Sara, Vaneck escalade une gouttière pour entrer en douce dans le dortoir des filles. Avant, il faisait ça en rigolant, mais depuis quelque temps il s'inquiète d'être noir et des probabilités de se faire canarder dans le dos par un policier.

J'ai répondu à Soupe que ça ne marchait pas, qu'il devrait dire un bigorneau et son rocher pour exprimer son idée. Il m'a demandé si j'étais la police des métaphores. J'ai dit oui. Et puis je lui ai dit que lui et les autres étaient des imbéciles de pas vouloir venir me rendre visite cette année au Japon. Avant mon départ, ils m'ont dit que ce pays ne leur « disait rien » et qu'ils avaient pas envie de dépenser leur argent pour aller dans un endroit où ils comprendraient rien à rien, qu'il fallait choisir d'aller au Mexique ou en Angleterre, et que là ils seraient venus.

Quand on a payé l'addition, le serveur a recompté les billets qu'il s'apprêtait à nous rendre devant notre nez, un par un, en s'assurant qu'on voyait bien tout. J'ai trouvé ça excessif, mais je n'ai pas pu lui dire de se détendre à cause de mon analphabétisme de luxe. Je n'ai pas pu non plus dire à la femme qui nous a vendu un petit gâteau plus tard dans une pâtisserie que c'était pas bon du tout. On croyait que c'était un truc fourré au chocolat mais c'était pas du chocolat, c'était de la pâte de haricot. Mes papilles ont cru à une blague de mauvais goût.

Ce soir, je dors dans la chambre d'Aiden. On s'est dit

qu'on avait dû mal comprendre, que Madame Sécurité voulait dire que je ne pouvais pas rester *vivre* là, mais qu'elle n'a sûrement aucun problème avec le fait que je passe la nuit ici. On lui demanderait bien confirmation, mais on est analphabètes.

Tatooine, Hoth, and Dagobah

Samedi 20 août

« Habille-toi, je t'emmène quelque part. »

Lorsque j'ai ouvert les yeux, Aiden revenait d'un footing dans les rues de Tokyo. Ça m'a déprimée. Je venais de rêver qu'on se prélassait dans un hamac, sur une île déserte. Même dans mes rêves, je suis plus fainéante qu'Aiden dans la vraie vie.

J'ai gémi et je me suis cachée sous la couette en jurant de ne plus jamais en sortir.

Aiden s'est assise au bord du lit. Elle a tiré sur la couette, juste assez pour découvrir mon front, qu'elle a couvert de baisers tendres et chauds. Centimètre par centimètre, délicatement, elle a libéré mon visage pour embrasser mes tempes, mes paupières, mordiller mon nez, et finalement nos lèvres se sont trouvées, et nos langues, et puisque tu insistes pour le savoir, on a fait ce que font deux filles de dix-neuf ans qui sont amoureuses l'une de l'autre, figure-toi.

Après ça, je me suis frotté les yeux, un grand sourire béat sur le visage. Je dis ça comme ça, je n'avais pas de miroir, mais je parie que c'était ce que je faisais.

« Où est-ce que tu veux m'emmener ? » j'ai demandé.

De ses longs doigts fins, Aiden a enlevé une petite crotte d'œil qui m'avait échappé.

« Je pourrais te le dire, mais… »

J'ai rigolé. Je connais trop bien Aiden, elle allait dire « Je pourrais te le dire, mais je devrais te tuer après », et la raison pour laquelle elle n'a pas fini sa phrase, c'est qu'elle s'est rendu compte que ça avait déjà été dit des tas de fois au cinéma. J'en ai parlé dans mon blog au lycée, on appelle ça *cheesy*. Cette année, il est temps de franciser. Pour ce qui a été dit mille fois avant nous ou qui nous fait lever les yeux au ciel parce que c'est gnangnan, on dira « fromageux ». Aiden et moi, on n'aime pas se dire des trucs fromageux, on essaie toujours de s'arranger pour dire autre chose.

En sortant de la douche, Aiden s'est occupée de mes cheveux. J'ai une coupe au carré, coiffée flou. Je fais souvent une natte qui se mélange à mes cheveux sur le côté. Quand je dors avec Aiden, c'est elle qui la fait le matin. Elle se tient au-dessus de moi avec le sèche-cheveux, et il y a toujours un moment où je lève la tête et où on s'embrasse à l'envers sous le souffle chaud.

Après ça, elle m'a emmenée à Shinjuku, l'un des grands quartiers populaires de Tokyo. Ça a été un peu éprouvant pour moi au début, car tous ces gens qui grouillaient chatouillaient mon côté agoraphobe. Oui, je sais, Tokyo n'est peut-être pas la destination idéale quand on a un côté agoraphobe, mais ce qui est fait est fait alors ça sert à rien de me dire ça.

Alors qu'elle regardait où elle allait sur l'écran de son téléphone et que je passais mon temps la tête en l'air à compter les étages et à essayer de déchiffrer les enseignes, Aiden m'a prise par le bras.

« Fais-moi confiance et ferme les yeux », elle a dit.

« Hmm… je sais pas si j'ai envie. »

« Pourquoi ? »

« La dernière fois que je t'ai demandé de me faire confiance, t'as pas voulu. »

« Quoi, les rails ? C'était pas la même chose ! »

Un jour à New York, j'avais proposé qu'on aille s'allonger sur des rails pour faire comme dans une série que j'avais vue à la télé. Aiden avait trouvé ça « trop dangereux ». J'avais boudé.

Mais j'ai joué le jeu, et j'ai fermé les yeux. On a marché une centaine de mètres, puis elle m'a dit de m'arrêter. J'ai senti son casque se poser sur mes oreilles. J'ai entendu une grosse caisse, baignée de réverbération.

Une charleston. Une ligne de basse. Des guitares, aériennes et saturées.

En ouvrant les yeux, j'ai reconnu un carrefour où je n'avais pourtant jamais mis les pieds. Aiden m'a prise dans ses bras, comme dans le film. Elle a murmuré quelque chose à mon oreille que je ne te dirai pas, comme dans le film. Et puis elle m'a embrassée, comme dans le film. Les yeux humides, j'ai pris sa main dans la mienne.

De Shinjuku, on a marché jusqu'à Shibuya pour voir d'autres endroits de *Lost in Translation,* comme le carrefour le plus célèbre du Japon. On a continué jusqu'à Omotesandō, un quartier drôlement chic rempli de gens drôlement chics. Jusqu'ici, je trouvais déjà que les habitants de Tokyo avaient un niveau de beauté et d'élégance très au-dessus de la moyenne, mais Omotesandō m'a sacrément secouée. Les jupes, les robes, les chaussures, les bijoux, les parfums, les coiffures, le maquillage… les filles étaient toutes ceintures noires de coquetterie.

« Tu les trouves jolies ? » j'ai demandé à Aiden.

« Magnifiques. Et toi ? »

« Moi aussi. Magnifiques. »

Je sais qu'elle se demandait si je disais ça comme pourrait le dire n'importe quelle fille, avec admiration, ou si je le disais comme une fille qui aime les filles, avec attirance. Mais je lui ai déjà expliqué cent fois qu'il n'y a qu'une seule fille au monde qui m'attire, alors je n'ai pas éclairci.

En arrivant à un carrefour, on s'est arrêtées pour jouer à un jeu.

« On doit dire tout ce qu'on verrait pas chez nous, j'ai dit. La première qui ne sait plus quoi dire après quatre secondes a perdu. »

« D'accord. Vas-y, commence. »

« Des corbeaux », j'ai dit en montrant quelques oiseaux perchés sur un banc.

« Un restaurant minuscule », Aiden a rétorqué en pointant du doigt un restaurant qui devait avoir cinq places assises tout au plus.

« Un café où… on peut caresser des lapins ? »

« Une personne qui s'incline pour s'excuser. »

« Des sandwiches en triangle fraise-chantilly. »

« Des voitures cubiques. »

« Une dame qui porte un masque chirurgical et qui n'a l'intention d'opérer personne. »

Aiden a gloussé.

« Hmm… les panneaux en japonais, ça compte ? » elle a demandé.

« Bah non, sinon on n'a pas fini. »

« Ah ! Un tireur de pousse-pousse ! »

J'ai grommelé. Aiden avait de la chance, il venait de tourner au coin de notre rue. J'étais sûre que j'allais trouver d'autres trucs, mais Aiden m'a stressée en faisant *tic-toc-tic-toc* comme une horloge, et finalement les quatre secondes sont passées avant que j'aie pu remarquer la femme qui tenait une ombrelle et portait de longs gants blancs pour se protéger du soleil.

« Qu'est-ce que je gagne ? » Aiden a demandé.

« Rien du tout. Je peux pas dire "un bisou", ça serait fromageux. »

« Ah. Oui. C'est dommage. Mais on ne peut pas se le permettre. »

Dans notre nouvelle ville, on a vu plein de cheveux super beaux, aussi, en particulier sur la tête des garçons. Je crois qu'elle est là, la vérité du voyage. Partir à l'aventure, c'est pas prendre des selfies devant la statue d'un type mort qu'on connaît pas, c'est apprendre quelque chose qu'on ne savait pas avant. Maintenant on le sait, les Japonais sont les champions du monde des cheveux.

On s'est séparées en arrivant à Asakusa. Aiden devait aller à son activité secrète. C'est donc un truc qui peut se faire aux États-Unis comme au Japon, ce qui, à vrai dire, ne m'aide pas tellement à trouver de quoi il s'agit. Je sais juste qu'elle est allée dans un quartier qui s'appelle Iidabashi, ce qui ne m'aide pas non plus. Je pense que je suis hyper douée pour enquêter, c'est juste que j'ai pas de chance. Sherlock Holmes, lui, il a toujours des indices qui aident.

« Tu reviens dormir ce soir ? » Aiden a demandé.

« Hmm… je sais pas. »

Elle a placé sa main devant mon visage et a fait quelques vagues avec ses doigts.

« Tu souhaites passer la nuit avec moi », elle a dit.

Il y a deux ans, je n'aurais pas compris ce qu'elle faisait, mais quand on sort avec Aiden, on finit par savoir des trucs qu'on n'aurait jamais cru savoir un jour. Genre, la différence entre Tatooine, Hoth et Dagobah.

« Hey, j'ai dit. Les trucs de Jedi, ça marche que sur les esprits faibles. »

Elle a mordillé sa lèvre en souriant. Évidemment, je savais que je dormirais avec elle, et elle savait que je savais que je dormirais avec elle. C'est comme ça, les couples. On sait tout un tas de trucs, et parfois on fait comme si on les savait pas. Des fois c'est pour rigoler, et puis d'autres fois c'est parce qu'il y a des choses qu'on n'a pas envie de savoir.

J'ai passé la fin d'après-midi à visiter des logements avec Peter Pang. Trop loin de la fac, trop petit, trop sale, il y avait toujours quelque chose qui ne me plaisait pas. Il va finir par perdre patience devant mes exigences de princesse. S'il m'aide, c'est uniquement pour rendre service à une vieille connaissance qu'il a rencontrée à Hong Kong et qui s'avère être l'idiot de sac à crottes de Columbia. J'imagine que son plan était de me refiler une chambre le plus vite possible pour retourner à de vrais clients avec de vraies commissions.

En rentrant, je me suis arrêtée dans une supérette et j'ai acheté un truc qui avait l'air trop bon. Ça s'appelait *mushi-pan*, et je le définirais comme un gâteau à la vapeur d'un moelleux extraordinaire. C'était la première fois que je mangeais un truc aussi délicieux qu'il en avait l'air. Il y en avait aux goûts de crème pâtissière, de chocolat ou de sirop d'érable. Si jamais tu vas au Japon un jour, ne perds pas ton temps avec les temples et les cerisiers en fleur, va droit au but et trouve-toi un mushipan à déguster.

J'ai savouré cette merveille en bavardant avec une Australienne dans la salle commune de l'auberge. Elle m'a raconté qu'elle parcourait le monde à la recherche du sens de la vie. Je lui ai demandé si elle avait considéré la possibilité qu'il n'y ait rien à trouver. Elle a dit que je semblais drôlement pessimiste, pour une fille de mon âge. J'étais pas d'accord. Je lui ai parlé de notre projet fou avec Aiden. Du coup elle a accordé ses violons parce que Vivre, c'est pas pessimiste. Je suis à peu près sûre que je viens de me tromper d'expression avec le coup des violons, mais je vais la garder quand même parce que je trouve ça joli.

J'ai posé la question des trois objets sur l'île déserte à l'Australienne.

« 1. Un couteau.

2. Une corde.

3. Des graines de cannabis. »

Franchement. À moins d'être balèze en silex, elle aura l'air maligne pour fumer son cannabis quand elle se rendra compte qu'elle n'a pas apporté d'allumettes.

Retroactive Shame

Lundi 22 août

Quand j'habitais à New York, je passais souvent la nuit dans l'appartement d'Aiden. On était plus à l'aise que dans ma chambre à Columbia. Et puis dans ma chambre, si on voulait être tranquilles, il fallait demander à ma *roommate* Ashley de dormir ailleurs, et comme Ashley n'avait pas de petit ami, elle n'avait nulle part où aller, elle me reprochait de la faire se sentir seule et d'avoir raté sa vie et elle disait que si l'année prochaine elle était encore célibataire alors elle se suiciderait. C'était moins meurtrier d'aller chez Aiden.

À Tokyo, Aiden vit dans une chambre de onze mètres carrés au sein d'une résidence où elle partage une cuisine, des douches, un salon et une salle télé avec une vingtaine d'autres étudiants artistes. Elle rencontre souvent des inconnus. Elle trouve ça formidable.

Moi, les inconnus, je ne trouve pas ça formidable. Quand j'étais petite, je pleurais avant chaque rentrée des classes et chaque premier jour de colonie de vacances. Je savais qu'il y aurait des inconnus et ça me tordait le ventre rien que d'y penser. Ma maîtresse a dit un jour à mes parents que ma timidité était maladive et qu'il fallait qu'on y travaille, sans quoi j'aurais de gros problèmes quand je serais grande.

Je suis grande, maintenant. Je crois qu'on a bien

travaillé. Les gens disent que je suis chaleureuse et souriante. Mais ils ne se doutent pas de la vérité. Derrière le sourire, mon ventre se tord encore un peu quand je rencontre des inconnus. C'est une sorte de mini-angoisse, sous contrôle, mais furieusement ancrée en moi.

Lorsque je suis allée voir Aiden hier soir, j'ai avancé sur la pointe des pieds dans les couloirs, au cas où Madame Sécurité serait dans les parages. Par chance, je ne l'ai vue nulle part. Je parie qu'elle faisait des galipettes avec Monsieur Sécurité.

Au milieu de la nuit, on a eu une fringale. On a enfilé un short et un tee-shirt et on est sorties chercher à manger. C'est pas un truc qu'on aurait pu faire à New York. On n'aurait pas déambulé seules dans Brooklyn à trois heures du matin. Mais à Tokyo, c'est possible. La ville est plus tranquille, plus sûre, on peut se balader la nuit sans se demander si le lendemain on va se réveiller dans une baignoire avec un rein en moins. C'est un réel avantage.

On a marché jusqu'au *konbini* au coin de la rue. Les konbini sont des super-supérettes où tu peux faire des photocopies ou retirer de l'argent ou acheter des tas de trucs utiles à toute heure du jour et de la nuit, en particulier une multitude de boissons et de délicieuseries en tout genre. En arrivant au Japon, on s'est vite rendu compte que c'était un pilier de la vie tokyoïte. Il y en a partout. Les 7-Eleven, Family Mart et Lawson font partie du paysage. À Miami il y a les palmiers, à Tokyo il y a les konbini.

Jusqu'à hier soir, j'aimais bien le moment où j'entrais dans l'une de ces super-supérettes. Comme dans tous les magasins, les employés me disaient bonjour avec une énergie jouissive. Ils disaient un truc vachement fort, je ne savais pas exactement ce que c'était, mais ça ressemblait à quelque chose comme « Ashaye masséééééé !! » Au début, en entrant dans une boutique, je disais *konnichiwa,* mais comme les employés disaient tous l'autre truc, je me suis mise à le dire aussi. Souvent, ils souriaient, alors je pensais que je ne devais pas avoir bien pigé la prononciation.

Cette nuit, lorsque j'ai répété le mot, Aiden a explosé de rire. En fait, c'était *irasshaimase*, et ça ne voulait pas dire bonjour du tout. Ça signifiait « bienvenue dans notre magasin ».

Would You Rather

Mardi 23 août

Hier soir, j'ai retrouvé Aiden à Iidabashi après son activité secrète. Pour ne rien dévoiler, elle m'avait donné rendez-vous devant la station de métro. J'ai prétendu que la nature de l'activité secrète ne m'intéressait plus, que j'étais totalement *over it* et que *whatever*. Autrement dit, que le mystère ne m'intéressait plus et qu'il m'importait peu de le percer un jour. Bizarrement, Aiden ne m'a pas crue !

On a dîné dans une crêperie, dénichée par hasard alors qu'on explorait le quartier. C'est un peu surréaliste, quand on est en plein milieu de Tokyo, de se retrouver entouré de peintures de Quimper et de Concarneau, lieux des récits de vacances de mon père.

Pendant qu'on s'empiffrait à la bretonne, on a joué à *Would you rather*. Aiden a dit qu'elle préférait dessiner de la main droite jusqu'à la fin de ses jours plutôt que de voir le monde sans lentilles de contact, et moi, j'ai dit que je préférais vivre avec un hoquet constant plutôt que de manger une boule de poils d'aisselle tous les matins au petit déjeuner.

« T'es sûre ? Aiden a demandé. Une fois que tu as mangé ta boule de poils, tu es tranquille pour le reste de la journée. Le hoquet, c'est sans fin. »

« La boule de poils, j'y penserais toute la journée. À celle que j'ai mangée le matin, et à celle que j'aurais à manger le lendemain. C'est sans fin aussi. »

« *Fair enough.* »

Ces deux mots pour me dire qu'elle comprenait mon point de vue, elle les a prononcés d'un air absent, comme si elle avait quitté la discussion avant même de les dire.

Les mots sont des coquilles, pleines ou vides selon ce qu'on pense quand on les dit. Ce qui compte vraiment, c'est ce qu'on met à l'intérieur, c'est ça qui leur donne de la couleur et de la vie. Il y a des *je t'aime* plus blafards qu'un cadavre, et de simples *oui* et *non* qui pétillent et peuvent changer le cours d'une vie.

Le truc, c'est qu'Aiden n'est pas une habituée des coquilles vides.

« Tout va bien ? » j'ai demandé.

« Oui, pourquoi ? »

« Pour rien. »

Je n'ai pas insisté. J'ai appris ça, depuis que je suis avec Aiden. Avant, j'insistais trop. Aiden est comme une hirondelle qu'on tient entre ses mains. Il faut la serrer suffisamment pour qu'elle ne s'envole pas, mais faut faire attention à ne pas l'écrabouiller.

Après les délicieuses crêpes et les bolées de cidre, notre sortie improvisée s'est prolongée au cinéma. Problème : quand le film a démarré, Tom Hanks s'est mis à dire des trucs qu'on ne comprenait pas. On ne savait pas que pour voir un film en version originale au Japon, il fallait qu'il y ait 字幕版 écrit à côté du titre, sinon tout le monde cause japonais. On a quitté la salle hilares, portées par le fou rire qui nous avait prises en voyant nos compatriotes parler une langue qui n'allait pas avec leur visage.

Dehors, une averse nous attendait. Aiden a ouvert un

petit parapluie. De l'autre côté de la rue, une jeune fille est passée en vélo. Elle essayait de prendre une photo avec un *selfie stick*. Il y a des gens comme ça. Ils se promènent avec cette tige sur laquelle on met son smartphone pour pouvoir prendre des photos de soi-même de plus loin. Quand j'étais petite, en vacances, mes parents et moi on demandait juste à un passant s'il voulait bien prendre une photo de nous. C'était une autre époque. Maintenant, tout le monde a peur de tout le monde alors personne ne demande plus rien à personne.

Avec une seule main sur le guidon, la fille a glissé en descendant un trottoir et s'est cassé la figure. Son amour d'elle-même lui a coûté son amour-propre. J'ai pouffé de rire derrière ma main et je me suis précipitée à la suite d'Aiden, espérant avoir fini de rire au moment où j'arriverais pour aider la fille à se relever.

La cycliste honteuse partie, Aiden m'a reproché d'avoir rigolé. J'ai froncé les sourcils le plus fort possible et j'ai fait ma tête de nounours pas content, mélange subtil de contrariété et d'adorabilité. J'aime pas qu'on me culpabilise pour des trucs qu'il est objectivement totalement impossible de contrôler. Genre rigoler quand quelqu'un tombe. Ou manger trop de chocolat.

On s'est arrêtées dans un konbini sur le chemin du retour. Je voulais faire goûter un mushipan à Aiden. Elle a trouvé ça délicieux, mais elle s'inquiétait du fait qu'il devait y avoir huit mille calories par bouchée. C'était une inquiétude valable. J'ai fini le mushipan pendant qu'elle y réfléchissait.

Dans le couloir qui mène à sa chambre, on a croisé un garçon espagnol qui portait un short de plage et un tee-shirt trop petit pour lui. Le but, je crois, était de s'assurer que le monde entier puisse prendre connaissance de la forme et du volume de ses biceps. C'était un tee-shirt informatif, quoi.

Quand il m'a vue, il m'a souri vachement. Aiden a dit que c'était parce que je lui plaisais.

« Tu le trouves mignon ? » elle a demandé.

J'ai haussé les épaules en ouvrant la porte.

« Qu'est-ce que ça veut dire ? »

« Que j'ai pas d'avis », j'ai dit.

Je commençais à voir poindre le genre de conversations qu'on avait déjà eues quelques fois par le passé et que je détestais. Quand Aiden me demande mon avis sur un garçon, je me sens comme au tribunal. C'est compliqué d'expliquer pourquoi j'aime bien les garçons, et aussi Aiden, mais pas les autres filles. C'est plus simple de juste s'aimer sans tout décortiquer. Quand j'étais amoureuse de Ben, au lycée, on passait des heures à tout analyser. En y repensant, je me dis qu'on a perdu du temps. Une vie trop décortiquée, c'est une vie pas assez vécue.

J'ai boudé un peu, juste assez pour qu'elle ne me pose plus de questions là-dessus. On s'est allongées face à face sur son lit une place, la tête sur des oreillers qui sentaient bon son odeur. Ses doigts se sont faufilés sous mon tee-shirt et sont remontés jusqu'à sortir par l'encolure.

« Si tu veux, j'ai chuchoté, pour tes petits déjeuners, je concocterai des recettes, comme ça tu le vivras mieux. Smoothie de poils d'aisselle, muesli aux poils d'aisselle… »

Elle a éclaté de rire. Ses doigts sont remontés le long de mon cou comme une petite araignée jusqu'à trouver mes lèvres.

« Tu préfères abandonner l'usage de tes mains pendant l'amour, ou l'usage de ta bouche ? » elle a demandé.

J'ai gémi, parce que l'un comme l'autre me paraissaient inconcevables. C'est ça qui fait un bon *Would you rather*.

« J'abandonne les mains, j'ai dit en mordillant ses doigts. Mais je peux toujours les utiliser pour manger ? »

« Sauf si tu considères que tu fais l'amour à ce que tu manges. »

« Hmm… quand c'est du chocolat… »

Le regard vague, Aiden a sorti son bras de mon tee-shirt. J'aurais parié qu'elle n'avait pas écouté la dernière chose que j'avais dite, avec la même absence d'esprit qui lui avait fait prononcer une coquille vide un peu plus tôt dans la soirée.

Finalement, ses yeux ont refait la mise au point, et elle m'a demandé :

« Tu préfères un présent heureux et un avenir incertain, ou un présent incertain et un avenir heureux ? »

Elle était bizarre, cette question. On aurait dit le sujet de philo du bac de ma cousine Lili l'année dernière.

«Je... le premier, je crois. Non ? Tu prends quoi, toi ?»

Elle a poussé un long soupir en regardant le plafond.

« Il faut que je te dise quelque chose. »

Pas une phrase que j'aime particulièrement entendre, mais j'ai essayé de faire abstraction.

« Okay », j'ai dit, appréhensive.

Elle m'a expliqué qu'il y a trois mois, elle a postulé pour devenir stagiaire dans un studio d'animation en Californie. L'une de ses profs à New York lui avait conseillé de le faire pour avoir une idée de la valeur de son portfolio dans le monde professionnel. Aiden ne pensait pas qu'on lui répondrait, mais elle pensait mal, parce que l'autre jour, un producteur exécutif l'a appelée et lui a proposé un poste de *junior concept artist* sur une nouvelle série d'animation dont la diffusion commencera au printemps.

J'ai fait des yeux énormes. Et puis j'ai rien répondu. Quand un truc est trop surprenant, la bouche laisse la parole aux yeux. Aiden m'a parlé du studio et de la série, un truc avec des monstres et des boîtes magiques et des mondes parallèles.

« Et Tokyo ? » j'ai demandé.

« Mes profs m'ont dit que si je voulais aller à Burbank travailler sur la série, ils me donneraient des crédits de stage pour valider mon année. »

J'étais choquée. Burbank, c'est Los Angeles. Los Angeles,

c'est les États-Unis. Les États-Unis, c'est pas le Japon. Notre aventure venait à peine de démarrer ! On n'était même pas là depuis deux semaines.

« Tu veux le faire ? »

« Non. Enfin, oui. Peut-être. Je ne sais pas. »

Le premier instinct d'Aiden avait été de refuser. Dire merci mais non merci et continuer son année à Tokyo, avec moi. Mais parfois, le premier instinct ne suffit pas. Le merci-mais-non-merci qu'elle avait écrit était coincé dans ses brouillons depuis trois jours.

« Ma prof de New York dit que si je travaille avec eux, ma carrière va décoller. »

« Tu peux pas dessiner d'ici ? »

Elle a secoué la tête.

On a passé une partie de la nuit à en parler, mais quand on s'est couchées, Aiden n'avait toujours pas pris sa décision. Devenir illustratrice, c'est son rêve, mais passer un an au Japon, c'est son rêve aussi. Et puis moi… Bon moi je ne suis peut-être pas un « rêve », mais disons que je suis assez haut dans la liste de ses priorités, quand même.

Elle m'a dit qu'on en reparlerait demain. Demain, c'est aujourd'hui. Quand je la verrai tout à l'heure, je lui demanderai si elle a décidé de partir. Quoi qu'elle ait choisi, elle répondra une coquille pleine à ras bord. Un oui ou un non qui pétillera et changera le cours d'une vie.

Dumbledore's Grave

Lundi 29 août

Quand je suis tombée amoureuse d'Aiden, le plus dur n'était pas qu'elle soit une fille, c'était de ne pas savoir si j'avais une chance. Je redoutais de rester coincée dans la *friend zone*. Mais un soir, les pieds dans la neige au bord de la route, elle a prononcé un *non* qui a électrisé ma vie, et j'ai arrêté d'avoir peur.

Il y a quelques jours, Aiden a prononcé un *oui* qui m'a court-circuitée. Les trois petites lettres ont formé des trous pleins de chaos et de néant dans mon ventre. Aiden a décidé qu'elle voulait vivre son rêve. Et cette année, son rêve n'est pas à Tokyo, il est à Burbank.

Par réflexe, j'ai eu envie de bouder, de me mettre en colère, d'essayer de lui faire changer d'avis. Mais je n'ai rien fait de tout ça. La raison me disait d'être pour elle la petite amie qu'elle avait toujours été pour moi. Un soutien, une force positive qui voit toujours le verre à moitié plein et qui encourage l'autre à prendre des risques. Si les rôles avaient été inversés, Aiden n'aurait pas boudé. Alors je l'ai prise dans mes bras en la félicitant et j'ai espéré qu'elle ne verrait pas le désespoir qui se cachait au fond de mes yeux. Vivre, tout de suite, c'était un truc pour elle et moi, pas un truc pour moi toute seule. Me retrouver sans ma personne préférée sur une île déserte de trente-huit millions d'habitants, ça m'angoisse un tout petit peu.

Nos derniers jours ensemble à Tokyo ont été difficiles. Elle avait la tête à son départ, et moi, quand je n'étais pas avec Peter Pang à chercher un logement, j'avais l'impression qu'il fallait qu'on passe chaque seconde ensemble pour faire le plein avant qu'elle parte. Le plein de quoi, je ne suis pas sûre, mais j'ai peur de l'avoir un peu étouffée.

J'ai passé mon temps à éviter *la* discussion. Celle qui permet à un couple d'établir les règles de sa relation longue distance. J'avais trop peur d'entendre des choses désagréables. Du genre coupons les ponts, voyons d'autres personnes et on fera le point plus tard. C'est à peu près ce qui s'est passé la dernière fois que j'ai été séparée d'un petit ami, et ça reste l'un des pires souvenirs de ma vie.

Parfois, je me disais que j'avais peur pour rien, qu'Aiden n'était pas Ben, qu'on avait un truc sûr et qu'elle voulait la même chose que moi. Et puis je me souvenais qu'avec Ben aussi je pensais avoir un truc sûr et qu'il voulait la même chose que moi.

Pour notre dernière soirée, on a dîné dans un *izakaya*. C'est une sorte de grand bistro à la japonaise dans lequel on peut boire jusqu'à plus soif et manger jusqu'à plus faim. Aiden m'a expliqué que c'était très populaire auprès du commun des mortels japonais, en particulier ceux qu'on appelle les *salarymen*, ces hommes en costume cravate qui finissent de travailler tard et qui aiment boire de l'alcool ensuite pour oublier qu'ils ont fini de travailler tard.

À l'entrée, on a déposé nos chaussures dans un petit casier. Un jeune homme nous a saluées et nous a souhaité la bienvenue avant de nous amener à l'intérieur. Les serveurs, les serveuses, les cuisiniers qu'on pouvait regarder travailler par de grands trous dans les murs, tout le personnel s'est exclamé *irasshaimase* à notre intention avec un entrain incroyable.

« Tu répètes pas ? » Aiden m'a chuchoté.

« Ha-ha. Marrant, ça. »

J'ai pincé ses fesses.

Dans la salle principale, il y avait de longues tables basses de part et d'autre desquelles les gens étaient agenouillés. Beaucoup mangeaient des amuse-gueules et consommaient de grandes bières ou des verres de saké en riant bruyamment. La fumée de cigarette m'a fait toussoter.

On a suivi le jeune homme dans un couloir rempli de salles plus petites, privées. Il a ouvert une porte coulissante puis nous a invitées à entrer. On s'est assises par terre sur des tatamis autour d'une petite table basse. Dessus se trouvait un écran tactile sur lequel on pouvait commander ce qu'on voulait en anglais.

Malgré ses longues jambes, Aiden était plus à l'aise que moi. Je me suis toujours demandé à quoi ça lui servait de faire du yoga, maintenant je le sais. Son sang circulait bien, le mien ne savait plus par où passer avec mes jambes rangées n'importe comment.

Le dîner n'a pas été tellement joyeux. Je n'arrêtais pas de penser à ma vie ici sans elle, à sa vie là-bas sans moi, aux filles qu'elle allait rencontrer, au temps qui allait passer jusqu'à notre prochaine rencontre, et au temps qui passerait encore après jusqu'à la suivante. Je me demandais si l'absence de l'autre rongerait ce qu'on avait. Il paraît que le temps efface tout. Et s'il effaçait *nous* ?

« Puce ? »

Ma gorge s'est serrée. Ça y est, j'ai pensé. Elle veut l'avoir. *La* discussion. J'avais jamais eu aussi peur de parler avec quelqu'un avant. Sauf peut-être la fois où j'avais mis le feu au tapis quand j'avais sept ans et que mes parents m'avaient dit de venir ici tout de suite, Capucine.

J'ai senti les larmes monter. De vieilles émotions rouillées sont remontées à la surface.

Aiden a contourné la table et est venue s'agenouiller entre mes jambes.

« Tu boudes, ma petite otarie ? » elle a demandé.

« Non. »

Avec une délicatesse sublime, elle m'a embrassée. Je crois qu'elle voulait me donner un petit baiser, mais comme ça arrive parfois dans ces cas-là, nos lèvres se sont attardées. Nos mains ont pris vie, nos corps se sont réveillés, nos soupirs se sont multipliés, et avant qu'on ne s'en rende compte, on était en train de faire un truc qu'à mon avis, on n'est pas du tout censé faire dans un izakaya. Dans un petit coin de ma tête, il y avait la porte coulissante qui aurait pu s'ouvrir et les serveurs japonais qui de temps en temps passaient peut-être pour voir si on avait besoin de quelque chose. Mais on était venues pour Vivre, alors c'est resté dans un petit coin de ma tête.

Quelques minutes plus tard, la porte ne s'était pas ouverte, ou alors peut-être qu'elle s'était ouverte et qu'on ne s'en était pas rendu compte, c'est possible aussi. On s'est redressées, les cheveux ébouriffés, et on a échangé un sourire complice.

« Eh bah bravo, j'ai dit. C'est du propre. Heureusement qu'on n'est pas dans un placard, sinon c'était fromageux. »

Elle a déposé un baiser sur ma joue et a glissé sur ses genoux pour retourner s'asseoir de l'autre côté de la table. On s'est regardées les yeux dans les yeux pendant quelques secondes délicieuses.

« J'ai peur », j'ai dit finalement.

« Moi aussi, j'ai peur. »

« C'est vrai ? »

« Tu te souviens de ce que tu m'as dit le lendemain de l'aurore boréale à Central Park ? »

« Non. Ah, si, qu'on aurait jamais dû manger ce bretzel parce que j'avais mal au v… »

« Tu m'as dit d'avoir foi en toi. »

« Ah. Oui. »

« Ce soir, je te dis la même chose. »

« D'avoir foi en moi ? »

« En moi ! elle a rigolé. Et en toi aussi, remarque. »

« J'ai foi en toi. C'est pas toi qui me fais peur. C'est… la vie. »

« Face à nous ? La vie fera pas le poids ! »

Plus détendues, on a parlé des vacances. Celles de Noël, pendant lesquelles Aiden voulait revenir me voir à Tokyo, et puis les longues vacances japonaises de printemps, pendant lesquelles j'irais voir Aiden à Burbank. J'allais donner des cours de langue pour me payer un billet. On disposait de deux pierres de gué sur lesquelles s'appuyer pour traverser cette année délicate. Il faudrait que ça suffise.

« Qu'est-ce que tu veux faire en rentrant ? » elle a demandé.

« Toi et moi, couette, câlins, *L'Empire contre-attaque*. »

Elle a pensé que je disais ça pour lui faire plaisir, parce que c'est son film préféré. Mais depuis qu'elle m'a initiée, j'aime vraiment me plonger dans cette galaxie très très lointaine avec elle. Je lui ai promis que rien d'autre ne me ferait plus plaisir.

« Sur la tête de Dumbledore ? » elle a demandé.

Là, ça rigolait plus. C'est un peu comme si j'avais demandé à Aiden de jurer sur la tête de maître Yoda.

« Sur la tête de Dumbledore. »

En réalité, je n'ai pas exactement dit ça. J'ai dit : « Sur la tombe de Dumbledore. » Chez moi on jure pas sur la tête, on jure sur la tombe. Mais j'adapte ce genre de trucs quand je te traduis ce qu'on dit en anglais. Si jamais un jour tu piges rien à ce que je raconte, c'est que j'ai oublié d'adapter.

Après le dîner, Aiden est venue me rejoindre sur son lit, une petite enveloppe violette dans la main.

« Qu'est-ce que c'est ? »

« Je devais te la donner pour ton anniversaire, mais… »

« Tu me fais peur. C'est pas le genre de trucs qu'on fait quand on va mourir ? »

« Ouvre-la demain quand je serai partie. D'accord ? »

Je l'ai glissée dans ma pochette Oui-Oui, que je traîne partout avec moi depuis que je suis petite et où je mets tout ce qui compte le plus pour moi.

« D'accord. »

The Jake Gyllenhaal Exception

Lundi 29 août

On s'est dit au revoir à l'aéroport, devant les portiques de sécurité. Si je dois être honnête, c'était un peu fromageux. Dans les films, les amoureux se disent souvent au revoir à l'aéroport. Je crois que c'est métaphorique.

Je ne comprenais pas ce qui nous arrivait. Comment c'était possible de projeter une année au Japon ensemble pendant six mois et de se dire au revoir moins de trois semaines après le début de l'aventure.

J'ai essayé d'absorber chaque détail de son visage, chaque nuance de bleu dans ses yeux, chaque millimètre de ses cheveux blonds et de leur façon d'être coiffés tout en étant décoiffés. Je me suis concentrée pour graver son odeur dans ma mémoire. Et puis je me suis rendu compte que tout ça, c'était déjà fait depuis longtemps.

Aiden a passé ses bras autour de mon cou.

« On se voit dans quatre mois », elle a dit.

« Cent quinze jours. J'ai compté. »

Elle a approché son visage du mien.

« *I love you* », elle a chuchoté.

C'est pas un truc qu'on dit souvent. D'habitude, on dit autre chose pour pas être fromageuses. Si Aiden l'avait dit, c'était pas par hasard. Coup de bol, j'ai tout de suite su quoi répondre. Quoi répondre pour éviter le fromage, quoi répondre pour montrer à Aiden à quel point elle faisait partie de moi, quoi répondre pour qu'à la première jolie fille qui lui ferait des avances dans cet État cool rempli de filles cool qu'est la Californie, elle se rappelle qu'entre nous, c'est spécial.

« *I know.* »

En m'entendant citer Han Solo, elle m'a fait un sourire

comme on n'en voit jamais. Genre, il n'y avait plus de place sur son visage et le sourire râlait parce qu'il lui en fallait plus.

«Je ferai des bisous à personne d'autre, j'ai dit. Sauf si Jake Gyllenhaal vient en vacances à Tokyo et qu'il a envie de me faire un bisou, alors là je garantis rien.»

Elle m'a embrassée. Mes larmes ont glissé entre nos lèvres. Dernier bisou, bisou salé.

On s'est prises dans les bras. Puis elle a tourné les talons.

Le cœur pataud, la gorge sèche, je l'ai regardée déposer son sac à dos, ses bretelles et son iPad sur le tapis roulant. Elle est passée à travers le portique. Elle a renfilé ses bretelles, et au moment où je lui faisais un dernier signe avant de m'en aller, elle a levé la main pour me dire d'attendre. Pendant quelques secondes, j'ai bêtement espéré qu'elle avait changé d'avis. Elle a fouillé dans son sac à dos en s'approchant d'un jeune employé de la sécurité. Elle m'a montrée du doigt. Le jeune homme a dit quelque chose, alors Aiden s'est inclinée et j'ai lu *arigatō gozaimasu* sur ses lèvres.

Le jeune Japonais est venu jusqu'à moi et m'a tendu la *zombee*. C'est une abeille morte-vivante rigolote qu'Aiden avait dessinée quand on était au lycée. Elle m'avait offert le dessin. Je l'avais fait faire en peluche quelques semaines plus tard pour son anniversaire, et Aiden m'a dit plus tard qu'elle s'en souviendrait toujours, parce que c'est ce soir-là qu'elle a compris que j'allais faire partie de sa vie.

« Tu me la rends dans quatre mois ! » Aiden a crié.

« Cent quinze jours ! » j'ai répondu.

Et elle est partie.

Dans le métro, une solitude immense m'a assommée. Tous ces visages japonais autour de moi, ça ne m'amusait plus. J'ai porté la zombee à mon nez. Elle sentait comme Aiden. Comme la peau d'un bébé, enroulé de linge frais, qui aurait légèrement trempé dans la vanille. Ça m'a pris à la gorge, c'était fou. J'ai éclaté en sanglots.

Entre les larmes, j'ai vu deux écoliers en uniforme, assis devant moi, qui me regardaient. Je n'oublierai jamais leurs visages : ils riaient. Ils me regardaient pleurer, et ils riaient. Je n'ai pas compris.

Dépitée, je me suis levée et j'ai changé de wagon en reniflant. J'ai plongé la main dans mon sac à dos pour attraper la petite enveloppe violette dans ma pochette Oui-Oui.

Violette

Puce,

Je suis un peu nerveuse, c'est la première fois je t'écris en français. Tu as demandé souvent qu'est-ce que c'est mon «activité secrète». Maintenant tu sais !

Ma professeur à New York a dit elle n'a jamais rencontré une étudiante qui apprend rapide comme ça. J'ai appris rapide parce que j'étais très motivée. Je voulais comprendre la langue que parfois tu penses. C'est une si importante partie de toi, quand je t'ai rencontrée j'ai pensé ce n'est pas possible de vraiment te connaître si je ne peux pas comprendre le français. Alors j'ai acheté les livres et j'ai pris les cours particuliers souvent. C'était difficile de garder ça un secret. J'ai caché mes livres sous le lit !

Je suis si excitée de parler en français avec toi après tu lis cette lettre. Mais j'ai peur aussi. Tu dois parler lentement, sinon je fâche ! Peut-être un jour je peux lire le blog que tu écris. Mais ça c'est toi tu décides. Tu dis parfois ton blog est comme un message dans une bouteille, comme un journal intime jeté dans la mer et personne sait qu'il existe. Alors je ne lis pas si tu ne veux pas.

Aussi, tu dois savoir, j'ai écrit des autres lettres pour toi. Quand nous sommes arrivées à Tokyo, je les ai cachées à des différents endroits dans la ville. Derrière chaque lettre, il y a un indice pour trouver la suivante lettre.

J'allais te donner Violette pour ton anniversaire, mais je pense c'est meilleur si tu peux la lire maintenant. C'est difficile d'être séparées alors tu as plus besoin de lire les lettres. Peut-être chaque fois je te manque trop, tu vas chercher une lettre si tu veux. Tu peux faire la même chose tu as fait quand nous avons acheté beaucoup de chocolat en promotion à le Whole Foods. Tu te souviens ? Nous avons mangé un peu chaque samedi, et nous avons plus apprécié que si on mange tout en une fois. Toutes les semaines, nous étions très excitées pour le week-end !

Alors quand tu veux, tu peux retourner la lettre pour trouver où Indigo est cachée.

Je te chaussette,

Aiden

PS : C'est très important : tu dois aller à Asakusa, devant le Sensō-ji, vendredi 24 mars à 17 heures, pour recevoir ton vrai cadeau de Birthmas Day.

Zero

Lundi 29 août

J'ai relu la lettre d'Aiden six fois. Je l'ai un peu abîmée la première fois, j'ai fait tomber une larme dessus. Pile sur un point d'exclamation, il est tout gâché maintenant.

J'ai facetimé Aiden tout de suite après. Elle était encore à l'aéroport, dans la zone d'embarquement. Le cœur battant fort dans ma poitrine, je lui ai parlé en français. Elle a compris presque tout ce que je disais ! À part les subjonctifs, mais ça c'est de ma faute aussi, j'avais qu'à pas employer des subjonctifs.

C'était fou, j'avais l'impression d'être dans l'un de ces rêves bizarres où il se passe des choses farfelues qui n'arrivent jamais dans la vraie vie.

« Tu es incroyable », je lui ai dit.

« C'est vrai ? Mais ça je ne sais pas, hein. Moi je pense c'est toi tu es incroyable. »

Son accent quand elle parlait, c'était exquis. J'avais envie de rétrécir, de plonger dans mon iPhone et de ressortir par le sien avant de reprendre ma taille normale pour l'embrasser et lui dire à quel point elle me manquait déjà.

« Pourquoi je dois aller devant Sensō-ji le 24 mars ? »

« J'ai écrit, c'est le vrai cadeau de Birthmas Day. »

Birthmas Day, si jamais t'as pas lu mon blog au lycée, c'est mon anniversaire, le jour de Noël.

« C'est le 25 décembre, Birthmas Day », j'ai dit.

« Ça je sais, hein. »

« C'est un cadeau très en retard, alors ? »

« Oui. C'est ça. Un cadeau très en retard. »

« Hmm… ça se mange ? »

« Je ne dis pas. Peut-être. »

« Hé, Aiden. »

« Quoi ? »

« Aiden », j'ai re-dit.

« Quoi ? » elle a re-demandé.

« Tu me grenouilles ? »

« Oui, elle a rigolé. Je te grenouille. Et toi ? »

« Moi aussi, j'ai dit. Je te grenouille plus que j'ai jamais grenouillé personne. »

Tu me crois, tu me crois pas, mais moi je te le dis : Aiden c'est pas juste une amourette, c'est la personne avec qui je veux passer ma vie. Le nombre de doutes que j'ai sur le sujet s'élève à zéro. Tout rond.

Lidless Bottle

Jeudi 1er septembre

C'est moi, ou le Japon est le pays des gadouilles ?

Tout a commencé par un document que je devais aller chercher au bureau de l'immigration, dans le sud de la ville. J'en avais besoin pour ma rentrée à la fac dans une dizaine de jours.

Après une heure sur les rails et un quart d'heure au bureau de l'immigration à froncer les sourcils devant un plan hyper compliqué tout en japonais, j'ai fini par trouver le bon guichet. Une machine m'a donné un petit ticket qui indiquait 422. L'écran lumineux au-dessus de ma tête affichait 349.

Quand ça a enfin été mon tour, on m'a annoncé que je n'étais pas au bon endroit, que je devais aller à l'ambassade, qui évidemment n'était pas du tout là. Selon moi, quand un truc comme ça t'arrive, tu as deux possibilités : soit tu hurles, soit tu intériorises. Personnellement, j'ai peur que l'intériorisation conduise aux maladies graves. Mais les Japonais sont désarmants. Ils sont si placides que leur hurler dessus, d'un point de vue karmique, ça serait un peu comme donner un coup de pied à un chiot.

Deux heures plus tard à l'ambassade, on m'a fait un sourire éphémère. C'est un nouveau truc que j'ai découvert ici. Un sourire éphémère, c'est quand tu as l'impression qu'une personne est sincèrement gentille, qu'il se passe un truc chouette entre vous, mais si tu te retournes rien qu'une demi-seconde après l'avoir quittée, le sourire de la personne a déjà disparu. Un vrai sourire, normalement ça peut pas s'effacer aussi vite. Le visage met un peu plus de temps à passer à autre chose, il reste une trace. La première fois que j'ai vu un sourire éphémère, c'était la femme aux sourcils dessinés le jour de mon arrivée. On vient à Tokyo en pensant que la spécialité c'est les sushis, si ça se trouve c'est les sourires éphémères.

Après avoir enfin reçu le document dont j'avais besoin, je suis allée dans un magasin pour essayer d'obtenir un numéro de téléphone japonais, mais c'était pas possible parce qu'il fallait d'abord avoir un compte en banque japonais. Après avoir erré comme une vagabonde malheureuse à la recherche d'une banque, j'ai fini par en trouver une où ils parlaient anglais. Sauf que pour ouvrir un compte en banque, il fallait d'abord... un numéro dc téléphone japonais. J'ai applaudi trois ou quatre fois en pensant « chapeau » dans ma tête. Mon interlocuteur a souri, comme si je le félicitais d'un truc. Je n'ai pas pris le temps de lui enseigner le second degré.

Je suis revenue à l'auberge de jeunesse, désabusée, sans compte en banque japonais, sans numéro de téléphone japonais, le tee-shirt moite, exténuée par les kilomètres parcourus sous la chaleur étouffante de l'été tokyoïte.

Là tu te dis, arrête un peu de te plaindre, altesse, il faisait chaud et tu avais beaucoup marché, pas de quoi fouetter les fesses d'un chat. Et moi je te dis, attends un peu avant de penser ça parce que j'ai pas fini mon histoire.

Après m'être installée dans la salle commune climatisée, j'ai soupiré de soulagement et j'ai ouvert la bouteille de jus d'ananas que j'avais achetée dans un supermarché avant de rentrer. Il n'y avait pas de bouchon à dévisser, le sommet de la bouteille était juste plié. Dis pas que ça t'intéresse pas, tu vas voir plus tard que c'est le truc le plus important que j'ai écrit jusqu'ici.

Quelques gorgées délicieuses plus tard, j'ai ouvert mon sac à dos pour attraper mon iPhone dans ma pochette Oui-Oui et regarder si Aiden m'avait écrit. Je garde mon téléphone dans ma pochette Oui-Oui depuis que Soupe m'a convaincue que trop près de nous, les ondes ont des conséquences diaboliques.

Le sang s'est rué vers mon visage. Après trente secondes à fouiller tous les recoins de mon sac, j'ai dû admettre l'horrible vérité. J'avais perdu mon bien le plus précieux… dans l'une des plus grandes villes du monde.

Dans ma pochette Oui-Oui, il n'y avait pas que mon téléphone. Il y avait aussi Violette, ma lettre préférée de toute l'histoire des lettres, avec l'indication pour trouver Indigo que je n'avais pas encore lue exprès, et tout l'argent liquide que j'avais apporté avec moi. Autant dire que psychologiquement, j'étais dans le rouge.

La peau brûlante, le cœur tambourinant dans ma poitrine, j'ai repensé aux différents endroits où j'étais allée : le bureau de l'immigration, l'ambassade, la banque, le magasin de téléphones, le supermarché... Le problème, c'est que ce qui me manquait m'empêchait justement d'aller trouver ce qui me manquait. Sans mon GPS magique, je ne pouvais plus bouger. J'étais pieds et poings liés à ma médiocrité.

J'ai enfoui mes affaires dans mon sac en vitesse et je suis ressortie de l'auberge avec ma bouteille de jus d'ananas à la main. On m'a toujours dit de ne pas gâcher la nourriture. Et puis je ne pouvais pas la laisser dans le frigo de l'auberge parce qu'il aurait fallu la coucher, chose que je ne pouvais pas faire en l'absence de bouchon sur la bouteille.

Je me suis mise à marcher d'un pas rapide, ma bouteille ouverte pleine de jus d'ananas à la main. Je n'avais plus soif. La panique m'avait envahie, et la panique, quand on en a beaucoup, on n'a plus de place pour autre chose.

J'ai décidé d'aller au supermarché. Je n'avais pas pu perdre mon iPhone très loin, étant donné que j'en avais besoin pour aller partout. J'avais peut-être marché machinalement du métro au supermarché et du supermarché à l'auberge dans un moment de grâce, mais je n'avais pas pu faire beaucoup plus compliqué que ça.

Évidemment, je me suis trompée de chemin. Quand j'ai réalisé que j'allais dans le sens opposé au supermarché, je marchais déjà depuis cinq minutes. J'ai fait demi-tour à trois mille à l'heure, en rage, des larmes coincées dans les yeux. Je me demandais ce que je faisais dans cette ville improbable, dans ce pays extraterrestre, sur ce continent étrange. Et puis cette chaleur terrible, cet air lourd, ces Japonais à vélo qui me frôlaient, ces touristes qui souriaient bêtement et qui ne regardaient pas où ils allaient, le nez collé à l'écran de leur précieux téléphone non perdu... J'avais envie de hurler des insultes à tous ceux qui avaient l'audace de croiser ma route.

Sans parler de ma bouteille de jus d'ananas. Plus je marchais et plus je la détestais, elle aussi. J'aurais bien aimé la jeter, sauf que c'était Tokyo, et à cause de ces maudits terroristes, je ne pouvais pas faire ça.

Quand j'ai retrouvé le supermarché, j'ai posé ma bouteille par terre devant la porte et j'ai foncé à l'intérieur. J'ai cherché partout, en vain, puis j'ai interpellé une manager près des caisses à qui j'ai demandé en anglais si par hasard elle n'avait pas trouvé ma pochette.

« *No* », elle a dit en hochant la tête de bas en haut comme si elle disait oui.

J'ai froncé les sourcils.

« *No ?* » j'ai demandé en tournant la tête de droite à gauche.

« *No* », elle a répété en faisant oui avec sa tête.

J'ai levé les yeux au ciel, je suis ressortie, et j'ai récupéré ma bouteille.

Je suis arrivée au métro en nage. J'ai descendu les escaliers deux à deux, le jus d'ananas débordant de ma bouteille jusque sur mes mains, juste assez pour me faire dire trois ou quatre *F-Words* à voix haute.

Je me suis dirigée vers un bureau avec une fenêtre et un petit homme japonais à l'intérieur. J'ai pensé que c'était un problème de tenir cette satanée bouteille. Ça me donnait un air trop détendu, il risquait de ne pas comprendre à quel point c'était une catastrophe pour moi d'avoir perdu ma pochette Oui-Oui. Quand tu perds ce que tu as de plus cher, tu ne bois pas tranquillement du jus d'ananas, tu envoies valdinguer la bouteille et tu cours. Mais moi j'ai trop de respect pour la propreté des rues japonaises, c'est ça mon problème.

« *You speak English ?* » j'ai demandé, à bout de souffle.

Il a fait non de la tête. Je peux te dire qu'à ce moment-là, j'aurais trouvé totalement justifié de le guillotiner. Mais après ce qui s'était passé au supermarché, je me suis dit que peut-être au Japon les signes de la tête pour oui et non étaient inversés.

Eh bien pas du tout. J'ai répété trois fois et il n'a rien pigé à ce que je lui ai raconté. Je me suis dit tant pis, je vais parler en faisant des gestes jusqu'à ce qu'on se comprenne, les singes y arrivent, on va bien y arriver aussi.

J'ai parlé lentement en mimant tout avec mes mains, y compris les lunettes de Harry Potter et sa cicatrice pour expliquer à quoi ressemblait la coque de mon iPhone, mais ce bon monsieur n'a rien compris. Il me répondait des phrases entières en japonais. Il était tellement timide, tellement gêné de ne pas comprendre, qu'il baissait la tête et s'excusait. Et moi je m'énervais. Je me disais que c'était scandaleux à notre époque de ne pas parler anglais.

« *You all right there ?* »

Derrière moi, une fille me dévisageait tranquillement en mangeant un cône glacé. Sa peau était foncée, ses cheveux courts rappelant un champignon, avec une paire de lunettes au milieu. Elle avait l'air asiatique mais pas japonaise, indonésienne peut-être, mais elle parlait anglais sans accent. Elle portait un short en jean très court qui faisait des effilochures et une chemise à carreaux bleue avec les manches retroussées.

« Tout va bien », j'ai dit.

« On dirait pas », elle a rigolé.

Désespérée, j'ai fini par lui raconter ce qui m'arrivait. Elle a engouffré la dernière bouchée de son cône, celle qui cache le petit morceau de chocolat délicieux, puis elle s'est approchée du bureau et s'est adressée à Timide en japonais.

Il a passé un coup de fil. Après avoir raccroché, il a dit quelques mots à la fille, qui s'est retournée vers moi en souriant.

« Bingo ! elle a dit. Ta pochette est à Nihombashi. »

Nihombashi est l'une des stations par lesquelles j'étais passée pendant mon périple gadouille de la journée. D'après la fille, un Japonais avait retrouvé ma pochette dans le métro et l'avait apportée aux employés de la station. Avec le téléphone à l'intérieur. Et la lettre. Et l'argent.

J'ai demandé si elle blaguait, parce que là d'où je viens, c'est le genre de trucs qui n'arriverait jamais.

« On est au Japon ici, elle a répondu, t'es plus en Amérique ! »

Après ça, on a fait connaissance sur le quai. La fille s'appelait Babar. Elle était philippine.

« Ça se voit à mon nez plat, non ? » elle a demandé en faisant une grimace.

J'ai remercié Babar plein de fois. Je lui ai dit qu'elle m'avait sauvé la vie et que j'avais une dette envers elle. Elle a répondu que je racontais des bêtises, avant de prendre un air pensif, puis de glisser la main dans sa poche et de me tendre une carte de visite.

« Tu m'as dit que tu cherchais une colocation ? Il nous reste une chambre chez moi. Si ça t'intéresse. »

J'ai avalé ma salive et j'ai essayé de ne pas montrer à quel point j'étais excitée, mais c'était difficile parce que sans m'en rendre compte, mes pieds avaient commencé à faire des petits bonds et mes mains s'étaient jointes comme si je priais. Babar ayant deux yeux en état de fonctionnement, elle a vite compris.

Pieds sautillants obligent, elle m'a donné rendez-vous pour visiter la maison dès demain. J'ai oublié de lui demander le coût du loyer, mais je croise les doigts parce que Babar a dit qu'elle vivait avec cinq autres personnes super cool et qu'ils s'entendaient trop bien et que la maison était grande et géniale. Bref, le genre de trucs que j'avais jamais entendu avec mon vieux copain Peter Pang.

À présent, je suis de retour dans la salle commune de l'auberge. Ma bouteille est devant moi. Je n'ose ni la jeter, ni la boire. Elle contient le jus d'un ananas porte-bonheur, c'est sûr.

Depuis tout à l'heure, je repense à ce moment dans le métro avec Timide derrière sa vitre, au comportement que j'ai eu et à quel point mes parents auraient eu honte de moi. De loin, Timide semblait rester de marbre, mais de près, ses yeux trahissaient ses pensées. Ils disaient *fuck you.* C'est la deuxième fois depuis que je suis là que je m'énerve contre un Japonais, et c'est la deuxième fois que je vois des *fuck-you eyes*.

Si Aiden avait été là, ça ne serait jamais arrivé. D'abord, je ne me serais pas perdue parce qu'elle est un vrai saint-bernard, et puis ensuite, je n'aurais pas parlé comme ça. Quand elle est là, je suis une version de moi plus calme, plus sereine, qui pense mieux et plus vite.

Aiden empêche ma médiocrité de déborder.

At First Sight

Vendredi 2 septembre

Aujourd'hui, Soupe m'a écrit qu'il avait eu un coup de foudre. C'est une jolie expression. En anglais, on appelle ça *love at first sight*, « l'amour au premier regard ». C'est plus fromageux, moins climatique.

Soupe n'a pas voulu trop m'en dire, il disait que ça lui porterait la poisse et qu'il me raconterait si ça se passait bien. J'avais mes doutes. Il faut de la chance pour que ça se passe bien avec quelqu'un dont on ne sait rien. Parce que le coup de foudre, c'est ça. Une idéalisation momentanée et sans fondement d'une personne dont l'enveloppe corporelle nous satisfait. On ne sait pas de qui on tombe amoureux, c'est quand même un problème.

Peut-être que ça m'échappe parce que ça ne m'est jamais arrivé. Les deux fois où je suis tombée amoureuse, j'étais amie avec la personne avant. C'était pas l'amour au premier regard, c'était l'amour à la cinquante-huitième conversation géniale, au trentième fou rire, au douzième après-midi merveilleux.

Rassure-toi, je n'ai pas passé la journée à méditer sur la valeur des coups de foudre. J'ai fait un truc plus important aujourd'hui : j'ai visité la maison de Babar.

Elle se situe dans un quartier à l'ouest du centre de Tokyo nommé Kamikitazawa, au milieu d'un lotissement familial rempli de jolies maisons, de chiens et de mères qui surveillent des enfants sur des tricycles. La plupart des maisons sont minces, hautes, très proches les unes des autres, et les rares jardins que j'ai aperçus sont tout petits aussi. Quant aux chiens, j'ai remarqué que pas mal d'entre eux ont tendance à porter des vêtements. J'ai demandé à un Japonais à l'auberge pourquoi ils infligent ça à ces pauvres bêtes avec la chaleur qu'il fait. Il n'a pas saisi le problème. D'après lui, c'est *kawaii*. Si j'ai bien compris, *kawaii*, c'est ce que tu dis quand tu vois une loutre s'ébrouer ou si un bébé danse sur une chanson de Simon and Garfunkel.

Le lotissement donne l'impression qu'il vient d'être sorti de l'emballage. Tout est propre, récent, élégant. Les murs en fines briques impeccables, les portes au design moderne, les jolies inscriptions en japonais gravées sur des plaques et les voitures haut de gamme garées dans les allées participent au sentiment qu'on a affaire à une petite communauté bourgeoise.

Plus grande mais aussi plus ancienne que la plupart des autres maisons du lotissement, celle de Babar est impressionnante. On dirait la chef des autres maisons, comme si elle s'était installée là bien avant et qu'elle avait invité toutes les autres à la rejoindre parce qu'elle se sentait trop seule.

Lorsque je suis arrivée, j'ai dû pousser une petite sonnette sur un grand portail électrique noir. Babar m'a accueillie avec enthousiasme et m'a invitée à entrer.

Dans le hall de la maison, je me suis retrouvée face à un océan de chaussures. Il devait bien y en avoir vingt ou vingt-cinq paires, dans des styles très différents.

« Désolée, Babar a dit. Il faut que je rappelle à tout le monde d'utiliser le placard. »

Elle n'avait pas besoin de s'excuser. Quand j'ai vu ça, j'ai tout de suite eu envie de faire partie de cette maison.

L'océan de chaussures s'arrêtait devant une marche sur laquelle démarrait un sol en tatamis qui occupait le reste du hall. Babar m'a montré une paire de pantoufles qui m'attendait au bord de la marche. J'ai ajouté mes Toms à l'océan de chaussures avant de les enfiler.

Plus loin, quatre cartons d'écrans d'ordinateur étaient posés contre un mur.

« C'est pour Soo-jin », Babar a dit en regardant l'étiquette collée sur chaque carton.

« Tous les quatre ? »

« Soo-jin est riche. »

« Tes colocataires sont japonais ? » j'ai demandé.

« Juste Yuki. Soo-jin est coréenne, Koji est américain, Zenos est grec et Lubin est français. »

Elle a ouvert la porte vitrée qui menait vers le salon, et moi je suis tombée de ma chaise, même si je n'étais assise sur aucune chaise. Un grand piano noir donnait à la pièce une certaine grandeur, classique, qui contrastait avec la modernité de l'écran immense qui prenait tout un mur en face d'un grand canapé en deux parties à angle droit.

L'écran était encore plus large que celui qu'il y a chez Soupe et sur lequel on regardait des films au lycée. Un rétroprojecteur était accroché au plafond. Sous l'écran géant, près d'une cheminée, il y avait une machine à karaoké avec deux petits écrans tactiles et deux micros.

Une porte coulissante sur la gauche donnait accès à une petite véranda rectangulaire plantée au milieu du jardin. Des branches de citronniers pendaient derrière les vitres ouvertes. J'ai appris que Zenos et Lubin avaient commencé à aménager un potager un peu plus loin. Une toile représentant des démons séchait au soleil, sur un tréteau.

De l'autre côté du salon par rapport à la véranda, il y avait la cuisine. Elle contenait un long plan de travail en marbre gris, un frigo, et une grande table en bois noire. Il y avait aussi cinq poubelles différentes avec des dessins pour préciser où mettre quoi. Les Japonais n'ont peut-être pas de poubelles dehors, mais ils se rattrapent drôlement à l'intérieur.

En face du hall d'entrée, le salon était connecté à un couloir dans lequel il y avait deux chambres et une grande salle d'eau à la japonaise, avec une baignoire et des tas de petits bidules électroniques sur les murs pour faire des trucs marrants avec des jets d'eau.

À l'étage, Babar m'a montré les portes des cinq autres chambres en me disant qui dormait où. La chambre que je venais visiter était l'une de ces cinq-là. Elle était spacieuse, propre, vachement plus chouette que tout ce que j'avais visité avec Peter Pang, et parfaitement conforme à l'idée que je me faisais du Japon avant de venir. Il y avait des tatamis par terre, de grands placards coulissants, une lampe en papier carrée au plafond et un futon en guise de lit sur les tatamis.

Au même étage, il y avait une deuxième salle de bains, et aussi un balcon en bois avec une machine à laver et une grande barre suspendue horizontalement pour faire sécher les vêtements au soleil, ainsi qu'une table basse avec une dizaine de gros pots de peinture. De là, on pouvait voir le sommet des arbres d'un parc à quelques centaines de mètres.

Après la visite, on s'est installées dans le salon pour discuter autour d'un café et de quelques Kit-Kat au thé vert. Ce parfum-là n'existe pas aux États-Unis. C'était les meilleurs que j'avais jamais mangés.

Depuis que Babar m'avait parlé de sa maison sur le quai du métro, je redoutais le moment où on allait évoquer le loyer. Mais quand elle me l'a dit, j'ai encore failli tomber de ma non-chaise. C'était grosso modo le budget que me donnait Columbia. Je lui ai demandé comment c'était possible de vivre dans une maison aussi grande pour un prix aussi raisonnable, dans une ville où tout est très petit et très cher. Elle a répondu par un sourire espiègle. J'ai cru que c'était l'introduction à son explication, mais ça devait être la conclusion parce qu'elle n'a rien expliqué du tout.

Au lieu de ça, elle m'a posé des questions sur ce que j'aimais, ce que j'étudiais, combien de temps je voulais rester et comment je paierais le loyer si je décidais d'emménager. Elle a pris des notes pour raconter aux autres. Je lui ai expliqué que mon père était français et ma mère américaine et que du coup je pensais en deux langues. J'ai dit que je serais ravie d'emménager le plus tôt possible et de rester toute l'année et que je promettais de faire ma vaisselle et de sortir les poubelles et de mettre mes chaussures dans le placard tout bien comme il fallait.

Elle a rigolé. Elle a dit que beaucoup de gens voulaient habiter ici et qu'elle devrait en parler à ses colocataires, mais que j'étais sa préférée et qu'elle espérait les convaincre. Ça m'a fait plaisir d'être la préférée de Babar, mais j'étais un peu déçue que les autres ne soient pas là. J'avais espéré passer un entretien d'entrée avec tout le monde réuni autour d'une table, comme dans *L'Auberge espagnole*. Apparemment, les gens sont trop occupés pour faire ça dans la vraie vie.

Quand elle m'a raccompagnée dehors, on a croisé un garçon imposant qui portait un costume de licorne rose avec un gros derrière et une queue poilue, et qui allumait une cigarette en marmonnant :

« *Fucking Fridays, man…* »

Lorsqu'il m'a vue, il a enlevé son casque avec la crinière et la corne pour se présenter. C'était Koji. Il avait des grosses mains, avec des doigts comme des saucisses.

Un déguisement de licorne, une toile qui sèche, quatre écrans d'ordinateur pour une seule personne et un logement fabuleux pour un prix trop raisonnable… ça fait beaucoup de questions. J'espère que je vais venir vivre ici et élucider les mystères de la maison chef-de-lotissement à Kamikitazawa, parce que… je crois bien que j'ai eu le coup de foudre.

Proletarian Rice

Lundi 5 septembre

Depuis le départ d'Aiden, mes oreilles sont à l'affût des carillons de mon téléphone. Textos, mails, photos, il y en a un pour tout. Mon préféré en ce moment est celui d'iCupid, une application qu'on a commencé à utiliser pour amortir un peu le choc de la relation longue distance. L'application nous pose des questions sur notre partenaire, genre sa couleur préférée ou l'endroit où elle préférerait passer des vacances, et ensuite on voit ce que l'autre a répondu pour nous. Si on a bon, ça fait plein de points et on a l'impression que notre couple est indestructible, et puis si on n'a pas bon, on dit que la question était stupide. C'est très addictif. Le seul problème, c'est que iCupid est un peu vieux jeu, quand on l'a configurée on a été forcées de lui dire que j'étais un garçon. Aujourd'hui, elle a demandé à Aiden si elle connaissait la taille de mon pénis. Aiden a répondu que c'était la taille parfaite. Dieu merci, ma virilité était intacte !

Ce midi, mon téléphone a carillonné, mais ce n'était pas l'application, c'était Babar qui m'écrivait pour m'annoncer qu'elle et les autres avaient décidé que je serais la meilleure personne pour compléter leur maison.

Je me suis permis une petite danse de la victoire, celle où je tourne sur moi-même en remuant le popotin. Et puis j'ai remarqué qu'en fait un jeune Chinois me regardait depuis un coin de la pièce où il faisait ses valises, alors moi et mon popotin on a réuni nos affaires et on s'en est allés très vite.

Lorsque je suis arrivée devant ma nouvelle maison en mode dromadaire surchargé, j'ai poussé le portail électrique, qui avait été laissé entrouvert pour moi. L'imposant Koji était assis sur la plus haute marche de l'escalier en marbre qui mène à la porte, une cigarette à la bouche. Il portait un bermuda à carreaux et un tee-shirt de Bart Simpson maquillé comme le Joker. Ses avant-bras étaient recouverts de tatouages. Il pianotait sur son téléphone. Je ne sais pas comment il fait, moi avec mes petits doigts je trouve déjà ça pas facile, mais lui avec ses doigts-saucisses, c'est un coup à taper trois lettres au lieu d'une à chaque fois.

J'étais tellement heureuse d'être là et d'avoir trouvé une maison, je crois bien que je n'arrêtais plus de sourire. Koji l'a remarqué, ça l'a fait sourire aussi. Il m'a invitée à m'asseoir sur la marche à côté de lui pour faire connaissance.

Koji dit qu'il est un *halfie*, d'un papa américain et d'une maman japonaise. Ses grands-parents maternels se sont rencontrés dans l'un des camps où on a regroupé les Japonais aux États-Unis à la fin de la Seconde Guerre mondiale. Du coup, bien que techniquement japonaise, la mère de Koji a grandi en Amérique. Physiquement, l'héritage japonais de Koji est à la fois subtil et évident. Il a des yeux en amande, et ses cheveux noirs coupés court ont un côté hérisson et une fraîcheur propres aux champions du monde des cheveux que sont les Japonais.

Koji est photographe. Tous les matins, il va dans une école de langues pour apprendre le japonais. Comme il ne parle pas encore assez bien, il a du mal à trouver des clients, du coup il fait des petits boulots de temps en temps, genre se déguiser en licorne et distribuer des flyers pour un parc d'attractions.

Il m'a demandé ce que je faisais à Tokyo. Je lui ai dit pour le projet fou et le Vivre et la quête de soi-même et Burbank et Aiden future illustratrice célèbre et tout ça.

Il a hoché la tête et tiré sur sa cigarette.

« Vous restez ensemble, alors ? » il a demandé.

« Bah oui. Pourquoi ? »

« Pour rien. »

C'était pas pour rien qu'il disait ça, c'était à cause de la relation longue distance. Elle a mauvaise réputation. Mais j'aime pas y penser, ça me fait mal au ventre.

Après avoir enjambé l'océan de chaussures et monté mes valises dans ma chambre avec Koji, j'ai réparti mes affaires dans les grands placards, j'ai arrangé quelques livres sur mon bureau et j'ai fait mon lit. Enfin, mon futon. Et puis j'ai pris des photos, que j'ai envoyées à Aiden.

Avant de ressortir, j'ai jeté un œil à ma nouvelle tanière, aux tatamis, aux placards coulissants. Elle était tellement japonaise, cette chambre, j'avais du mal à y croire. Et puis j'ai réalisé qu'Aiden ne viendrait pas ici avant Noël, et j'ai encore eu mal au ventre.

Lorsque je suis redescendue dans la cuisine me chercher un verre d'eau, Koji faisait ses devoirs de japonais à table et Babar se préparait à dîner. J'ai dû me faire violence pour entrer. J'étais timide. C'était pourtant mon nouveau chez-moi, mais je me sentais encore comme une invitée.

« Koji, tu as laissé ton riz dans le cuiseur, Babar a dit. Tu dois le vider dans un tupperware et laver le bol pour que les autres puissent l'utiliser après toi. »

« Prends de mon riz, Koji a répondu, son crayon gris dans la bouche. Je prendrai du tien plus tard, ça me dérange pas. »

« Mange un cactus ! J'achète du riz complet. Je vais pas manger ton riz de prolétaire et te laisser manger mon super-riz parce que tu as la flemme de bouger tes fesses. »

Je ne sais pas à quoi ça ressemble par écrit, mais je dirais que cette mini-dispute s'est déroulée dans une atmosphère cordiale. Je pense que ça tient au fait que Babar a dit tout ça gentiment. Elle n'a pas haussé le ton, et elle n'a pas qualifié les fesses de Koji avec un adjectif. Si elle avait parlé de ses « grosses » fesses par exemple, je ne suis pas sûre que ça se serait aussi bien passé. D'ailleurs, Koji a dû apprécier aussi parce qu'il est allé vider le cuiseur de riz.

Je n'ai pas encore croisé les autres locataires. Je pensais qu'on serait constamment les uns sur les autres tous les sept, mais la maison est grande et les gens sont occupés, du coup il s'y passe l'inverse de ce qui se passe dans le reste de Tokyo : on a de l'espace.

Alors voilà. Kamikitazawa succède à Manhattan comme nouveau quartier général de ma vie. C'est bizarre à écrire, et pourtant c'est officiel : moi, Capucine, je suis tokyoïte.

修理

- 2 -

RÉPARER LE CHAMEAU

Painter & Painting

Mardi 6 septembre

Quand je me suis levée ce matin, j'ai croisé Zenos qui sortait de la salle de bains. Un garçon juste un peu plus grand que moi, bronzé, avec un petit bidon qui bombait légèrement son tee-shirt, de longs cheveux blonds attachés et une barbe de trois jours. Je pourrais aussi te dire qu'il portait un caleçon avec des petits lapins dessus, mais je ne sais pas si je devrais.

Entre parenthèses, c'est pas pour critiquer une langue que j'adore, mais « barbe de trois jours », c'est vachement long. Je n'en revenais pas quand j'ai vu qu'il n'y avait que ça dans le dictionnaire. En anglais, on dit *stubble*. Le français est une langue magnifique, mais il faut dire la vérité : l'anglais est plus pratique. On dirait qu'on a inventé le français pour la poésie et l'anglais pour la vie de tous les jours.

Zenos est peintre. Il passe parfois quelques jours dans la nature nippone pour « se ressourcer et produire une nouvelle toile ». Il est revenu d'un périple sur le mont Fuji hier soir. Sa voix était aussi calme que ses yeux étaient doux. Il était content de me rencontrer, Babar lui avait dit que je ne mangeais pas d'animaux et il pensait qu'on aurait beaucoup à s'apprendre. Ça marchera sûrement mieux dans un sens que dans l'autre, parce que même en caleçon, j'avais envie de l'appeler monsieur.

Il n'avait pas l'air gêné qu'une parfaite étrangère le voie en sous-vêtements. Je suppose que dans ce contexte, c'était considéré comme normal. Je n'ai jamais vécu avec six personnes avant, je ne connais pas les règles. Je maîtrise « copine », « amie », « petite amie », mais je ne connais pas « colocataire dans une grande maison ». Je ne sais pas si on est des inconnus qui vivent juste dans le même lieu, comme des inconnus dans le métro prennent juste le même moyen de transport, ou si on est une petite famille pour qui c'est normal de faire des trucs de famille, genre se croiser en petite tenue dans les couloirs, ou crier à quelqu'un depuis le petit coin de bien vouloir nous apporter du papier toilette.

En bas dans le salon, Koji regardait *South Park* sur l'écran géant en aspirant bruyamment un bol de *udon*, des pâtes épaisses qui trempent généralement dans du bouillon avec des trucs comme des œufs ou du tofu ou des légumes ou, dans le cas de Koji, des morceaux de cochon. Quand je lui ai dit bonjour, il a levé une main pour que je fasse un *high five* à ses doigts-saucisses.

Dans la cuisine, ça sentait le café chaud. Assises à table, Babar et Yuki discutaient en japonais. Quand elle a vu ma tête du matin, Babar m'a servi une tasse. Une fille bien, cette Babar.

Elle m'a présenté Yuki. Après avoir rencontré un peintre, je rencontrais une peinture. J'ai pas d'autres mots : Yuki, c'est un tableau. La plupart des Japonaises que j'ai croisées jusqu'ici avaient un visage plutôt rond. Yuki a les traits fins, la peau foncée, de grands yeux marron magnifiques et des cheveux lisses et noirs qui n'en finissent plus. Le genre de visage qui fait pas tellement plaisir à voir parce qu'on a l'impression de ressembler à un chameau en comparaison.

Tu te dis peut-être qu'après avoir déjà utilisé le dromadaire, ça fait beaucoup de métaphores à base de camélidés pour un seul blog. C'est parce que avant de partir à Tokyo, en parlant avec mon père, j'ai découvert qu'en français on fait la différence selon qu'il y a une ou deux bosses. Du coup je mets en avant mes nouvelles connaissances zoologiques dans mes métaphores.

Mais revenons-en à Yuki la peinture. Elle était aussi belle qu'elle mangeait un truc immonde. Elle a dit que c'était des haricots de soja fermentés et que ça s'appelait *nattō*. C'était marron, gluant, et ça faisait des fils comme du fromage fondu, mais surtout ça sentait comme les pieds de Carl dans mon dortoir à Asakusa.

« Soo-jin et Lubin sont pas là ? » j'ai demandé.

« On voit pas souvent Soo-jin, Babar a dit en recoiffant ses cheveux-champignon. Elle vit la nuit. Lubin est à Singapour pour ses affaires. »

En entendant ça, je me suis rendu compte que j'avais changé de monde. Il y a encore quelques mois, je partageais une chambre à Columbia avec une fan de vampires qui croyait qu'il ne fallait pas mettre un tee-shirt taché de farine à la machine à laver parce que ça risquait de faire de la pâte. Aujourd'hui, je vis avec des gens qui méditent dans les montagnes ou partent en voyage d'affaires à Singapour. Je pensais qu'il se passerait quelques années avant que je vive ce genre de trucs, mais de toute évidence, Lucien s'éclate à faire de ma vie un truc inattendu.

Lucien, c'est mon ange gardien architecte de vie. Le nom interminable de sa fonction me coûtait trop cher en salive et en encre, j'ai préféré lui donner un prénom.

Zenos est arrivé peu après dans la cuisine pour se préparer un smoothie « régénérateur ». Épinards, bananes, baies de goji, poudre d'açaï, huile de coco et cacao cru. Il en a versé un petit verre à tout le monde. Babar l'a bu en se bouchant le nez.

Après ça, Yuki est partie étudier à la bibliothèque, Zenos a rejoint une fille à Shimokitazawa et Koji est allé distribuer des flyers pour une épicerie, déguisé en cornichon, en promettant de boire beaucoup, beaucoup d'alcool ce soir pour oublier tout ça. Je suis restée seule avec Babar, qui m'a demandé si je voulais l'aider à explorer le sous-sol.

J'ai accepté à condition que cette fois elle me dise comment c'était possible qu'une maison aussi grande et aussi chouette à Tokyo coûte aussi peu cher. Elle a fait le même sourire espiègle qu'elle avait fait quand j'ai visité la maison, et je n'ai toujours pas reçu de réponse. Mais je l'ai quand même suivie dans les escaliers qui mènent au sous-sol, parce qu'il se trouve que j'ai bon caractère.

En bas, on aurait dit une brocante qui aurait été mise sens dessus dessous par un ouragan. Il y avait des lampes, des chaises, des ventilateurs, des sacoches, des statues de Bouddha, du matériel de ski, de la vaisselle, des cartons, des vêtements sur des penderies, des balles de baseball, et même une canne blanche. La propriétaire de la maison, Sayoko-san, n'avait pas eu le temps de ranger tout ça, mais en contrepartie, elle avait dit à Babar qu'on pouvait utiliser ce qu'on voulait.

Juste à l'entrée, il y avait un grand sac de sport plein à craquer. Babar m'a expliqué que c'était des vivres et du matériel en cas de long typhon ou de grand tremblement de terre. Les Japonais vivent sous la menace de l'arrivée du « Big One », un séisme d'ampleur plus catastrophique que jamais dont les scientifiques disent qu'il arrivera forcément un jour.

Babar a préparé le sac avec Lubin quand ils ont emménagé dans la maison il y a deux mois. Ils étaient copains à la fac à Singapour, et quand Lubin a décidé d'étendre sa start-up au Japon, comme Babar parlait japonais, il lui a proposé de venir avec lui et de s'occuper du marketing. Du coup, si j'ai bien compris, Babar et Lubin sont copains, colocataires, et Lubin est un peu le patron de Babar aussi. Ils ont une relation à trois étages. Manquerait plus qu'ils tombent amoureux, ça ferait un gratte-ciel.

Pendant qu'on fouillait pour voir ce qu'on pouvait rapporter d'utile en haut, Babar m'a confié qu'en vrai elle s'appelle Barbara. Elle se trompait toujours en écrivant son prénom quand elle était petite, ses parents ont commencé à l'appeler comme ça pour rigoler, et puis finalement c'est resté.

Je lui ai demandé les trois choses qu'elle prendrait avec elle sur une île déserte.

« 1. Une baleine.

2. Une selle géante.

3. Un livre d'instructions pour savoir quoi dire à la baleine pour la faire avancer. »

Babar a une façon particulière de chercher des solutions, mais j'aime bien la manière dont son esprit fonctionne.

« Regarde, j'ai trouvé une machine à écrire ! » je me suis exclamée.

En fait, en fouillant dans un vieux coffre en bois, j'en avais trouvé deux. Une japonaise, beige, avec un nombre de caractères incroyable, très serrés, et puis une plus petite, noire, avec les lettres de notre alphabet, moins compliquée que la japonaise.

Je l'ai brandie au-dessus de ma tête. Je la trouvais magnifique, mais Babar n'était pas intéressée, parce que « maintenant il y a des ordinateurs pour faire ça ». Comme quoi, on peut aimer comment l'esprit de quelqu'un fonctionne, mais pas forcément tout le temps.

À côté des deux machines dans le coffre, il y avait aussi quelques feuilles jaunies remplies de caractères japonais écrits verticalement à la machine. Ça a réveillé la partie de moi qui se passionne pour les livres d'aventures et les cartes au trésor, alors je les ai roulées puis attachées avec l'élastique que j'avais autour du poignet, et je les ai lancées à Babar.

Elle les a attrapées du premier coup. Attraper quelque chose du premier coup, ça en dit long sur quelqu'un. Et je suis à l'aise pour le dire, étant moi-même quelqu'un qui n'attrape jamais les choses du premier coup.

« Tu peux lire ? » j'ai demandé.

Je me suis approchée, curieuse, pendant qu'elle passait son doigt le long des caractères en haut de la première page en marmonnant.

« C'est une lettre, elle a dit finalement. Ça date de… 1955. »

« Waouh. Ça raconte quoi ? »

« Tu veux savoir ? »

J'ai acquiescé avec un grand sourire. Me demander

si je voulais savoir ce que racontait une lettre japonaise mystérieuse datant de 1955 et trouvée dans un coffre en bois digne d'un bateau de pirates ? *Duh*.

Babar a attrapé un stylo dans la poche avant de sa chemise. Je lui ai tendu un petit bout de papier, et elle s'est assise par terre pour traduire les premières lignes de la lettre.

En attendant, j'ai imaginé de quoi ça pouvait bien parler. Ma théorie était une lettre d'amour d'un soldat à son amie d'enfance qui aurait tragiquement appris ses sentiments quelques jours avant qu'il ne meure au front.

Babar s'est relevée, dubitative, ajustant ses lunettes.

Mon cher Nobu,

Lorsque tu avais six ans, tu as posé une question à ta sœur. Elle n'a jamais trouvé la force de te répondre. Ce jour-là, j'ai fait deux promesses. À toi, j'ai dit que le jour de ton douzième anniversaire, je répondrais à ta question. À ta sœur, j'ai promis de tout te raconter pour qu'elle n'ait jamais à le faire.

Joyeux anniversaire, Nobu.

« C'était quoi la question ? »

« Je sais pas, Puce. »

« Et la réponse ? »

« Arrête ! » elle a rigolé.

Babar a dit qu'elle essaierait de traduire le reste, mais qu'elle avait besoin de plus de temps parce que la lettre était longue et qu'il y avait beaucoup de *kanji* qu'elle ne connaissait pas. Si j'ai bien tout compris, les kanji, c'est des caractères qui viennent du chinois et qui symbolisent des trucs et qu'il faut apprendre par cœur si on veut pouvoir lire le japonais. Ils s'ajoutent aux *hiragana* et aux *katakana*, les deux alphabets japonais, pour former des phrases. On utilise les hiragana pour les mots japonais et les katakana pour les mots étrangers. Ah, et aussi techniquement, c'est pas des alphabets, c'est des syllabaires, parce que les symboles représentent pas des lettres mais des syllabes. Bref, c'est hyper simple.

En plus de la machine à écrire et de la lettre mystérieuse qui transformait ma vie en roman d'aventures, j'ai aussi trouvé une peluche d'ours blanc haute d'environ un mètre, cachée derrière un matelas. Poussiéreuse, mais mignonne. Je l'ai montrée à Babar, qui l'a regardée en grimaçant.

« Qu'est-ce que tu veux qu'on fasse de ça ? » elle a demandé.

« Il nous faut une mascotte. »

« Une quoi ? »

« Une mascotte. Comme au lycée. Jean-Pierre sera la mascotte de la maison. »

« C'est qui ça, Jean-Pierre ? »

« Bah, c'est lui. Jean-Pierre l'ours polaire. »

« Ah. Eh bien Jean-Pierre a besoin d'une douche. »

On a rapporté pas mal de trucs en haut : un ventilateur,

un vieux chapeau de paille, et un globe terrestre que j'ai placé sur mon bureau. Quand on cherche à Vivre, c'est bien d'avoir une vue d'ensemble.

J'ai aussi monté la canne blanche dans le hall. C'est le genre de truc qui peut toujours servir si quelqu'un s'introduit chez nous et qu'on a besoin d'un accessoire solide pour lui filer des coups sur la tronche en criant au voleur. Et puis je n'ai pas pu résister, j'ai gardé la machine à écrire occidentale. Je l'ai mise devant ma fenêtre. Depuis, j'arrête pas de la regarder en souriant, même si les ordinateurs existent.

Ce soir, au moment d'aller me coucher, je suis sortie de la salle de bains en petite culotte et en tee-shirt et j'ai croisé Koji qui revenait des toilettes. Quand il a vu ma gêne, il a caché ses yeux avec ses doigts-saucisses. Et puis sans le vouloir, il a répondu à la question que je me posais depuis que j'avais croisé Zenos en caleçon.

« *Relax*, il a rigolé. *We're family.* »

Hachikō

Jeudi 8 septembre

Quand j'étais petite, mon père disait que j'étais la cliente préférée du marchand de sable. D'ordinaire, ça pourrait être la fin du monde et des zombies pourraient grignoter mes jambes que je dormirais quand même comme une bûche. Mais depuis le départ d'Aiden il y a dix jours, je passe mes nuits à me tourner et à me retourner. Je me sens vide d'elle. Ça démange à l'extérieur de mon corps, et il n'y a nulle part où gratter.

Quand c'est comme ça, je mets des écouteurs sur mes oreilles et je sors marcher. Je déambule dans les rues de Tokyo en pensant à notre avenir, à la vie, et puis parfois aussi je m'invente des histoires. Je fais vivre des personnages dans ma tête, je leur construis un monde, des relations et des aventures. Je leur donne plus de problèmes qu'à moi.

En revenant d'une balade cette nuit, je me suis arrêtée au konbini pour acheter de la soupe miso. J'ai lu un article l'autre jour qui disait qu'on avait retrouvé des billes radioactives microscopiques provenant de Fukushima dans l'air de Suginami. Suginami est l'un des vingt-trois arrondissements de Tokyo, et il se trouve que c'est celui dans lequel j'habite. J'ai lu que le miso pouvait protéger des trucs radioactifs. Je ne sais pas si c'est vrai, mais c'était ça ou arrêter de respirer pendant neuf mois.

À chaque fois que je passe à la caisse dans un konbini ou au supermarché, on me pose une question. Je ne comprends jamais les mots, mais j'ai pigé qu'on me demande si je veux un sac plastique, du coup je réponds toujours par l'affirmative, *hai*. Le jour où un caissier me trouvera chouette et décidera de me demander en mariage, tant pis ça sera oui aussi.

Finalement, je n'ai pas acheté de soupe miso parce que je ne savais pas s'il y avait des animaux dans les paquets qu'ils vendaient. J'ai acheté un mushipan à la place. Ça combattrait peut-être pas la radioactivité, mais ça combattrait ma faim et c'était déjà bien.

Lorsque je suis arrivée à la maison, le soleil était en train de se lever. J'ai eu la surprise de trouver Koji en position fœtale devant la porte d'entrée, endormi sous le porche. Il ronflait fort, et d'une façon très particulière. Comme un sanglier asthmatique qui aurait avalé un petit tracteur.

Je l'ai enjambé et j'ai poussé la porte le plus doucement possible pour ne pas le réveiller. Maintenant que j'y pense, je crois qu'il en aurait fallu plus pour le sortir de son sommeil phacochérien.

Derrière l'océan de chaussures, un post-it collé sur les tatamis demandait à tout le monde de bien vouloir se souvenir qu'on avait un placard à chaussures. Il y avait un petit smiley en colère rigolo à la fin. C'est Babar qui fait ça, elle laisse des post-it un peu partout dans la maison pour demander aux garçons de ne pas oublier de rincer leurs poils de barbe dans les lavabos, aux filles de ne pas se tromper de poubelle au moment de jeter nos trucs de filles, ou à Zenos de ne pas laisser traîner ses pots de peinture sur le balcon en haut parce qu'un jour quelqu'un se prendra les pieds dedans et ce sera n'importe quoi. Elle laisse aussi un planning dans la cuisine pour savoir qui est de corvée de ménage ou de poubelles. Grâce à Babar, on va être une colocation bien huilée.

Zenos repassait des tee-shirts dans le salon. C'était la première fois que je voyais ses longs cheveux blonds détachés. On aurait dit Jésus sur le vitrail d'une cathédrale.

« *Morning*, j'ai dit. Tu sais que Koji dort sous le porche ? »

« Il est sorti hier soir, il a dû rentrer ivre. Ça lui arrive souvent. »

« C'est bizarre. »

« Qu'est-ce qui est bizarre ? »

« De réussir à retrouver sa maison dans Tokyo, mais pas sa chambre dans sa maison. »

« C'est le chauffeur de taxi qui a trouvé la maison. »

« Ah. Oui. »

L'horloge au mur n'affichait pas encore six heures. À neuf heures, je donnais une leçon d'anglais dans le quartier de Nakano à un adorable sexagénaire nommé Isamu. Aiden a appris qu'elle aurait moins de vacances que prévu pour Noël, du coup pour passer plus de temps ensemble, on a décidé que c'était moi qui irais la voir.

Et pour ça, j'ai besoin d'une tirelire hippogriffe remplie.

N'ayant pas envie de me retrouver seule face à mon oreiller, j'ai décidé de partir plus tôt et d'aller chercher la deuxième lettre d'Aiden avant de me rendre à Nakano.

Dans ma chambre, j'ai déplié Violette et je l'ai retournée pour voir ce qui était écrit derrière :

Indigo se trouve à 5001 grenouille verte, place du chien fidèle.

Je me suis creusé la tête pendant quelques minutes. D'abord, j'ai cru que c'était le nom d'une place qu'Aiden aurait maladroitement traduit en français, mais il n'y avait aucune place à Tokyo dont le nom ressemblait à ça. Et puis j'ai fini par comprendre que le chien fidèle était Hachikō.

En 1924, un professeur d'université se rendait à la gare de Shibuya tous les matins pour aller au travail. Il était accompagné de son nouveau chien, Hachi, qui après avoir été adopté par le professeur, avait pris l'habitude de marcher à ses côtés le matin, avant de rentrer ensuite seul chez lui. Il allait même à la gare le soir pour attendre son maître et le raccompagner à la maison.

Un an après avoir adopté Hachi, le professeur est mort. Inconsolable, et après quelques longues péripéties que je ne te raconte pas parce que c'est un blog sur Vivre et pas sur Hachikō le chien, Hachi est revenu devant la gare tous les soirs, à l'heure à laquelle son maître aurait dû arriver. Il a fait ça pendant des années. À la fin, tout le quartier connaissait Hachi et le surnommait affectueusement Hachikō. Il a été immortalisé par une statue de bronze à la sortie de la station de métro de Shibuya. Aiden et moi, on avait pris une photo à côté d'elle le jour où on avait visité les lieux de tournage de *Lost in Translation*.

En sortant du métro à Shibuya, j'ai croisé un groupe d'Occidentaux. À Tokyo, les Occidentaux qui se croisent échangent des regards particuliers. C'est un peu comme si on était sur une île déserte et qu'on croisait un autre naufragé. « Ah, t'es là aussi, toi ? »

Je me suis mise à la recherche d'une grenouille verte et du nombre 5001 près de la statue de Hachikō. Cinq minutes plus tard, j'ai poussé un petit cri de joie en me rendant compte que le nombre apparaissait sur le devant d'un vieux wagon vert abandonné J'ai appris plus tard qu'il était surnommé *Green Frog*.

Surexcitée, je me suis mise en quête d'Indigo avec la même énergie que j'avais quand j'étais enfant et que je cherchais des œufs en chocolat dans le jardin pour Pâques. Aiden est quand même forte, elle réussit à me porter à un niveau d'excitation « chocolat » même quand il n'y a rien à manger.

Ignorant les passants qui me prenaient sûrement pour une folle, j'ai inspecté le wagon abandonné : à l'intérieur, à l'extérieur, au-dessus, en dessous, jusqu'à ce que ma main touche enfin quelque chose. J'ai décroché une pochette plastique scotchée sous le wagon, et dans laquelle se trouvait une petite enveloppe couleur indigo.

Indigo

Puce,

Tu m'as dit un jour que la première fois tu m'as vue a été dans le bus. Moi, je ne t'ai pas vue dans le bus. Peut-être je lisais un livre ou peut-être je laçais mes chaussures, et alors je t'ai manquée.

La première fois je t'ai vue a été à la cafétéria. Je me souviens bien. Je déjeunais avec Grace et les jumelles et des autres personnes populaires du lycée car elles sont venues à côté de moi et elles ont posé beaucoup des questions au sujet de la Californie. J'ai pensé elles sont très différentes que les personnes de mon lycée à la Californie. Je n'étais pas contente car elles disaient des choses stupides et méchantes beaucoup. J'avais peur que peut-être ma dernière année dans le lycée allait être très ennuyeuse.

Alors, tu es venue à l'intérieur. Tu riais aux éclats avec Soupe. Tu as tapé dans la main de Mr. Jackson. Il ne souriait pas avant, mais après il t'a vue, il souriait beaucoup. J'ai pensé cette fille est différente. Tu avais l'air que tu étais plus amusante que les autres personnes. Soupe est allé pour manger, mais tu as parlé avec Gale, la femme qui nettoyait la cafétéria. Les autres personnes ne voyaient pas Gale.

Pendant le repas, j'ai vu que tu m'as regardée. Sara

te parlait, mais tu ressemblais que tu n'écoutais pas. Je me suis dit peut-être je me trompe, mais je crois cette fille elle a compris que je ne suis pas contente de manger avec les filles populaires. J'ai pensé peut-être tu voulais me parler. Sara t'a donné un coup sur l'épaule, alors tu l'as écoutée encore.

Le lendemain, j'ai été près de toi dans le laboratoire de la biologie. Tu m'as souri. J'ai aimé la petite tresse sur ton épaule. J'ai aimé que tu n'avais pas le maquillage et tu n'avais pas besoin pour être jolie. J'ai aimé que les bouts des manches du polo de ton uniforme étaient retournés comme un garçon. J'ai aimé que quand Seemus t'a moquée, tu as fait un bisou sur la joue au lieu de dire une chose méchante. Seemus a rougi et il n'a plus moqué après ça.

J'ai pensé peut-être ma dernière année dans le lycée ne va pas être ennuyeuse après tout.

Je te moustache,

Aiden

Hello, and Sorry

Samedi 10 septembre

En dix-neuf ans d'existence, j'ai été réveillée par des tas de trucs différents : le bruit des casseroles de mon père, un clocher à Varsovie, l'odeur des croissants d'une boulangerie française, les léchouilles de mon chien Hercule… mais ce matin, c'est un truc tout nouveau qui m'a réveillée : je vibrais. Mon futon vibrait. Les tatamis sous mon futon vibraient. Ça m'a fait un drôle d'effet, j'ai pas l'habitude de douter du sol. Il fait partie des trucs sûrs, en quelque sorte, c'est étrange de le considérer soudainement comme un élément instable.

Je me suis levée partagée, à la fois excitée d'avoir vécu mon premier tremblement de terre et effrayée à l'idée d'être engloutie un jour par le Big One.

Sur mon téléphone, iCupid affichait un petit point d'exclamation rose pour me prévenir qu'Aiden avait répondu à une nouvelle question : Quel est l'endroit le plus insolite dans lequel vous avez fait l'amour ?

Elle avait dit au lycée, dans l'auditorium, quelques jours avant la fin des cours. Un matin de messe, on avait attendu que tout le monde retourne en classe après la cérémonie et on s'était faufilées dans un confessionnal vide. On avait drôlement péché. Plus tard, on avait reçu un point pour être arrivées en retard en classe.

À la même question trois jours plus tôt, je n'avais pas

répondu comme Aiden. J'avais dit au mariage de son cousin au printemps dernier, dans le Connecticut. Pendant un cache-cache avec des enfants, on s'était dissimulées dans le catamaran que le cousin d'Aiden rénovait depuis quelques mois. On était tellement bien cachées que les enfants ne nous trouvaient pas. Il avait bien fallu qu'on s'occupe.

Le sourire aux lèvres en repensant à tout ça, je suis descendue en pyjama. En ce moment, c'est un vieux short de sport en coton et un tee-shirt d'Aiden avec Princesse Mononoké qu'elle m'a laissé avant de partir. Il y a son odeur dessus. Il ne verra plus jamais le fond d'une machine à laver.

En bas, Zenos classait des petits tubes de peinture sur la table de la véranda.

« *Hey, kid* », il a dit quand je suis arrivée.

Quand j'étais petite, je n'aurais pas aimé qu'on m'appelle *kid*, mais ici ça ne me dérange pas. C'est normal, je suis la plus jeune de la maison, après moi c'est Yuki et elle a vingt et un ans. Zenos est le plus vieux, il aura vingt-huit ans cette année.

Il était debout depuis quelques heures déjà. Il est comme Aiden, il fait des trucs un peu dingos le matin. Genre se lever quand il fait encore nuit. Ou courir alors qu'il n'est pas pressé.

Le ventilateur qu'on a rapporté du sous-sol l'autre jour était posé sur la table. Ses hélices faisaient frétiller quelques longues mèches blondes qui avaient échappé à l'élastique de Zenos. Un grand verre de liquide vert se trouvait à côté.

« C'est du jus d'herbe de blé. Goûte, si tu veux, et dis-moi ce que tu en penses. »

J'ai goûté, et j'en pense que le jus d'herbe de blé est à placer sur la liste des trucs un peu dingos.

Ensuite, j'ai bu un café et mangé quelques morceaux d'ananas sous le soleil de la véranda en compagnie de Zenos. Il s'est intéressé à Aiden, dont il m'avait entendue parler avec Babar.

« Aiden, c'est ton copain ? » il a demandé.

« Ma copine. »

« Oh, tu es… »

« Non. Enfin, pas vraiment. C'est juste elle. »

Il a souri. Je ne sais pas s'il a pigé le coup de l'exception, en tout cas il l'a respecté. C'est mieux que la plupart des gens. D'habitude on me dit soit tu es lesbienne, soit tu es hétérosexuelle, soit tu es bisexuelle, et par une espèce de loi inventée, on m'impose de donner un nom à ma vie amoureuse. Je ne comprends pas cette manie de vouloir toujours coller des étiquettes sur tout, je ne sais pas si les gens sont au courant mais la vie c'est pas un supermarché.

En bavardant avec Zenos, j'ai appris un truc intéressant : dans son pays, on ne peut pas jeter de papier hygiénique dans les toilettes, ça les bouche, alors on met ça dans une poubelle à côté. J'aurais cru qu'un pays capable d'inventer la démocratie saurait se débrouiller pour élargir ses canalisations.

Après avoir enrichi mes connaissances sur les petits coins grecs, je suis allée faire ma vaisselle dans la cuisine, où Babar rangeait le frigo en grognant quand elle trouvait un truc moisi.

On a tous notre étagère dans le frigo. Babar a collé une jolie étiquette avec notre nom complet écrit en japonais sur chacune d'entre elles. Pour moi, ça donne ça :

カプシン サラベル

C'est joli mais un peu approximatif comme langue, parce que moi je m'appelle Capucine Salabelle et le plus proche que Babar pouvait écrire en japonais, c'était Capoushin Saraberu.

J'aime bien mon étiquette, il y a un panda à côté de mon nom, c'est vachement plus cool que les animaux des autres. Apparemment, Koji et Lubin se battaient tous les deux pour avoir un tigre, Babar en a eu marre alors elle a pris le tigre pour elle et elle leur a donné un cochon et une mule.

Babar a remarqué qu'il n'y avait presque rien sur mon étagère.

« Tu fais une grève de la faim ou quoi ? »

« C'est parce que je suis analphabète, j'ai dit. J'ai peur de manger un animal par erreur. »

« Viens avec moi au supermarché, elle a rigolé. Je te ferai une visite guidée. »

J'ai accepté de bon cœur.

En sortant, on a déposé les poubelles dans des bacs devant la maison, sous des filets, pour pas que messieurs les corbeaux éparpillent nos détritus partout en organisant une opération festin.

Le supermarché était à dix minutes de marche. Babar m'a raillée parce que je disais *konnichiwa* quand on passait devant des mamans avec leurs enfants. Les mamans levaient la tête d'un air surpris, et puis elles répondaient *konnichiwa* avec un grand sourire chaleureux.

« Pourquoi tu rigoles ? » j'ai demandé.

« Je sais pas, c'est… enfin, on fait pas tellement ça, ici. »

« On dit pas bonjour ? »

« Si, on dit bonjour. Mais pas là. Pas comme ça. »

Je sais pas trop de ce que ça voulait dire, mais c'est décidé, je vais dire bonjour quand même, parce que j'aime bien voir le sourire chaleureux et surpris des mamans japonaises. Et puis je sais comment m'excuser en japonais, alors si jamais ça plaît pas à quelqu'un, je lui dirai « Bonjour, et désolée ! » et puis c'est tout.

Sur le chemin, Babar m'a raconté que comme beaucoup de gens aux Philippines, elle a grandi avec des domestiques à la maison.

« Quand je suis partie faire mes études à Singapour, j'ai dû tout apprendre. Je ne savais même pas faire la lessive. »

« J'ai un copain comme ça, j'ai dit. Il ne sait pas faire la lessive, lui non plus. Mais lui il n'a pas de domestiques, c'est juste que c'est un gros macho qui pense que c'est un truc de filles. Une fois au lycée, il l'a dit à sa mère et elle a cessé de laver ses vêtements jusqu'à ce qu'il s'excuse. Pendant un mois, il est venu au lycée avec le même uniforme. »

« Beurk. Pourquoi il a arrêté ? »

« Sa mère n'en pouvait plus. On l'a tous remerciée, on en avait marre de sentir Soupe arriver à trois kilomètres. »

« Soupe ? »

« C'est comme ça qu'on appelle mon ami. C'est une longue histoire. »

« Et ça ne dérangeait pas Soupe de puer ? »

« Non. Il disait que dans la vie, il faut savoir tenir ses positions. »

C'est agréable de passer du temps avec Babar. Dans des situations où Sara se plaindrait, elle dit que c'est comme ça, et que si c'est comme ça alors c'est pas autrement et ça sert à rien de faire la tête. C'est peut-être une question d'âge. Babar a vingt-deux ans. Mais quelque chose me dit qu'à vingt-deux ans, Sara continuera de faire la tête, même quand c'est comme ça et pas autrement. En même temps, je dis ça de Sara, mais Aiden dit ça de moi. Peut-être qu'il y a toujours quelqu'un pour penser qu'une autre personne fait trop la tête, et on remonte comme ça jusqu'à Gandhi (j'imagine qu'il ne boudait jamais).

Au supermarché, Babar m'a montré les kanji importants à connaître sur les étiquettes. Ceux qui représentent les viandes et les poissons, et Fukushima aussi, pour éviter les trucs radioactifs. J'ai pris des photos, parce que mon cerveau franglais n'est pas encore prêt à mémoriser les kanji. Grâce aux explications de Babar, les portes d'un nouveau monde se sont ouvertes à moi. La caverne d'Ali Babar !

De retour à la maison, je me suis frotté les mains et j'ai enfilé mon tablier du Mordor. Le Mordor, c'était un fast-food génial où je travaillais quand j'étais au lycée. Je l'avais surnommé comme ça avant de découvrir qu'il était génial. Pour mon dernier jour, mes collègues m'avaient offert un tablier qu'ils avaient tous signé, et depuis, je ne manque jamais de l'enfiler chaque fois que je fais à manger.

Mon étagère du frigo enfin remplie, j'ai cuisiné un velouté de potimarron japonais, une sorte de patate douce à la peau violette sautée aux oignons et au tofu, et un petit gâteau à la vanille.

Ensuite, je me suis installée dans le salon pour écrire ce post entre Yuki et Jean-Pierre l'ours polaire. De temps en temps, je lève les yeux pour regarder Yuki. Elle porte une jolie robe verte à bretelles qui laisse apparaître sa peau bronzée. Elle est en train de vernir ses ongles de main en noir.

Tout à l'heure, quand elle faisait les doigts de pied,

elle a remarqué le fond d'écran de mon ordinateur ouvert sur mes genoux : une photo d'Aiden et moi prise dans le photomaton pendant Prom.

« *Best friend ?* » elle a demandé.

« *Girlfriend.* »

« *Girl… friend ?* »

« *Girlfriend.* »

« *Oh.* »

Elle a rougi. Je lui ai demandé si elle avait un copain. Elle a secoué la tête en soufflant sur ses ongles. Dans un anglais saccadé, elle a dit qu'elle étudiait beaucoup pour devenir avocate et qu'elle n'avait pas le temps pour un petit ami, alors elle voit des garçons de temps en temps mais pas toujours les mêmes, sinon après ils insistent pour la revoir et elle doit les bloquer sur son téléphone et c'est très ennuyeux.

J'ai hoché la tête, pensive, comme si je connaissais le problème, comme si je savais ce que ça fait d'avoir trop de garçons qui insistent. Faut avouer, Yuki a une façon un peu froide de voir l'amour. J'aimerais pas être à la place d'un garçon qui tombe amoureux d'elle.

En même temps, j'ai pas toujours envie d'être moi non plus. Par exemple, à l'instant. Babar vient de demander qui était l'espèce de chacal égoïste qui n'avait pas fait sa vaisselle. J'ai plus envie d'être moi.

FD

Samedi 17 septembre

« Hey, Chibi, tu fais quoi vendredi soir ? »

Quand Babar m'a demandé ça l'autre jour, j'ai souri vachement. D'abord, parce qu'on ne m'avait jamais appelée Chibi avant. On m'avait seulement appelé Puce, Pupu, Cap, Capu, Capoutchini, ou « ma petite otarie ». « Chibi », c'est le surnom mignon que m'ont donné mes colocs parce que je suis la plus jeune de notre famille. Au début, Zenos m'appelait « Ochibi-chan », mais Babar pensait que c'était trop long, alors Yuki a dit qu'on n'avait qu'à m'appeler Chibi.

Et puis j'ai souri aussi parce que c'était la première fois depuis mon arrivée à Tokyo que quelqu'un me demandait ce que je faisais un vendredi soir. C'est un marqueur social, je trouve. De touriste à résidente, d'une certaine façon, ma vie tokyoïte décollait.

Si Babar me demandait ce que je faisais, c'était parce que de temps en temps le vendredi soir, dans notre maison, est organisé ce qu'elle appelle le « dîner de famille », un événement majeur censé renforcer les liens sacrés de la colocation.

Après les cours hier soir, je me suis donc dépêchée de rentrer pour mon tout premier dîner de famille. Ah oui, j'ai commencé la fac cette semaine. On nous a donné des casques de chantier en cas de tremblement de terre.

Et c'est tout ce que j'ai à dire au sujet de la fac. J'ai assez parlé d'école dans mon ancien blog. J'aime beaucoup la fac, mais on parle de Vivre cette année, et la fac c'est pas exactement Vivre.

Quand je suis arrivée, ça sentait bon dans la cuisine. Yuki préparait des *okonomiyaki*, sortes de pancakes-omelettes japonaises délicieuses. Koji coupait des morceaux de plusieurs sortes de fromages pour faire un plateau un peu chic. Il portait un bandana aux couleurs du drapeau japonais pour être sûr qu'aucune goutte de sueur ne tomberait sur le fromage. Koji a un taux de sudation extrêmement élevé. Babar dit que c'est un problème. Koji dit qu'il est comme il est.

Lorsque j'ai fini de préparer mon houmous fétiche à l'ail et aux fines herbes avec le blender de Zenos, je me suis assise à table pour croquer des biscuits de riz au wasabi, et j'ai répondu à quelques questions sur iCupid en attendant les autres.

Babar est arrivée un peu plus tard avec deux bouteilles entre les mains : une de saké, et une d'*umeshu*, une liqueur de prune japonaise.

Zenos est apparu ensuite, les cheveux encore mouillés de la douche après son jogging quotidien.

Et puis j'ai enfin pu découvrir Soo-jin, que je n'avais encore jamais rencontrée. On aurait dit qu'elle venait de se lever car elle portait une grenouillère, toute jaune, avec une capuche à l'effigie de la tête de Pikachu sous laquelle sa tête était enfouie. Il y avait même une queue en éclair à l'arrière. A-do-rable. L'impression qu'elle sortait du lit s'est confirmée quand elle a bâillé et frotté ses yeux fatigués.

Sans un mot, elle s'est dirigée vers le frigo en traînant des grosses pantoufles en formes de Minions. Elle a sorti une canette de Dr Pepper du frigo, lui a fait faire *pschit* et en a avalé une gorgée.

Babar l'a interpellée pour me la présenter.

« *Hi*, j'ai dit en me levant. *I'm Puce.* »

« *Hello* », Soo-jin a répondu en inclinant la tête.

« *Good to meet you.* »

« *Okay.* »

Drôle de réponse. Normalement, c'est pas ça qu'on dit. Mais Soo-jin vient de Corée du Sud, peut-être que ça se fait là-bas. Elle s'est assise à table en buvant son Dr Pepper. Avec sa capuche sur la tête, sa petite frimousse et ses yeux bridés fatigués, elle était très *kawaii*. J'ai dit ça à Babar, pour voir si j'utilisais bien le mot. Elle a levé le pouce pour officialiser mon succès lexical.

La famille a été au complet lorsque Lubin est arrivé aussi, de retour après quinze jours à Singapour. C'est peut-être parce que son prénom est presque « lutin », mais je l'avais imaginé tout petit. En fait, il est grand. Il a une coupe Pompadour à la Tilda Swinton, avec des cheveux châtains rasés sur les côtés et plus longs sur le dessus, coiffés en arrière. Il a aussi une barbe épaisse de la même couleur, soigneusement taillée. Avec ça, on aurait imaginé des vêtements de hipster, mais il portait un costume cintré avec une chemise noire et une cravate fine assortie. Je l'ai trouvé très beau. Pas un beau parfait, mais un beau sexy, un beau fort, un beau plein de vécu et d'assurance.

Lubin avait une collection de bonjours dans sa poche. Il a fait un *hug* chaleureux à Babar, il a tapé dans la main de Zenos avant de pincer son petit bidon pour rigoler, il a collé le bout de son index contre celui de Koji et tous les deux ont fait un son électrique, il a fait poing contre poing qui finit par exploser avec Soo-jin, et il s'est incliné devant Yuki qui s'est inclinée en souriant, comme si c'était une blague entre eux. Ça m'a rendue nerveuse, je me suis demandé comment il allait me dire bonjour à moi. Il allait peut-être devenir mon colocataire, mais à ce moment-là, il faisait encore partie des inconnus qui me tordent un peu le ventre.

Je me suis levée.

« Lubin », il a dit.

C'est bizarre, non ? Il a juste dit son prénom. Moi j'ai jamais fait ça. J'ai jamais dit « Puce » en rencontrant quelqu'un. C'est peut-être un truc français, mais j'ai jamais entendu mon père faire ça. Je me demande si François Hollande a dit « François » la première fois qu'il a rencontré Barack Obama.

Lubin a posé sa main sur mon épaule et m'a fait une bise

sur la joue. Il sentait bon l'après-rasage. Je n'ai pas bougé, je ne savais pas s'il fallait faire une deuxième bise. À chaque fois que je vois ma famille en France, c'est dur, je ne sais jamais combien de bises il faut faire. Je me suis déjà retrouvée avec la joue dans le vent en pensant qu'il fallait en faire plus, alors maintenant merci mais non merci, je ne bouge plus et les Français n'ont qu'à se débrouiller.

Finalement, Lubin a fait deux bises. Et puis il a rigolé quand il m'a entendue parler.

« C'est quoi, cet accent ? il a demandé. Je croyais que tu étais américaine. »

« Bah oui. Mais mon père vient du sud de la France, et quand j'étais petite j'aimais bien l'imiter. Du coup, je parle un peu comme lui. »

« C'est bon, ça. »

« On trinque pour l'arrivée de Chibi ? » Koji a demandé alors.

J'ai fait la grimace en avalant le saké, et tout le monde a rigolé. Je me suis sentie très jeune, tout à coup. J'ai repensé au lycée et aux copains que j'avais côtoyés là-bas, restés aux États-Unis. Je me suis dit que beaucoup aimeraient être à ma place pour vivre cette fausse vraie vie prématurée dans cette grande maison à Tokyo. Et puis je me suis dit qu'en fait non, la plupart préfèrent certainement être aux États-Unis, près de leurs amis et de leur famille et de leur voiture et du Wawa le plus proche et des matchs de basket des Sixers de Philadelphie.

Pendant le repas, Soo-jin a dévoré mon houmous. Elle était plus concentrée sur ce qu'il y avait dans son assiette que sur ce qui se passait autour d'elle, mais j'ai quand même réussi à lui demander pourquoi elle avait reçu plusieurs écrans d'ordinateur le jour où j'ai visité la maison. Elle n'a pas pu me répondre, parce qu'elle ne comprenait rien à ce que je disais, mais Babar a traduit de l'anglais vers le japonais, le cerveau de Soo-jin a traduit du japonais vers le coréen, elle a répondu à Babar en japonais, qui m'a expliqué en anglais que Soo-jin spéculait en Bourse et que c'était pour ça qu'elle vivait plutôt la nuit que le jour. Apparemment, c'est pendant ces heures-là qu'il faut être réveillé quand on habite au Japon. Ça fait un peu bizarre d'entendre quelqu'un qui porte une grenouillère Pikachu parler de spéculation en Bourse. J'imagine que c'est pour ça que Babar m'a dit que Soo-jin était « atypique ».

Après avoir fini de manger, on s'est installés dans le salon pour faire un karaoké. Soo-jin est remontée dans sa chambre car elle ne pouvait pas laisser ses marchés sans surveillance trop longtemps. Je me suis assise sur le canapé à côté de Koji, qui avait bu vachement plus de saké que les autres et qui était en train de faire un câlin à Jean-Pierre l'ours polaire.

Il m'a parlé d'une règle importante de la maison :

« Ne couche avec personne ici, il a dit. *We're family. You don't fuck family.* »

« Bah oui, merci pour le scoop. Si ça peut te rassurer, la seule personne avec qui j'ai envie de coucher, c'est ma copine. »

Il s'est penché vers moi pour chuchoter :

« Si tu mens, je le saurai. »

« C'est le FD de la maison », Zenos a dit.

« C'est quoi, le FD ? »

« *Fuck Detective* », Koji a répondu fièrement.

Apparemment, Koji aime bien mettre son nez dans les galipettes des uns et des autres et il récolte toujours plein d'indices pour savoir qui a ramené quelqu'un dans sa chambre ou qui a passé la nuit dehors. Les autres ne le prennent pas mal, ils lui ont même offert un tee-shirt sur lequel c'est écrit « Koji, FD ». Je l'ai vu l'autre jour, mais je croyais que ça voulait dire *Fire Department* et qu'avant d'être photographe, Koji rêvait de devenir pompier.

J'ai adoré ce premier dîner de famille. Je me sens privilégiée d'avoir atterri ici. Je suis allée dans un lycée unique en son genre, et pour ma première année loin de ma famille, je me retrouve dans une maison unique en son genre. Dans les deux cas, des cocons. Comme si on cherchait à me préserver de la partie moche de la vie. Mon ange gardien architecte de vie Lucien devait être premier de sa classe dans le cours « Savoir protéger son humain ».

Banana Jail

Dimanche 18 septembre

Hier, j'ai pris une décision ferme et irrévocable : finies les cochonneries. Les mushipan, les Kit-Kat au thé vert, les fraises enrobées de chocolat blanc qu'on trouve dans les konbini, tout ça c'était terminé.

J'en ai parlé à Zenos, qui est super fort pour savoir quoi manger. Il m'a conseillé de faire une mono-diète. C'est quand on mange un seul truc. Zenos a dit que si je pouvais faire une mono-diète de trois jours, ça donnerait un peu de repos à mon système digestif et que ça serait un bon départ pour arrêter les cochonneries ensuite. J'ai demandé si je pouvais faire une mono-diète de Nutella, mais il a dit que ça ne marchait pas comme ça. Il m'a suggéré des bananes. Alors j'ai pris une deuxième décision ferme et irrévocable : pendant trois jours, je ne mangerais que des bananes. Je me collais moi-même en prison bananière.

C'est donc repue de cinq bananes mais avec les papilles frustrées que je suis allée faire une balade à vélo avec Babar, hier après-midi. Depuis quelques jours, le soleil est redevenu une bonne nouvelle. Il n'est plus une torture et Tokyo n'est plus un four.

Il y a cinq vélos à la maison. Des vélos de grand-mère, avec un panier devant, on en voit partout en ville. Sur ses cheveux-champignon, Babar portait le grand chapeau de paille qu'on a trouvé au sous-sol l'autre jour. Il valait mieux ne croiser personne, parce que entre ça et les vélos, on risquait de nous ramener à la maison de retraite la plus proche.

En revenant de la balade, on s'est arrêtées dans une salle de gym à Sakurajōsui, un quartier voisin du nôtre. C'était la seule salle des environs, et Babar voulait y prendre un abonnement. Elle m'a demandé si je voulais faire comme elle, c'est-à-dire si je voulais payer tous les mois pour m'auto-torturer. J'ai poliment décliné en utilisant mes problèmes de budget comme cause principale d'un refus qui était plutôt basé sur le bon sens.

Une jeune femme sportive avec une queue-de-cheval et un enthousiasme unique nous a accueillies. Chaleureux, excessif, peut-être forcé, je ne connais pas d'adjectif en français pour qualifier cet enthousiasme, c'est dur à décrire. En fait, je ne l'avais jamais vu avant d'arriver ici, et je n'arrive pas à l'imaginer sur un visage autre que japonais. Alors je crois que le mot le plus correct, c'est « japonais ». Oui, ça résume bien. Elle nous a accueillies avec un enthousiasme japonais.

Le problème, c'est qu'il n'y avait pas que son enthousiasme qui était japonais, il y avait aussi sa façon de penser. Au moment où elle nous montrait les vélos elliptiques en déblatérant une tartine de détails que seule Babar comprenait, elle a aperçu un tatouage sur le poignet de ma coloc. Quelques caractères en tagalog, le dialecte philippin que parle Babar. À ce moment-là, Queue-de-Cheval aussi a pris une décision ferme et irrévocable : elle ne pouvait plus donner de carte d'adhérent à Babar.

Elle n'arrêtait pas de s'excuser en s'inclinant. C'était à cause du tatouage. Queue-de-Cheval disait que c'était la règle et que si elle changeait la règle, elle aurait des problèmes, et *gomen nasai*.

Ça, j'ai compris ce que ça voulait dire. Tu dis ça quand tu veux dire pardon pour une erreur que tu as commise. Et puis tu inclines la tête, voire le buste tout entier si vraiment t'as fait quelque chose de pas bien. Moi, ça m'arrive tout le temps parce que ici, je passe ma vie à me tromper et à faire des trucs qu'il faut pas. Ma maladresse va finir par me causer des problèmes de dos.

On aurait préféré que Queue-de-Cheval torde un peu la règle au lieu de répéter *gomen nasai*, mais il y avait la même lueur de c'est-comme-ça dans ses yeux que dans ceux de la femme aux sourcils dessinés le jour où je suis arrivée à Tokyo.

Quand on est parties, Queue-de-Cheval est restée sur le pas de la porte d'entrée et elle nous a regardées nous en aller, en s'inclinant chaque fois qu'on se retournait. Les Japonais ont tendance à faire ça. Ils restent et attendent que vous soyez hors de vue pour repartir. Quand ça arrive, je me sens coupable, j'ai envie de leur dire de déguerpir, que je suis pas quelqu'un d'important et de ne pas me laisser leur voler du temps de vie comme ça.

À la maison, Yuki était en train de verser des petits tas de sel devant la porte d'entrée pour protéger la maison des mauvais esprits. Elle l'a expliqué en japonais, Babar a encore traduit pour moi. À ce train-là, je vais devoir lui donner un salaire !

On a raconté à Yuki ce qui s'était passé à Sakurajōsui. Apparemment, les Japonais associent les tatouages aux yakuzas, et ils ne veulent pas de membres de la mafia japonaise dans leurs salles de gym. Franchement. Faut être drôlement imaginatif pour croire que Babar et moi sur nos vélos de grand-mère on est des yakuzas.

Comme elle ne pouvait pas s'abonner à la salle de gym, Babar a décidé de se mettre au *shadow boxing*. Tu fais de la boxe dans le vide, sans personne pour te filer des coups en retour. Ça a l'air stupide comme ça, mais maintenant que j'en ai fait vingt minutes avec elle pour tester et que j'ai perdu dix litres d'eau, je peux attester que c'est pas stupide du tout.

Après notre combat avec l'homme invisible dans le jardin sur des chansons toniques de Rihanna, on est rentrées à l'intérieur avec notre serviette sur la tête, la langue pendue jusqu'aux tatamis.

J'ai dû me forcer pour écrire ma dernière phrase comme ça. Ce que je voulais écrire, moi, c'est qu'on était rentrées avec nos serviettes sur nos têtes et les langues pendues jusqu'aux tatamis. Tout ça au pluriel. Sauf qu'en français, je crois que ça voudrait plutôt dire qu'on avait chacune plusieurs serviettes sur nos plusieurs têtes, et plusieurs langues pendues. À l'inverse, le truc au singulier, si je le disais en anglais, ça voudrait dire qu'on partageait une serviette, une tête et une langue, tout ça pour deux ! Parfois quand j'écris, je sais qu'il y a deux façons de penser le monde, mais je ne sais plus quelle langue pense comment.

Dans le salon, une odeur délicieuse a chatouillé mes narines. J'ai traversé en reniflant et je suis allée voir dans le couloir, celui qui mène aux chambres de Zenos et Yuki et à la salle de bains du bas.

La porte de Zenos était ouverte. Il se tenait debout près de sa fenêtre, qui donne sur le jardin. Il avalait des comprimés avec un verre d'eau.

« T'es malade ? » j'ai demandé.

Il s'est retourné, surpris.

« Non. J'ai pas pris ma spiruline ce matin. »

« C'est quoi, la spiruline ? »

« Une algue. »

« Beurk ! Pourquoi tu manges une algue ? »

« Pour la mémoire. J'en prends tous les matins. »

« Pourquoi t'en as pas pris ce matin ? »

« J'ai oublié. »

J'ai pouffé, et puis j'ai demandé comment ça se faisait que ça sentait si bon par ici.

Du doigt, il a pointé un diffuseur d'huiles essentielles qui ronronnait sur son bureau.

« Hong Kuai et bois de santal », il a dit.

Je me suis approchée pour inspecter les bougies qui se trouvaient à côté.

« J'adore le feu, j'ai dit. C'est l'apocalypse en miniature. »

Il a posé son verre d'eau et attrapé une petite bougie bleue sur une étagère remplie de fioles et de plantes.

« Je te la prête. »

« C'est quoi ? »

« Allume-la dans ta chambre la prochaine fois que ta copine vient. C'est magique. »

« Magique comme dans *Harry Potter* ? »

« Non. Magique comme dans *Cinquante nuances de Grey*. »

« Oooooh. »

Je suis repartie en souriant, ma serviette sur la tête et ma bougie magique à la main.

La salle de bains du haut était prise par Koji qui se rasait les avant-bras, alors je suis redescendue prendre ma douche en bas. Ah, si tu te demandes pourquoi Koji se rasait les avant-bras, c'est parce qu'ils sont recouverts de tatouages et qu'il trouve ça plus joli s'il n'a pas de poils dessus.

Je n'avais jamais utilisé la salle de bains du bas avant. Tu ne dois pas voir le problème, mais dans ce cas-là il faut que tu saches qu'au Japon, il y a des douches très simples, et puis il y a des douches pour lesquelles il faut avoir un doctorat en douches pour réussir à les faire fonctionner.

Je me suis retrouvée face à un tas de boutons avec des kanji, je n'avais pas mon téléphone pour les traduire et je n'y comprenais rien et au final, quoi que je fasse et malgré mon QI supposément supérieur à celui d'un oursin, je n'ai réussi à rien obtenir d'autre qu'un jet d'eau froid très fin à hauteur des genoux. Je m'en suis contentée. En termes de sagesse, j'en suis sortie grandie, je crois. Frigorifiée, mais grandie.

Quelques minutes plus tard, j'étais sur le petit balcon en bois à l'étage, en train d'étendre mon linge qui sentait bon la lavande à côté d'une combinaison de surf au propriétaire non identifié, faisant attention à ne pas me prendre les pieds dans les pots de peinture de Zenos, quand Koji est venu me voir pour me proposer de sortir manger des *tempura* avec lui et Babar. Les tempura, c'est des beignets de poissons, de fruits de mer ou de légumes. Du coup j'ai dit oui, parce que j'adore les légumes, et que j'adore les trucs frits.

Oh, ça va, je sais ce que tu vas me dire. Et la monodiète, alors ? Et la prison bananière ? J'assume. Contrairement à Queue-de-Cheval, quand je prends une décision ferme et irrévocable, je peux changer d'avis. Je suis ce qu'on appelle une gourmando-pragmatique.

Koi

Jeudi 22 septembre

Je me suis perdue dans la gare de Shinjuku en rentrant chez moi. C'est la troisième fois que ça m'arrive. Elle est beaucoup trop grande, cette gare, c'est n'importe quoi, même une fourmilière ne doit pas être aussi labyrinthique. On dit que c'est la gare la plus fréquentée au monde. Une sorte d'océan rempli de carpes koï qui vont dans tous les sens. Quant tu fais partie d'un gros banc et que tout le monde va dans la même direction, tout se passe bien, mais quand tu arrives à une intersection et que les bancs se rencontrent, alors là c'est le chaos. J'ai pas reçu le mode d'emploi, je comprends pas comment il faut faire, alors j'accélère, je ralentis, j'esquive, et parfois même je me con-tor-tionne. Et puis je dis *sumimasen*. Depuis que je vis ici, *sumimasen*, c'est vingt fois par jour. Les gens le disent pour s'excuser, quand ils veulent s'interpeller, et Yuki m'a expliqué qu'ils l'utilisent aussi pour s'excuser de dire merci quand on leur fait un cadeau, ou quelque chose comme ça. J'ai pas bien compris.

Après quelques bancs de carpes koï, cinq ou six *sumimasen* et un quart d'heure de métro, j'ai quand même réussi à rentrer à Kamikitazawa. Parfois, à Tokyo, quand j'arrive enfin chez moi, on m'attendrait avec une médaille et des félicitations, eh bah ça me choquerait pas.

J'aime bien quand je m'apprête à entrer dans la maison

et que je croise le regard d'un badaud qui passe dans notre rue. Il y a toujours de la curiosité sur son visage, et un peu d'admiration aussi. On vit dans la maison la plus grande du lotissement, alors j'ai l'impression de frimer. D'après Babar, le voisinage commence à en parler comme de « la maison des étrangers ».

Derrière la porte, assis au milieu de l'océan de chaussures, Koji enfilait des tennis et disait à Lubin que c'était « un choix conscient d'être gros ».

« T'as vu cette gueule d'ange que j'ai ? il a dit. Si je perds du poids, je serai trop attirant et les filles ne m'aimeront plus pour ce que je suis à l'intérieur. »

Il m'a demandé pourquoi je souriais.

« Pour rien, j'ai répondu. Moi je t'aime pour ce que tu es à l'intérieur, Koji. Et puis je te trouve pas gros. »

Il a levé la tête vers Lubin avec l'air satisfait de quelqu'un qui vient de recevoir une bonne note à l'école.

« T'emballe pas, Lubin a dit en lui tapotant l'épaule, elle n'est qu'à moitié française. »

« Et alors ? »

« Alors elle ne dit qu'à moitié la vérité. Sa partie américaine te flatte pour être gentille. »

J'ai protesté, mais Lubin avait l'air d'avoir un avis très arrêté sur le rapport des Américains à la vérité, surtout pour quelqu'un qui n'a jamais vécu dans mon pays. J'ai pas tellement aimé.

Koji m'a demandé si je voulais les accompagner au

yakiniku, un type de restaurant où lui et Lubin vont souvent pour se goinfrer à quelques rues de chez nous. Étant donné qu'il s'agit d'y faire brûler des morceaux de cadavres d'animaux décédés de manière pas naturelle, j'ai décliné. À la place, je me suis préparé un bol de riz avec quelques légumes sautés dans la cuisine.

Alors que je mangeais en me promenant dans la maison, mon bol dans une main et mes baguettes dans l'autre, j'ai remarqué un aquarium posé par terre dans un coin de la véranda. Il était rempli d'une eau verdâtre sale et malodorante, avec à l'intérieur une dizaine de poissons minuscules. Je me suis demandé ce qu'ils fichaient là, et comment ils survivaient sans nourriture. À voir l'état de l'aquarium, on ne s'était pas occupé d'eux depuis longtemps. Pourtant, ils étaient bel et bien vivants. J'ai placé ça sur ma liste Trucs Éternellement Inexpliqués avec le coup de l'épi de maïs au bout d'une laisse.

Quand j'étais petite, on avait un poisson à la maison. On l'appelait Neuneuille, parce qu'il n'avait qu'un seul œil. Même à cinq ans, je me rendais compte que son existence posait un problème. Prisonnier de son aquarium, condamné à errer comme une âme en peine en faisant des tours. Et peu importait qu'il ait l'intelligence ou la conscience de comprendre tout ça. Le destin de Neuneuille décidé par son ange gardien architecte de vie ne pouvait pas être celui-là. Et pourtant, je n'ai rien fait pour lui. Je l'ai laissé vivre sa vie dénuée de sens.

Mais à Tokyo, quatorze ans plus tard, j'ai fait un choix différent. J'ai vidé l'aquarium dans l'évier de la cuisine au-dessus d'une passoire, où j'ai récupéré les poissons que j'ai vite mis dans un seau d'eau propre. J'ai enfilé des claquettes, je suis allée ranger l'aquarium vide au sous-sol et je suis partie avec mon seau à la main, direction le petit étang du parc Tsukayama, quelques centaines de mètres derrière chez nous.

Le problème, c'est que dans l'étang, il y avait des poissons rouge et blanc plus gros et grands que mon avant-bras. Je crois bien que c'était des carpes koï. Des vraies, cette fois, pas mes poissons métaphoriques de la gare de Shinjuku.

Perplexe, j'ai fait un truc qu'en me levant ce matin je n'aurais jamais imaginé que je ferais : j'ai essayé de me mettre à la place d'un petit poisson. Est-ce qu'il valait mieux risquer de se faire manger par des carpes koï en vivant libre, ou rester en sécurité dans une eau verdâtre dégoûtante ? Vivre, c'est compliqué pour les animaux aussi.

Finalement, j'ai traversé le parc et descendu quelques marches pour rejoindre la rivière Kanda qui coule en contrebas. Je me suis penchée par-dessus la rambarde : aucune carpe koï à l'horizon. La rivière Kanda fait plus de vingt kilomètres. Mes petits poissons habitués à leur aquarium allaient s'y trouver aussi perdus que moi lorsque je suis arrivée à Tokyo. Mais au moins, contrairement à Neuneuille, ils allaient Vivre. Alors j'ai vidé mon seau, regardant mes petits poissons chuter puis disparaître dans l'eau.

Je suis repartie avec mon seau à la main, songeuse. Je pensais à la nature, à la chaîne alimentaire, au destin cruel qui attend tout être vivant qui naît sur la planète Terre. La plupart se font dévorer tout crus, finalement. Sans vouloir être défaitiste, je crois qu'on peut dire que la vie se finit mal pour à peu près tout le monde.

J'ai marché une dizaine de minutes jusqu'à Hamadayama, un petit quartier que j'apprécie à vingt minutes de la maison. Il a de chouettes magasins, surtout un qui vend des mangues séchées délicieuses et du beurre de cacahuète onctueux. Je comptais aller en acheter afin de passer ensuite une soirée de béatitude dans ma chambre. Une soirée de béatitude consiste à lire un bon roman en mangeant un truc délicieux à la lueur d'une bougie qui sent bon en attendant qu'Aiden se réveille pour lui parler avant qu'elle aille au studio.

Devant une salle de *pachinko*, une sorte de casino japonais rempli de machines à sous étranges, un jeune garçon distribuait des flyers. Il ne portait pas de costume comme le fait Koji, mais il avait l'air tout aussi misérable que lui. Ça ne se voyait pas aux lignes de son visage, qui feignaient la bonne humeur, mais ça se voyait au fond de ses yeux. Lorsqu'il tendait ses morceaux de papier, les passants continuaient de marcher en prétendant qu'il n'existait pas, ignorant son bonjour, ignorant sa main tendue, ignorant son existence même. Il ne faut pas faire ça. Ignorer l'existence des gens, c'est les faire mourir un petit peu à l'intérieur.

Je suis allée vers lui et j'ai saisi le flyer qu'il me tendait. J'en aurais pris dix, si j'avais pu. J'ai regardé droit dans ses yeux. Ils ont repris un peu de vie, et puis très vite ils ont chuté vers le sol. Les Japonais ne doivent pas me trouver très jolie, ils ont souvent les yeux qui chutent devant moi. Dans le métro, on dirait même qu'ils se tournent exprès pour ne pas me voir. Babar dit que c'est culturel. D'après elle, « les garçons bien, ici, il faut les draguer ».

J'ai remercié le garçon aux flyers aussi gentiment que je savais le faire en japonais, et puis j'ai continué ma route pour aller chercher mon beurre de cacahuète. J'ai regretté de ne pas savoir comment lui souhaiter bon courage ou bonne journée. Il faisait sûrement partie de ces gens qui, lorsqu'ils rentrent chez eux le soir, disent à leur famille : « Vivement le week-end. » Quelle phrase horrible. Moi aussi je l'ai dite parfois, quand j'étais au lycée, et à chaque fois que ça arrivait, je me disais que je repoussais Vivre à plus tard et que c'était pas normal.

À l'heure où j'écris ces lignes, j'ai mangé un tiers du pot de beurre de cacahuète, je suis à la moitié de *Fangirl* et j'attends qu'Aiden se réveille. Je me dis « Vivement dans une heure ». Hier, quand j'ai regardé le calendrier avec en ligne de mire le 23 décembre, je me suis dit : « Vivement dans trois mois. »

Une relation longue distance, c'est la sensation perpétuelle de repousser Vivre à plus tard.

Fixing the Camel's Back

Samedi 24 septembre

J'ai toujours été attirée par l'impossible. Je veux toucher le néant et compter l'infini. Quand j'étais petite, j'espérais entendre parler de moi à la télévision, sans raison particulière. Je démontais le vieux walkman de mon père pour en faire une machine à voyager dans le temps. Je fermais les yeux et plongeais une cuillère de mayonnaise dans ma bouche, convaincue que je pouvais la transformer en crème anglaise par ma simple volonté.

Ce matin, j'ai tendu le bras pour trouver Aiden sous la couette. Je ne sais pas à quoi je m'attendais. Quand ma main a touché le vide, la mélancolie a envahi ma gorge, elle a coulé dans mon ventre, et j'ai su qu'elle s'était logée quelque part où elle resterait toute la journée.

En descendant prendre mon petit déjeuner, j'ai croisé

Soo-jin qui allait se coucher. Comme à chaque fois que je l'avais vue avant, sa grenouillère Pikachu l'enveloppait à la façon d'une bure de Jedi, la capuche enfoncée sur sa tête. Soo-jin, c'est comme les renards : tu sais qu'ils existent, mais les croiser, c'est toujours un petit événement. On ne la voit jamais pendant la journée, sauf une fois par semaine, quand elle fait irruption dans le hall avec une tête endormie pour payer un livreur et réceptionner des paquets de nouilles coréennes et du kimchi, qui constituent presque l'intégralité de son régime alimentaire. Quand elle vient dans la cuisine, c'est généralement pour faire chauffer de l'eau pour ses nouilles, prendre un Dr Pepper dans le frigo, ou sortir les poubelles parce que c'est son tour sur le planning de Babar.

J'aurais bien aimé lui parler, peut-être savoir comment se portait le CAC 40 ou quel film elle regardait l'autre jour quand j'ai entendu des explosions dans sa chambre. Mais Soo-jin et moi, on n'a pas de langue commune, alors je me contente d'essayer de lire ses yeux. C'est pas facile. Les yeux coréens parlent pas pareil que ceux des Américains.

Dans la cuisine, Yuki relisait ses cours de droit en mangeant la même petite barquette de nattō qu'elle mange tous les matins. J'ai grimacé lorsque l'odeur infecte des haricots de soja fermentés a agressé mon nez. Ça ne dérangeait pas Yuki. Elle avalait ça tranquillement, minuscule bouchée par minuscule bouchée. Ne me dis pas que c'est pas suspect. Quand un truc est aussi délicieux qu'elle le dit, tu ne le manges pas par bouchées minuscules, tu t'étouffes avec. Ou alors c'est juste moi ?

« *Ohayō gozaimasu* », j'ai dit.

« *Ohayō, Chibi.* »

Je me suis versé une tasse de café, excessivement satisfaite d'avoir participé à l'échange le plus élémentaire imaginable en japonais. Lubin est arrivé en sifflotant, vêtu seulement d'une serviette. Ses pieds nus laissaient des empreintes de pas humides. Il m'a dit bonjour en français et puis, ses cheveux châtains coiffés en arrière et gouttant sur le sol de temps en temps, il s'est préparé un smoothie. Pas un smoothie régénérateur vert comme ceux de Zenos, un smoothie marron plein de poudre protéinée pour avoir plus de muscles. Zenos appelle ça un smoothie « dégénérateur ». Il n'aime pas trop quand Lubin utilise son blender. Moi il veut bien, parce que je prends soin des choses, mais Lubin, il prend soin des blenders à peu près aussi bien qu'il se sèche après la douche.

« Quoi de neuf, Cap' ? »

Plutôt un surnom pour Captain America que pour moi, mais je n'ai pas critiqué.

« Pas beaucoup », j'ai répondu.

Il a ricané.

« Quoi ? » j'ai dit.

« On dit pas ça. »

« On dit pas quoi ? »

« "Pas beaucoup". On répond "rien", ou "pas grand-chose". »

« Ah oui, pardon, j'étais en train de penser en anglais. »

Il a re-ricané. Franchement, ça valait pas ça. Lui, en anglais, il prononce *women* « woumen » alors que ça se prononce « wimen », il prononce *bullet* « belette » alors que ça se prononce « boulette » et je ricane jamais, même si je pourrais parce que la belette c'est quand même un animal rigolo. Peut-être que je devrais le faire la prochaine fois, ça dégonflerait un peu sa grosse tête.

Lubin a des caractères qui ressemblent à du sanskrit tatoués en noir sur son torse imberbe. (Pour être transparente avec toi, au départ j'avais écrit « son torse imberbe *et athlétique* », mais ça m'énervait parce que j'avais l'impression de lui faire un compliment et je trouvais qu'il le méritait pas.)

« Je te taquine, il a dit. Ton français est top. »

Il a mis en marche le blender, qui a fait trop de vacarme pour qu'on puisse encore parler. Ça tombait bien. J'étais déjà de mauvaise humeur d'avoir tendu le bras sans rien toucher dans mon lit, manquait plus qu'un colocataire ricaneur pour faire de ma journée un truc à oublier. C'était la paille qui cassait le dos du chameau, comme on dit en anglais. J'aurais dû le dire en vrai français pour éviter une nouvelle métaphore camélidée, mais maintenant à cause de Lubin je fais des complexes et je doute de l'expression. Je crois que c'est une histoire de cerise qui fait déborder un vase. Si c'est pas ça, ne me dis rien, sinon je continue en anglais et tu seras bien avancée.

T'as vu ? J'ai mis un e. C'est parce que je ne sais pas qui tu es, alors dans le doute, j'ai décidé de considérer que tu es une fille. Je milite pour la création d'un genre neutre en français. En attendant, t'es une fille.

J'avais une solution pour réparer le dos du chameau. Dans Violette, Aiden m'a écrit d'aller chercher une lettre à chaque fois qu'elle me manque trop. J'avais décidé de me retenir d'aller toutes les chercher le premier jour, je voulais économiser le bonheur, mais j'étais plus d'humeur à faire des économies, alors je suis allée trouver Indigo dans la pochette Oui-Oui dans ma chambre et je l'ai retournée pour découvrir ce qui était écrit derrière.

Bleue est cachée où les trains et le ramen se rencontrent.

Une heure plus tard, je déambulais dans les allées de l'immense gare de Tokyo à la recherche de T's Tantan, un restaurant végétalien fabuleux dans lequel Aiden et moi on avait mangé un ramen savoureux. Je ne me souvenais pas exactement où était le restaurant, juste qu'il était situé dans une allée appelée Keiyo Street. J'ai eu un peu de mal à la retrouver, mais la magie de l'écriture fait qu'une demi-heure pour moi équivaut à trois lignes pour toi, c'est pas formidable ? Veinarde.

En entrant dans le restaurant, j'ai réalisé qu'Aiden ne m'avait pas donné d'instructions plus précises. Est-ce que j'étais censée fouiller la salle, comme avec le wagon vert à Shibuya ? Aller aux toilettes et chercher derrière la cuvette, comme dans les films de gangsters ? Demander à quelqu'un, malgré mon analphabétisme de luxe ?

Et puis je me suis souvenue à quel point ma copine est fantastique quand, juste derrière le comptoir et la jeune fille qui rangeait sa caisse, j'ai aperçu un dessin de mon visage et une petite enveloppe bleue scotchée juste en dessous. C'était pas croyable. Je ne sais pas comment Aiden a fait pour expliquer ce qu'elle fabriquait dans son japonais limité, mais rien que d'y penser, je ne pouvais plus m'arrêter de sourire. Je me suis approchée du comptoir et j'ai pointé le dessin du doigt.

La fille s'est retournée. Elle a regardé le dessin, puis moi, puis le dessin, puis moi, et elle a fait un son rigolo, comme ça : « Êêêêêêêêh ! » Elle a décroché le dessin et l'enveloppe et me les a tendus en souriant.

« *Domō arigatō gozaimasu* », j'ai dit, parce qu'elle venait de me donner Bleue, quand même, alors il fallait un gros merci, et pour dire un gros merci en japonais, on met *domō* au début.

Je suis repartie joyeuse, dessin en main, Bleue en main, le dos de mon chameau réparé.

Bleue

Puce,

Tu te souviens le Black Friday au lycée ? Il y avait la neige beaucoup. Quand je suis venue te cueillir, tu as dit bonjour et tu as fait le bisou sur ma joue. Tu as claqué les dents. Tu as dit peut-être nous devrions rester chez ta maison et faire les muffins et regarder un film drôle parce que ça c'est un temps pour les pingouins et nous ne sommes pas des pingouins.

Mais j'ai dit si nous allons à Philly, nous allons trouver des chaussures chouettes peut-être. Alors tu as dit fuck les muffins parce que tu adores les chaussures plus. Tu as mis le bonnet péruvien qui cache tes oreilles très long sur chaque côté et aussi plusieurs écharpes jusqu'à seulement tes yeux sont visibles.

À ce moment, je ne savais pas tu allais devenir plus qu'une amie. J'étais juste heureuse que je passais du temps avec toi, je n'imaginais jamais toi et moi on pouvait devenir un couple.

Le jour de Birthmas Day, ton cousin a dit nous étions sous le gui alors nous devions faire le bisou sur les lèvres. Je n'ai pas pensé c'est notre « premier bisou ». J'ai juste pensé c'est le bisou pour l'amitié et la tradition drôle et Puce n'imagine pas que c'est plus. Mais tu m'as embrassée très doux et très délicieux.

Le bisou était plus long qu'il doit être pour les amies.

Avec le temps, j'ai pensé peut-être tu m'aimes plus qu'une amie. J'avais le doute, et je pensais tout le temps à ça parce que une copine de Californie disait toujours : « Quand il y a un doute, il n'y a pas de doute. »

Mais j'avais peur beaucoup. Quand j'étais à la Californie, j'étais très amoureuse avec Yuna, une fille qui aimait seulement les garçons. J'ai pensé elle m'aimait, elle a été avec moi un peu, mais après elle a changé son avis et elle a été avec un garçon de notre lycée. Quand je suis tombée amoureuse avec toi, j'ai dit à moi, Aiden, arrête de penser à Puce, elle aime les garçons et tu vas être malheureuse encore. J'ai essayé d'oublier et de juste être ta bonne amie.

Mais le plus les jours ont passé, le plus c'est devenu difficile. Chaque fois je fermais les yeux, je voyais ton visage. Quand tu parlais parfois, je réalisais je regardais tes lèvres et je pensais à t'embrasser et alors j'avais peur que tu avais vu. Quand j'étais avec Lucy, je voulais être avec toi. Je pensais je ris plus avec Puce, je suis plus surprise avec Puce, je suis plus confortable avec Puce. J'étais plus moi-même avec toi. Avec des autres, j'étais moins moi. J'ai fait beaucoup des efforts pour oublier parce que j'ai été très effrayée de les conséquences de ça. Je pensais peut-être tu es la fille pour moi, mais je ne vais être jamais la personne pour toi parce que je ne suis pas un garçon, et alors la vie est mal organisée.

Quand tu m'as dit tu étais amoureuse avec moi, c'était tellement un choc. Je ne connais pas des autres personnes qui peuvent dire une chose comme ça. Tu n'as pas peur, tu es capable de faire des choses un peu fous parfois. Peut-être je devais être heureuse que tu as dit ça, mais j'ai eu peur. J'ai pensé à Yuna. J'ai pensé peut-être comme elle, tu as remarqué que j'étais amoureuse avec toi et alors tu étais juste fascinée et curieuse. J'ai pensé si nous faisons ça et tu changes ton avis, après je n'aurai plus l'amitié avec toi et alors je serai encore plus malheureuse.

Mais tu m'as demandé pour un rencard. Tu es venue chez ma maison et tu as fait un bisou sur mes lèvres. Tu as été très courageuse et très sincère, et alors j'ai pensé Puce n'est pas Yuna. Puce est Puce et je n'ai jamais rencontré une personne comme Puce avant dans ma vie.

Je te bergamote,

Aiden

Êêêêêêêh !

Mercredi 28 septembre

« Hey, les gens, y'a vachement plus de moustiques depuis quelques jours, non ? »

Cette phrase, prononcée par Koji depuis la véranda, a priori, ne me concernait pas. Elle concernait des moustiques, et les moustiques, c'est pas tellement mon problème. Moi aussi j'avais remarqué qu'il y en avait plus dans la maison depuis quelque temps, mais ils ne s'attaquaient pas à moi. Ils n'attaquent jamais Aiden non plus, elle pense que c'est parce qu'on ne mange pas d'animaux, mais ma copine Naomi qui est super forte en sciences m'a dit une fois que c'était une histoire de constitution de notre sang. On a un sang bien fichu, il a l'anti-moustique intégré.

« Vous voulez pas venir voir ? »

Yuki et moi, on a lâché les poches en peau de tofu frit dans lesquelles elle m'apprenait à placer du riz un peu sucré pour faire des *inari sushi*, et on est sorties de la cuisine pour aller voir ce qui se passait. Babar et Zenos ont mis en pause le documentaire sur le braconnage des rhinocéros qu'ils regardaient sur l'écran géant. Lubin était sorti, quant à Soo-jin, comme c'était la fin d'après-midi, elle n'était pas encore réveillée.

On s'est retrouvés à cinq dans la véranda, les mains sur les hanches, à observer les moustiques et à essayer de comprendre pourquoi ils étaient plus nombreux qu'ils ne l'étaient encore quelques jours plus tôt.

Alors, Babar a dit un truc en japonais.

« Êêêêêêêh ! » Yuki a répondu.

Koji m'a expliqué ce que ça voulait dire, l'autre jour. Si c'est prononcé avec une intonation descendante, c'est pour signifier à quelqu'un que vous êtes bien en train de l'écouter. C'est une marque de politesse. Si c'est prononcé avec une intonation ascendante, c'est pour exprimer l'incrédulité, l'excitation ou la surprise.

Comme Yuki, tout le monde a eu l'air étonné par ce que disait Babar. Ils regardaient par terre et semblaient chercher quelque chose. J'ai fini par demander si ça ne dérangerait pas quelqu'un de traduire pour l'analphabète de la maison, merci d'avance et désolée.

D'après Zenos, on avait un aquarium rempli de petits poissons dont le rôle était de manger les moustiques et leurs larves lorsqu'ils se posaient à la surface de l'eau.

Tu ne devineras jamais la meilleure : il avait mystérieusement disparu.

Animalized

Jeudi 29 septembre

Tu t'es déjà sentie vivante ?

Curieusement, c'est pas tous les jours de notre vie qu'on se sent vivant. Il y a des jours où tout est froid, étouffé, tamisé, et puis d'autres jours où on sent la vitalité et la lumière s'immiscer dans toutes les cellules de notre corps. Ça m'arrive souvent quand il fait beau, ou alors quand j'ai fait l'amour avec Aiden. C'est bizarre, je ne me sens jamais vivante après avoir mangé plein de chocolat.

Lorsque je suis allée à la fac ce matin, je me suis sentie vivante. Il était tôt. Il faisait doux. Il y avait peu de particules de poussière et de vapeur d'eau dans l'air, le jaune du soleil ne s'y réfléchissait pas et en conséquence, le ciel se présentait sous un bleu pur et magnifique. Les rayons solaires cajolaient ma peau. Des hommes en costume allaient au travail, des femmes pas en costume ouvraient des boutiques, des ouvriers du bâtiment habillés en blanc du bandana aux chaussures travaillaient sur des échafaudages, des écoliers avec des petits chapeaux bleus traversaient la route en levant le bras pour se faire voir des voitures, et des corbeaux croassaient ce que j'interprétais comme des bonjours grognons. L'atmosphère était légère, propre, parfaitement réglée pour que des humains y évoluent. Je me sentais en sécurité. Tokyo respirait la bonne santé urbaine. Elle fourmillait de gens, mais d'une façon fluide et organisée qui permettait de respirer. Les organisateurs de mon échange à Columbia m'avaient parlé de « choc des cultures » et de « mal du pays », mais je ne ressentais rien de tout ça. Je faisais partie de la ville, elle était en train de devenir *ma* ville.

Mais tout ça, c'était dans la rue. Dans le métro, les choses se sont vite gâtées.

Rien que de penser prendre le métro à une heure de pointe, je peux déjà presque sentir la sueur perler sur mon front. C'est bouleversant. Les gens sont collés les uns aux autres. Non, *encastrés* les uns dans les autres. Tu sens des bras dans ton dos, des mains contre tes cuisses, des tas de trucs non identifiés contre ton popotin… tu es vachement plus proche d'inconnus que tu ne devrais l'être dans n'importe quelle autre circonstance, multiplié par un million.

On est tellement proches les uns des autres, j'ai entendu dire que certains pervers appelés *chikan* en profitent pour mettre leurs mains là où ils devraient pas. J'ai peur que ça m'arrive un jour. Pendant l'heure de pointe, tu peux même pas te retourner tellement c'est serré, alors si on me touche, ce sera dur d'avoir l'élan suffisant pour mettre une bonne grosse claque dans le nez du chikan qui aura osé. Yuki m'a montré le marquage rose au sol qui indique certains wagons réservés aux femmes à l'heure de pointe, pour éviter les chikan. Tokyo n'est pas parfaite mais Tokyo est lucide, Tokyo propose des solutions.

Ce matin, comme d'habitude, tout le monde était collé, il n'y avait plus un centimètre carré de libre dans le wagon, et je luttais pour respirer parce que le coude d'un lycéen en uniforme était planté dans mes côtes. La main d'une fille était collée à mes fesses. Je me suis demandé s'il y avait des filles chikan, mais je pense que c'était pas de sa faute, elle n'avait pas la possibilité de lever les bras ou de bouger ses mains de quelque façon que ce soit, et sa main devait être aussi gênée que mes fesses.

Alors que le métro ralentissait pour s'arrêter à une station, on a aperçu une dizaine de personnes qui attendaient sur le quai, de l'autre côté de la vitre. Je me suis dit que c'était dommage pour eux, mais qu'ils allaient devoir attendre le suivant.

La porte s'est ouverte. Personne n'est descendu. Et là, éberluée, j'ai vu les gens sur le quai, ceux qui auraient dû attendre le suivant, en fait, pousser pour se faire une place. Les bras le long du corps, le regard vide, avec l'air de criminels qui savent qu'ils s'apprêtent à commettre l'irréparable mais qui estiment ne pas avoir le choix, ils ont fait pression avec leur corps pour repousser la masse de gens encastrés dans le wagon. Le dernier a même pris de l'élan. *True story !*

Ils ont réussi à se faire une place minuscule, à peine suffisante, pour que la porte automatique se referme juste devant leur nez. Elle a dû s'y reprendre à trois fois, parce qu'il y avait toujours un bout de sac, un doigt ou la pointe d'une chaussure qui dépassaient.

C'est devenu vraiment difficile de respirer. Un petit garçon s'est retrouvé écrasé au fond du wagon. Il ne devait pas avoir plus de cinq ou six ans et voyageait seul, comme beaucoup d'enfants ici. Ça m'a fait penser à cette scène dans *Star Wars* où Luke, Han et Leia sont dans un compacteur à ordures qui se referme sur eux, et qu'ils sont à deux doigts de se faire écrabouiller.

Dans ces situations-là, on se sent passer d'humain à bétail. On est animalisé. Les Tokyoïtes, eux, ne trouvent pas ça dingue. Ils semblent blasés par cette folie, comme si c'était normal, comme si cette situation faisait partie des choses classiques d'une journée classique d'une vie classique.

Entre nos premiers pas d'humains dans la jungle à cueillir des fruits et ça, en termes de Vivre, moi je dis que quelque chose a mal tourné.

Pali-Pali

Dimanche 2 octobre

Ma vie est comme une poche trouée. De loin, tout a l'air normal.

Quand Aiden était à Tokyo, on ne se voyait pas chaque minute de chaque journée, mais je savais qu'elle était là. Elle se trouvait quelque part sur l'île déserte, du coup c'était plus une île déserte.

Hier soir après le dîner, j'ai bavardé avec mes amis sur Skype. Je leur ai raconté le Japon, ils m'ont raconté l'Amérique. On s'est parlé, on s'est écouté, on a partagé, on a rigolé, et pendant une heure, Aiden m'a moins manqué. Quand on est malheureux, les amis sont comme un objet brillant qui attire l'attention, loin du malheur.

Le problème, c'est que la brillance est éphémère. Après avoir raccroché, j'ai eu le sourire pendant un moment, mais les minutes ont passé et je me suis sentie seule de nouveau. Prostrée sur mon futon, j'ai serré la zombee contre moi. Je me suis rendu compte que l'odeur d'Aiden était en train de la quitter. J'aurais voulu transplaner jusqu'au Chemin de Traverse, acheter une baguette magique à M. Ollivander puis revenir à Tokyo et jeter un sortilège d'odeur éternelle à notre peluche. Mais en écrivant ces lignes, je réalise que je suis pas très maligne. Si je pouvais transplaner, c'est pas sur le Chemin de Traverse que je devrais aller !

Alors que je me demandais si oui ou non je braverais les lois de Poudlard et me servirais de ma baguette pour faire la vaisselle en me tournant les pouces dans le canapé, quelqu'un a frappé à ma porte. C'est quelque chose qui n'arrive presque jamais. Avec mes colocs, si on veut se parler, on s'envoie un message sur Line, une application de messagerie que tout le monde utilise au Japon. On a formé un groupe pour la maison. On l'utilise pour annoncer aux autres qu'on a des invités pour pas qu'ils paniquent s'ils les croisent dans un couloir, on demande qui a oublié que c'était son tour d'acheter du papier toilette, des choses comme ça.

Derrière la porte, c'était Soo-jin. Pour une fois, elle était en débardeur, du coup sa tête n'était pas cachée au fond de sa capuche. Ses cheveux sont noirs, coupés en un carré court, dégradé et effilé. C'est joli, plein de caractère et de force, tout en projetant une féminité soyeuse. Ses oreilles décollées dépassaient de ses cheveux comme deux têtes qui dépassent d'un rideau avant le début d'une représentation.

Elle sautillait et semblait nerveuse.

« *Pali-pali !* » elle a dit.

« *Say what ?* » j'ai répondu.

« *Pali-pali ! Chibi ! Pali-pali !* »

Elle a pris ma main et m'a traînée jusqu'à sa chambre.

Au fond, cinq écrans d'ordinateur occupaient un bureau contre le mur. C'était le seul meuble. Tout le reste était par terre, sur les tatamis : des boîtes de nouilles coréennes instantanées, des barquettes de kimchi, des mangas, des magazines japonais et des canettes de Dr Pepper vides. Les draps beiges sur son futon par terre étaient recouverts de peluches.

Vu que rien n'était en feu et qu'aucun trou noir ne semblait être spontanément apparu dans sa chambre pour aspirer tout ce qui s'y trouvait, j'ai demandé à Soo-jin pourquoi elle paniquait. Son doigt a pointé les tatamis. J'ai mis un moment avant de voir ce qu'elle me montrait, et puis j'ai aperçu, entre deux boîtes de nouilles, un cafard.

« *Ewwwww, gross !* » je me suis écriée.

Soo-jin a acquiescé plusieurs fois en faisant de gros yeux. Comme elle n'avait pas l'air de vouloir prendre la situation en main, je lui ai dit de ne pas bouger, de m'attendre là et de surveiller le cafard pendant que j'allais chercher une tasse. Aiden faisait ça quand on trouvait une bestiole dans son appartement à New York.

Mais Soo-jin n'a rien compris et m'a suivie jusque dans ma chambre, puis vers la sienne. Franchement, c'était un sketch. S'il n'y avait pas eu une horrible bestiole à affronter, j'aurais sûrement rigolé.

Quand on est revenues, Bernard le cafard traversait la chambre de Soo-jin à vive allure. Soo-jin s'est accrochée à mon bras. D'habitude, c'est moi qui m'accroche au bras de quelqu'un. Soo-jin avait tellement peur qu'elle faisait de moi une héroïne par défaut.

Enfin, comme héroïne, j'avais mes limites. Après avoir réussi à poser la tasse renversée par-dessus Bernard en criant un peu, j'ai été horrifiée d'apercevoir deux longues antennes coincées sous le rebord. Je me suis reculée en frissonnant de dégoût. À l'idée de soulever la tasse pour y glisser une feuille de papier et sceller ma prison, j'avais trop peur de me retrouver nez à nez avec Bernard. Je me disais qu'il en profiterait pour me grimper dessus et peut-être disparaître dans un trou d'oreille ou une narine ou qui sait quelle autre horreur encore.

Alors, j'ai tenté un coup de bluff. J'ai regardé Soo-jin et j'ai levé le pouce, comme si la tasse retournée sur les tatamis avec les deux antennes qui dépassaient était mon plan depuis le début, comme si tout allait bien et qu'elle pouvait continuer à vivre comme ça et que si elle objectait, je ne verrais peut-être même pas où était le problème.

Elle a secoué la tête plusieurs fois rapidement, paniquée.

« *No ! No. Chibi…* »

« *Okay, okay.* »

Honteuse de mon bluff, je suis descendue chercher Zenos. Je savais que c'était le seul à la maison qui ne voudrait pas assassiner Bernard. Ce cafard était un individu répugnant, certes, mais mettre un terme définitif à l'existence d'un individu simplement parce qu'il est répugnant, ça m'a toujours paru très exagéré. Zenos n'assassine personne, je l'ai vu plusieurs fois courir après un moustique avec un étui à lunettes pour en faire un prisonnier temporaire avant de le relâcher dehors, quand d'autres s'embarrassent moins et passent à l'exécution tout de suite. J'imagine la tête de l'opticien de Zenos quand il lui propose de lui offrir un étui à lunettes mou à fermeture éclair, et que Zenos répond : « Euh, c'est possible d'en avoir un rigide qui se referme d'un coup sec ? Sinon je manque de vélocité pour attraper les moustiques. »

Zenos a emmené Bernard dehors pendant que j'aidais Soo-jin à vérifier si d'autres individus répugnants n'avaient pas décidé de s'installer dans sa chambre. Quand on a pu confirmer qu'elle était « a priori » la seule occupante, je lui ai souhaité bonne nuit en japonais. C'était la première fois que je voyais Soo-jin sourire. Je crois que je commence à savoir lire ses yeux. Il y avait de la reconnaissance dedans, et un peu d'amusement aussi parce que j'avais parlé japonais.

Je me demande si ma personne préférée à la maison ne serait pas aussi la seule avec qui je ne peux pas parler. Ça en dit long ? Je crois que ça en dit long.

Russian Roulette Takoyaki

Vendredi 7 octobre

Je me suis souvent demandé ce que ça faisait de penser en une seule langue. N'avoir qu'une voix dans la tête. Est-ce que les pensées vont plus vite ? Est-ce qu'elles sont plus précises ? Est-ce qu'on se sent plus « un » ? Ou est-ce qu'on pense moins bien parce qu'on a une vision du monde plus partielle ?

J'ai grandi avec deux voix dans la tête. Pour mon père, ma mère et moi, la langue vient selon nos humeurs et la nature de ce qu'on a à dire. Comme on n'est pas toujours de la même humeur et qu'on n'a jamais les mêmes choses à dire, il est rare qu'on ait une conversation dans une seule langue.

J'ai toujours cru que cette confusion se limiterait au cercle familial, mais c'était sans compter sur Aiden et son apprentissage surprise du français.

« Je te manque », elle m'a dit ce soir au téléphone.

« C'est une question ? »

« Non. Je te manque. Je te manque beaucoup. »

« Je crois que tu veux dire "Tu me manques". »

« *I miss you* ? Je te manque. »

« Non. *I miss you,* en français c'est "Tu me manques". »

« *"I miss you" in French is "You miss me"* ? »

C'est vrai que ça peut donner mal à la tête. J'aurais bien passé la soirée à lui expliquer comment ça fonctionnait, mais Aiden et moi, on ne peut jamais passer de « soirée » ensemble, parce que je vis seize heures dans le futur par rapport à elle. Pour moi, c'était vendredi soir, mais pour elle, c'était un peu avant deux heures du matin, et elle ne pouvait pas me parler longtemps parce qu'elle travaillait d'arrache-pied pour finir les designs de quelques créatures aquatiques venues d'un autre monde avant de retourner au studio le matin. Le vendredi matin, un temps que moi j'avais déjà vécu quelques heures plus tôt.

Et puis de toute façon, de mon côté, un nouveau dîner de famille allait bientôt commencer.

Pour l'occasion, j'avais fait une belle charlotte aux fraises. Dans la cuisine, tout le monde la regardait avec envie. Sauf Zenos, qui a dit tristement qu'il n'en mangerait pas parce qu'elle n'était pas vegan. Mais moi, je suis la fille d'un auteur culinaire qui m'a transmis ses gènes de cuisinier plein de ressources, alors j'ai dit à Zenos que *ta-dam*, le gâteau était entièrement végétalien et qu'il pouvait en manger sans culpabiliser. Ravi, il a rejoint le groupe de ceux qui regardaient le gâteau avec envie, qui curieusement s'était réduit en apprenant qu'on pouvait le manger sans culpabiliser.

Le dîner de famille me semble être un concept essentiel pour une colocation réussie. C'est vachement utile. Pendant le repas, j'ai découvert plein de trucs intéressants sur mes colocs.

Par exemple, Soo-jin a vingt-trois ans ici mais vingt-quatre dans son pays. Pour les Coréens, Vivre, ça commence dans l'utérus.

J'ai découvert aussi que Zenos envisageait sérieusement de se mettre à l'amaroli. Si tu connais pas, et j'espère que tu connais pas, l'autre nom de l'amaroli, c'est l'urinothérapie. En d'autres termes, boire son urine, qui selon Zenos aurait des propriétés magiques pour améliorer la santé. Personnellement, je suis sceptique sur la valeur médicamenteuse de mon pipi. Zenos avait l'air de douter, lui aussi. Il a dit qu'il continuerait de réfléchir. Je lui ai répondu que c'était une bonne idée, qu'il devrait continuer à faire ça. Indéfiniment.

J'ai appris que comme beaucoup de Japonais qui ont hérité de croyances provenant du shintoïsme, Yuki a huit millions de dieux. C'est vrai que c'est beaucoup, mais tu sais quoi ? À chacun son opium.

J'ai appris aussi que quand on dit « Sers-toi » à Yuki après avoir posé un plat sur la table, ça ne veut pas dire la même chose pour elle que pour nous. Pour elle, ça veut dire « Personne ne va t'aider à te servir, débrouille-toi toute seule ». Les mots sont relatifs. Avec la même phrase, tu peux être sympa aux États-Unis et inélégant au Japon.

Il n'y a pas que les mots qui sont comme ça, il y a les gestes aussi. Quand j'ai voulu faire goûter un truc à Babar, je le lui ai tendu avec mes baguettes. Yuki s'est écriée « *Dame, dame !* » (« damé ») comme si j'étais sur le point de commettre un crime ignominieux. Je suis devenue toute rouge. Personne ne m'a expliqué ce que j'avais fait de mal. J'ai demandé à Koji, il ne savait pas. À la place d'une réponse adéquate, comme il avait un peu bu, il a décidé de me dire un truc qui sortait de nulle part.

« Il y a de la tension sexuelle entre moi et Yuki », il m'a chuchoté à l'oreille.

« Ah bon ? Entre toi et Yuki ? »

« Ouais. Entre elle et moi. Mais seulement de mon côté. »

Je me suis retenue de rire, car il avait l'air sérieux.

Pendant le repas, on a joué à un jeu, aussi. Ça s'appelait Russian Roulette Takoyaki.

Les *takoyaki* sont de petites boules de pâte frites, spécialités d'Osaka, dans lesquelles on trouve généralement de la pieuvre. Babar est balèze en takoyaki, elle a vécu dans une famille d'accueil à Osaka pendant deux ans avant de revenir aux Philippines pour terminer le lycée, et là-bas on lui a appris comment les préparer. Comme Zenos et moi on estime que la place des pieuvres c'est dans l'océan et pas dans nos estomacs, Babar avait cuisiné des takoyaki avec des légumes dedans. Le jeu consistait à nous faire manger à tous un takoyaki et à cacher dans l'un d'entre eux une énorme dose de wasabi.

Nerveux, on scrutait tous notre assiette en silence. On se regardait les uns les autres, et puis notre takoyaki, et puis les autres, et puis notre takoyaki. Mon cœur s'est accéléré. Zenos a frappé dans ses mains deux fois et il s'est exclamé un truc en grec. Lubin a terminé sa bière cul sec. Koji s'est remonté les manches, révélant ses avant-bras tatoués (et rasés).

J'ai croisé le regard de Soo-jin. On s'est souri. Il y a une innocence dans son regard, une candeur qui se mélange à son intelligence, donnant à ses yeux un éclat particulier qui éveille toujours ma curiosité.

« Vous êtes prêts ? » Babar a demandé.

On a tous hoché la tête. Et puis on a compté *ichi, ni, san*, et on a englouti notre takoyaki.

Moins de cinq secondes plus tard, Lubin a précipité sa bouche sous le robinet de la cuisine en rugissant, lâchant une flopée de gros mots français que je n'avais jamais entendus avant. Il parlait de la mère de quelqu'un je crois, mais j'ai pas compris la mère de qui. Sa langue était encore plus pendue que celle de mon chien après une longue promenade dans la forêt.

Il a pleuré parce que ça brûlait trop, et nous on a pleuré parce qu'on rigolait trop.

À ce moment-là, mon iPhone a vibré sur la table. Je suis allée dans la véranda pour prendre l'appel vidéo.

Voyant les larmes dans mes yeux, mes parents se sont inquiétés.

« Tout va bien, j'ai dit. On rigolait. Et vous, ça va ? Qu'est-ce qui se passe ? »

« On a une bonne nouvelle ! » mon père a lancé, enthousiaste.

« T'es enceinte ? » j'ai demandé à ma mère.

J'ai toujours voulu avoir un petit frère. Ou une petite sœur. Mais un petit frère, ça serait mieux, comme ça en grandissant il pourrait répondre à toutes mes questions sur les garçons et effacer quelques Trucs Éternellement Inexpliqués. Genre pourquoi les garçons mettent autant de temps avant de répondre à un texto, ou est-ce que ceux qui retournent leur caleçon ou qui passent du désodorisant sur leurs draps à la fac pour éviter de faire des lessives pensent vraiment que c'est pas un problème.

Ma mère a dit que j'étais bête, et puis elle a brandi deux longs tickets devant sa webcam.

« C'est quoi ? » j'ai demandé.

« Nos billets d'avion ! ma mère a dit. Pour Noël ! »

Parfois dans la vie, tu crois t'être sorti d'affaire en ayant échappé à un frelon, et puis tu te fais renverser par un bus.

« Je… de quoi ? Quand ça ? Quand est-ce que vous venez ? »

Ravis, mes parents m'ont annoncé qu'ils arriveraient pile au moment où je devais aller voir Aiden à Burbank. J'avais complètement oublié de leur en parler.

« Quelque chose ne va pas ? » ma mère a demandé.

« Non, j'ai menti. Je suis un peu fatiguée. C'est génial ! Je suis trop contente. »

Je n'ai pas pu leur dire la vérité. Ils étaient tellement excités de venir me voir, et peut-être encore plus excités de visiter le Japon. Qu'est-ce que j'allais leur dire, de rester à la maison avec le chien et le chat pendant que leur fille unique allait voir sa copine ? Ça, ça aurait été inélégant dans tous les pays du monde.

C'était Apollo 13 dans ma tête. Le seul bon côté de tout ça, c'est que pendant un instant, ça a simplifié mes pensées. Le français s'est effacé pour laisser place à la seule langue, au seul mot qui pouvaient exprimer ce que je ressentais. Un gros, un très très gros *F-Word.*

Upside Down

Samedi 22 octobre

Tout à l'heure, je me suis mise à l'envers. La tête sur les coussins du canapé, les jambes pendant par-dessus les dossiers. J'ai adopté une position à l'image de ma vie.

Koji et Babar étaient assis dans l'autre partie du canapé, perpendiculaire, face à l'écran géant. Ils étaient à l'endroit. Je dirais bien qu'ils avaient adopté une position à l'image de leur vie, mais c'était surtout plus pratique pour faire ce qu'ils faisaient, c'est-à-dire plier des origamis de grue. La grand-mère de la famille d'accueil japonaise de Babar à Osaka est très malade, et une légende raconte que si on plie mille origamis pour un malade et qu'on les attache ensemble sur une ficelle, les origamis serviront de porte-bonheur pour que la personne guérisse. Mais il faut en plier mille, pas un de moins, alors Babar et Koji en plient un maximum avant que Babar n'aille rendre visite à la grand-mère la semaine prochaine.

J'aurais bien mis la main à la pâte, mais un, je suis nulle en origamis, et deux, j'étais trop à l'envers pour ce genre de choses.

Je n'avais plus écrit depuis quinze jours. J'y arrivais plus. Mes mots étaient mous. Mes phrases s'effritaient, se désagrégeaient avant même que je les aie terminées. Écrire, c'est déterrer ses émotions. Mes émotions, je voulais les enterrer.

J'étais donc à l'envers sur le canapé et je passais en revue des photos sur mon iPhone. Un selfie avec Aiden le soir de Morp. Le jour de la compétition de Mock Trial, quand elle avait mis une fausse moustache pour m'aider à me détendre. Une nuit à la plage pendant Senior Week, emmitouflées dans des serviettes près d'un feu après qu'on venait de plonger dans l'eau tout habillées. En vélo à Central Park, avec Vaneck. Les pieds dans la neige à Brooklyn, devant ma librairie préférée. Sur mon lit chez mes parents, le lendemain de Thanksgiving, avec Hercule et Sacrebleu.

Et puis je relisais Verte, aussi. Je suis allée la chercher la semaine dernière. Elle était dans un vieux bar à Ueno. En pensant aux milliers de kilomètres qui nous empêcheraient de peindre de nouveaux moments de vie jusqu'aux prochaines vacances, j'ai laissé échapper un gémissement.

Babar a arrêté de plier des grues et m'a demandé ce qui n'allait pas. J'ai pas répondu à la question, je me suis juste excusée d'avoir gémi.

« Chibi… Si tu continues, tu vas gâcher ton année ici. »

J'ai haussé les épaules.

« Je sais ce qu'il te faut », Koji a ajouté.

« Du chocolat ? » j'ai demandé.

« Un plan. »

« Quel genre de plan ? »

« Un plan pour arrêter la déprime. T'es dans la ville la plus géniale du monde, c'est quand même con de rester le cul sur un canapé. Faut que tu te reprennes, ma vieille. »

J'ai réfléchi.

« Un plan de redressement de vie ? »

Ils ont souri tous les deux. C'est vrai que ça sonnait bizarre, mais ça sonnait juste, aussi.

« Il pleut. »

Elle est banale, cette phrase, pas vrai ? Sujet, verbe. C'est Babar qui a dit ça. Et pourtant, c'est peut-être l'une des phrases les plus importantes que j'ai entendues dans ma vie, parce qu'elle m'a fait penser à un truc que m'avait dit mon grand-père Wesley avant de mourir l'année dernière.

Quand j'étais petite, mes grands-parents avaient toujours des phrases fortes pour me donner des leçons de vie. Aujourd'hui, ma grand-mère continue de m'en dire, mais c'est plus pareil. C'est comme les derniers volumes d'*Astérix* de mon père. Il y a encore Uderzo, mais plus Goscinny.

Bref, ce que m'avait dit mon grand-père, c'était ça :

« La vie, ce n'est pas attendre que les orages passent, c'est apprendre à danser sous la pluie. »

C'était pas de lui, je crois qu'il l'avait lu quelque part, mais moi je ne l'ai jamais oublié, parce que mon grand-père est mort dans son sommeil quelques jours après me l'avoir dit.

Ragaillardie, je me suis remise à l'endroit, bien décidée à élaborer un plan de redressement de vie afin de danser sous la pluie pour faire honneur à mon grand-père. Je suis remontée dans ma chambre deux à deux et je me suis assise derrière mon bureau, m'interdisant de me lever avant d'avoir trouvé une solution.

J'ai passé le reste de l'après-midi à réfléchir, les yeux fixés sur mon globe terrestre. Comment rendre la Terre élastique et réduire les distances ?

Et puis je me suis rendu compte que le problème n'était pas la distance, mais le temps. Quand j'ai ouvert mon nouveau blog, l'idée c'était pas Vivre, mais Vivre, *tout de suite*. J'avais oublié ! Pourquoi j'attendais les vacances ? Quand on veut vivre libre, on ne peut pas se soumettre à une dictature calendaire. Les êtres humains ont organisé un monde qui rationne le temps. Moi, je veux évoluer dans un nouveau temps, le temps qui compte, parce que l'autre temps, constitué du travail, du contrecœur, du compromis et du pas-le-choix, c'est du temps qui ne compte pas, et c'est la meilleure façon de vivre à l'envers. Si on me dit que je ne pourrai savourer qu'une seule tablette de chocolat pour l'éternité, je n'ai pas envie de ne manger que trois carrés et de laisser le reste. Je dévore tout. Vivre, c'est manger tout le chocolat.

J'ai compté l'argent dans ma tirelire hippogriffe. Il y en avait déjà presque assez pour retourner dans les nuages. J'allais faire ça. Sécher des cours pour allonger mon temps qui compte, prendre un billet d'avion pour Burbank, et aller passer quelques jours avec Aiden. Revenir au Japon, continuer à donner des cours, et recommencer l'opération.

Enfin, pas trop quand même. Manger tout le chocolat, ça veut pas dire rater ses exams de fin d'année non plus.

Verte

Puce,

Tu dors comme un bébé paresseux maintenant. Tout à l'heure, j'ai allumé des bougies dans la chambre parce que je sais tu adores le feu, même quand le feu est très petit. Tu as dit d'habitude les bougies c'est un cliché comme dans les films, mais pour nous ça ne sera pas le cliché en raison que nous sommes très créatives. Ça c'était vrai.

Je profite que tu es endormie pour écrire Verte. Avant que tu endormes, tu m'as dit que tu ne veux pas aller à la fac demain et juste rester dans l'appartement tout le jour pour faire l'amour et manger le Nutella et prendre des bains avec beaucoup de la mousse, et peut-être les trois choses dans le même temps si ça c'est possible. Moi je crois c'est très possible.

Un samedi du début de mai pendant l'année de senior, il faisait très beau. Nous sommes allées piquer-niquer dans la forêt. Nous avons marché jusque la cabane que tu as construite avec Sara et Soupe et Vaneck. J'étais très émerveillée. Je ne savais pas vous aviez une cabane comme ça. C'était comme les romans d'aventures avec les enfants.

Tu avais apporté la crème de soleil parce que j'ai la peau plus blanche que toi et tu t'inquiétais que je brûle. Tu as étalé la crème sur mon visage et dans mon cou avec tes petits doigts jolis. Je me souviens à ce moment, j'ai ressenti l'angoisse. J'ai pensé je n'ai jamais été aussi amoureuse avec quelqu'un avant et peut-être c'est trop, parce que si je perds ça alors je ne saurai plus comment vivre.

Après le repas, tu as dit il y avait une surprise dans la cabane. Tu as montré la boîte cachée dans la trappe et tu as sorti le joint magnifique. J'ai ri parce que je ne pensais pas tu pouvais faire quelque chose comme ça. Tu es toujours surprenante. Alors nous avons allongé dans l'herbe et nous avons fumé le joint magnifique. Nous n'avons pas parlé. Nous avons juste écouté les bruits de la forêt et nous avons regardé les nuages.

Ensuite, nous sommes allées sur l'étage de la cabane. Nous étions très détendues et très lentes ! Nous avons ouvert les rideaux pour que le soleil brille dedans. Il y avait la couette propre et très confortable pour allonger dessus sous les rayons du soleil. Tu as joué avec mes cheveux pendant nous écoutions Sia. Mais pas Sia de maintenant. Tu as dit maintenant Sia cache son visage parce qu'elle chante les chansons commerciales et toi tu aimes la Sia qui ne cachait pas son visage et qui chantait les chansons très mélancoliques et poétiques.

Tu as mis tes mains sous mes bretelles, et tu as fait les chatouilles dans le cou. Tes petits doigts sentaient comme la crème de soleil. J'ai mordillé ton nez. À ce moment, nous n'avions fait jamais l'amour. Nous avions peur toutes les deux. Moi, comme tu n'avais été jamais avec une fille avant, j'avais peur que tu étais déçue et que tu penses c'était moins bien. Toi, tu avais peur que tu pourrais être maladroite. Alors nous avons pris le temps, même si nous avions beaucoup envie de l'une l'autre.

Quand Sia a chanté « Lullaby », nous avons regardé dans les yeux et nous avons embrassé. Je t'ai caressée sous le tee-shirt. Ta peau mate était chaude avec le soleil. J'ai ouvert les boutons de ton jean. Tu as soupiré beaucoup et tu as mordillé le lobe de mon oreille. J'ai eu les frissons partout sur le corps. Le plus je retirais tes vêtements, le plus j'avais envie de faire l'amour avec toi.

Avant, tu disais toujours que tu ne savais pas comment faire le sexe avec une fille et tu allais être la « catastrophe ». Mais en fait c'était un très mauvais pronostic. Tes mains faisaient toutes les choses formidables et je suis tombée amoureuse avec tes doigts et ta langue et même tes doigts de pied et toutes les choses de toi encore plus qu'avant.

À la fin, nous avons toutes les deux ri beaucoup parce que nous étions très surprises. Tu as dit c'est la meilleure chose que tu as faite dans ta vie et tu ne pouvais pas croire comment bien c'était. Moi, j'ai dit c'était le meilleur sexe que j'avais eu de toujours. Tu as pensé que j'ai menti pour être gentille. Mais ça c'était la vérité. J'étais si amoureuse avec toi que chaque geste de toi, chaque caresse que tu as faite, chaque frisson que tu m'as donné, c'était comme la première fois car tout était multiplié, alors tout devenait nouveau.

Quand je suis rentrée chez ma maison après la cabane, je ne pouvais pas attendre pour faire encore l'amour avec toi. Maintenant, je pense toujours à cet après-midi quand j'écoute « Lullaby », et je pense toujours à toi quand je sens l'odeur d'une crème de soleil.

Je te luciole,

Aiden

雨

- 3 -

DANSER SOUS LA PLUIE

The Weregirl

Lundi 24 octobre

Il y a trois trucs que je déteste quand j'ai le nez dans un livre :

1. Qu'on lise par-dessus mon épaule.

2. Qu'on m'interrompe pour me demander si c'est bien.

3. Qu'on fasse du bruit pile quand je suis dans le dénouement.

Hier soir, je lisais tranquillement dans ma chambre, engouffrant les dernières pages de *La Nuit des temps*, quand des bruits hyper étranges sont arrivés à mes oreilles. Je n'avais jamais entendu ça de ma vie. On aurait dit un mélange de hurlements, de râles et d'aboiements.

Inquiète devant la sensation qu'on faisait du mal à quelqu'un, je me suis levée pour approcher l'oreille de ma porte. Discernant des halètements, j'ai compris avec étonnement que ça venait de la chambre de Lubin, la plus proche de la mienne, et que par chance, personne ne faisait de mal à personne. Au contraire, Lubin semblait être en train de faire beaucoup de bien à une fille qui, il faut quand même le dire, avait les cris d'amour les plus impressionnants de l'histoire des galipettes.

Discrètement, j'ai ouvert la porte et j'ai passé la tête dans le couloir. Sur ma gauche, Soo-jin faisait exactement la même chose. On s'est regardées quelques secondes, surprises, et puis les râles et les aboiements ont repris de plus belle, alors on a éclaté de rire. Contrairement à Soo-jin, au rire discret et élégant, j'ai ri de manière grossière et bruyante, alors j'ai vite refermé ma porte parce que j'avais peur que Lubin et sa copine arrêtent ce qu'ils étaient en train de faire pour venir voir qui avait osé rigoler de ce qu'ils étaient en train de faire.

Je suis retournée finir mon roman avec les Red Hot à fond dans mes écouteurs. Entre deux chansons, je grimaçais d'entendre encore les râles rauques et les sons bestiaux derrière ma porte. Comprends-moi bien, je ne suis ni contre le plaisir, ni contre les cris. Ça m'est arrivé à moi aussi de crier pendant que je faisais l'amour avec Aiden. Mais là, c'était autre chose. Pendant quelques secondes, je me suis demandé s'il fallait appeler un exorciste.

Au petit matin dans le couloir, je suis tombée sur une fille qui sortait de la salle de bains en serviette. Grande, brune, élancée, avec un visage anguleux typique de l'Europe de l'Est. Elle est rentrée dans la chambre de Lubin sans frapper. À ce moment-là, j'ai décidé de l'appeler la fille-garou.

En bas, Koji était dans sa position fœtale favorite, dormant sur l'océan de chaussures devant la porte. Il ronflait terriblement fort. Pas aussi fort que les cris de la fille-garou, mais quand même fort. La dernière fois, il s'était endormi devant la porte. D'un point de vue strictement géographique, on peut dire qu'il y avait du progrès.

Dans les films, quand on aime bien quelqu'un et qu'on le voit dormir, on trouve une couverture et on la pose sur lui. J'aime bien Koji, alors même si c'était fromageux, je suis allée chercher une couverture sur l'un des canapés du salon et je l'ai posée sur lui.

J'espérais prendre mon petit déjeuner tranquillement, mais Lubin a fait irruption dans la cuisine en compagnie de la fille-garou. J'ai fait comme si je ne savais pas qui elle était et ce qu'ils avaient fait pendant la nuit. C'était pas très sérieux, je n'imagine pas une seconde que quiconque puisse ignorer à quel point les murs sont fins dans cette maison et à quel point cette fille vocifère l'apocalypse quand elle fait des galipettes.

Quand elle m'a souri, elle m'a rappelé un garçon qui était dans mon lycée. Il était mignon, il voulait sortir avec Sara en première année, mais elle ne voulait pas, elle disait que « son ratio dents-gencives » n'était pas bon. J'ai envie de te dire que Sara est une fille formidable, mais j'imagine que le timing n'est pas idéal.

Heureusement, Babar est arrivée à temps pour discuter avec moi et m'éviter d'avoir à remplir les blancs avec la fille-garou pendant que Lubin préparait des œufs brouillés. Elle aussi avait entendu les cris hier soir et elle était particulièrement remontée parce qu'elle n'avait pas pu dormir. Babar, c'est mon acolyte.

Je ne sais pas si la fille-garou était juste un *one-night stand* pour Lubin ou si c'est un *booty call* et qu'il va la revoir, mais dans le deuxième cas, on a décidé qu'on ne se laisserait pas faire. Quand Koji s'est réveillé, on lui a demandé s'il pouvait agir en tant que *Fuck Detective* de la maison. Il a dit que malheureusement, la fille-garou n'avait commis aucun crime et qu'elle ne tombait pas sous le coup de sa juridiction.

Du coup, on a regardé sur Internet. Ils disent que pour se débarrasser d'un être-garou, il faut porter un trèfle à quatre feuilles et lui tirer dessus avec des balles qui ont été bénites dans une chapelle dédiée à saint Hubert. C'est bien, comme conseil, le seul problème c'est qu'on habite à Tokyo, et il faut avouer que les chapelles dédiées à saint Hubert ne sont pas hyper fréquentes.

Quand j'ai parlé de ma nouvelle vie à mes parents l'autre jour, mon père m'a demandé si je découvrais « les joies de la colocation ». Pour la première fois depuis mes six ans et une certaine leçon de poney, c'est avec vachement de retard que j'ai compris qu'il était sarcastique.

Jokers

Mercredi 26 octobre

La colocation, parfois, c'est une histoire de porte entrouverte.

Lorsque je rentre de la fac et que la porte de Babar est entrouverte, je passe la tête, je dis coucou, elle répond coucou (en français, je lui ai appris), et puis elle me dit d'entrer si j'ai envie. Souvent, j'ai envie, alors je pousse la porte, je pose mon sac par terre et je m'étends sur son futon.

On se raconte notre journée, on écoute de la musique, j'écris mon blog, Babar travaille à son bureau, ou bien elle fait du *kintsugi* par terre. C'est un art japonais qui consiste à réparer des porcelaines ou des céramiques brisées grâce à un mélange de laque et de poudre d'or. Sur les tatamis de la chambre de Babar, on trouve pas mal de bols, de pots et de contenants divers sur lesquels on peut apercevoir des lignes dorées, reliques esthétiques de brisures qui s'en sont allées.

Quand elle vivait à Osaka, Babar est tombée amoureuse d'un garçon japonais. Ça s'est mal fini. C'est là qu'elle a commencé à faire du kintsugi. C'était thérapeutique pour elle de réparer ce qui semblait irréparable. Ça m'a rappelé mon histoire avec Ben. Il y a encore trois ans, j'étais persuadée qu'on se marierait. Aujourd'hui, on n'est même plus amis.

Une fois, j'ai demandé à Babar si elle était toujours amie avec le garçon japonais.

Résignée, elle a répondu :

« Tu ne peux pas transformer un avion en locomotive et espérer qu'il continue de planer. »

Hier soir, j'étais dans la chambre de Babar et je surfais sur le Net à la recherche d'un billet d'avion pour la Californie, quand j'ai senti le regard de Babar posé sur moi.

Elle était assise au bord de son futon et me dévisageait, une anse en deux morceaux dans les mains.

« Je peux te poser une question ? » elle a demandé.

Avant, je ne comprenais pas les gens qui demandent l'autorisation de poser une question. On répond forcément qu'on est d'accord, non ? Si on ne veut pas répondre à la question, on ne le sait pas encore. Et puis j'ai réfléchi. En fait, c'est un signal pour prévenir l'autre que la question est sensible. Ça atténue la culpabilité du demandeur, comme si derrière l'autorisation de poser une question se cachait dans sa tête l'autorisation de poser *cette* question. C'est rare de faire ça si on veut savoir ce que quelqu'un a mangé à midi. Par contre, si la question c'est « Est-ce que tu as des hémorroïdes ? », je parie qu'il y aura une demande d'autorisation avant.

« D'accord », j'ai dit.

« Tu me trouves attirante ? »

C'était la première fois qu'une fille me demandait

un truc pareil. Enfin, non, techniquement, Aiden m'a demandé ça une fois à New York, mais c'était pour blaguer, parce qu'elle portait un costume de monstre intergalactique baveux.

«J'en sais rien, j'ai dit. Pourquoi tu demandes pas à Koji ou Lubin ? Ils donnent des notes aux filles, ces idiots, peut-être qu'ils t'ont mis une note.»

«Non… je voulais savoir comment tu me trouvais… toi.»

«Pourquoi ?»

«T'aimes les filles, tu dois bien avoir un avis.»

«Heu… En fait, je sais pas si j'aime les filles.»

«Aiden, c'est pas une fille ?»

«Si, c'est *une* fille.»

«Je comprends pas.»

«Les autres filles, elle me font rien.»

«T'es pas lesbienne, alors ? T'es plutôt bi ?»

J'ai soupiré.

«Quoi ?» elle a demandé.

«Ces étiquettes me fatiguent, j'ai répondu. À chaque fois, j'ai l'impression qu'on veut me tatouer un code-barres dans le cou. Je ne ressens pas le besoin de me placer dans une case spécifique, ni de m'identifier à un groupe. Je veux qu'on me laisse faire mon truc sans me demander de prendre une carte d'adhérent pour en faire un mode de vie. Je suis très heureuse sans, et je me sens libre d'aimer qui j'ai envie, garçon, fille, wookiee… et sans étiquetage, je trouve ça plus beau, voilà tout.»

« Wookiee ? »

« Peut-être pas wookiee. »

« Donc… t'aimes pas les étiquettes. Bien reçu. »

« Et les cartes d'adhérent. »

« Et les cartes d'adhérent. »

« Et les choux de Bruxelles aussi, mais ça n'a rien à voir. »

J'ai continué ma tirade avec un monde sans normes, car sans normalité plus d'anormalité, sans étiquettes plus d'exclus, juste un océan de possibilités sans aucun jugement et une sensation de liberté infinie pour tout le monde. Babar a dit que peut-être c'était utopique. J'aime pas ce mot-là non plus. Utopique est un mot qu'on utilise pour rétrécir les rêves des gens. Comme Babar, tu vas croire que je déteste tous les mots, mais je tiens à dire qu'il y en a que j'aime beaucoup. Par exemple redingote, gredin, bulle, plume, papillon et baobab sont des mots très respectables.

« Et Aiden ? Babar a demandé. Elle en pense quoi ? »

« Elle comprend pas trop. Elle m'a dit une fois que j'avais un joker pour embrasser une autre fille si jamais je pensais que ça pouvait m'aider à savoir si j'étais attirée par les filles ou pas. »

« Tu l'as utilisé ? »

« Pas encore. Fais gaffe hein, je vais peut-être te choisir. »

« T'es con. »

Je ne sais pas si tu es au courant, mais quand quelqu'un

te pose une question sensible, pendant quelques minutes ensuite, toi aussi tu as le droit de poser une question sensible. C'est une autre sorte de joker, sauf que celui-là autorise juste à poser une question, pas à embrasser une fille. Espérant qu'il s'appliquait aussi aux Philippines et au Japon, j'ai demandé l'autorisation à Babar de lui poser une question, et puis pour la troisième fois en deux mois, je lui ai demandé la raison pour laquelle notre maison ne coûtait pas cher. Le pouvoir de mon joker devait être puissant, parce qu'elle m'a enfin répondu !

« La maison est une *jiko bukken* », elle a dit.

« C'est quoi, une *jiko bukken* ? »

« C'est comme ça qu'on appelle les maisons stigmatisées. Là où il s'est passé une mort bizarre, les maisons qui se trouvent près d'un cimetière, tous les trucs un peu glauques comme ça. »

« Il s'est passé quoi ici ? »

« J'ai pas les détails, mais il y a eu deux morts inexpliquées, à deux époques différentes. »

« *Whoa*. Tu sais ce qu'on dit en anglais, hein ? »

« Ouais, je sais, les mauvaises choses arrivent par trois. Qu'est-ce qu'on dit en français ? »

« On dit "jamais deux sans trois" », je crois.

« Merde. On est *fucked* en deux langues. »

« Qu'est-ce qu'on dit en tagalog ? »

« Hmm… On dit rien du tout. »

« Bon bah ça va. On n'aura qu'à dire qu'on a une maison

philippine et c'est bon. Pourquoi tu voulais rien me dire sur la jiko bukken ? »

« Avec Lubin, on avait décidé de ne pas en parler. On voulait effrayer personne. C'était surtout pour Yuki, les Japonais n'aiment pas parler de ça. »

Les relations de cause à effet mises en place par nos anges gardiens architectes de vie sont parfois inattendues. C'est parce que je suis tombée amoureuse d'une fille dans le Delaware qu'un an et demi plus tard, j'ai eu le droit d'apprendre que je vivais dans une jiko bukken.

Human Body Accident

Samedi 5 novembre

Dans cinq jours, je serai à Burbank. Aiden aussi sera à Burbank. Je vais être honnête, il est possible qu'on se voie ! En plus, ça va être son anniversaire et j'ai un cadeau trop bien. Pas la peine de me demander ce que c'est, tu le sauras quand elle l'ouvrira.

J'ai acheté mon billet pour aller à Burbank, mais comme danser sous la pluie se joue sur le long terme, je travaille déjà pour me payer le suivant. Dès que je le peux, je rejoins des élèves dans des cafés. Ils m'appellent « Capouchine Sensei ». Je me sens très érudite.

Enfin, pas tout le temps. Aujourd'hui, un élève m'a apporté des légumes de son potager dans un petit panier. En français, je lui ai demandé ce que j'avais fait pour mériter cette belle attention. Il a répondu :

« Oui. »

Après mon cours, Yuki m'a rejointe pour lécher des vitrines à Shibuya et Harajuku. On peut vivre à Tokyo mille ans sans avoir tout exploré. Yuki est une guide de choix : elle a grandi à Saitama, une préfecture en bordure de Tokyo, elle venait souvent ici alors elle sait où sont les chaussures les plus chouettes, les hauts les plus adorables et les pâtisseries les plus délicieuses.

Quand je marche à ses côtés, on nous regarde beaucoup. J'ai demandé à mes colocs s'ils savaient pourquoi. D'après Koji et Lubin, c'est parce que Yuki est magnifique, mais d'après Babar et Zenos, c'est parce que je suis occidentale. Je remarque que personne n'a dit que c'est parce que je suis magnifique.

Yuki est peut-être une guide de choix, mais je ne sais pas si je la choisirais pour m'accompagner sur mon île déserte. Elle parle un peu trop de ses études, on dirait qu'elle ne pense qu'à ça. Pour moi, les études, c'est juste un moyen d'arriver à autre chose, comme une voiture. Les gens qui accordent trop d'importance à leur voiture, ça peut être des connaissances, mais c'est pas souvent des copains, et ça sera jamais des amis. Sauf Soupe. Il adore sa voiture. Soupe est l'exception qui confirme ma règle.

Et puis, Yuki ne rigole pas beaucoup. Son anglais est limité, et même quand elle comprend les mots, parfois elle ne comprend pas ce qu'il y a derrière, comme Peter Pang. Par exemple, quand on s'est retrouvées, je lui ai demandé comment s'était passée sa journée.

« Aujourd'hui ? » elle a demandé.

« Non, il y a dix jours », j'ai répondu pour rigoler.

Elle a levé la tête, songeuse, et elle s'est mise à réfléchir à ce qu'elle avait fait il y a dix jours.

J'ai éclaté de rire. J'ai essayé de lui faire comprendre pourquoi, mais je me suis vite rendu compte qu'expliquer le second degré à quelqu'un qui n'en a jamais entendu parler, c'est impossible. Plus je parlais, moins c'était clair. Elle a bien compris que j'avais dit un truc faux exprès, mais comme elle n'y voyait rien d'amusant, elle ne pigeait pas le mécanisme, et elle n'a jamais compris pourquoi j'avais dit un truc faux. Au Japon, le sarcasme peut vite devenir un mensonge.

Dans le métro quand on est rentrées à la maison, j'ai eu un bégaiement de politesse. C'est quand j'hésite à me lever pour laisser ma place à quelqu'un. C'est pas que je suis fainéante, mais j'ai peur de les vexer. Quand c'est une vraie vieille personne, ça va, mais quand la personne est mi-vieille, je trouve ça problématique. Je m'imagine quand j'aurai une cinquantaine d'années, d'ici là je me serai mise au sport avec Aiden et je mangerai moins de cochonneries, du coup je serai en super forme, mais un jour dans le métro, un jeune de vingt ans se lèvera pour me laisser sa place, et moi je rentrerai à la maison et je dirai à Aiden :

« Aiden, quelqu'un m'a laissé sa place dans le métro. »

« Oh, non. »

« Eh oui. Ça y est, je suis vieille. »

J'ai pas envie de faire ça à quelqu'un d'autre.

En face de nous, assise sur une banquette, une petite fille de cinq ou six ans, vêtue d'un uniforme d'écolière, jouait avec une ficelle. Elle créait de jolies formes en la tendant entre ses doigts comme une toile d'araignée. À côté d'elle, sa mère portait un masque chirurgical.

Les Japonais portent souvent des masques. Soit parce qu'ils sont malades, soit parce qu'ils ont peur de tomber malades, mais certaines filles font aussi ça pour dissimuler leur visage. C'est comme un habit pour le nez et la bouche. Pour elles, ça devient alors presque impudique de ne pas le porter. De nombreux défauts disparaissent quand on ne voit plus que les yeux, ça rend les gens plus attirants, plus mystérieux et plus confiants. Ça devrait être un slogan pour ceux qui vendent des masques chirurgicaux : « Soyez plus beau ».

Le regard de la petite fille a croisé le mien. Je lui ai souri. Timidement, elle m'a souri aussi. J'adore les enfants japonais. Ils n'ont pas encore appris toutes les règles, alors contrairement aux adultes dont les yeux chutent automatiquement quand ils croisent les vôtres, ils vous regardent droit dans les yeux. C'est quand même dommage de se priver de ces chouetteries quand on est adulte.

Quelques minutes après le sourire, on est arrivées à la station Meidaimae, où il s'est passé un double truc que je n'oublierai jamais.

D'abord, la petite fille s'est levée pour descendre avec sa mère. Je pensais que notre interaction s'était terminée avec le regard et le sourire, mais à ma grande surprise, quand la porte automatique s'est ouverte, elle s'est retournée vers moi, et elle s'est inclinée.

J'ai glapi. Normalement c'est pour les chiots et les renards, mais dans un cas comme ça, c'était pour moi aussi. La petite fille avait atteint un niveau d'adorabilité qui défiait les lois du comportement humain. Elle est partie en tenant la main de sa mère. Je les ai regardées s'éloigner, profondément touchée.

De l'autre côté des rails, quatre policiers avec des brassards jaunes marchaient sur le quai d'en face en portant ensemble une espèce de grande bâche bleue pliée en deux.

« Tu sais ce que c'est ? » j'ai demandé.

Yuki les a observés quelques secondes, puis elle a soupiré et m'a dit d'un air triste :

« *Jinshinjiko.* »

Jinshin, c'est le corps humain, et *jiko*, c'est un accident.

Un accident de corps humain. Un pauvre homme s'était jeté sous un train. Les quatre policiers, dans leur bâche bleue, transportaient les morceaux de corps qu'ils avaient ramassés sur les rails. Yuki dit que ça arrive de temps en temps. « De temps en temps », généralement je trouve que c'est pas très fréquent. Dans ce contexte, j'ai trouvé ça vachement fréquent.

Le jinshinjiko est une sorte de hara-kiri contemporain. Yuki disait que peut-être l'homme avait perdu son travail et qu'il avait honte de rentrer à la maison. Ou alors, mon interprétation à moi, il en avait assez de passer sa vie au bureau et de n'avoir que trop peu de temps qui compte, il voyait les années passer et le Vivre s'éloigner et il n'avait plus la force de danser sous la pluie. Saleté de travail. Un impôt sur l'existence que l'humanité s'est auto-imposé, une gigantesque balle dans le pied, au lieu de profiter de chaque seconde disponible avant le néant pour l'éternité. Et on dit que l'homme est un être intelligent ? L'homme est un génie idiot.

Même l'empereur Akihito a ce genre de problèmes. Yuki m'a expliqué l'autre jour qu'il aimerait bien abdiquer parce qu'il est très vieux et très fatigué mais qu'il faut quand même qu'il aille à des trucs d'empereur tout le temps. Il en a marre, mais ça fait des tas d'histoires parce qu'il n'y a rien dans la Constitution japonaise qui lui permette d'arrêter. Les Japonais se demandent s'ils devraient changer leur Constitution. C'est vrai qu'ils n'auront pas l'air très malins si leur empereur a un accident de corps humain.

Depuis le double truc du métro, je n'arrête pas d'y repenser. En termes de Vivre, quelque chose me turlupine : la petite fille peut-elle devenir le pauvre homme ?

Answers

Mardi 8 novembre

Quand on vit dans une grande maison avec six autres personnes, on apprend à reconnaître certains signes. L'odeur d'eau de toilette dans le hall d'entrée indique que Lubin est sorti, et probablement qu'il est allé voir une fille rencontrée sur Tinder. L'océan de chaussures réduit à une flaque de deux ou trois paires, ça veut dire que Babar a fait le ménage un peu plus tôt et qu'elle est sûrement en train de se prélasser dans un bain-récompense. Si ça sent le miso, Yuki a cuisiné, et s'il y a des cartons qui attendent dans le hall d'entrée, Soo-jin n'est pas encore réveillée.

Ce soir en rentrant, j'ai su que Koji et Lubin étaient sortis parce qu'il y avait deux petits verres vides sur la table de la cuisine. Avant d'aller faire la fête à Ueno, Shibuya ou Roppongi, ils avalent chacun un verre de whisky pour « mettre leur foie dans les meilleures dispositions ». Le blender de Zenos n'était plus là non plus, ça voulait dire que lui aussi était parti, probablement pour un périple initiatique ou méditatif.

Il n'y avait plus que des filles à la maison. J'aime bien les garçons, mais je dois avouer que ça m'a mise en joie. Quand les garçons ne sont pas là, je me sens investie d'une liberté rare, fraîche et précieuse. C'est un peu comme rentrer chez soi après un long voyage. Ou si je veux être tout à fait honnête, c'est comme après avoir fait pipi : c'est seulement là que tu peux *vraiment* te détendre.

J'ai fait le tour de la maison pour voir ce que fabriquaient les autres.

Yuki faisait de l'*ikebana* dans la véranda. C'est un art floral japonais. Elle dit qu'elle n'est pas très forte, mais en vérité, elle réalise des compositions superbes, et on a la chance qu'elle les dispose souvent dans le salon, dans la véranda ou sur le balcon en bois en haut. Ça donne un côté *artsy* à la maison, en plus des peintures de Zenos qui sèchent un peu partout. Malgré ça, Yuki refuse tous les compliments. Elle dit qu'elle est moyenne en tout alors qu'elle est esthétiquement magnifique, universitairement brillante et culinairement remarquable. Yuki est un cyborg ultraperfectionné venu du futur pour nous apprendre l'humilité et nous faire toutes déprimer.

Quant à Babar, elle était dans sa chambre. Comme d'habitude, sa porte était entrouverte.

« Coucou ! » j'ai dit en passant la tête.

Pour une fois, elle ne m'a pas répondu. Elle tenait un morceau de savon avec des baguettes, et elle avançait tout doucement vers un saladier vide à l'autre bout de la pièce.

« Qu'est-ce que tu fabriques ? » j'ai demandé.

« Attends, je suis concentrée. »

Elle a fait quelques pas de plus, puis elle a déposé le morceau de savon dans le saladier.

« Pfiouuuuu. Qu'est-ce que tu disais ? Ah, oui. Tu te souviens de la grand-mère de ma famille d'accueil ? »

« Celle qui était malade ? »

« Oui. Elle est décédée. »

« Oh, mince. Je suis vraiment désolée, Babar. »

« C'est pas grave. Enfin si, c'est grave, elle est morte. Mais merci. »

« Les mille origamis n'ont pas marché ? »

« Ça marche pas à tous les coups, apparemment. »

« Zut. Et… le morceau de savon ? »

Considérée comme un membre de la famille, Babar avait été invitée à l'enterrement, et par tradition, elle allait devoir aider à transporter les os de la défunte vers le tombeau familial. Chacun devra en porter un, et apparemment ça se fait avec des baguettes. Babar s'entraînait avec un truc glissant exprès parce qu'elle avait peur de laisser tomber son morceau par terre pendant la cérémonie. J'ai parfois l'impression que Babar est un double de moi.

Plus tard, elle m'a expliqué que c'était pour ça que pendant le dîner de famille le mois dernier, Yuki ne voulait pas que je fasse goûter un truc en utilisant mes baguettes. C'est fait pour transporter les bouts de fémur, pas la nourriture. Sauf si ça va dans ta propre bouche. Alors là c'est bon.

« Tu fais quoi ce soir ? Babar a demandé. Les garçons sont sortis, on a la maison pour nous. »

« J'ai des devoirs à finir, je vais sécher quelques cours quand je vais aller voir Aiden, faut que je prenne de l'avance. Mais on peut faire un truc après, si tu veux. »

« Yuki m'a dit qu'elle était d'humeur à boire. Tu veux chercher le bonheur au fond d'un verre avec nous ? Je t'ai jamais vue boire. Tu dois être trop marrante. »

J'ai haussé les épaules.

« Chibi, si tu continues de hausser les épaules à chaque fois qu'on te pose une question… »

« C'est pas à chaque fois. »

« T'es sûre ? »

J'ai haussé les épaules exprès, et on a rigolé.

La nuit tombée, j'ai rejoint Yuki et Babar dans le hall d'entrée pour aller acheter des provisions pour la soirée. Soo-jin ne répondait pas quand on frappait à sa porte, alors on a décidé d'y aller sans elle.

Après avoir enfilé une chaussure, Babar s'est rendu compte qu'elle avait oublié son portefeuille dans le salon. Une fois, Yuki nous a fait des yeux noirs parce qu'on avait marché sur les tatamis en chaussures. Babar a décidé d'aller chercher son portefeuille à cloche-pied. D'un point de vue énergétique, je pense qu'il y avait mieux à faire.

J'aime bien faire des courses avec Babar et Yuki, ça me permet de leur demander ce qui est écrit sur les étiquettes sans avoir besoin d'utiliser mon iPhone. Ça fait déjà presque trois mois que je suis là, j'ai appris quelques mots japonais, mais dès que je passe à l'écrit, je suis de retour à la case départ et je ne touche pas vingt mille yens. J'ai trouvé une application pratique, il faut dessiner les kanji avec ses doigts ou alors prendre une photo des étiquettes, et puis ça vous dit à quoi ça correspond en anglais. Au début j'envoyais des photos à James, un copain aux États-Unis qui a appris le japonais. Le problème, c'est qu'il a appris le langage des mangas, et apparemment dans les mangas ils parlent pas trop de tofu en solde et de lait de soja.

Quand on a fini nos courses, la caissière m'a demandé si je voulais un sac plastique. J'avais déjà mon sac à dos, alors j'ai répondu *iie*. En sortant, Yuki m'a dit de ne pas dire ça, que « non » en japonais c'est trop sec, trop brusque, alors c'est pas poli. À la place, il faut dire *daijōbu*, qui est une sorte de « *it's okay* ». Ce « non » trop brusque n'expliquerait-il pas parfaitement la tendance des Japonais à dire un certain *maybe no* en anglais, par hasard ? Je t'avais bien dit que j'étais hyper douée pour enquêter.

De retour à la maison, Soo-jin faisait bouillir de l'eau dans la cuisine. Elle portait une salopette noire très mignonne. Ça m'a fait penser à Aiden. C'est la seule autre personne que je connais qui met des salopettes.

Babar a demandé à Soo-jin si elle voulait se joindre à nous pour chercher le bonheur au fond d'un verre. Soo-jin m'a regardée, comme si la réponse se trouvait sur mon visage. Aucun des mots japonais que je connaissais ne convenait à la situation, alors j'ai sorti les canettes de Dr Pepper que j'avais achetées spécialement pour elle et je les ai mises devant son nez.

Ça n'a pas manqué de la faire sourire.

« *Nan niga joha* », elle a dit d'une voix douce, presque imperceptible.

« Qu'est-ce qu'elle a dit ? » j'ai demandé à ma traductrice officielle.

« Je parle pas coréen », Babar a répondu.

Mais comme souvent quand je ne comprends pas ce qui se passe dans cette maison, le mystère est resté entier parce que Soo-jin n'a pas jugé utile de nous expliquer ce qu'elle venait de dire.

C'était pas pour faire plaisir à Babar, mais à mesure que la soirée avançait, j'ai commencé à chercher le bonheur au fond de mon verre, moi aussi, et petit à petit j'ai pris goût à la désinhibition, et à la joie qui pétillait en moi. Avant que je ne m'en rende compte, j'étais dans un état d'ébriété aussi avancé que les trois autres.

On a mis de la musique à fond dans la maison, et on a dansé en oubliant tout le reste. La musique est devenue la seule priorité. Plus de passé, plus de futur, plus de devoirs à rendre, plus d'exams à passer, plus de voie à emprunter, plus d'emploi à trouver, plus de temps qui compte pas à éviter, plus de relation longue distance à affronter, plus de sexualité à étiqueter. Le bonheur n'était pas au fond d'un verre, il était dans l'air, dans chaque note qui flottait jusqu'à nos oreilles. Dans ces moments-là, la mortalité de notre espèce est loin. On génère des émotions et des sensations si fortes qu'elles transcendent les limites biologiques de notre cerveau, nous donnant l'impression d'avoir une âme et de participer à un projet divin. On est même à deux doigts de repousser l'absurdité de la vie pour lui donner un sens.

Propriétaires d'une âme ou pas, Babar et Yuki ont fini par s'écrouler sur le canapé, épuisées. Blondie a commencé à interpréter *Atomic*. Je me suis tournée vers Soo-jin, et j'ai tendu les mains.

À quatre, la danse avait été chouette, mais Soo-jin et moi, on a dansé comme je n'avais pas dansé depuis des mois. On a échangé des regards, des sourires, des rires, et on s'est dit plus en une chanson qu'on ne s'était dit en deux mois de vie commune à chasser les cafards et à être témoins des cris d'une fille-garou. Je me suis sentie vivante.

Quand *Atomic* s'est terminée, on s'est prises dans les bras en rigolant et on s'est avachies dans le canapé à notre tour, essoufflées. Les lumières du salon tournoyaient dans l'air.

« Je crois que j'ai besoin de lunettes », j'ai dit.

Babar a pouffé. Soo-jin nous a resservi un verre de saké. Après m'avoir tendu mon verre, elle a fait un bisou sur la truffe de Jean-Pierre.

« On est quand même mieux sans les garçons », Babar a dit.

« Ils sont bruyants », Yuki a ajouté.

« Et dégoûtants, j'ai dit. L'autre jour, Koji est sorti des toilettes et il m'a dit "N'y va pas." Et il était fier de lui ! C'est dégueu, non ? »

« Totalement dégueu », Babar a dit.

« Beaucoup dégueu », Yuki a ajouté.

Babar a dit qu'on serait tranquilles pour le reste de la soirée parce que Koji et Lubin finiraient sûrement dans un *love hotel* avec des filles. C'est des hôtels spéciaux où on va spécialement quand on a envie de coucher avec quelqu'un. Il y en a plein à Tokyo. J'ai pas compris tout de suite pourquoi les gens font pas leurs galipettes chez eux, mais il y a plein de raisons. Un, comme la fille-garou l'a prouvé, les murs des maisons traditionnelles japonaises sont vachement fins et on entend tout d'une pièce à l'autre. Deux, Tokyo c'est grand et certaines envies n'attendent pas. Trois, beaucoup de gens mariés trompent le partenaire à qui ils ont juré fidélité, à ce qu'on m'a dit. Ou peut-être que dans les mariages japonais on jure pas fidélité, je sais pas.

Quelques minutes plus tard, j'avais entre les mains une bouteille dans laquelle il ne restait qu'un fond de saké, mais je ne voulais pas être impolie, alors j'ai demandé aux autres l'autorisation de la finir.

« T'en veux pas ? » j'ai demandé à Yuki.

« Oui. »

J'ai froncé les sourcils. Vu ma question, sa réponse était déjà étrange, mais en plus de ça, elle avait reculé son verre pour me signifier qu'elle ne voulait plus de saké. Ça m'a rappelé un truc. La manager du supermarché à Asakusa, quand je cherchais ma pochette Oui-Oui partout, tu te souviens ? Elle m'avait dit « *no* » en hochant la tête de haut en bas comme si elle disait oui.

Afin d'en avoir le cœur net, j'ai reposé la question à Yuki.

« T'en veux ? »

« Non. »

« Donc t'en veux pas ? »

« Oui. »

« Aaaaaah ! je me suis exclamée en rigolant, un hoquet s'amorçant dans ma gorge. Quand ils répondent à une question les *-hic-* Japonais ne se *-hic-* prononcent pas sur le *-hic-* contenu informationnel de l'énoncé mais *-hic-* sur la pertinence de l'assertion ! »

Les trois autres se sont regardées, confuses. Babar n'a même pas essayé de traduire en japonais pour Soo-jin. Peu importait, moi je me comprenais. En me disant « oui », Yuki confirmait que ce que je disais était correct, elle ne voulait plus de saké. Et la manager dans le supermarché, elle avait choisi le bon mot en anglais, non elle n'avait pas trouvé ma pochette, mais elle avait la gestuelle japonaise, oui j'avais raison de dire qu'elle n'avait pas trouvé ma pochette. Son cerveau s'était divisé en deux.

Après ça, Babar a demandé à faire un janken avec moi.

« C'est quoi, janken ? »

Jan-ken-pon, c'était pierre-feuille-ciseaux. Pas le jeu le plus excitant du monde, mais Babar voulait épicer ça en faisant un pari.

« Si je gagne, tu manges du nattō », elle m'a dit.

« Okay, j'ai répondu en grimaçant. Mais si je gagne, tu manges végétarien pendant une semaine. »

À son tour, elle a fait la grimace. Yuki a traduit pour Soo-jin, qui demandait ce qui se passait.

Je me suis levée, Babar s'est levée, et on s'est serré la main.

« Prête ? » elle m'a demandé.

Allez, Puce. Tu es elle. Tu penses avec son cerveau. Tu es une Philippine enthousiaste de vingt-deux ans qui adore le riz et les bains, tu trouves que ta peau est trop foncée et ton nez trop plat, et tu t'énerves quand on dit que *Dragon Ball* c'est pour les enfants. Qu'est-ce que tu choisis ?

J'ai pensé qu'elle jouerait la feuille, alors quand on a tendu les mains, j'ai fait des ciseaux avec mes doigts. Évidemment, Babar avait choisi la pierre.

Je me suis effondrée sur le canapé, submergée par une tristesse profonde et douloureuse. J'ai pris Jean-Pierre des bras de Soo-jin et je l'ai serré contre moi. Les larmes ont commencé à couler sur mes joues.

« J'ai échoué... J'ai déçu les animaux... (J'ai reniflé.) Ils comptaient tous sur moi... Ils auraient eu du répit pendant une semaine... (J'ai reniflé encore.) Au lieu de ça, ils vont tous mourir dans d'atroces souffrances et ça sera de ma faute. »

Babar est venue me consoler en rigolant. Elle a dit qu'elle allait manger végétarien pendant une semaine quand même. Yuki a ajouté qu'elle allait le faire aussi. Quand Soo-jin a reçu la traduction, elle a rejoint le groupe des sauveurs d'animaux temporaires. J'ai continué à pleurer, mais cette fois, parce que j'étais touchée. Tu connais beaucoup de gens, toi, qui se passeraient de manger des animaux morts pendant une semaine parce qu'une débile en état d'ébriété s'est mise à pleurer après avoir perdu à janken ?

Pour fêter ça, Yuki est allée chercher une barquette de nattō qu'elle a préparé pour moi avec amour, avec un peu de moutarde et tout. Quand j'ai penché la tête au-dessus, j'ai cru que j'allais vomir. J'ai essayé de convaincre ma bouche que tout allait bien se passer, que l'odeur, le goût, tout ça n'était que de simples informations.

Au final, le nattō, je m'en faisais des montagnes, mais c'était pas si terrible que ça. On dit parfois qu'il ne faut pas juger sur l'apparence, on dirait qu'il ne faut pas juger sur l'odeur non plus. On peut vraiment se fier à rien, sur cette planète.

Le coup des baguettes, le *maybe no*, la bouche qui dit non et la tête qui dit oui, et puis le nattō qui finalement n'a pas un goût de chaussette sale. C'était une soirée riche en résolution de mystères. Je ne sais pas si on a attrapé le bonheur au fond de nos verres, mais moi, en tout cas, j'ai attrapé les réponses à plein de questions.

The Epistolary Rainbow

Jeudi 10 novembre

Je me trouve actuellement dans une machine à voyager dans le temps.

Je suis partie jeudi à vingt-trois heures, et quand j'atterrirai après dix heures de vol, on sera jeudi à seize heures. C'est pas fascinant, la planète Terre ?

À côté de moi, un père et son fils jouent au Scrabble. Je déteste ce jeu. J'ai trop peur de faire attendre les gens qui jouent avec moi, du coup je joue vite, je mets des mots de deux lettres et tout le monde rigole. Et puis même si je laisse la politesse de côté pour réfléchir à un mot plus long, il y a toujours un imbécile pour placer ses grosses lettres pile là où j'avais prévu de mettre les miennes.

En troisième année au lycée, un soir où on dormait dans notre cabane dans la forêt et que j'avais raconté une histoire effrayante près de notre feu de camp, Vaneck m'a dit qu'un jour, j'écrirais des livres. Je lui ai répondu que c'était impossible. Écrire des livres et faire des mots de deux lettres au Scrabble, à mon avis c'est incompatible. Et puis je sais pas décrire les armoires. Quand on est écrivain, faut savoir décrire les armoires.

J'ai entre les mains une petite enveloppe jaune. Elle était cachée derrière des lanternes en papier à l'intérieur du jardin entourant le sanctuaire Meiji. J'ai mis trois heures à la trouver, c'était n'importe quoi.

Violette, Indigo, Bleue, Verte, Jaune… Je crois que je sais combien il reste de lettres, et à quoi ça va ressembler à la fin.

Une légende raconte qu'un trésor se cache au pied des arcs-en-ciel. Mais quoi qu'on fasse et où qu'on aille, on ne peut jamais atteindre le pied d'un arc-en-ciel. Ce que tu vois dépend de ton point de vue. Si tu bouges, l'arc-en-ciel bouge avec toi.

Peut-être que la dernière lettre d'Aiden sera un trésor que je garderai précieusement jusqu'à la fin de mes jours. Si mes calculs sont exacts, elle s'appellera Rouge.

Jaune

Puce,

Au début que j'étais avec toi, j'avais souvent peur que tu allais me quitter. Je sais je suis gay depuis que je suis petite, mais c'est différent pour toi. Tu me disais toujours que j'étais « l'exception ». Ça m'effrayait un peu. Je ne comprenais pas pourquoi tu aimais tous les garçons mais juste une fille. Je pensais à qu'est-ce que Yuna avait fait. Je pensais peut-être un jour tu vas manquer les garçons.

Après que nous avons reçu les diplômes et nous sommes allées à la plage pour la Senior Week avec les autres, je pensais au sujet de ça un peu. Beaucoup des garçons voulaient avoir le sexe avec toi pendant la semaine. Avant que je te rencontre, je crois je n'avais été jamais jalouse.

Le troisième soir de la Senior Week, j'ai entendu les copains de JM sur la plage. Ils disaient JM voulait te demander pour un rencard avant que toi et moi nous devenions un couple. Ils pensaient tu n'allais pas rester avec moi parce que c'était juste pour « essayer ». Ils disaient bientôt tu serais libre encore et alors JM allait coucher avec toi. J'ai imaginé toi avec JM et ça m'a fait mal beaucoup.

Je suis allée pour une marche sur la plage. Je

réfléchissais si les copains de JM avaient raison. Toutes les autres personnes jouaient au frisbee et au soccer et à des jeux avec l'alcool sur le sable. Tu étais assise avec James, Naomi et Vaneck à côté du feu. J'ai marché avec les pieds dans l'eau et je me suis éloignée, mais tu as aperçu que j'étais là et alors tu as couru à moi. Tu m'as demandé si je voulais venir asseoir près du feu avec vous. J'étais très contrariée. Tu as vu tout de suite. Tu m'as demandé qu'est-ce que c'est le problème. Je n'ai pas dit. Mais comme tout le temps, tu as compris qu'est-ce que tu dois faire.

Tu as fait le câlin. Tu m'as embrassée. Tu as pris le iPhone dans ta poche, tu as joué la chanson « These Boots Are Made For Walkin' » de Nancy Sinatra, et tu as dit tu voulais danser avec moi. Au début, je ne voulais pas, mais tu as insisté.

Nous avons dansé avec les pieds dans l'eau. Tu m'as fait rire. J'ai oublié les copains de JM et toutes les autres personnes sur la plage. Tu as éteint presque le monde en entier. C'était juste toi et moi et l'océan et Nancy Sinatra.

Quand la chanson a fini, tu as dit je te manquais trop et si je ne venais pas avec toi près du feu alors tu allais plonger dans l'eau et te noyer dans le désespoir. J'ai dit si tu plonges alors je plonge aussi. Tu as regardé l'océan, et tu as dit un mot en français. Je n'ai pas compris qu'est-ce que c'est le mot, mais j'ai compris qu'est-ce que ça veut dire parce que tu souriais et tes yeux étaient très brillants quand tu regardais l'océan.

Alors nous avons pris la main et nous avons compté one two three four five six seven parce que nous pensions one two three c'est le cliché. Nous avons plongé avec le tee-shirt dans l'eau et nous avons ri beaucoup.

Ça c'est un des moments préférés de nous.

Je te nuage,

Aiden

PS : Maintenant je sais qu'est-ce que c'était le mot français : Chiche !

The Game

Vendredi 11 novembre

Quand Aiden et moi on a su qu'on allait bientôt se revoir, on a eu une discussion à propos des dangers du fromage. En anglais, parce que c'était trop important pour risquer de mal se comprendre.

« Comment on fait pour les retrouvailles ? j'ai demandé. Ça va être fromageux. »

« Il faudra éviter les clichés. »

« Pas évident. Faudra pas courir, ni se jeter dans les bras, ni s'embrasser. Pas très rigolo comme retrouvailles. En plus, faudra pas qu'il pleuve aussi, il pleut tout le temps pour les retrouvailles dans les comédies romantiques fromageuses. »

« On n'a qu'à faire un jeu. »

« Quel jeu ? »

« La première qui touche l'autre avec la bouche ou les mains a perdu. »

« Hein ?! Ça va être dur ! »

« Si tu penses que c'est trop difficile pour toi… »

« Non, non, je m'inquiétais pour toi. Je peux passer les cinq jours là-bas sans te toucher, moi. Limite, ça m'arrange. »

« C'est parfait, alors. Faisons ça. »

« Faisons ça. Je te dirai bonjour avec mes fesses. »

« Et celle qui perd… »

« Fait la vaisselle pendant cinq jours. »

« *Deal.* »

Voilà, c'était les données au moment de retrouver Aiden. Pas de mains, pas de bouche. Et j'étais bien décidée à remporter la victoire.

À la sortie de l'aéroport, j'ai pris un taxi vers le centre de Burbank. Aiden m'avait proposé de venir me chercher, mais j'avais insisté pour aller l'attendre à la sortie du studio. Elle croyait que c'était un beau geste de ma part. En réalité, c'était pour moi. J'étais tellement fière d'elle, je voulais voir où elle travaillait.

Quand je suis arrivée, elle n'était pas encore sortie. C'était une journée magnifique, une bonne chose pour éviter le fromage hollywoodien, mais j'ai regretté de ne pas avoir apporté le chapeau de paille de Babar avec moi pour me protéger du soleil, et faire rigoler Aiden par la même occasion.

Nerveuse, j'ai enfoui mes mains dans mes poches et je me suis adossée à un mur. Je guettais la porte vitrée à quelques dizaines de mètres de là. Je m'attendais à voir Aiden en sortir à tout moment.

J'appréhendais. J'avais peur que quelque chose entre nous se soit évaporé. Que les retrouvailles soient maladroites. Qu'elle me trouve moins jolie. Qu'elle soit accompagnée, qu'on ne puisse pas être nous-mêmes.

Quand la porte s'est finalement ouverte, une dizaine de personnes sont sorties ensemble. À voir leurs accoutrements tous plus stylés les uns que les autres, j'ai deviné que c'était des collègues d'Aiden. Trop d'inconnus d'un coup, mon ventre s'est tordu, j'ai commencé à me sentir mal. J'avais envie de me fondre dans le mur et de disparaître.

Et puis j'ai aperçu des cheveux blonds émerger au milieu des inconnus, et j'ai plus eu envie de disparaître du tout. Aiden avait bronzé. Ses cheveux avaient un peu poussé. Elle était tellement jolie, tellement fraîche, tellement plus lumineuse que tout le monde autour d'elle.

Elle s'est avancée en souriant. *Ne pas pleurer. Ne pas pleurer. Ne pas pleurer.*

Quel bonheur. Plus d'océan, plus de nuages, juste elle et moi sur le même trottoir.

Elle s'est arrêtée juste devant moi. Mon cœur battait à cent à l'heure. J'ai fermé les yeux. Je me suis dit que peut-être, si je ne la voyais pas, ce serait plus facile de ne pas la toucher. Très mauvaise stratégie. Son odeur était si proche, sans rien d'autre à proposer à mon cerveau, elle m'a envahie. J'ai rouvert les yeux. Les lèvres d'Aiden m'attiraient. Ses yeux me tentaient. Son odeur m'appelait.

Nos fronts se sont posés l'un contre l'autre. J'ai fermé les yeux encore, soupirant de satisfaction, exhalant de soulagement. Je l'ai respirée. Le bout de son nez a parcouru ma joue, ma joue a caressé la sienne, nos corps se sont rapprochés, et finalement on s'est fait un bisou esquimau. Mes mains n'en pouvaient plus. Je n'avais jamais autant eu envie de toucher quelqu'un, ou quelque chose, dans toute mon existence. J'en crevais. Le désir qui bouillonnait en moi m'a fait vibrer, littéralement, on aurait dit que mon corps venait de recevoir un texto.

Et puis, je crois qu'on s'est dit au même moment qu'on avait trop souffert depuis trois minutes, depuis soixante-treize jours, et comme une eau qui déborde, nos lèvres se sont entremêlées.

Mes mains sont sorties de mes poches et se sont posées sur ses hanches. J'ai senti ses doigts parcourir ma nuque. Je l'ai serrée contre moi. On s'est embrassées comme si la vie consistait en ça, uniquement ça, comme si tout ce qu'il y avait eu avant et tout ce qu'il y aurait après n'existait plus.

Derrière Aiden, les inconnus ont sifflé. Ça m'a paru lointain.

Quand nos lèvres se sont séparées, on s'est enlacées, un rire nerveux nous a échappé, on s'est embrassées encore, puis Aiden m'a prise par la main. On est allées vers les inconnus pour qu'elle me présente à ses collègues. Ils souriaient tous vachement.

Quelques minutes plus tard chez Aiden, nos vêtements ont volé. Devant une reproduction de *Nighthawks*, une autre de *La Persistance de la mémoire* et une grande affiche de Calvin et Hobbes contemplant les étoiles dans la nuit, on a rattrapé le temps perdu. J'avais eu peur que la séparation efface quelque chose entre nous, mais c'est pas du tout ce qui s'est passé. C'était comme si cette absence de l'autre avait ajouté quelque chose d'unique et de spécial à ce qu'on avait déjà.

Une poignée d'heures plus tard, on a traversé le salon, nues, vers la salle de bains.

« Au fait, Aiden a dit, le produit vaisselle est sur l'évier. »

« C'est bien, comme ça tu sais où le trouver. »

« Tiens donc. »

Aiden a mordillé mon nez pendant que j'allumais l'eau chaude.

Alors, elle a remarqué des inscriptions sur mon avant-bras. En fait, je crois qu'elle les avait déjà remarquées pendant qu'on faisait l'amour. Elle a pris ma main pour les examiner. Des caractères noirs qui s'étaient vaguement estompés étaient encore lisibles, pâles. J'avais tout essayé pour les faire partir, mais ils avaient été écrits avec un feutre coriace et j'avais dû me résoudre à laisser le temps s'en occuper.

« Qu'est-ce que c'est ? » Aiden a demandé.

« C'est rien. »

C'était pas rien. Mais c'était pas le bon moment pour en parler.

No Horse

Lundi 14 novembre

Pendant presque trois jours, on n'a pas vu la couleur du ciel. Si des extraterrestres étaient arrivés pour nous demander de nous soumettre sous peine de nous transformer tous en choucroute, on ne l'aurait pas su.

Je me suis goinfrée d'Aiden. Aiden s'est goinfrée de Puce. C'était un festin magique et magnifique, sensuel, érotique, passionné, amoureux, haletant, excitant, parfois même émouvant.

Aiden avait pris son vendredi pour qu'on ait un long week-end ensemble. Sa patronne lui avait dit de continuer à dessiner à la maison. Je ne suis pas sûre qu'Aiden pourra lui montrer ce qu'elle a fait, parce que son carnet de croquis, c'était mon corps. À la lueur de la bougie magique de Zenos que j'avais apportée avec moi, elle est partie du tatouage que j'ai dans le bas du dos et elle a construit tout autour. Mon corps est devenu un conte de fées.

Quand j'ai été rassasiée d'Aiden et qu'Aiden a été rassasiée de Puce, on a fini par aller voir si le soleil était toujours accroché au ciel. Aiden m'a emmenée à Hollywood, capitale mondiale du fromage. C'était amusant, mais je préfère nettement Tokyo. Dans les deux endroits, les gens sont beaux, mais ils sont pas beaux de la même façon. Et puis surtout, à Tokyo, ils n'ont pas l'air de savoir qu'ils sont beaux.

Le soir, on a rejoint les collègues d'Aiden dans un restaurant thaïlandais pour fêter son anniversaire. Aiden disait qu'ils voulaient tous apprendre à me connaître, encore plus depuis qu'ils avaient été témoins de nos retrouvailles sans la bouche et sans les mains.

Pour faire face à ces inconnus, j'ai dû braver ma timidité. Mais cette fois, Aiden était à mes côtés, et ça faisait toute la différence.

Si je dois faire le bilan, il y a des inconnus que j'ai bien aimés, et d'autres que j'ai moins aimés.

Sophie, je ne l'ai pas aimée. Elle était anglaise, super jolie, avec des vêtements trop bien, elle parlait avec un accent génial, elle arrêtait pas de dire des trucs que j'entendais pas à l'oreille d'Aiden, et des fois même elle lui touchait le bras. J'ai trouvé sa présence parfaitement dispensable.

Tristan, je ne l'ai pas aimé non plus. Déjà, il faut savoir qu'il causait avec un cure-dents dans la bouche. Ensuite, il aurait pu nous parler de sa vie, mais au lieu de ça, il a décidé de nous parler d'un film qu'il avait vu. Il nous racontait tout ce qui se passait dans le film, et il rigolait de trucs que seulement lui comprenait. Heureusement qu'Aiden me tenait la main sous la table, ça donnait un peu de relief au moment. Quand Tristan est parti aux toilettes, on a calculé que dans tout ce qu'il nous avait dit, la proportion de détails dont on n'avait pas besoin était de 100 %.

Tristan ne posait pas beaucoup de questions. Il est un peu comme Koji, il est plus dans l'export que dans l'import. C'est seulement à la fin de la soirée qu'il a réalisé que j'habitais à Tokyo. C'est marrant, c'est moi qui vis au Japon, mais c'est lui qui en a parlé. Il a dit que c'était « une terre de contraste ». Il a parlé du sens de l'honneur des Japonais et il a critiqué leur façon d'être à l'heure et stressés tout le temps. Je lui ai demandé s'il avait vécu là-bas. Il y avait seulement passé trois jours pendant un voyage en Asie. Comme je l'ai dit à Aiden quand on est rentrées, il y a deux catégories de gens qui parlent avec un cure-dents entre les lèvres, les imbéciles et les cowboys, et moi j'ai vu aucun cheval devant le restaurant.

Alissia, je l'ai adorée. Elle s'intéressait au Japon et rigolait des trucs que je lui racontais. Genre comment une fois j'ai dû bouger les bras et imiter des poules qui couraient en liberté parce que j'étais trop analphabète pour expliquer que je cherchais des œufs de poules qui courent en plein air. Ah, et aussi, autrefois Alissia était un garçon. Son ange gardien architecte de vie devait pas bien faire attention quand on lui a demandé de choisir le sexe de son humain, il a pris le mauvais, et du coup elle a dû changer. Ça peut être vachement handicapant d'avoir un ange gardien architecte de vie qui est tête en l'air.

J'étais curieuse du passé d'Alissia, mais j'ai fait attention à ne pas lui poser de questions stupides. Aiden m'avait prévenue, et puis cet été j'ai lu *Celle dont j'ai toujours rêvé*, un livre sur une fille qui est née un garçon par erreur. Elle expliquait toutes les questions qu'il fallait pas poser pour pas casser le dos de son chameau.

Quand je racontais des bêtises sur Tokyo à Alissia, elle m'a dit que je devrais écrire un livre. Je lui ai répondu que je savais pas décrire les armoires. Aiden m'a fait un bisou et elle a dit à Alissia que j'allais devenir écrivaine mais que je le savais pas encore. Elle se trompe mais c'est pas de sa faute, elle ne m'a jamais vue jouer au Scrabble.

Plus tard, dans un bar, je parlais avec deux collègues d'Aiden, Faith et Tess. Je leur expliquais comment l'autre jour chez moi, Babar avait pesé son gel douche deux jours de suite pour prouver que quelqu'un s'en servait sans le lui dire et comment je pensais que l'auteur du crime était Zenos qui s'en servait comme d'une madeleine de Proust car il m'avait dit un jour que le gel douche de Babar sentait comme une fille dont il était amoureux au lycée. En plein dans mon anecdote, Faith a répondu à quelqu'un qui lui parlait, Tess a consulté un message sur son téléphone, et puis j'ai dû m'arrêter de parler parce que plus personne ne m'écoutait.

Quand ça arrive, il y a deux possibilités. Soit les auditeurs, une fois leurs petites affaires terminées, se rendent compte de ce qui s'est passé, s'excusent et te demandent de continuer, soit ils passent à autre chose et oublient carrément que tu étais en train de leur parler. C'est ce qui s'est passé avec Faith et Tess. Moi, ça me dépasse. Je ne sais pas comment c'est possible d'oublier un truc pareil. Surtout une histoire aussi cool comprenant une chouette référence à la littérature française. Je pense que les gens qui font ça sont les mêmes qui disent « Ça va ? » et qui n'écoutent pas la réponse. Ou alors c'est moi le problème, et mon histoire de pesée de gel douche n'est pas aussi intéressante que je le pense. Oh mon Dieu, serais-je le Tristan de quelqu'un d'autre ?!

J'étais contente de rencontrer les gens avec qui Aiden travaille, mais j'avais surtout hâte de me retrouver seule avec elle de nouveau, alors j'étais heureuse de voir la soirée se terminer. Je l'étais un peu moins quand Aiden a accepté que Sophie nous ramène dans sa New Beetle verte, mais j'ai fait bonne figure jusqu'à ce qu'on soit seules.

« Sophie a un copain ? » j'ai demandé en refermant la porte de l'appartement derrière moi.

« Sophie ? Je crois pas. Pourquoi ? »

« Comme ça. »

Pour qui elle se prend, cette Sophie ? Elle peut pas avoir un copain comme tout le monde, non ? Franchement.

« Je te demanderais bien si tu es jalouse, Aiden a dit, mais ça ser… »

« Ouais, je sais, ça serait fromageux. Ça tombe bien, je suis pas jalouse. »

Je me suis précipitée sur le lit d'Aiden. Je me suis allongée sur le ventre et j'ai attendu qu'elle vienne s'étendre par-dessus moi.

Quand je l'ai sentie se poser sur moi, mon corps tout entier a frissonné.

« Parle-moi en japonais », elle a chuchoté en français.

« En japonais ? Je parle pas japonais, moi. »

« Je suis sûre tu parles japonais un peu maintenant, oui ? »

« Rien du tout. Hier, je me suis rendu compte que ça faisait trois jours que je me lavais les cheveux avec du liquide vaisselle. »

Elle a rigolé. Je me suis retournée pour me retrouver face à elle. Dans trois jours, je repartais. J'allais encore trouver le temps long et repousser Vivre à plus tard. Danser sous la pluie, c'est bien, mais je commençais à me rendre compte que danser n'empêchait pas d'être mouillé.

On s'est embrassées. Puis Aiden s'est laissée glisser à côté de moi.

« Je te souris », elle m'a dit.

« Tu me souris ? »

« Oui. Je te souris. »

Elle a retroussé sa lèvre supérieure pour faire apparaître ses deux dents de devant comme une petite souris.

« Ah ! j'ai rigolé. Ça marche pas bien à cause du verbe sourire, ça fait double sens. »

« Ah, zut, sapristipopette. »

J'ai explosé de rire. Aiden a grimacé, croyant que je me moquais de son français.

« Sapristipopette ? » j'ai demandé.

« Comme Tintin ? Tu as dit, "Aiden, lis Tintin pour améliorer ton français." J'ai lu Tintin. Il dit "sapristipopette". »

« Saperlipopette ! Ou Sapristi. T'as mélangé les deux. Tiens, tu voulais du japonais ? Quand tu dis "sapristipopette", c'est *kawaii.* »

Pendant que je rigolais, les yeux d'Aiden se sont posés sur mon avant-bras et les caractères noirs. Alors j'ai pris mon courage avec mes deux mains, et je lui ai expliqué.

난 니가 좋아
Lundi 14 novembre

Lorsque j'ai fini de manger le nattō de la défaite l'autre nuit, Yuki et Babar ont déclaré ne plus tenir debout. Elles sont parties se coucher en s'appuyant contre le mur. Si un officier de police leur avait demandé de suivre son doigt, elles auraient pris perpète.

Pour ma part, l'alcool et la danse m'avaient galvanisée, mon corps était en ébullition et j'aurais été incapable de m'endormir. J'ai montré la bouteille vide à Soo-jin.

« Qu'est-ce qu'on fait ? » j'ai demandé.

J'ai parlé en anglais, mais j'aurais pu parler en klingon, parce que Soo-jin m'a regardée avec un gros point d'interrogation dans les yeux. Mon iPhone sur le canapé a vibré et attiré son attention. J'ai lu l'amusement dans ses yeux quand elle a aperçu la coque avec les lunettes rondes et la cicatrice en éclair.

Elle a ouvert une nouvelle canette de Dr Pepper, qu'elle a versée dans un verre par-dessus un fond de vodka, puis elle est allée s'asseoir derrière le piano. Elle a levé les yeux en l'air pendant quelques secondes, pensive. Ensuite, elle a hoché la tête, comme si elle et elle-même s'étaient mises d'accord. Je me suis resservi un verre de saké, impatiente de découvrir si elle savait vraiment jouer.

Le nombre de mélodies qu'elle aurait pu interpréter doit être aussi infini que le nombre d'atomes dans l'univers. Mais dans cet infini, elle a choisi celle qui me ferait le plus plaisir : le thème d'Hedwige.

Alors que ses doigts dansaient sur les touches du vieux piano avec une justesse, une légèreté et une grâce époustouflantes, j'ai fermé les yeux, et sur mon Nimbus 2000, j'ai survolé Poudlard, Pré-au-Lard et le ministère de la Magie. J'ai aperçu Cho, Neville et Luna qui savouraient une bièraubeurre à la terrasse d'une auberge, et plus loin, quelques Mangemorts naïfs qui pensaient pouvoir abuser d'Avada Kedavra avant que Harry et trois autres Aurors puissants ne viennent les emmener à Azkaban par la peau des fesses, sous le regard médusé de quelques Moldus sur qui il faudrait bientôt pratiquer un sortilège d'Amnésie.

Quand la mélodie s'est terminée, j'ai rouvert les yeux en applaudissant.

« *Sugoi !* » je me suis exclamée.

Soo-jin s'est levée et a incliné la tête. Je me suis approchée d'elle, m'appuyant sur le piano. Le sol avait décidé d'être fourbe, je sentais qu'il pouvait se tortiller pour me faire un croche-pattes à tout moment.

J'ai demandé à Soo-jin ce qu'elle m'avait dit au début de la soirée, quand je lui avais rapporté des Dr Pepper et qu'elle avait parlé coréen. Comme elle ne comprenait pas ce que je demandais, j'ai tenté de me souvenir de ce qu'elle avait dit exactement.

« *Na... Nan... Nan nig ja... Nan nig jaoa...* »

Son visage s'est éclairé. Elle a attrapé un marqueur noir sur le piano, puis elle a saisi ma main. Délicatement, elle a tracé des caractères sur mon avant-bras. La pointe du marqueur m'a chatouillée.

Je n'ai pas pu m'empêcher de soupirer de contentement. Cela faisait plus de deux mois que personne ne m'avait touchée. La main de Soo-jin qui tenait la mienne, c'était un puits qu'on trouve après une éternité d'errance dans le désert.

Si jolie, si mystérieuse, la phrase a pris forme sur ma peau.

난 니가 좋아

« *Nan niga joha* », Soo-jin a murmuré.

« *Nan niga joha*, j'ai répété. Ça veut dire quoi ? »

Elle a baissé la tête.

« *I… like… you.* »

Embarrassée, elle a replacé une mèche de cheveux derrière son oreille.

Autour de moi, tout était entouré d'un halo flou. Les petites rambardes qui existent d'habitude dans ma tête, celles qui m'empêchent de dégringoler dans des précipices de mauvais jugements, de précipitation et d'impulsivité, avaient disparu. J'ai repensé à ce que m'avait dit Aiden un jour. Embrasser une autre fille pour en savoir plus. J'avais un joker. J'avais le droit, c'était légal.

Alors je me suis penchée, et j'ai embrassé Soo-jin.

Elle a eu un mouvement de recul, mais pas suffisant pour que nos lèvres se séparent. Et puis ses lèvres, lentement, se sont entrouvertes pour accueillir les miennes. Ses doigts ont glissé le long de mon bras jusqu'à trouver les miens.

Au moment où je commençais à y prendre goût, je me suis sentie submergée par une culpabilité monstrueuse et je me suis reculée précipitamment.

« *Gomen nasai* », j'ai dit.

Je n'arrivais plus à la regarder. Je me suis excusée une deuxième fois et je l'ai laissée là, debout près du piano, pour aller me réfugier dans ma chambre.

Je n'ai même pas atteint mon futon, je me suis effondrée par terre sur les tatamis. La pièce tournoyait autour de moi. Je voulais que ça s'arrête. Ça ne s'arrêtait pas.

Depuis qu'Aiden m'avait donné le joker, j'avais été persuadée que si je l'utilisais un jour, je n'obtiendrais rien d'autre que la confirmation d'une certitude que j'avais toujours eue. Je ne ressentirais rien. Je n'aimais pas *les filles*, juste Aiden. Elle était l'exception.

Mais rien ne s'est passé comme je l'avais prévu. Je n'avais pas ressenti *rien* quand j'avais embrassé Soo-jin. J'avais ressenti des tas de trucs. Pétillants, intenses, colorés, le genre de trucs qui, comme le soleil, le sexe et la danse en état d'ébriété, te font te sentir vivant.

The Gift

Mardi 15 novembre

Je suis de retour dans les nuages. En route vers Tokyo, chez moi. Pour continuer à ne pas savoir écrire, lire et parler, pour remplir ma tirelire hippogriffe, et pour maîtriser les arcanes de la colocation. Le Japon, « une terre de contraste ». Ce Tristan, quand même, quel imbécile.

Hier soir, quand j'ai dit la vérité à Aiden sur ce qui s'était passé avec Soo-jin, elle a tout écouté, et puis elle s'est allongée sur le dos et elle a regardé en l'air.

« Tu dis rien ? » j'ai demandé en anglais.

Je préférais garder le français pour les discussions productrices de sourires.

Aiden a contemplé le plafond pendant un moment, le visage dénué de toute expression. Je me suis demandé si j'avais fait une erreur en lui disant la vérité. Mais quand elle m'avait donné le joker, elle m'avait fait promettre de lui en parler si je l'utilisais un jour.

Finalement, elle a tourné la tête vers moi.

« Elle te plaît ? »

« Qui ça, Soo-jin ? »

« Non, Jeanne d'Arc. »

« Tiens, tu vois, tu aurais dit ça à Yuki, eh ben elle se serait demandé si Jeanne d'Arc lui plais… »

« Puce ! »

« Pardon. Elle me plaît… je sais pas… oui, je crois, un peu, mais pas comme tu le penses. Pas comme toi. »

« Elle est jolie ? »

« Oui. »

J'ai regretté d'avoir été aussi affirmative. Je trouvais Soo-jin très jolie, mais c'était peut-être pas utile qu'Aiden le sache.

« Vous parlez beaucoup ? »

« On ne parle pas la même langue. »

« Elle te manque, là ? »

« Non ! »

« Pourquoi tu l'as embrassée ? »

« Je te l'ai dit. Déjà, j'étais saoule, et puis ensuite, j'avais envie de savoir si je ressentirais un truc. »

« Et tu as ressenti un truc. »

« Je... j'en sais rien, c'était un peu flou. Mais je crois qu'il est possible... je dis bien *possible*, que j'aime bien les filles de manière générale et pas juste les grandes blondes qui dessinent des lucioles sur mes fesses. »

Son visage s'est déridé. Elle a lâché un sourire. Ça m'a un peu soulagée.

« C'est pas facile, Puce, tu sais. »

« Qu'est-ce qui n'est pas facile ? »

« Tu vis avec elle. Tu vas retourner là-bas. Tu ne sais pas ce qu'elle ressent pour toi. »

« Je suis désolée. »

« Non. Je suis contente que tu m'en aies parlé. Et je suis contente si tu crois que ça t'a apporté des réponses. »

Aiden est quand même exceptionnelle. Si elle m'avait dit qu'elle avait embrassé une jolie fille avec qui elle allait vivre pendant plusieurs mois pendant que moi je me trouvais de l'autre côté de l'océan, j'aurais jamais réussi à dire que j'étais contente.

Afin de passer à autre chose, je lui ai offert son cadeau d'anniversaire.

L'arc-en-ciel épistolaire d'Aiden, c'était un cadeau

puissant. Il me reste encore deux lettres à aller chercher, et le plaisir que me procure le fait d'y penser est incroyable. C'est le sentiment aventureux qui s'empare de moi au moment d'aller chercher la lettre, la passion de la chercher, l'excitation de la trouver, le bonheur de la lire et la joie de découvrir quel moment de vie Aiden a voulu revisiter.

En réfléchissant à son anniversaire qui approchait, je m'étais dit que ça allait être compliqué. J'avais besoin, moi aussi, d'un cadeau puissant. Pendant des jours, mes neurones ont souffert. Et puis j'ai réalisé que j'avais exactement ce qu'il me fallait, depuis le début, juste sous mon nez.

Quand j'ai décidé que j'irais voir Aiden à Burbank, j'ai contacté quelqu'un là-bas. Je lui ai expliqué une idée que j'avais. Je lui ai demandé combien ça me coûterait, et surtout, s'il pouvait m'assurer que ça serait bien fait. J'avais besoin que ça soit bien fait. Il m'a promis que ça serait fait à la perfection.

Alors j'ai réglé tous les détails avec lui, et quand Aiden était au studio hier matin, je suis allée chercher le cadeau. On ne m'avait pas menti, il était absolument *parfait*.

Le quelqu'un que j'avais contacté, c'était un imprimeur, et ce que je lui avais demandé, c'était de transformer le blog que j'ai écrit au lycée en livre.

Maintenant qu'Aiden parlait français, je trouvais génial

qu'à son tour, elle puisse revivre notre dernière année de lycée, tout ce qui nous est arrivé, à nous et à nos copains *seniors*. Pour la première fois, elle allait avoir accès au plus profond de ma tête. C'était pour ça qu'elle avait appris le français, après tout, pour mieux comprendre comment je pensais. Je me suis dit que ce serait le cadeau parfait pour répondre à l'arc-en-ciel épistolaire. Ma chance, ça a été qu'Aiden apprenne le français. Parce que sinon j'aurais dû tout traduire, et là, je dois être honnête, j'aurais peut-être décidé de lui acheter une paire de chaussettes pour son anniversaire.

Après avoir ouvert le livre, elle a lu en français à voix haute, avec son accent formidable :

« Ce qui compte quand on navigue, ce n'est pas le bateau. C'est l'océan, l'équipage, et les étoiles au-dessus de nos têtes. »

« Il y a toute notre année de *senior*, là-dedans », j'ai dit.

Je crois que j'étais pas loin de la faire pleurer. Mais Aiden n'est pas comme moi, elle pleure rarement. Sauf dans quelques cas très intenses, ses yeux sont étanches et les larmes ne coulent pas.

Quelques jours avant mon départ pour Burbank, l'imprimeur m'avait écrit pour me demander quel titre je voulais donner au livre. J'étais en train de manger dans ma chambre, à mon bureau, et les cinq premières lettres d'Aiden étaient étalées devant moi, avec leurs belles couleurs. Ça m'était venu comme une évidence.

Aiden a fermé le livre et l'a tenu contre sa poitrine, et puis elle l'a regardé encore et elle a lu le titre à voix haute :

« J'ai avalé un arc-en-ciel. »

Oyasumi

Mercredi 16 novembre

Avant de prendre l'avion pour rentrer à Tokyo, j'ai reçu un message étrange de Babar. Elle m'écrivait que la maison n'était « pas disponible » pour le moment et qu'on dormirait tous ailleurs la nuit prochaine. Elle me donnait une adresse pour les rejoindre à Machiya, dans l'arrondissement d'Arakawa.

Je suis arrivée là-bas en début de soirée, les yeux collés à mon GPS. J'espérais que notre maison n'avait pas brûlé. C'est drôle, mais c'est devant l'impossibilité d'y retourner que j'ai pris conscience que c'était devenu chez moi. De retour aux États-Unis, j'avais eu l'impression d'aller à l'étranger, et en revenant au Japon, de rentrer à la maison. Je pensais qu'un échange international signifiait s'accommoder de ne pas être chez soi pendant neuf mois, en fait c'est pas ça du tout. Vivre dans un autre pays, c'est apprendre à se sentir chez soi ailleurs.

J'ai rejoint mes colocs dans un petit appartement à peine plus grand que le salon de notre maison. Parfait pour une famille de hobbits, un peu plus compliqué pour sept humains. Cinq futons avaient été placés côte à côte dans la plus grande pièce, deux autres dans une plus petite pièce, et une cuisine et une salle de bains minuscules complétaient le logement. La douche était tellement petite que Koji n'a jamais réussi à y entrer.

Quand je suis arrivée, Soo-jin était sortie. Ça m'arrangeait un peu. Je ne l'avais pas vue depuis que je l'avais embrassée. J'espérais secrètement qu'elle avait suffisamment bu pour oublier que ça s'était passé.

Si on ne pouvait pas dormir à la maison, c'est parce que pendant mon absence, Babar est tombée sur deux individus à antennes répugnants dans la cuisine, et Yuki sur un autre dans la salle de bains du bas. Après en avoir été avertie, la propriétaire Sayoko-san a décidé de traiter toute la maison avec de l'insecticide pour éradiquer Bernard et ses petits copains, et il fallait qu'on laisse le produit agir pendant un moment avant d'y retourner.

Tout ça a contrarié Zenos, qui aurait préféré qu'on mette des trucs partout dans la maison qui auraient fait fuir les cafards plutôt que de leur ôter à tous la vie. Mais Lubin et les autres n'étaient pas d'accord. Il paraît que ça s'appelle la démocratie. J'ai remarqué que les démocraties ont souvent du mal à protéger la vie des plus faibles.

On a passé la soirée assis sur les futons à boire du thé vert en papotant. Babar nous a décrit l'enterrement de sa grand-mère d'adoption japonaise pendant lequel, grâce à son entraînement intensif avec les morceaux de savon la semaine dernière, elle a été une vraie pro du déplacement d'ossements avec des baguettes. Et puis Koji nous a parlé de ses premières expériences de prof. Après avoir vu les gens comme lui se faire ignorer dans la rue, je lui avais conseillé d'arrêter les flyers et d'enseigner l'anglais à la place, je pensais qu'il trouverait ça plus marrant.

Le problème, c'est que moi j'enseigne à des gens matures, raisonnables et charmants qui m'apportent des légumes de leur jardin ou m'invitent à des concerts de musique classique. Koji, lui, enseigne à des maternelles pas farouches dont le plaisir numéro un se nomme *kancho*, où l'art de faire un pistolet avec ses doigts pour le mettre dans les fesses du prof. Apparemment, ça les fait mourir de rire.

Koji dit qu'il a affaire à des enfants gâtés, pourris et sauvages qui dans quelques années seront cassés, déconstruits, et reconstruits à l'école primaire avec les règles de conduite japonaises. J'imagine que c'est à ce moment-là qu'on va leur apprendre à ne plus regarder les étrangers dans les yeux et à garder leurs sentiments pour eux. Et leurs doigts aussi, certainement.

Au moment d'aller nous coucher, Babar m'a annoncé

que je dormais dans la petite chambre avec Soo-jin. Je me suis dit que peut-être c'était Soo-jin qui avait demandé à dormir avec moi.

« Comment c'est… enfin comment ça s'est… comment vous avez décidé ? »

« On a tiré au sort. »

Voilà. J'aurais pu ne pas te parler du moment où je pensais que Soo-jin avait demandé à dormir avec moi, ça m'aurait évité d'avoir l'air bête, mais si je devais censurer tous les passages où j'ai l'air bête dans mon blog, ça deviendrait vite un haiku.

J'ai râlé en découvrant qu'on avait deux futons mais une seule couette à partager entre deux. Comme si Lucien voulait tout compliquer entre moi et Soo-jin. Déjà que j'avais pas les moyens linguistiques de mettre les choses au clair en expliquant le coup du joker, j'aurais pu me passer d'un partage de couette, source bien connue de conflits nocturnes.

Après avoir branché ma veilleuse par terre près de la porte et laissé passer un tremblement de terre sans conséquence, je me suis endormie très vite, épuisée par le voyage en avion et le décalage horaire.

Réveillée un peu plus tard par le coulissement de la porte, j'ai entrouvert les yeux. Soo-jin portait un long tee-shirt blanc qui s'arrêtait en haut de ses jolies cuisses nues, et s'avançait en prenant beaucoup de précautions pour ne pas faire de bruit jusqu'à son futon.

J'allais refermer les yeux, mais elle s'est arrêtée de bouger en remarquant mon éveil.

« *Hey* », j'ai dit, la voix endormie.

Elle m'a fait un petit sourire, puis elle s'est installée sur le futon à côté du mien. J'ai tiré la couette vers elle pour m'assurer qu'elle serait bien au chaud.

Alors que je m'endormais, je l'ai sentie s'approcher de moi.

« *Oyasumi, Chibi* », elle a chuchoté avant de déposer un bisou sur ma joue puis de retourner sur son futon. Ça m'a fait des petits guilis dans le ventre.

Je me souviens de la dernière fois que Sara m'a fait un bisou sur la joue. C'était un bisou de sœur, ou comme une léchouille de mon chien, il n'y avait rien d'ambigu là-dedans. Le bisou de Soo-jin était un peu différent. Il m'a donné envie de tourner la tête et de faire la même chose.

Mais ça aurait été une action que j'aurais placée dans la même catégorie que surfer là où il y a des requins ou utiliser un sèche-cheveux au-dessus du bain. Si j'avais commencé à faire des bisous à une fille qui dormait sous une seule couette avec moi, la pente aurait été savonneuse.

Alors, j'ai ravalé mon envie, et je me suis contentée de répondre la seule chose que je savais :

« *Oyasumi, Soo-jin.* »

The Spider-Beetle

Jeudi 17 novembre

Ce matin, on a pris le métro tous ensemble pour rentrer à la maison. On a pris plein de photos de famille marrantes dans les rues de Tokyo. Le genre de photos dont je serai fière toute ma vie.

Lubin m'a aidée à porter ma petite valise dans les escaliers de la station. Il a dit que normalement, la Journée de la femme c'était le 8 mars, mais que pour lui, la Journée de la femme c'était tous les jours. Je trouve que c'est un bon principe, on devrait inverser l'état des choses. On fait la Journée de la femme tous les jours et on donne une journée aux hommes. On est fair-play, on leur laisse celle qu'ils veulent.

En parlant des hommes et des femmes, la dernière fois que j'ai donné un cours de français, un élève japonais d'une cinquantaine d'années, célibataire, m'a dit un truc très moche :

« Je n'ai pas besoin d'une femme, j'ai le roomba. »

« Qu'est-ce que c'est, le roomba ? »

« Le roomba, c'est l'aspirateur automatique. »

Il avait de la chance que ça soit pas un débat mais un cours de français, sinon je lui aurais expliqué la différence entre une femme et un aspirateur, probablement avec une argumentation à base de paires de claques.

Dans le métro pour rentrer à la maison, je me tenais

debout à côté d'un jeune salaryman. En admirant ses cheveux de champion du monde, puis la qualité de son costume et de sa chemise blanche, je me suis aperçue qu'une petite bestiole était en train de grimper le long de son dos. C'était un insecte étrange, on aurait dit une petite araignée croisée avec un scarabée, grande d'environ un centimètre.

Alors moi, je vais te dire. Si on avait été des animaux normaux, si l'humain n'avait pas été aussi débile à établir des règles pour tout, d'un petit coup de doigt, j'aurais nettoyé mon congénère. Sauf qu'on est des humains. Qu'on était à Tokyo. Et qu'à Tokyo, les gens n'aiment pas entrer en contact en public. Faut pas se parler, pas se toucher. Qu'est-ce que j'allais faire, prendre le risque de le prévenir du danger qui le guettait pour le voir s'offusquer et me prendre pour une folle parce que j'avais osé lui adresser la parole ? Enlever la bestiole avec mes doigts, risquer ma vie, pour un inconnu qui aurait pu ensuite me traîner en justice pour harcèlement sexuel de métro ? Non, j'étais bien désolée, mais cet homme allait devoir se débrouiller tout seul avec son araignée-scarabée.

Hésitant malgré tout à lui venir en aide, je regardais la bestiole grimper le long de sa veste quand j'ai vu qu'à côté de moi, Soo-jin observait exactement la même chose. Elle n'avait pas l'intention de tirer la sonnette d'alarme, elle non plus. Elle pensait certainement la même chose que moi sur les choix sociétaux des Japonais. Quand on décide d'avoir une communauté aussi réservée, on s'expose aux araignées-scarabées, c'est tout.

On a échangé un regard mi-amusé mi-horrifié, et puis on a continué à suivre les tribulations de l'araignée-scarabée, qui avait maintenant atteint l'épaule. Il ne nous manquait plus que le pop-corn. La bestiole a continué son chemin, jusqu'à bientôt arriver tout en haut du col de chemise du jeune homme. Soo-jin a mis sa main devant sa bouche. J'ai retenu ma respiration. J'avais la musique à suspense des *Dents de la mer* dans la tête.

Et ce qui devait arriver est arrivé : l'araignée-scarabée a disparu sous le col, *à l'intérieur* de la chemise. Soo-jin et moi, on s'est regardées avec horreur. Soo-jin a tressailli sous l'effet d'un petit frisson de dégoût, ça m'a fait marrer, ça l'a fait marrer de me voir me marrer, et bientôt le salaryman se tournait vers nous en se demandant pourquoi on rigolait, loin d'imaginer qu'un mini-monstre se baladait sous sa chemise.

Au moment de descendre à notre station, on lui a dit *sumimasen* pour qu'il s'écarte et qu'on puisse sortir.

L'excuse avait plusieurs sens.

Typhoon

Vendredi 18 novembre

J'aime l'odeur de la pluie. Elle est comme une main qui tourne les pages d'un livre de souvenirs dans ma tête. C'est le chien de ma tante qui s'ébroue près de moi quand j'ai quatre ans, le bitume mouillé que je dévale en hurlant assise sur un skateboard avec mon amie Patricia quand j'en ai huit, la flaque d'eau boueuse dans laquelle Sara se vautre avant notre premier Morp, ou encore les gouttes qui s'écrasent sur le pare-brise de la voiture d'Aiden alors qu'on s'embrasse en cachette avant le début des cours. Peut-être que dans quelques années, j'ajouterai à ma liste le typhon qui est en train de s'abattre sur Tokyo.

À cause de ce typhon, Lubin a annulé son voyage d'affaires à Kyoto, le photoshoot de Koji à Akiba a été reporté à la semaine prochaine, et comme la plupart des Tokyoïtes, on s'est tous retrouvés à la maison pour laisser passer la tempête. J'ai juste eu le temps de revenir de Kichijōji, où j'ai donné un cours d'anglais après la fac. Sur le chemin du retour, mon petit parapluie s'est retourné et a été emporté par le vent. J'ai pollué Tokyo !

Quelques minutes plus tard, je poussais la porte de la maison avec soulagement, impressionnée par le déluge. Tant bien que mal, j'ai retiré le jean trempé qui collait à mes jambes, puis mon tee-shirt gorgé d'eau. J'ai mis mes vêtements en boule dans mon sac à dos et je suis remontée en petite culotte et soutien-gorge, me dissimulant derrière mon sac au cas où je croiserais quelqu'un. Koji dit qu'on est une famille, mais je l'ai vu regarder les fesses de Yuki l'autre jour quand elle traversait la cuisine, alors il m'excusera si je ne lui fais qu'à moitié confiance.

Je suis redescendue quelques minutes plus tard vêtue d'un vieux pantalon de jogging et d'un sweat-shirt de mon ancien lycée, les cheveux attachés.

J'ai ouvert la porte vitrée et senti une vague de chaleur me caresser la peau. Agréable surprise, un feu vivace brûlait dans la cheminée. Mes colocs m'ont saluée en trois langues : Koji et Yuki en japonais, Lubin en français, Babar et Zenos en anglais.

« Qui a fait du feu ? » j'ai demandé.

Lubin a levé la main, sans décrocher le nez de sa tablette. Il portait des lunettes inhabituelles et faisait une activité barbante à base de tableaux Excel. Le genre d'activité barbante qui permet de troquer du bonheur de vie contre de l'argent qu'on redépense ensuite pour s'offrir du bonheur de vie.

Je l'ai remercié pour le feu et je me suis assise sur le canapé à côté de Yuki, près de la cheminée, pour lire *Les Fourmis*, l'un des trois romans que mon père a glissés dans ma valise avant que je quitte les États-Unis. Il est entré dans une période de sa vie durant laquelle il semble vouloir partager avec moi tout ce qu'il a aimé dans sa jeunesse. Jusqu'ici, j'ai adoré tout ce qu'il m'a donné, alors je ne me plains pas.

Yuki essayait de lire un livre que je lui ai prêté l'autre jour, *Aristote et Dante découvrent les secrets de l'univers*. Elle fronçait souvent ses jolis sourcils parfaitement épilés. Parfois à cause de sa difficulté à lire l'anglais, parfois parce que ses yeux se posaient sur les pieds nu de Koji, assis sur le tapis devant nous. Koji est toujours nu pieds. Ses orteils, on dirait des petits boudins, équivalents podaux de ses doigts-saucisses.

Yuki est trop polie pour lui dire qu'elle préférerait qu'il porte des pantoufles. Les Japonais appellent ça *tatemae*, l'attitude placide qu'ils gardent en toute circonstance pour maintenir la bonne ambiance. Ils ont développé le système pour pas que ça devienne n'importe quoi parce qu'ils sont nombreux et que leur île est toute petite. Enfin, Yuki a beau ne rien dire sur les chaussons, on peut quand même tous lire le mécontentement dans ses yeux. Ça, ça s'appelle *honne*. C'est les vrais sentiments qui se cachent derrière le *tatemae*.

Quand Babar m'a expliqué tout ça, j'ai mieux compris des trucs qui m'étaient arrivés depuis que je suis là. Genre les sourires éphémères. Et puis les *fuck-you eyes*. Les *fuck-you eyes*, c'est le *honne* qui transparaît derrière le rideau du *tatemae*.

Une fois, Koji a dit à Yuki que c'était pas de sa faute si les Japonais ont des pieds minuscules et qu'il n'arrive pas à trouver de chaussons à sa taille. Koji n'a pas besoin de *fuck-you eyes* parce qu'il dit tout ce qu'il pense. Il a une *fuck-you mouth*. Un bon Vivre, ça passe parfois par là.

Zenos peignait une petite toile, debout au milieu du salon. Il aime peindre quand on est là. Il trouve que « la lueur de nos auras » nourrit sa créativité. En privé, il m'a dit qu'il préférait la mienne, mais je l'ai dit à personne, j'ai pas envie qu'on pense que j'ai la grosse tête parce que j'ai une aura trop bien.

À côté de Lubin, Babar terminait de traduire la lettre mystérieuse qu'on a trouvée au sous-sol il y a plus de deux mois. Babar, quand tu lui demandes de faire un truc, tu peux être sûr qu'elle va le faire. Par contre, tu sais jamais quand.

Je suivais les aventures d'une fourmi nommée 103 683e depuis quelques minutes lorsque Babar a demandé l'attention de tout le monde. Elle avait fini de traduire la lettre, et maintenant, elle voulait nous la lire.

« Ça vous intéresse ? » elle a demandé.

J'ai dit oui, Zenos aussi, puis Lubin, qui a enlevé ses lunettes et posé sa tablette. Yuki n'avait pas tout compris. Babar lui a expliqué en japonais, alors elle a dit *hai* aussi.

Au moment où je demandais si on devait aller chercher Soo-jin, j'ai vu une forme jaune et floue derrière la porte vitrée approcher. Elle s'est dirigée vers la cuisine, mais Babar est allée la voir pour lui expliquer.

Soo-jin a pris place entre moi et Yuki sur le canapé

pour pouvoir lire la lettre originale en japonais avec Yuki pendant que Babar nous lisait la traduction en anglais.

Je suis maintenant dans ma chambre, une poignée d'heures plus tard. Le typhon n'est pas encore parti. Les heures qui ont suivi la lecture de la lettre, je les ai passées à la traduire en français. J'avais envie de la partager avec toi.

Je ne te promets rien pour le style. Je suis pas écrivaine, et le texte est drôlement littéraire par rapport à ce que j'écris d'habitude. J'ai pas décrit d'armoire, mais j'ai regardé sur Internet pour pouvoir utiliser du passé simple et de l'imparfait du subjonctif pour que ça ait l'air un peu chouette. C'était marrant, j'avais l'impression de porter un monocle, une redingote, et une longue moustache à la Dalí.

Pour rester dans le thème, j'ai demandé à Lubin de m'aider à réparer la vieille machine à écrire dans ma chambre. J'ai tapé la lettre avec, j'espère que ça te plaira.

L'enfer des autres
Vendredi 18 novembre

Iriomote-jima, le 30 avril 1955

Mon cher Nobu,

Lorsque tu avais six ans, tu as posé une question à ta sœur. Elle n'a jamais trouvé la force de te répondre. Ce jour-là, j'ai fait deux promesses. À toi, j'ai dit que le jour de ton douzième anniversaire, je répondrais à ta question. À ta sœur, j'ai promis de tout te raconter pour qu'elle n'ait jamais à le faire.

Joyeux anniversaire, Nobu.

Au matin du 9 mars 1945, l'air était glacial. Un vent puissant venu du nord mettait en péril l'équilibre des plus frêles. Toi-même qui étais encore si petit, tu luttais pour te tenir debout. Il avait neigé quelques jours plus tôt, et les pieds des poteaux télégraphiques étaient encore enveloppés d'une épaisse couverture blanche. Je n'avais jamais connu un hiver aussi froid.

À mon réveil, ma mère me demanda d'aller au parc pour prendre part aux exercices de défense. Nous ne pouvions pas nous permettre de manquer ces entraînements obligatoires, sous peine de perdre les rations auxquelles notre famille avait droit. Mais peu m'importait, car j'y allais toujours de bon cœur. Chaque occasion de retrouver ta sœur me rendait heureux.

Lorsque j'arrivai, Eiko était déjà là. Elle te surveillait pendant que tu t'amusais avec d'autres gamins du quartier en attendant le début des exercices. Les garçons étaient des soldats, les filles des infirmières, et d'autres encore des B-29 passant en rase-mottes au-dessus de la ville. Ceux-là imitaient les vrombissements des moteurs en postillonnant à tout-va.

Je m'en souviens comme si c'était hier. Les bras tendus comme des ailes, tu vins te cogner contre les jambes de ta sœur, produisant le son d'une explosion, puis tu te roulas par terre, et éclatas de rire lorsque Eiko te chatouilla. Tu n'avais pas encore trois ans ; la gravité de la situation t'échappait.

Les bombardiers américains avaient commencé à apparaître dans notre ciel à la fin de l'année précédente. Ta sœur et moi nous étonnions que certains de nos voisins n'en eussent plus peur, mais les B-29 venaient si souvent, ils faisaient presque partie du paysage à présent, avec les nuages et les oiseaux. Ils volaient tellement haut qu'ils apparaissaient minuscules, trahis surtout par les quatre lignes de fumée laissées par leurs quatre réacteurs.

Je ne partageais pas l'optimisme de mon père, qui répétait sans cesse que le Japon remporterait la guerre. Quelques semaines plus tôt, un soir où mon oncle avait trop bu, il m'avait confié un secret qui m'avait glacé le sang: Les B-29 volaient trop haut pour que nos canons anti-aériens ou nos avions pussent nous défendre.

Pendant les exercices, tu restais assis sur le côté avec les autres enfants. Tu trépignais. Tu nous regardais nous passer des seaux d'eau avec envie, car tu aurais voulu être déjà plus grand et plus fort pour te joindre à nous. Tu me demandas une fois, les yeux brillants, si le jour viendrait où nous le ferions « pour de vrai ». Ton rêve était notre cauchemar.

Je m'arrangeais toujours pour me tenir à côté de ta sœur dans les files. J'étais facilement distrait, tantôt par l'odeur douce qui émanait de ses cheveux, tantôt par les sourires complices qu'elle m'adressait. Ce jour-là, Mamoru-san me réprimanda. Je baissai la tête en rougissant. Consciente qu'elle était la source de mon admonition, ta sœur m'imita, le sourire au bord des lèvres.

Après les exercices, et avant d'aller à l'usine où j'étais, comme ta sœur, réquisitionné pour travailler, je me rendis chez mon oncle. Les rations de riz brun fournies par le gouvernement constituaient l'essentiel des repas pour nos familles, mais les quantités étaient maigres et il était difficile d'obtenir du poisson ou des légumes pour compléter le menu. Nous peinions à mettre la main sur plus d'une carotte ou d'un radis à partager entre trois. Par chance, mon oncle possédait un grand jardin avec un potager. Lorsque ses récoltes le lui permettaient, il nous en faisait profiter.

En échange, et bien que mon oncle ne me demandât rien, je lui fournissais du savon, une denrée rare et précieuse que je volais aux riches clients d'un bain public dans lequel je me faufilais de temps en temps. Le lendemain, je partageais mon butin avec Eiko. Mes parents se doutaient de l'origine du savon que je rapportais à la maison, mais je crois qu'ils avaient trop peur des puces qui menaient la vie dure à nombre de nos voisins pour se passer d'un tel trésor.

Ce soir-là, mon père rentra de la scierie plus tôt que d'habitude. Il rapportait avec lui un gros poisson que Kojiro-san lui avait offert en échange de la table qu'il avait fabriquée pour lui quelques jours auparavant. Le poisson fut grillé à côté des quelques légumes que j'avais rapportés de chez mon oncle. Notre famille dîna à sa faim. Ce n'était pas fréquent.

Depuis quelques mois, il était difficile de garder le moral. En plus de la faim, les sirènes qui nous réveillaient presque chaque nuit lorsque les B-29 survolaient la ville nous fatiguaient. Chaque fois, il fallait se réfugier dans l'abri antiaérien devant la maison. Je détestais me lever en pleine nuit et braver le froid pour me terrer dans cet antre obscur qui sentait le renfermé. Ta sœur, qui partageait mes sentiments, m'avait donné une astuce : une fois dans l'abri, fermer les yeux et s'imaginer sur une île, au milieu d'une plage merveilleuse, sous un soleil digne d'une peinture.

Après le dîner, une voix à la radio annonça que deux B-29 avaient été aperçus près de la péninsule de Boso. Je m'inquiétai. Plus tôt dans la journée, Eiko avait entendu votre père évoquer des rumeurs au port suspectant des bombardements pour le lendemain.

Finalement, la radio annonça que les avions ennemis avaient fait demi-tour. Une fausse alerte, conclut mon père, et nous retournâmes nous coucher tous les trois. Nous dormions tout habillés, et dans la même pièce. Si par malheur, une nuit, des bombardements avaient lieu, nous n'aurions pas de temps à perdre.

Je dormais à poings fermés lorsque les sirènes se mirent à hurler. Je me réveillai en sursaut. J'entendis la voix de mon père qui me demandait de filer dans l'abri avec ma mère pendant qu'il réunissait des affaires.

Calmement, j'ajustai la casquette militaire sur ma tête et traversai la maison en inspectant le sol ; je n'entrais jamais dans l'abri antiaérien sans prendre avec moi ce que j'avais de plus cher.

Comme souvent, je retrouvai Gary Cooper dans un coin de la cuisine. Cette tortue était un cadeau de ta sœur pour mes seize ans.

Je pris Gary Cooper entre mes mains avant de suivre ma mère à l'extérieur.

*

Quelques minutes plus tard, du sable fin glissait entre mes orteils. Une eau turquoise caressait mes chevilles. J'entendais des vagues se fracasser contre les rochers, et je regardais une écume fugace disparaître entre mes doigts. Les rayons du soleil réchauffaient ma peau. Eiko était en maillot de bain et m'éclaboussait joyeusement. Après qu'une vague l'avait fait tomber sur les fesses, elle éclata de rire.

Le vrombissement des réacteurs fissura ce tableau. Des bruits de pas au-dessus de ma tête, de plus en plus rapides, de plus en plus chaotiques. Une explosion. Des secousses. Des cris. Des bruits sourds qui se multipliaient.

J'ouvris les yeux, car ces bruits sourds ne pouvaient être autre chose que des bombes qui s'écrasaient sur la ville. Un hurlement résonna au loin. Une enfant pleurait.

Tout à coup, la porte de l'abri s'ouvrit et une lumière orange me fit plisser les yeux.

« Sortez ! cria mon père. Ce n'est pas comme d'habitude, on ne peut pas rester ici ! »

D'ordinaire si calme, sa voix tremblait. La terreur enserrant ma gorge, je suivis ma mère à l'extérieur. Une autre famille, qui se trouvait dans l'abri avec nous, n'osa pas bouger.

Dehors, je découvris avec stupéfaction notre rue comme jamais je ne l'avais vue auparavant. Le ciel était rouge sombre, et la luminosité si vive que malgré la nuit, nous aurions aisément pu lire un livre. Les B-29 grondaient, traçant leur route dans le ciel de Tokyo. Pour la première fois, les avions américains ne paraissaient pas minuscules, mais gigantesques. Ils semblaient si proches et si nombreux, comme un essaim d'insectes mécaniques géants venus du futur.

Je réalisai avec stupeur que leur fuselage s'ouvrait pour laisser tomber des bombes incendiaires. Sur nous. Sur nos maisons, sur nos rues, sur notre ville. Les bombes chutaient en diagonale, parfois par dizaines. Lorsqu'elles touchaient terre, elles diffusaient du napalm qui enflammait tout ce qu'il touchait. Les gens couraient, criaient, emportant avec eux des futons et des rations de riz, tentant d'esquiver les flammes et les explosions.

Horrifié, je suivis ma mère et mon père qui avait réuni de l'eau, des vivres, des couvertures et des futons sur une charrette à bras. Il savait qu'en temps de guerre, nous ne pourrions jamais remplacer tout cela. Il pensait déjà à la vie après la survie.

Nous nous mîmes en route vers la zone d'évacuation la plus proche, qui se trouvait dans le parc Sumida.

Une bombe effleura mon épaule avant d'aller heurter un poteau télégraphique qui s'embrasa un peu plus loin. Je laissai échapper un cri de douleur, mais serrai Gary Cooper contre moi et continuai d'avancer.

Régulièrement, nous nous arrêtions pour nous plonger dans l'eau des auges anti-incendies. Même si nous évitions les bombes, le vent tourbillonnant rendait imprévisible la direction des boules de feu qui traversaient la route. Du napalm, des braises, des étincelles ou des éclairs pouvaient nous toucher à tout moment et dévorer notre peau jusqu'aux os.

De l'autre côté de la route, une femme courait sans savoir que le bébé qui hurlait sur son dos venait de prendre feu. Je voulus la rattraper pour venir en aide à son enfant, mais mon père me retint par le bras et m'ordonna de continuer à avancer.

« Restez près de moi », prévint-il.

Les rues étaient désormais noires de monde, et si nous nous perdions de vue, peut-être ne nous reverrions-nous jamais.

Je m'inquiétais pour Eiko. J'espérais que votre père n'avait pas fait le choix de rester dans un abri, comme la famille que nous avions laissée derrière nous. Les bombes incendiaires que je voyais s'écraser semblaient trop lourdes pour ne pas percer et consumer les abris antiaériens.

Lorsque nous arrivâmes devant le parc Sumida, nous réalisâmes, trop tard, qu'il se trouvait dans le sens du vent. Le feu déchaîné brûlait les arbres tout autour avec une violence inouïe. Les gens qui étaient arrivés avant nous étaient prisonniers des flammes. Certains tombaient, d'autres marchaient sur eux. Des poignets étaient brisés, des chevilles tordues, des gens à terre suffoquaient et creusaient le sol dans l'espoir de retrouver quelque part un peu d'oxygène. Au-dessus d'eux, le ciel tout entier était rouge, et je peinais à croire qu'il ne s'agît que de Tokyo. Il me semblait possible que ce fût la fin du monde.

Soudain, un projectile tomba du ciel et enflamma la charrette. Nous nous écartâmes à la hâte. Mon père jeta un regard désespéré à ma mère. Je poussai un cri en remarquant que le pantalon monpe de ma mère venait de prendre feu. Mon père l'étouffa avec sa manche. À son tour, ma mère s'empara de ma casquette embrasée et la jeta plus loin. Je me demandai si je reverrais un jour le soleil. Si je reverrais Eiko.

Mon cœur fit un bond dans ma poitrine lorsque je vous aperçus, à quelques dizaines de mètres devant nous. Comme nous, vous vous dirigiez vers la rivière. Je criai le prénom de ta sœur, mais ma voix portait difficilement par-dessus les hurlements, les pleurs de bébé, les cris d'enfant et les appels à l'aide des uns et des autres. De plus, ma gorge me brûlait et il me devenait de plus en plus difficile de parler.

Gardant un œil sur ma famille qui avançait derrière moi, je fendis la foule pour me rapprocher de vous. Autour de moi, les yeux n'affichaient plus que de la terreur et de la détresse. Les B-29 avaient pris possession de notre ciel. Les bombes incendiaires tombaient sans relâche, annihilant le moindre espoir de répit que nous aurions pu avoir. Ils semblaient vouloir nous exterminer jusqu'au dernier, pères, mères, enfants, sans le moindre remords, comme on extermine des cafards.

Un policier hurlait à pleins poumons, tentant désespérément de guider la foule hors de contrôle. Plus loin, j'aperçus un vieil homme se faire avaler par les flammes devant une boutique qui venait d'exploser. Juste derrière lui, des chevaux attelés à des charrettes en feu se débattaient en hennissant avant de finir, eux aussi, par prendre feu. Gary Cooper avait disparu à l'intérieur de sa carapace, et j'imaginais qu'elle ne pourrait jamais survivre à cette chaleur.

« Eiko ! »

J'agrippai ta sœur. Ses joues étaient noires. Une partie de ses cheveux et de ses sourcils avaient brûlé. La panique et l'effroi remplissaient ses yeux injectés de sang. Lorsqu'elle m'aperçut, elle me prit dans ses bras, puis me serra la main si fort qu'elle me fit mal. Elle se remit à avancer, m'entraînant avec elle. Malgré mes efforts pour garder le contact avec mes parents, je finis par les perdre de vue. Je ralentis et scrutai la foule derrière moi, mais la confusion était telle que je ne voyais plus grand-chose. L'air me brûlait le visage, les poils naissants de ma barbe, et il commençait à être aussi difficile d'ouvrir les yeux que de parler. J'avais l'impression de respirer du feu.

Je voulais faire demi-tour et retrouver mes parents, mais je me laissai entraîner par Eiko et bientôt, nous nous avançâmes tant bien que mal sur le pont Kototoi au-dessus de la rivière Sumida. Je regrettai instantanément d'y avoir posé le pied, car de part et d'autre du pont, les gens tentaient de fuir leur supplice en traversant la rivière. Les deux groupes, persuadés que l'enfer des autres était leur salut, entraient en collision sur le pont et se bousculaient violemment.

La foule devint vite trop dense pour avancer. Les poutres en bois prenaient feu les unes après les autres. Le pont se transformait en fourneau.

Toi, Nobu, tu étais dans les bras de ton père. Tu ne criais pas, tu ne pleurais pas, tu gardais simplement les yeux fermés, mais les traits de ton visage étaient crispés à l'extrême.

La foule se resserrait comme un étau. Je repoussai quelques personnes violemment pour permettre à ta sœur et à moi-même de nous extirper de l'amas de corps et de nous rapprocher de la rambarde. Ton père, prisonnier, te porta au-dessus de la foule à la force de ses bras et me hurla de t'attraper, de sauter avec Eiko et de te protéger, car tu ne savais pas nager. Après t'avoir pris dans mes bras, je vis ton père, impuissant, être entraîné par un vieil homme qui avait pris feu et qui s'agrippait à lui. Non loin, des larmes de désespoir coulaient sur les joues de ta mère, elle aussi prisonnière du mouvement de foule.

Ta sœur tendit la main pour aider tes parents, mais ils étaient trop loin, le feu était trop proche à présent, et je savais que si nous ne sautions pas tout de suite, nous brûlerions vivants sur ce pont. D'un mouvement ferme, je ramenai ta sœur contre moi. Je lui confiai Gary Cooper et la poussai vers l'avant puis, ignorant son hurlement, je sautai à sa suite en te serrant contre moi.

*

L'eau était glaciale. Elle provoqua un choc monumental, nous donnant l'impression que notre peau avait été arrachée puis reposée sur notre corps. Au-dessus de nous, le pont Kototoi était embrasé, mais je baissai rapidement la tête car il m'était trop pénible de le regarder. L'espace d'un instant, je retrouvai la voix pour hurler toute ma colère et ma douleur. Je haïssais les Américains, mais aussi les Japonais, pour avoir laissé tout cela arriver. Quel que soit le conflit qui nous opposait, je ne pouvais pas imaginer une seule raison qui justifierait jamais ce que nous venions de traverser.

Luttant pour garder la tête et ma tortue hors de l'eau, ta sœur pleurait à chaudes larmes à côté de moi. Elle avait du mal à respirer. Je souffrais aussi, mais j'étais surtout très inquiet sur le sort de mes propres parents.

Dans la rivière, les gens ne cessaient de s'éclabousser le visage et les vêtements pour éteindre les flammes et réduire le sentiment d'asphyxie et de chaleur atroce qui leur collait à la peau. Des possessions diverses dérivaient le long de la rivière. Les plus grandes, celles qui flottaient et que le feu avait épargnées, nous permirent de rester à flot.

Nous nous laissâmes dériver pendant un moment par un courant puissant, accrochés à un morceau de charrette. Autour de nous, les gens gémissaient. Des cadavres calcinés flottaient sur la rivière, comme des gros morceaux de charbon. Je me souviens d'un homme à côté de nous, ses mains étaient tellement brûlées que ses doigts étaient collés, comme des pattes palmées. Sur les berges de chaque côté de la rivière, nous entendions pleurer. Des mères qui avaient porté leur bébé sur leur dos découvraient qu'il était mort et essayaient vainement de le réanimer en sanglotant violemment, comme des louves hurlant dans la nuit. Certains utilisaient leurs vêtements déchirés pour se faire des bandages, d'autres demandaient de l'aide parce qu'ils ne voyaient plus rien.

Il fallut attendre un peu avant l'aube pour que le feu fût enfin sous contrôle. Lorsque le soleil se leva, je ne ressentis aucune joie, aucun soulagement, car en plus de ce qui était arrivé à vos parents, je ne savais pas ce qu'il était advenu des miens, et le vent toujours intense transportait dans l'air une odeur de chair brûlée insupportable qui nous ramenait sans cesse à la nuit horrifique que nous venions de traverser.

Des officiers de la police militaire nous firent monter à bord d'une embarcation. Ma gorge me brûlait, mes yeux me faisaient souffrir, et le corps de ta sœur était envahi de cloques monstrueuses. Mais c'est en te voyant que les policiers décidèrent de nous aider à trouver un médecin. Tu peinais à respirer et ne voulais plus ouvrir les yeux.

Après t'avoir examiné, le docteur nous annonça que tu semblais avoir été exposé de près à une explosion pendant la nuit, car des éclats de débris brûlants t'avaient transpercé les yeux, abîmant ta cornée et tes nerfs optiques de façon irréversible.

Je suis tellement désolé, Nobu. J'aurais aimé

te protéger de cette tempête de feu pour que tu puisses grandir en voyant le monde autour de toi. Je n'ai pas plus été là pour toi que je ne l'ai été pour mes parents.

Dorénavant, tu sais. Tu sais pourquoi tu as le vague souvenir d'avoir vu, mais qu'aujourd'hui tu ne vois plus. Tu sais ce qui est arrivé à tes parents. Ce n'est pas mon cas. La dernière fois que j'ai vu mes parents, je les ai quittés pour aller retrouver ta sœur. Pas un jour ne passe sans que je repense à ce moment. Pas un jour ne passe sans que je pense à eux. Je me demande s'il y a un autre monde. Un au-delà, où nous pourrons nous retrouver. Ou si notre histoire ensemble s'est arrêtée cette nuit-là, et pour l'éternité.

J'aurais aimé que tu puisses lire cette lettre par toi-même. Aujourd'hui, je te l'ai lue à voix haute, mais garde-la précieusement, car c'est ton histoire, et où que tu sois, tu trouveras toujours quelqu'un pour te la raconter.

Ton ami, Hiro

Wa !!

Vendredi 18 novembre

Le silence qui avait empli le salon n'était ponctué que par quelques reniflements et le crépitement du feu derrière la vitre de la cheminée. Pendant la majeure partie de l'histoire contée par Babar, ou plus exactement par Hiro, j'avais fixé les flammes, hypnotisée par leur mouvement et par un potentiel de destruction qui m'avait toujours fascinée. Le feu, l'apocalypse en miniature… Le second mot me paraissait superflu, à présent.

Je ne savais plus quoi dire. J'étais juste ailleurs, dans une autre dimension, la même dans laquelle on plonge quand on lit un bon roman, qu'on fait un rêve intense, ou qu'un vieux pirate nous raconte ses aventures, une bougie à la main, après nous avoir libéré des cales d'un bateau ennemi pendant une tempête.

J'ai hésité à proposer un mouchoir à Yuki, qui reniflait sans cesse à côté de Soo-jin, mais je savais que pour tout être humain qui a grandi au Japon, il est humiliant de se moucher en public, et je ne voulais pas l'embarrasser. Finalement, elle s'est éclipsée aux toilettes avec pudeur.

J'ai cherché Soo-jin des yeux, mais son visage avait disparu au plus profond de sa capuche jaune.

« *You okay ?* » j'ai demandé.

Elle a tourné la tête, sa jolie frimousse marquée par la peine.

« *Okay* », elle a répondu.

« Qu'est-ce qui leur est arrivé ? » Lubin a demandé finalement.

« Tu veux dire… ensuite ? Babar a répondu. J'en sais rien, on n'a que cette lettre. »

On a tous fait quelques recherches avec nos téléphones. On a appris avec effroi que suite au bombardement décrit dans la lettre, les B-29 avaient attaqué le mois suivant, et encore une fois le mois d'après.

Trois mois plus tard, la bombe atomique avait pulvérisé Hiroshima et Nagasaki, le Japon avait capitulé, et des milliers de soldats américains étaient alors arrivés pour occuper le Japon, où ils étaient restés pendant sept ans. Hiro, Eiko et Nobu étaient donc sortis indemnes de tout ça, du moins jusqu'en 1955. J'étais fascinée. Je me demandais s'ils étaient toujours en vie, et s'ils avaient réussi à vivre une vie heureuse après cette horrible catastrophe.

La lettre avait été écrite à Iriomote-jima, une île de l'archipel de Yaeyama au sud d'Okinawa. J'ai essayé de reconstituer le puzzle, d'imaginer comment ces trois êtres humains victimes des bombardements avaient pu atterrir sur une île tropicale dix années plus tard.

« Je me demande ce que la lettre faisait ici, Zenos a dit. Vous pensez que l'un d'eux a vécu dans cette maison ? »

« Oh mon Dieu ! » je me suis écriée, me frappant le front pour ne pas y avoir pensé plus tôt.

Je me suis précipitée dans le hall. Lorsque je suis revenue, j'ai brandi la canne blanche.

« Nobu a vécu ici ! j'ai dit. C'est pour ça que la lettre était dans le sous-sol. Notre chez-nous… a été son chez-lui. »

Après quelques questions qui ne débouchaient nulle part, tout le monde a repris ses occupations. Moi, je n'y arrivais pas. C'était peut-être mon goût pour les histoires, mais je voulais savoir ce qui était arrivé à Hiro, Eiko et Nobu après le premier bombardement, et comment ils avaient survécu aux deux autres. Et puis, je me demandais aussi si Hiro et Eiko étaient devenus un couple. S'ils avaient eu des enfants.

J'ai décidé de retourner au sous-sol pour voir si je trouvais un indice.

Après une dizaine de minutes de recherches intensives, j'étais en train de farfouiller dans une commode, où je ne trouvais rien d'autre que de vieilles photos d'un cowboy en noir et blanc, quand…

« *Wa !!* »

J'ai poussé un cri de surprise.

Soo-jin se tenait devant moi, les bras en l'air, sa capuche Pikachu sur la tête.

Elle s'est mise à rire de bon cœur.

« C'est malin », j'ai dit.

Son rire a rétrogradé en sourire, puis son sourire en amusement dans les yeux.

Elle a fait tomber sa capuche. Je l'ai trouvée jolie.

J'ai pensé à Aiden. Je l'ai re-trouvée jolie. J'ai re-pensé à Aiden. Et puis j'ai regardé autour de moi, essayant de décider dans quelle partie du sous-sol j'allais continuer mes recherches.

Je n'ai pas vu le visage de Soo-jin s'approcher. Ses lèvres avaient à peine effleuré les miennes quand, avec une maladresse terrible, j'ai reculé la tête et tendu les mains pour la repousser. Je ne pouvais pas l'embrasser, j'étais à court de jokers !

Sur le visage de Soo-jin avant qu'elle parte, j'ai lu des sentiments terribles. Comme si j'avais trahi une promesse. Un baiser, c'est souvent une promesse.

Je voulais la rattraper pour m'expliquer, mais l'impuissance linguistique dans laquelle je me trouvais m'a glacé les jambes. En plus, il n'aurait plus manqué que je coure après elle et que je dise un truc du genre « Ce n'est pas ce que tu crois », et on aurait été dans la raclette la plus fromageuse de l'histoire des produits laitiers.

Alors je l'ai laissée partir, consciente que dorénavant dans cette maison, Soo-jin et moi on aurait une histoire compliquée. Il serait probablement impossible de retrouver la candeur de la relation qu'on avait eue avant. À notre façon, comme colocataires, on avait eu un avion, et je l'avais transformé en locomotive. Maintenant, il allait falloir essayer de la faire atterrir en douceur.

陽動

-4-

TROUVER SA DIVERSION

Little Papers

Jeudi 5 janvier

Au moment d'écrire aujourd'hui, je me sens comme une fille qui serait en retard de quarante-neuf minutes et qui, quand elle arriverait enfin, dirait bonjour en espérant que son sourire efface la gêne occasionnée. Ça fait quarante-neuf jours que je n'avais plus blogué. Alors, bonjour. Et puis sourire.

J'espère que je ne t'ai pas manqué. Toi en tout cas, tu m'as manqué. Un peu seulement, n'exagère pas.

Il y a quarante-neuf jours, mon MacBook est mort. En plein milieu d'un épisode de *Six Feet Under,* l'écran est devenu tout noir. Mon ordinateur avait le sens de l'humour, il est décédé pendant que je regardais une série sur des croque-morts.

À l'Apple Store d'Omotesandō, on m'a dit qu'on ne pouvait rien faire pour moi parce que je n'avais pas souscrit à l'AppleCare. J'ai réagi à la japonaise : d'abord la placidité du *tatemae*, et puis les *fuck-you eyes*. Comme dirait Lubin, je suis en train de me tatamiser.

Ne pouvant pas vivre sans écrire, j'ai dû dépenser l'argent que j'économisais pour retourner voir Aiden. Ça a été un choix cornélien, un combat psychologique dantesque entre l'amour et la technologie. Mais Aiden elle-même a voté pour l'ordinateur. Aiden votera toujours contre son propre intérêt si elle pense que ça va dans le mien. Elle a proposé de m'aider à payer, mais j'ai pas voulu. Elle a dû laisser tomber ses bourses d'échange pour aller vivre son rêve à Burbank, je refuse qu'elle finance mon écriture.

Avant d'avoir assez d'argent pour l'ordinateur, j'ai vécu simplement. J'écrivais avec un stylo sur des bouts de papier. Déjà que j'aime bien m'éclairer à la bougie, manquait plus qu'une odeur de purin et c'était le Moyen Âge !

Pour relancer mon blog aujourd'hui, je vais recopier mes bouts de papier. C'est pas très élaboré, mais ça devrait résumer les quarante-neuf jours.

J'espère que ça effacera la gêne occasionnée. Sourire.

Mardi 22 novembre

J'ai croisé Soo-jin ce matin. J'avais une brosse à dents dans la bouche. J'aime bien me balader dans la maison quand je me brosse les dents. Soo-jin n'a pas répondu à mon « bonchour ». Elle m'en veut à cause du bisou avorté. J'aime pas ça, va falloir trouver une solution.

Mercredi 23 novembre

Babar et moi, on a appelé Sayoko-san pour lui demander à qui avait appartenu la maison avant elle. On était certaines qu'elle répondrait « à un dénommé Nobu », mais elle nous a dit que l'ancienne propriétaire était une femme qui s'appelait Chiyo. Elle avait eu un fils aveugle, mais il s'appelait Yoshi, pas Nobu. On pensait qu'on avait tout compris, en fait on n'avait rien compris. Ça semble être le thème de mon année ici. Peut-être même de ma vie.

Jeudi 24 novembre

Depuis quelques jours, le purificateur d'air dans ma chambre clignotait en orange et affichait un message avec plein de kanji. J'étais persuadée qu'il détectait une fuite de monoxyde de carbone et que j'allais bientôt mourir. Yuki m'a traduit le message. Coup de bol, fallait juste changer les piles. J'en ai marre d'être analphabète.

Vendredi 25 novembre

Cette fois c'est sûr, Soo-jin m'évite. Les rares fois où je la vois, elle fait demi-tour. Sans même prendre la peine de camoufler que c'est à cause de moi. Elle part, juste. Aujourd'hui, elle a fait ça alors que Babar était en train de lui parler. Babar m'a demandé quelle mouche l'avait piquée. J'ai haussé les épaules. J'ai menti avec mon corps.

Samedi 26 novembre

Sayoko-san nous a offert une boîte de biscuits pour s'excuser de ce qui est arrivé avec la bande à Bernard. On a presque tout mangé le premier jour, mais il reste encore un beau biscuit à la noix de coco nappé de chocolat noir. Personne n'a osé le prendre. C'était déjà plus ou moins une règle de politesse aux États-Unis, mais au Japon c'est officiel, on prend pas le dernier. La boîte pourrait bien rester sur la table de la cuisine jusqu'à la fin des temps, le biscuit est sacralisé.

Dimanche 27 novembre

Je déteste qu'on me fasse la tête. J'ai décidé de cuisiner des plats délicieux que je vais laisser devant la porte de Soo-jin, pour qu'elle ait des trucs chouettes à manger et pas juste des nouilles quand elle fait de la Bourse la nuit. Si elle a un cœur et un estomac qui sont connectés, comme moi, ça devrait marcher. Mon père cuisine des pot-au-feu, moi je vais cuisiner des pots-de-vin.

Mardi 29 novembre

Aujourd'hui, Koji s'est révolté devant les images d'une corrida à la télévision. Dans le même temps, il était en train de dévorer un morceau de vache. J'ai pas tellement compris comment son cerveau fonctionne.

Les scientifiques disent que nous n'avons pas la preuve qu'il existe une vie extraterrestre intelligente. Je crois qu'ils ont tort. Si des extraterrestres ont observé la façon dont on traite les autres espèces qui vivent avec nous, la chasse, la pêche, les zoos, les cirques, les corridas, les abattoirs, les élevages et les expérimentations, la preuve de leur intelligence serait justement d'avoir fui avant d'avoir pu nous rencontrer.

Mercredi 30 novembre

Je marchais dans la rue à Akiba, aussi connu sous le nom d'Akihabara, le quartier des jeux vidéo, des animes, des mangas et de toute la culture *otaku*, équivalent approximatif de notre culture geek, quand un homme est sorti d'une boutique pour me demander ma culotte. Pas une culotte, *ma* culotte, celle que je portais à ce moment-là. Il voulait me l'acheter pour dix mille yens. J'ai cru que j'avais mal compris, mais quand j'ai demandé à Babar plus tard, elle m'a assuré que j'avais bien compris. L'autre jour, une copine de fac m'a raconté que parfois, ses sous-vêtements disparaissent de son fil à linge. C'est fou, non? Moi je trouve ça fou.

Samedi 3 décembre

À Shimotakaido aujourd'hui, j'ai vu un garçon qui retrouvait son vélo garé dehors après une forte averse. Il enlevait l'eau qui s'était accumulée sur la selle, car il n'avait pas envie de se mouiller les fesses. Il retirait l'eau avec ses mains. Il s'essuyait les mains sur ses fesses.

Dimanche 4 décembre

Lubin est revenu de Singapour hier. Je bavardais avec Zenos dans la cuisine quand il est arrivé. Il a ouvert la boîte sur la table et il a pris le biscuit sacralisé. Il l'a mangé comme si c'était rien, comme si c'était pas un biscuit sacralisé. On a fait des éclairs avec nos yeux.

« Bah quoi ? il a dit. La vie est courte, faut rien laisser. »

Mince, j'ai pensé. Lubin a raison. Vivre, tout de suite. Faut rien laisser.

Mercredi 7 décembre

En ce moment, Zenos est triste parce que sa copine japonaise a rompu avec lui.

« Ça faisait longtemps que j'avais pas vécu de chagrin d'amour, il nous a dit. J'avais oublié à quel point ça fait mal. »

« C'est une bonne nouvelle, Koji lui a répondu. Ça veut dire que cette fois aussi, tu finiras par oublier. »

Vendredi 9 décembre

Yuki s'est essayée au second degré ce matin. Elle a dit à Koji qu'il était gros et à Lubin que son nez était tordu, puis elle nous a demandé si elle avait pigé le truc. Babar lui a avoué qu'il y avait encore du boulot.

Lundi 12 décembre

Mon plan pots-de-vin a fonctionné ! Avant-hier, Soo-jin m'a dit *arigatō* pour les plats que je lui avais préparés. On est de nouveau cordiales. Mais c'est plus pareil. Ce qu'on avait avant me manque. À chaque fois qu'on se voyait, c'était une petite aventure, je ne savais jamais ce qui allait se passer. J'adorais les regards complices qu'on échangeait quand les autres étaient là, sans que personne ne s'en rende jamais compte. Mais je ne peux m'en prendre qu'à moi-même, j'avais qu'à pas faire n'importe quoi. C'est une règle de vie que je te donne : n'utilise jamais un joker avec quelqu'un qui ne parle pas la même langue que toi. Trop risqué.

Mercredi 14 décembre

Aujourd'hui, j'ai accompagné Koji à Akiba pour acheter un nouvel iPhone. Maintenant, il râle parce qu'il ne peut plus prendre de photo sans faire de bruit. On ne peut pas désactiver le faux son d'obturateur sur les iPhone japonais. C'est pour éviter que des pervers ne glissent leur téléphone sous les jupes des filles pour prendre des photos en mode furtif. Ceux qui font ça devraient former le Club des Gros Cochons et inviter les chikan qui posent leurs mains là où il faut pas dans le métro, et aussi l'autre ahuri qui m'avait demandé ma culotte, et puis les débiles qui volent les sous-vêtements sur le fil à linge de ma copine. Ça va faire un gros club.

Jeudi 15 décembre

J'ai passé l'après-midi dans le jardin de Kiyosumi à écrire une lettre à Aiden. Je l'ai mise dans un colis-surprise avec des confiseries japonaises, des tissus pour quand elle se fabrique des vêtements, et puis aussi du matériel de dessin japonais. C'est avec des petites attentions comme ça que je prévois de continuer à botter les fesses de la relation longue distance jusqu'à ce qu'on se retrouve. Avant que tu demandes, ça n'a absolument rien à voir avec le fait que sur Facebook, j'ai vu une photo d'Aiden sur laquelle Sophie la dévorait du regard.

Vendredi 16 décembre

J'ai pris quelques photos de la ville pour des amis curieux. Je prends très peu de photos pour moi-même. Je ne comprends pas les gens qui regardent la vie à travers un écran de téléphone. Les chutes du Niagara, la comédie musicale du fiston, un beau coucher de soleil ou un concert, ça doit s'apprécier sans filtre. Nos yeux suffisent. Ils prennent des photos, eux aussi, ça s'appelle des souvenirs.

Samedi 17 décembre

Aujourd'hui, j'ai fait de la méditation zazen dans un temple bouddhiste. Le but était d'acquérir la paix intérieure et la clarté mentale en s'asseyant sur un coussin zafu dans la position du lotus, avec le dos bien droit, pendant trois quarts d'heure. J'ai essayé d'être de bonne composition. Mais j'ai pas réussi à acquérir la paix intérieure parce que la position du lotus me faisait mal aux jambes et que garder le dos bien droit pendant trois quarts d'heure, c'est super pénible. Le moine qui nous accompagnait nous a dit que le but de la méditation zazen n'était pas d'obtenir quelque chose, mais de se débarrasser de quelque chose. Je crois que ça a marché. Je me suis débarrassée de l'envie de faire de la méditation zazen.

Mercredi 21 décembre

Un copain belge m'a invitée à sortir après les cours aujourd'hui. J'ai vu de l'espoir dans ses yeux. L'espoir que je devienne plus qu'une fille qui lui dit bonjour et comment ça va et est-ce que t'as lu les articles que le prof a envoyés. Alors j'ai poliment refusé. Je veux bien sortir avec des gens, mais comme je grenouille Aiden, il ne peut pas y avoir d'espoir dans leurs yeux.

Jeudi 22 décembre

On a fait un grand nettoyage de la maison en prévision du Nouvel An. On a tous noué un bandana par-dessus nos cheveux, à la japonaise. Je trouve que les Japonais ont le don pour être élégants dans des situations où nous on ne l'est pas. Quand ils construisent des bâtiments, quand ils font le ménage… ils savent se donner de l'allure. Même dans leurs expressions, ils ont la classe. Nous on dit qu'on a la diarrhée, eux disent qu'ils se sont cassé le ventre. Les Japonais sont des gens magnifiques.

Vendredi 23 décembre

Je suis allée chercher mes parents à l'aéroport de Narita. Je ne sais pas si je te l'ai déjà dit, mais j'ai des parents formidables. Et modernes. Ils adorent Aiden, et ils s'en fichent qu'elle soit une fille. Ils disent que la seule chose qui compte, c'est que je sois heureuse.

On s'est enlacés à trois. Sentir la barbe fine de mon père contre ma joue, l'odeur de la laque que met ma mère sur ses beaux cheveux noirs pour leur donner un effet mouillé, celle de la lessive de la maison sur leurs vêtements, voir les poils de Sacrebleu et d'Hercule collés à leur pull, c'était comme un retour en enfance dans le Delaware.

Quand il s'est présenté, Lubin a dit à mes parents qu'il les emmènerait à Ginza voir les boutiques les plus chics pendant leur séjour ici. Je parie que ça n'arrivera pas. Koji dit que Lubin est le genre de gars qui t'annonce une soirée string et qui arrive en pantalon. Moi, je dis que Lubin est le genre de gars à prévenir qu'il va avoir une note horrible après un exam, et puis finalement il a un A, et toi qui l'avais écouté se plaindre sans rien dire, tu as un C.

Dimanche 25 décembre

Mes parents ont fait équipe pour nous cuisiner un fabuleux dîner de Noël. Ils ont dit que c'était leur façon de nous remercier de les accueillir chez nous. Ce festin de qualité tombait bien, on mangeait tous beaucoup trop de nourriture de konbini ces derniers temps. Il paraît que quand tu en manges trop souvent, tes yeux finissent par sortir de leurs orbites. Je sais pas si c'est vrai. J'ai remarqué que beaucoup de phrases qui commencent par « Il paraît que » sont inexactes. Sauf quand ça sort de la bouche de mes parents. Pour Birthmas Day, ils m'ont offert l'une de leurs deux voitures. « Il paraît que tu aimerais bien avoir une voiture », ils m'ont dit avant de me l'annoncer. C'était pas inexact du tout.

Mercredi 28 décembre

Babar et Zenos sont tatamisés. Ils ne comprennent pas pourquoi mon père et moi on se coupe la parole tout le temps. Le père de mon père fait ça aussi. Il appelle ça « faire une parenthèse ». Les Japonais n'aiment pas faire des parenthèses. Ils aiment bien finir un truc avant de commencer un autre truc, ça s'appelle la monochronie. Avec la monochronie, si tu es en train de faire ton nettoyage de printemps et qu'on annonce la fin du monde à la télé, tu termines ton nettoyage de printemps avant de t'inquiéter de la fin du monde. Tu suis une ligne, et ensuite tu passes à une autre ligne, mais tu ne laisses jamais deux lignes se croiser.

Je préfère la polychronie, c'est plus dynamique. Mais ça peut être dangereux aussi. Une fois, alors que Vaneck conduisait, on avait hurlé parce qu'une guêpe était rentrée dans la voiture et qu'il avait décidé que l'éradication de la guêpe était prioritaire sur la conduite de la voiture. Sa polychronie avait failli tous nous tuer.

Vendredi 30 décembre

Tu t'es déjà agacée en passant trois minutes à décoller

les deux côtés d'un sac plastique neuf après les courses ? Tu n'y arrives pas, mais tu veux pas te lécher le doigt parce que tu as passé l'après-midi en ville et tu as fait plein de trucs avec ce doigt et qui sait quels microbes se sont collés dessus et il est hors de question de poser ça sur ta langue avant de t'être lavé les mains.

Dans les supermarchés japonais, il y a toujours des tables sur lesquelles on peut ranger ses courses après être passé en caisse. On y trouve quelques petites éponges humides où poser son doigt pour décoller les sacs plastiques plus facilement. Une idée simple, mais qui change la vie. Un antidote délicieux à l'agacement. Je me demande pourquoi on fait pas ça aux États-Unis. On n'est pas intéressés par les idées simples qui changent la vie. On préfère les idées compliquées qui changent rien du tout.

Lundi 2 janvier

Depuis que j'ai l'âge de manger par moi-même, mes parents râlent quand je parle avec la bouche pleine. J'ai enfin pu dire « *aha !* » parce qu'on était au Japon et que j'avais le droit de le faire, du moment que je mettais ma main devant ma bouche. Pratique, non ? J'adore le Japon, c'est un pays pour moi. S'il n'y avait pas mon analphabétisme de luxe, la radioactivité dans les légumes, le recyclage pour lequel il faut un QI de 500, les heures de pointe dans le métro, le *tatemae* qui empêche de savoir ce que pensent vraiment les gens, et Aiden qui n'est pas là… eh ben, la vie y serait parfaite. C'est pas passé loin.

Mardi 3 janvier

Il y a quelques semaines, Yuki m'a expliqué que le premier rêve de la nouvelle année a une signification importante. Ça s'appelle *hatsuyume*, et ça annonce s'il va nous arriver de belles choses. Pour ça, il faut rêver soit du mont Fuji, soit d'un faucon, soit d'une aubergine.

Pour le premier rêve de la nouvelle année, je n'ai rêvé ni du mont Fuji, ni d'un faucon, ni d'une aubergine. Je me demande si c'est un message de Lucien pour me prévenir que rien de beau ne va m'arriver cette année. Le connaissant, ça veut peut-être même dire qu'il va m'arriver quelque chose de moche.

Blue Shell

Samedi 7 janvier

Des canettes de bière étaient alignées sur la table basse à côté d'une théière fumante, de barquettes de sushis et de makis, de boules de riz aux graines de sésame ou aux œufs de poisson, de boîtes de Pringles, de mushipan et de parts de cheesecake en provenance directe du konbini. Sur l'écran géant, un plombier italien à moustache avec une casquette rouge était au volant d'un petit bolide à côté d'un champignon, d'un petit dinosaure et d'une princesse. Un tournoi de Mario Kart était sur le point de débuter.

Quand la première course a démarré, je me suis rendu compte que malgré le feu que Zenos avait allumé dans la cheminée, je frissonnais, alors je suis remontée chercher un pull.

En passant devant la porte de Soo-jin, j'ai cru entendre sangloter dans sa chambre.

« Soo-jin ? »

J'ai frappé. Pas de réponse.

Inquiète, j'ai ouvert doucement. Soo-jin était recroquevillée sur son futon au milieu de ses peluches. Elle pleurait dans les bras de Jean-Pierre. Ça m'a fait froid dans le dos. Qu'est-ce qui lui arrivait ?

Je suis allée m'asseoir à côté d'elle et j'ai posé ma main sur son épaule. Elle a serré Jean-Pierre plus fort.

Après un moment, elle a tourné la tête. Ses yeux rougis et gonflés étaient lourds de larmes. Je voulais lui demander ce qui se passait. Mais comme souvent avec Soo-jin, je n'avais pas envie d'érafler la simplicité de l'instant en attrapant un vulgaire iPhone pour traduire des mots.

Entre deux reniflements, elle a murmuré quelque

chose en coréen. J'ai pensé qu'elle préférait que je m'en aille, mais au moment où je me relevais, elle a saisi ma main. Je me suis rassise.

Ne sachant pas trop quoi faire, je lui ai parlé en français. Soo-jin adore quand je parle en français. Comme une berceuse qu'on fredonne à un enfant, j'ai récité *Le Lion et le Rat*, *Le Corbeau et le Renard*, et *La Cigale et la Fourmi* en lui tenant la main. La mémoire est une chose étrange. Je ne me rappelle pas ce que j'ai mangé hier, par contre je me souviens de tous les trucs que j'ai appris par cœur quand j'avais sept ans.

Même à court de fables, je suis restée avec elle. Je sentais que ma présence la rassurait. On a entendu les autres en bas qui s'exclamaient, et Koji qui criait au scandale. Il avait sûrement reçu une carapace bleue sur la tronche au moment où il allait gagner la course. Il trouvait injuste qu'un bonheur pourtant à portée de main lui soit retiré comme ça. C'est peut-être mon obsession des métaphores, mais je crois que Mario Kart est un jeu plus profond qu'il n'en a l'air.

Soo-jin a susurré quelques mots. J'avais un doute, mais je croyais comprendre qu'elle voulait que je m'allonge près d'elle. J'ai hésité un moment, partagée entre l'envie de bien faire et la peur de mal faire.

Finalement, ses larmes m'ont convaincue. Je me suis allongée sous sa couette avec elle, et je l'ai prise dans mes bras.

Elle a pleuré contre mon chemisier. De temps en temps, les larmes ralentissaient, séchaient sur ses joues, et puis un soubresaut, un gémissement, et ses yeux déversaient tout son désespoir. Parfois, son corps tremblait, comme si sa souffrance s'était répandue à l'intérieur d'elle et semait la panique. Je lui chuchotais des mots en français, en anglais, en japonais, mais Soo-jin avait besoin d'entendre une langue qui n'existe pas encore.

Je l'ai serrée contre moi. Les heures ont passé. On a senti deux petits tremblements de terre.

Et on s'est endormies.

Quand je me suis réveillée, Soo-jin n'était plus là.

Elle avait laissé un mot sur son futon à côté de moi.

ありがとう

Je l'avais vu écrit assez souvent sur les post-it de Babar pour savoir que ça voulait dire merci. Cinq mois dans un pays, et je sais lire merci. Pas mal.

Je suis sortie de la chambre avec l'impression d'avoir mis mon corps à l'envers, comme c'est parfois le cas quand on fait une sieste ou qu'on s'endort tout habillé sur le lit de quelqu'un d'autre. Il était huit heures passées, j'allais être en retard à la fac. La salle de bains du haut était déjà prise. Je suis descendue, mais celle du bas était prise aussi. Des *poc poc poc* résonnaient en continu sur les vitres de la véranda : il pleuvait à verse.

À l'idée de me retrouver là-dessous, puis dans le métro à l'heure de pointe, tout ça pour trois heures de cours magistraux réparties sur la journée et dont je pourrais avoir les notes par une copine dès le soir, j'ai décidé de rester à la maison.

Requinquée par ma décision, je suis allée me faire couler un café dans la cuisine.

Babar était assise à table, le visage marqué par la contrariété.

« J'ai une mauvaise nouvelle », elle a dit.

« Qu'est-ce qui se passe ? »

« Soo-jin est rentrée en Corée pour quelques jours. Elle a perdu son papa hier. »

Nothingness

Jeudi 12 janvier

Depuis que Soo-jin est partie, je me demande si j'ai été à la hauteur. Je n'arrive pas à croire qu'elle a passé sa première soirée sans son père avec moi. Si j'avais su que c'était si grave, j'aurais peut-être fait mieux. En même temps, je ne sais pas si j'avais mieux à proposer.

Ma présence, mes bras, les fables de La Fontaine et mon chemisier comme mouchoir, c'était tout ce que je pouvais offrir.

Je ne sais rien de sa famille. Est-ce qu'elle savait que son père allait partir ? J'imagine que non, sinon elle serait allée lui dire au revoir. *Au revoir*. Quand mon grand-père Wesley est mort dans son sommeil, il n'a pas dit au revoir à ma grand-mère, il lui a dit à demain. Je ne sais pas si c'était mieux.

J'envie mes amis religieux, qui pensent qu'un paradis les attend. Je crois qu'ils ont tort, mais je crois aussi qu'ils ne le sauront jamais. Quand ils mourront, une fois leur cerveau éteint pour toujours, ils ne pourront pas apprendre la nouvelle : « Ah, mince, on t'a pas dit ? En fait, non, pas de paradis, c'est juste l'absence de conscience, l'inexistence et le néant pour l'éternité. Oups ! »

Si jamais tu crois au paradis, toi aussi, tu te demandes peut-être pourquoi moi pas. C'est à cause de mon poisson Neuneuille et de Bernard le cafard. C'est peut-être idiot, mais c'est l'existence d'individus comme eux qui me persuade qu'il n'y a rien après la mort. Je ne peux pas imaginer qu'il y ait un paradis pour eux. Pour les sangsues. Les arbres. Le plancton. Et s'il n'y a rien pour eux, il n'y a rien pour nous. On est traversés par la même vie qu'eux. C'est pas parce qu'on s'est redressés, qu'on s'est mis à parler plusieurs langues et à porter des casquettes qu'on aura un ticket spécial pour le paradis et que tous les autres auront le néant, si ? J'ai parfois l'impression d'être la seule parmi mes amis à me souvenir qu'on est des animaux, les autres semblent penser qu'on est une espèce divine sortie de nulle part pour qui les règles de la nature ne s'appliqueront pas. C'est peut-être mon côté cynique, mais je vois la profondeur unique de notre conscience comme une anomalie tragique, pas comme le signe d'une destinée supérieure.

La possibilité d'un rien après la mort me fait tellement peur. L'inexistence semble inconcevable, le cerveau n'arrive pas à assimiler l'idée du néant. Associée à l'éternité, c'est trop vertigineux, à chaque fois que j'y pense j'ai l'impression que mes pensées dégringolent dans un précipice sans fin. Je ne dois pas être seule dans ce cas, car la plupart des gens s'inventent des histoires qui suggèrent qu'il existe autre chose. Et avec toutes ces histoires, on oublie tous parfois que le paradis, ça ne peut être que maintenant, tout de suite. Je crois que c'est pour ça que Zenos fait attention à ce qu'il mange. Il veut rallonger son temps de vie, parce qu'il sent que c'est le seul temps d'existence qu'il aura jamais. C'est peut-être aussi pour ça que Koji aime boire. Oublier qu'un jour on sera oubliés de tous et de tout. Je lui ai demandé une fois s'il pensait qu'il y avait quelque chose après la mort.

« Tu existais avant de naître ? » il m'a répondu.

« Je crois pas. »

« Alors pourquoi tu existerais après ta mort ? »

J'avais acquiescé en silence, et je m'étais dit que peut-être, le trou dans ma paire de chaussures préférée qui me contrariait depuis une semaine, c'était pas si grave que ça.

Yuki qui passe son temps à stresser pour ses notes, et Lubin qui fait des tableaux Excel, je crois qu'ils ne pensent pas à tout ça. Et ils ont bien raison. On est plus malin de se rendre heureux avec une illusion que de se désespérer avec la réalité. Moi, je suis pas maligne, alors depuis que je suis petite, j'y pense parfois. Depuis la mort de mon grand-père, j'y pense beaucoup. Depuis qu'Aiden est partie, j'y pense constamment. Elle prenait un gros bout de ma tête, j'avais pas la place. En partant, elle a libéré de l'espace, et le néant s'est infiltré.

On a tous mis de l'argent dans un pot pour envoyer des fleurs à la famille de Soo-jin. Je ne sais pas quoi faire d'autre. Avec Babar, on lui a envoyé un message de soutien en japonais. Tout ce que je peux faire maintenant, c'est attendre qu'elle revienne et la prendre dans mes bras encore si elle en a envie.

Je vais aussi réviser mes fables, au cas où.

The Coconut Oil Incident

Mercredi 18 janvier

Avant même de passer le pas de la porte de la cuisine pour aller prendre mon petit déjeuner ce matin, j'ai deviné ce que j'allais y trouver. La musique à fond, Lubin et Koji qui chantaient d'une voix suraiguë rappelant des crissements de pneu, et leurs chemises par terre dans le salon ne laissaient aucun doute.

Dans la cuisine, ils dansaient en faisant cuire des tranches de bacon. Des paillettes scintillaient sur leur torse nu, et des couronnes de fleurs égayaient leurs cheveux. J'ai eu un haut-le-cœur. L'odeur du cochon assassiné au saut du lit me rend malade.

« Salut, les gars. »

« Chibiiiiiiii ! »

Ils m'ont accueillie comme des gens dans cet état-là accueillent quelqu'un, avec mon surnom répété au moins cinq fois et des invitations à danser. Mais j'avais pas encore eu mon café, et comme le dit Babar, tant que j'ai pas eu mon café, je suis un petit monstre et tous les autres sont Pac-Man : évitez-moi ou perdez une vie !

« Je ne suis pas là, okay ? » j'ai dit.

« Chibi ! Koji s'est exclamé. Bien sûr que tu es là ! Tu. Es. Là. Ne nie pas ton existence. Jamais. »

« Il a raison, Lubin a ajouté. Capucine, tu es belle.

Toi et Babar, vous donnez de la vie à cette maison. On est trop méga-super reconnaissants, quoi. »

Il m'a prise dans ses bras.

« Lubin… tu vas me mettre des paillettes partout. »

« Mais c'est la vie, Puce. La vie, c'est les paillettes. Accepte-le. Ouvre ton cœur aux paillettes de la vie. »

Je lui ai tapoté le dos. Il s'est reculé et m'a dévisagée intensément.

« Capucine… je suis tellement heureux que tu vives avec nous. »

« Moi aussi, Koji a dit. Genre carrément heureux. »

« D'accord, j'ai répondu. Merci beaucoup, c'est gentil. »

Pendant que je préparais un café et un chocolat chaud que j'ai ensuite posés sur un petit plateau, Koji m'a dit que s'il avait été une fille, il aurait été lesbienne « aussi », et Lubin qu'un de ces jours il allait tomber amoureux de moi. Je suis vite sortie et je suis remontée en soufflant de soulagement.

Depuis que Soo-jin est revenue de Corée il y a quelques jours, on partage un petit moment de délice tous les matins avant de démarrer la journée. Enfin, moi avant de démarrer ma journée, et Soo-jin avant d'aller se coucher. Soo-jin, c'est mon petit hibou.

J'aime bien quand je lui tends sa tasse. Assise à son bureau devant ses cinq écrans remplis de formules bizarres, elle se tourne vers moi, ferme les yeux et met son visage au-dessus de la fumée qui s'échappe.

Elle hume le fumet délicieux, goûte, puis elle me regarde et dit « *oishi* » parce que c'est délicieux. On boit notre tasse en silence. C'est peut-être mieux qu'on ne parle pas la même langue. Si je perdais mon père, je crois que je n'aurais pas envie qu'on me parle.

Après ça, j'ai passé la matinée entre l'amphi et la bibliothèque. J'ai pas tellement étudié. J'aurais peut-être dû, mais il faut dire que mon année ici est facile par rapport à ce que je faisais à Columbia. Mon copain belge dit que les Japonais travaillent dur au lycée pour les concours d'entrée à la fac, mais qu'une fois qu'ils y sont, c'est l'autoroute de la tranquillité. Ça tombe bien, c'est une autoroute sur laquelle j'adore conduire. Alors au lieu d'étudier, j'ai répondu à des questions sur iCupid et j'ai écrit un mail à Aiden.

Ça fait deux mois qu'on ne s'est pas vues. C'est toujours difficile, mais c'est moins difficile. Elle ne me manque plus autant qu'au début. Ça doit être un mécanisme naturel d'autopréservation mis en place par le cerveau. Je crois que c'est un peu comme quand tu as faim : si tu attends une heure, les gargouillis dans ton ventre passent. Pourtant, ton estomac est toujours vide. Tu t'habitues au manque, en quelque sorte. Mais du coup, tu perds la réalité de vue un petit peu. Tes sentiments sont plus flous, moins propres, moins évidents. Comme s'ils prenaient la poussière. Tu ne sais plus vraiment si tu as faim.

En rentrant, je me suis arrêtée faire les magasins à Shinjuku pour trouver des pantoufles plus grandes que la moyenne pour Koji. J'ai fini par en trouver des super. Quand je les lui ai offertes, il m'a dit que c'était le truc le plus gentil qu'on ait jamais fait pour lui.

Koji n'a pas eu une enfance facile. Chez les scouts, ses camarades le surnommaient *Fat Jap*. C'était pas très malin, parce que Koji était plus grand et plus fort que tous les autres enfants, alors quand on l'appelait comme ça, il attrapait le coupable par le col de sa chemise, il l'emmenait jusqu'à un champ derrière le camp et il lui mettait la tête dans une bouse de vache.

Quand je suis arrivée à la maison, l'ambiance était tendue.

Cet après-midi, Lubin a envoyé un message de groupe sur Line pour demander qui *the fuck* avait cuisiné dans la salle de bains. Personne n'avait cuisiné dans la salle de bains, mais Zenos avait renversé la moitié d'un pot d'huile de coco par terre. Ça sentait fort et c'était poisseux, mais comme Zenos était pressé, il n'avait pas bien nettoyé avant de partir, et Lubin s'en était mis plein les pieds.

Après avoir nettoyé l'huile de coco lui-même, Lubin a décidé de manger le reste de pizza que Zenos gardait au frigo, « pour les dommages et intérêts ». J'ai trouvé ça horrible, comme façon de raisonner. Si ma maladresse devait à chaque fois conduire quelqu'un à me piquer de la nourriture, je crierais vite famine.

Zenos a trouvé ça horrible aussi, surtout qu'il se léchait les babines à l'idée de finir sa pizza le soir devant *Intouchables*. J'avais annoncé que je le montrerais à tout le monde sur l'écran géant.

« C'est pas comme ça qu'on règle les problèmes quand on est adulte », Zenos a dit à Lubin.

Lubin lui a répondu qu'il y avait du fromage sur sa pizza et qu'il disait toujours qu'il était vegan et le fromage c'est pas vegan alors qu'il ferme un peu sa bouche parce qu'on ne pouvait pas le prendre au sérieux.

Zenos était mal à l'aise pour le coup du fromage. C'est encore à cause de ces étiquettes idiotes, c'est pour ça que je dis qu'il faut pas les utiliser. Zenos a pris une carte d'adhérent imaginaire au club des vegans, et maintenant, s'il fait quelque chose qui n'est pas techniquement « vegan », il se sent coupable, et on a l'impression que la police des vegans va venir le chercher pour l'emmener dans la prison de la moralité. Le fromage de Zenos, c'est le tatouage sur le poignet de Babar. La vie est trop courte pour ces bêtises.

Pour ma part, j'ai arrêté de donner un nom à ma façon de manger. J'ai remarqué que quand Zenos nomme son étiquette, les gens autour de lui se sentent exclus, ça ne leur donne pas envie de faire pareil, ils pensent que c'est juste un truc pour lui. Moi, j'explique juste pourquoi je fais comme ça. Ce que je mange ou avec qui je couche, même combat. Je veux décider de ce que je fais parce que j'en ai envie, pas par appartenance à un groupe. Quand on fait partie d'un groupe, on a vite tendance à le laisser penser pour nous.

« Faut pas te sentir coupable, j'ai dit à Zenos. L'important, c'est de faire de son mieux. J'ai avalé un moucheron l'autre jour en vélo, sur le coup je m'en suis voulu, eh bah c'est comme ça. La prochaine fois, je fermerai la bouche. »

Son visage s'est détendu. Il m'a dit que j'étais belle à l'intérieur. C'était un compliment, mais ça m'a vexée. J'ai pensé que peut-être ça voulait dire que j'étais belle *seulement* à l'intérieur.

Koji a dit à Lubin et Zenos que si leur dispute avait eu lieu chez lui quand il était petit, on leur aurait demandé à tous les deux d'aller chercher un bambou. Devant les visages perplexes des uns et des autres, Koji a expliqué que lorsqu'il faisait une bêtise, sa grand-mère japonaise l'envoyait dans le jardin choisir un bambou, qu'il devait rapporter pour qu'elle le frappe avec. Si jamais j'ai un blog quand je suis maman et que je fais ça, rappelle-moi de me taper la tête contre les murs jusqu'à ce que mes idées soient à l'endroit.

Pendant que ça continuait de discuter dans le salon pour essayer de déterminer qui était une personne formidable et qui était un individu honteux, je suis allée ouvrir le frigo.

J'ai fait la grimace.

« Qui a fini mon lait d'amande ?! » j'ai crié.

Évidemment, personne ne m'a répondu. Mais je connaissais déjà la réponse. Je savais que c'était Lubin, qui est du genre à « emprunter sans remplacer », un concept bien à lui. C'était pas la première fois que ça arrivait, et ça commençait à bien faire, parce que Lubin fait souvent ça mais personne n'ose rien lui dire. Il doit garder un totem d'immunité dans sa chambre, c'est pas possible autrement.

Quand je suis repassée dans le salon, j'ai dit aux garçons qu'ils pouvaient arrêter de débattre, que l'individu honteux c'était Lubin, *end of story*.

Je me demande s'il y a des bouses de vache dans le coin.

Sine Curve

Samedi 28 janvier

Aujourd'hui, journée très verte.

Ce matin, je me suis rendue au marché fermier de Shibuya, en face de l'Université des Nations unies. J'adore y déambuler le samedi quand il fait beau, discuter avec les commerçants qui parlent anglais, rigoler avec ceux qui parlent japonais après avoir maladroitement tenté de communiquer avec eux, et puis découvrir chaque fois des aliments que je ne reverrai peut-être jamais plus dans ma vie.

En rentrant, j'ai aidé Babar et Zenos à jardiner. Zenos m'a montré comment utiliser les cendres de la cheminée comme engrais et le purin d'orties pour repousser les bestioles sans pesticide. Ça me servira sûrement dans quelques années, quand Aiden et moi on aura une maison avec un grand jardin et un potager magnifique. Aiden rêve de vivre en autarcie et de faire pousser tout ce qu'on mange. Elle a même déjà fait des recherches pour savoir comment cultiver du chocolat. Elle sait que c'est la condition sine qua non pour que je sois partante.

Il faisait froid cet après-midi, mais le soleil tapait fort. Babar portait son chapeau de paille pour ne pas trop bronzer. La société philippine dans laquelle elle a grandi considère que seule une peau blanche est belle. Sa grand-mère lui disait même de se laver avec du savon blanchissant pour être plus jolie. Ici, les Japonais appellent ça *bihaku*, « la beauté par la blancheur ». C'est drôle comme les humains ont des goûts qui diffèrent selon les endroits. Chez moi, les filles font des UV et se mettent de la crème bronzante pour être les moins blanches possible.

Après le jardinage, on s'est tous réunis dans les toilettes parce que Babar voulait absolument qu'on voie quelque chose. J'ai supposé que c'était pas une bonne nouvelle. C'est rare de voir un truc aux toilettes et d'en ressortir grandi.

Le quelque chose, c'était des traces de caca dans la cuvette.

« Qui a fait ça ? » Babar a demandé.

J'ai pas trouvé ça très habile. Au lycée, quand quelqu'un faisait une bêtise en classe, le prof demandait au coupable de venir se dénoncer dans son bureau après les cours. Ça évitait l'humiliation publique et ça augmentait les chances que le coupable se dénonce.

On n'a pas tous réagi de la même façon. Moi, j'ai dit « Beurk ». Zenos est resté impassible. Koji a rougi. Yuki et Soo-jin ont fait la grimace. Lubin a rigolé, et il a fait remarquer que Koji avait rougi.

Pour ne pas humilier Koji, Babar a juste procédé à une démonstration en s'emparant de la petite brosse par terre à côté de la cuvette. Elle a dit que ça s'appelait une brosse à toilettes, que ça avait été inventé en 1932 et que c'était justement là pour éviter aux traces de caca d'indisposer les autres, et merci de s'en souvenir. Quant à Zenos, il a tenu à rappeler à tout le monde que quand on mange correctement, le caca est parfait, normalement il n'y a même pas besoin de papier, ni de brosse à toilettes. Selon lui, c'est pour ça que les tout premiers hommes n'avaient pas ce matériel, ils mangeaient seulement des fruits et des feuilles et ils produisaient « des excréments non salissants ».

Le jardinage et le stress psychologique d'une cuvette de toilettes souillée m'ont épuisée, alors en début de soirée, je suis allée prendre un bain. J'ai facetimé Aiden depuis la mousse. Ça ne s'est pas très bien passé. Elle avait du travail, et je sentais qu'elle n'avait pas la tête à parler avec moi. Je lui ai proposé de la laisser, mais elle a insisté pour continuer, et plus on a continué, moins c'était bien, plus je me sentais sale à l'intérieur, et à la fin j'ai regretté de l'avoir appelée. Dans une relation longue distance, il faut faire attention à ne pas accumuler ce genre de moment où on se sent sale à l'intérieur.

Pour oublier tout ça, je suis allée au lit pour lire *La Planète des singes*, le troisième roman que mon père avait glissé dans ma valise.

Alors que j'étais scotchée aux mots de Pierre Boulle narrant les aventures d'Ulysse Mérou, on a frappé à ma porte. J'étais tellement plongée dans mon livre, j'ai eu peur qu'un orang-outang vienne me chercher par la peau des fesses pour me jeter dans une cage.

Mais c'était pas un méchant singe, c'était Soo-jin, dans son habituelle grenouillère jaune, une peluche à la main. Son visage portait une expression que je commençais à connaître. Le deuil ne semble pas se dérouler en cinq étapes, comme tellement de trucs fromageux le racontent, mais plutôt comme une sinusoïde. Parfois, Soo-jin sourit joyeusement, et puis une heure après, on a l'impression qu'elle se lesterait bien les jambes avant de sauter à l'eau. Le visage qu'elle avait sur le pas de ma porte, c'était un visage de bas de sinusoïde.

J'ai foncé retrouver ma couette en grelottant, laissant la porte ouverte pour l'inviter à entrer.

Elle est venue s'asseoir sur mon futon, à côté de moi. On s'est souri. J'étais contente de la voir. Sa compagnie provoque toujours une amélioration de la qualité du moment que je suis en train de vivre.

J'ai pris sa peluche entre mes mains. Un petit pingouin avec un casque et des lunettes de pilote. On peut se demander pourquoi une fille de vingt-trois ans, vingt-quatre en Corée, se balade avec une peluche à la main, mais je suis sûre qu'elle représente quelque chose pour elle, comme la zombee représente quelque chose pour moi. Si je devais parier, je dirais que c'était un cadeau de son père.

« *What's his name ?* » j'ai demandé en montrant le pingouin.

« *Name Pororo.* »

« *Pororo ?* »

Elle a hoché la tête.

« *He's a penguin* », j'ai dit.

« *Hai. Penguin.* »

« *Kawaii.* »

Soo-jin a pointé du doigt la zombee sur ma couette. Je l'avais rapportée à Aiden quand j'étais allée en Californie, mais elle m'avait dit de la conserver jusqu'à ce qu'on se retrouve pour de bon. Elle l'avait gardée près d'elle pendant cinq jours exprès pour réactiver son odeur dessus.

« *Kawaii* », Soo-jin a dit.

« *Zombee* », j'ai répondu.

« *Zombie ?* »

« *Zombeeeee.* »

Après lui avoir rendu Pororo, je me suis demandé si les cheveux de Soo-jin étaient suffisamment longs pour faire une queue-de-cheval. J'ai attrapé l'élastique à mon poignet et je me suis mise à genoux devant elle. J'ai passé les mains dans sa chevelure. Surprise, elle m'a laissée faire.

Les cheveux de devant ont refusé de se joindre à la fête, mais j'ai réussi à faire une toute petite queue-de-cheval, adorable. Elle a passé la main derrière sa tête pour la sentir. Elle a souri, puis elle m'a rendu l'élastique et elle a secoué la tête plusieurs fois pour redonner à ses cheveux leur allure libre et imprévisible.

Elle a eu l'air timide, tout à coup, comme si elle hésitait à me demander quelque chose. Elle a ramené une mèche derrière son oreille décollée en baissant les yeux.

« *Sleep ?* » elle a demandé.

« *Huh ? Yeah, I'm going to sleep.* »

Elle a levé la tête.

« *Sleep… with you ?* »

Alors ça, ça ne me paraissait pas être une bonne idée du tout. Mais Soo-jin était en bas de la sinusoïde. Je n'ai pas eu le cœur à la renvoyer dans sa chambre. J'ai rabattu la couette pour lui faire une place, puis j'ai laissé tomber mon livre et j'ai éteint la lumière, laissant juste ma veilleuse orange habituelle près de la porte.

C'était pas une très bonne idée, certes, et pourtant, je ne pouvais pas m'empêcher de me sentir mieux, maintenant qu'elle était là. Je savais que j'allais passer une meilleure nuit. Une nuit tendre et douce pleine de chaleur, pendant laquelle je n'aurais pas besoin de me relever pour aller marcher.

J'étais bien décidée à garder mes distances, mais Soo-jin a soulevé mon bras pour se glisser en dessous.

Mon ventre a fait des nœuds. C'était plus ou moins légal. Mais plutôt moins que plus.

Onsen

Mercredi 8 février

Je me suis peut-être trompée sur Lucien depuis le début. J'ai cru qu'il était ange gardien architecte de vie. Et si son vrai job, c'était diable destructeur d'existence ? Je commence à me poser la question.

Ce soir, j'ai nettoyé les vitres de la véranda avec Babar. Sur du Bob Dylan, on a papoté en astiquant. Babar m'a demandé si tout allait bien dans ma vie. Je lui ai avoué que depuis quelque temps, je me sentais tendue. J'ai des sautes d'humeur, je suis fatiguée, je ne parle plus assez à Aiden, et je m'impatiente quand mes élèves confondent le R avec le L (et ne me parle pas de celui qui m'a dit qu'il adorait les élections, je ne suis toujours pas sûre de ce qu'il voulait dire).

« Tu sais ce que je fais quand je suis tendue ? elle m'a dit. Je vais dans un *onsen*. »

Un onsen est un bain thermal japonais dont l'eau provient d'une source volcanique naturelle, contrairement au *sento,* qui utilise de l'eau du robinet. Personnellement, je les avais toujours évités, l'un comme l'autre, parce que l'idée de barboter nue au milieu d'un bassin avec des inconnues ne m'excitait pas trop.

Mais Babar m'a vanté les mérites de l'eau magique qui calmerait mon corps et apaiserait mon âme. Je me suis dit que ce serait idiot de quitter le Japon sans avoir apaisé mon âme, alors j'ai accepté de l'accompagner dans son onsen préféré dans l'arrondissement de Bunkyō.

On est parties après le dîner. J'ai mangé léger exprès, parce que quitte à me mettre nue devant plein d'inconnues, autant pas le faire avec un gros bidon.

Il faisait déjà nuit. De la vapeur blanche s'échappait de nos bouches quand on exhalait. Ça m'a rappelé mon enfance, quand j'attendais le bus jaune tôt le matin pour aller à l'école primaire et que j'étais amoureuse de Rudy, qui prenait le bus avec moi. Rudy avait un gros grain de beauté juste au-dessus de la lèvre, et des cheveux comme John Lennon. Rudy ne savait pas que j'existais. Je soufflais beaucoup de vapeur blanche exprès, mais il ne la voyait pas, cet imbécile. Qu'est-ce qu'il a raté. J'aurais été la petite copine de neuf ans la plus incroyable qu'il aurait jamais eue.

Dans le métro, Babar a pianoté sur son iPhone. Ce qu'elle écrivait allait s'avérer fondamental, venant bouleverser l'équilibre de ma vie, mais à ce moment-là, je ne le savais pas encore.

Lorsqu'on est arrivées dans les vestiaires, toutes les femmes circulaient nues et nous dévisageaient en passant, surtout moi.

J'ai pris une bonne inspiration et je me suis dévêtue, nerveuse. Après avoir enfoui mes vêtements dans mon casier, je me suis retournée pour faire face à Babar. Elle s'est marrée quand elle a vu que mes yeux faisaient tout pour rester sur son visage.

« Tu peux mater, je m'en fous ! »

Alors, j'ai réalisé un truc qui jusque-là m'avait échappé : Babar pensait être nue avec une fille qui aime les filles. Elle imaginait que peut-être, je la regardais différemment d'une simple copine. Pourtant, je la voyais exactement comme ça, comme une copine.

Elle a recouvert le tatouage sur son poignet d'une petite bande adhésive.

« Fais voir ? » elle m'a dit en me faisant me tourner.

Elle a inspecté le tatouage au-dessus de mes fesses.

« Il est fabuleux, elle a dit en rigolant. Je t'en mets une aussi ? Sinon on risque encore de se faire jeter parce qu'on est des yakuzas. »

« Vas-y. »

Une seule ne suffisait pas. Babar a collé trois bandes adhésives sur le bas de mon dos avant de m'inviter à la suivre.

« On ne prend pas les serviettes ? » j'ai demandé.

J'avais espéré pouvoir me cacher derrière la mienne, au moins jusqu'au bassin.

« Personne ne fait ça, tu te sentirais bête », Babar a dit.

Bien vu, mais je me sentais déjà bête. J'ai hésité à siffloter pour me donner un air détendu. Et puis je me suis souvenue que je ne savais pas siffloter.

Après avoir traversé un sas, on est arrivées dans des douches où il fallait se laver avant d'accéder aux bassins. Bonne nouvelle pour se sentir à l'aise, il y avait des miroirs partout ! Les robinets étaient près du sol, avec des tuyaux bien trop courts pour atteindre ta tête si jamais tu te mettais debout. En fait, il fallait s'asseoir sur un petit tabouret, remplir la bassine d'eau qui était à côté, et se laver avec. Heureusement que Babar était là pour m'expliquer, sinon futée comme je suis, j'aurais essayé de me laver allongée.

Pour rejoindre l'eau volcanique ensuite, on a dû marcher

une cinquantaine de mètres à découvert. Toutes les autres femmes étaient déjà dans l'eau. J'ai eu l'impression d'être un cerf aveuglé par les phares d'une voiture sur le point de l'écraser. Babar m'avait prévenue que je risquais d'attirer les regards, d'abord parce que j'étais occidentale, et aussi parce que j'avais « une belle poitrine ». Selon Babar, les Japonaises n'ont pas l'habitude des seins comme les miens. J'ai une poitrine exotique ?

On regardait mon visage, on s'attardait sur mes seins, on contemplait mes hanches, on était curieuse de mes proportions et, j'en suis sûre, de mes choix épilatoires. J'ai pensé en anglais : « Prenez une photo, ça durera plus longtemps ! »

J'ai soupiré de soulagement en m'immergeant dans l'eau. Elle était chaude et je la sentais pure, riche et régénératrice. Ou peut-être que c'était juste dans ma tête, parce que Babar me l'avait dit.

Sur ses conseils, j'ai laissé l'eau m'envelopper, me pénétrer et me débarrasser de tout ce qui pesait sur ma tête et sur mon corps. Après quelques minutes, j'ai atteint un état proche de la lévitation. Un flottement mental et physique. Jusqu'au moment où j'ai ressenti un choc. Un coup de tonnerre, qui a frappé au moment où j'ouvrais les yeux.

À vingt mètres de là, Yuki et Soo-jin se dirigeaient vers nous. Dans le métro, Babar leur avait écrit pour les inviter à nous rejoindre, parce qu'elle savait qu'elles jouaient au badminton pas loin. Elle n'avait pas jugé utile de me le dire. Pourtant, à mon humble avis, ça aurait été hyper utile. J'aurais pu me préparer à me retrouver nue face à elles aussi.

Comme Babar, Soo-jin et Yuki avaient l'habitude des bains publics et ne semblaient pas ressentir la moindre once d'embarras. Nues, elles avançaient avec assurance. Yuki a levé la main pour nous faire coucou, comme si on était dans la rue. Son corps n'était pas comme je l'avais imaginé. Elle était maigre, ses côtes visibles. Je me suis sentie boulotte en comparaison. J'aurais donné n'importe quoi pour être une carpe koï et disparaître avant qu'elles ne me voient.

J'ai tourné la tête et j'ai fait mine d'avoir vu quelque chose que je souhaitais inspecter un peu plus loin. Dans ma tête, c'était un bébé licorne qui valait drôlement le détour. En vrai, c'était un mur qui valait drôlement rien du tout.

Elles sont entrées dans l'eau. Soo-jin a regardé vers moi. Je lui ai fait un signe. J'ai essayé de dissimuler mes formes avec mes bras, tentant maladroitement de prendre une position naturelle. L'image d'elle en train de marcher nue me revenait sans cesse en tête. Ses formes flashaient dans mon esprit.

Plus tard, quand Soo-jin ne regardait pas, je ne pouvais pas m'empêcher d'observer son corps, flou, à travers l'eau magique. J'étais comme une enfant qui vient de trouver un magazine pour adultes dans le grenier de son grand-père. Malgré la culpabilité qui me piquait les côtes, je peinais à détourner les yeux. Soo-jin était esthétique, gracile, à la fois fragile et délivrant autour d'elle des émanations de confiance absolue. C'était à mon tour de regarder son visage, de m'attarder sur ses seins et de contempler ses hanches. Son ventre plat. Sa peau hâlée. Ses yeux en amande. Ses satanées oreilles qui dépassaient de ses cheveux noirs mouillés.

Fucking Lucien.

Love

Jeudi 16 février

Je viens de finir de lire *Le Banquet* de Platon. C'est ma mère qui me l'a conseillé l'autre jour, quand je lui ai dit que je me posais plein de questions sur la vie et sur l'amour. Sur les relations longue distance. Sur les sentiments qui prennent la poussière.

Dans ce livre, le personnage d'Aristophane a une théorie sur l'amour. Selon lui, les êtres humains originaux étaient jadis des sphères avec quatre bras, quatre jambes, deux visages, et deux sexes. Il y en avait trois catégories : les mâles, constitués de deux moitiés mâles, les femelles, constituées de deux moitiés femelles, et les androgynes, constitués d'une moitié mâle et d'une moitié femelle.

Un jour où ces êtres humains bizarres ont décidé d'attaquer Zeus sur le mont Olympe pour prendre sa place et qu'ils ont raté leur coup, Zeus a décidé de couper tous ces idiots en deux pour se venger. Les mâles se sont retrouvés deux mâles, les femelles deux femelles, et les androgynes un mâle et une femelle. Pour tous ensuite, le but de la vie est devenu de retrouver leur autre moitié.

Aiden ne croit pas à l'âme sœur. Elle dit que c'est fait pour promouvoir les sites de rencontres sur le Net. Moi, je suis peut-être naïve, mais j'y crois. J'aime pas trop le mot, je trouve qu'il est fromageux, mais j'aime l'idée d'Aristophane et sa définition de l'amour. Un besoin fondamental et constant d'être entier. À travers l'autre, une quête d'un nouveau soi, plus complet.

J'aime d'autant plus cette histoire qu'elle laisse la place à tout le monde. Garçon qui aime garçon, fille qui aime fille, fille qui aime garçon. Au-delà des étiquettes et des cartes d'adhérent, juste des moitiés qui se cherchent.

The Great Diversion

Mardi 21 février

J'aime bien rentrer à la maison après la fac parce que je ne sais jamais qui je vais y trouver, ce qu'ils seront en train de faire, et ce qu'ils auront à raconter. Une chose est sûre, je n'aurais jamais pu deviner ce que Koji allait me dire quand je suis rentrée aujourd'hui.

« Un fou s'est échappé de l'asile. »

Le fou en question était pensionnaire de l'hôpital psychiatrique de Kamikitazawa. Sa spécialité, quand il était encore en liberté ? Entrer dans des maisons pour « repeindre les gens dans la couleur de Dieu ». Je me suis demandé ce que c'était, la couleur de Dieu. Blanc, pour un être divin, ça serait fromageux. Jaune, on ne le prendrait pas au sérieux. Rouge, déjà pris par un collègue à lui, et noir, le symbole allait dans le mauvais sens. Mauve ? Mauve, ça me paraissait approprié à la majestuosité de l'être tout en projetant une certaine humilité.

En attendant que le fou soit repêché par la police, on a décidé de se barricader. À part Lubin qui était à Hong Kong, on était tous rentrés quand on a appris la nouvelle, alors on a fermé le portail et la maison à clé, on a décidé de ne plus sortir les poubelles jusqu'à nouvel ordre, Koji a dit qu'il fumerait ses cigarettes sur le balcon à l'étage, et on a laissé les informations locales en continu sur un ordinateur dans le salon pour être avertis quand on pourrait se détendre un peu.

Après le dîner, je me suis installée dans la véranda avec Zenos. Tous les deux, on avait décidé de s'essayer à un truc nouveau : lui passait de la peinture à la sculpture, et moi, je passais de mon blog à la fiction, une petite histoire faite d'aventures épiques et de péripéties fantastiques. Je n'arrêtais pas de relever la tête pour regarder par les vitres de la véranda au cas où quelqu'un serait tapi derrière un arbre dans le jardin avec un pot de peinture mauve.

« Tu sais qu'on fait la même chose, toi et moi ? » Zenos m'a demandé.

« Comment ça ? »

« Écrire, peindre, sculpter… »

« On fait de l'art, tu veux dire ? Parce que moi je fais pas de l'art, j'écris juste une histoire un peu marran… »

« Non. On fait diversion. »

« Je comprends pas. »

« Tout est diversion. Créer est diversion. Travailler est diversion. Aimer est diversion. »

« Aimer est diversion ? »

« Bien sûr. L'amour est la grande diversion. Être amoureux, se marier, faire des enfants… La nature a mis l'amour sur notre chemin pour qu'on ne pense plus à l'absurdité de nos conditions, au fait qu'on ne sait pas ce qu'on fait ici, et à la mort qui nous attend. C'est pour ça que beaucoup de gens angoissent à l'idée d'être seuls. Ils sentent que s'ils n'ont pas l'amour pour faire diversion, ils vont devoir se pencher sur ce qui les attend vraiment. C'est ce qui arrive quand on perd quelqu'un. »

« L'illusion s'arrête… »

« Exactement. Pendant quelque temps, on se souvient. »

« Hey, t'as entendu ? »

Je voulais lui faire croire que le fou était là, mais ma blague a complètement foiré, parce que plutôt que de se retourner paniqué comme il l'aurait dû, Zenos s'est retourné calmement.

« Quoi ? » il a demandé.

« Non, rien. »

Un peu plus tard, à l'initiative de Babar, on a regardé *Into the Wild* sur l'écran géant avec Yuki, Koji et Zenos. Et alors que la fin du film approchait, tout s'est soudainement éteint dans la pièce. On s'est retrouvés dans le noir.

« Êêêêêêêêh ! » Yuki s'est exclamée.

« Personne ne bouge, Babar a dit. Et personne ne panique. Et tout le monde reste groupé. »

« Dis pas trop de trucs en même temps, j'ai répondu. Imagine si on se mélange les pinceaux, que tout le monde panique et que personne ne reste groupé. »

« C'est pas le moment de rigoler ! elle a dit. C'est peut-être le fou qui a coupé l'électricité avant de venir nous attaquer. »

« Il n'attaque pas les gens, Zenos a fait remarquer. Il les peint. »

« Ouais, j'ai dit. En mauve. Enfin, je crois. »

« Peut-être qu'il était déjà là et qu'on s'est enfermés avec lui », Koji a dit.

Lui et Yuki ont allumé la lumière de leur iPhone pour éclairer autour de nous.

« Les fusibles sont au sous-sol, Babar a dit. Qui vient avec moi ? »

Zenos s'est porté volontaire. Il a été décidé que je resterais avec Koji et Yuki.

« Fais gaffe, j'ai dit à Zenos. Il risque de s'attaquer au leader du groupe… ou à ceux qui l'accompagnent… »

Pendant qu'ils descendaient, je suis allée chercher quelques bougies dans la chambre de Zenos avec Koji et Yuki et on les a disposées un peu partout dans le salon. Ensuite, j'en ai pris une avec moi et je me suis dirigée vers le sous-sol dans l'espoir de réussir ce que je n'avais pas réussi plus tôt : faire peur à Zenos.

« Qu'est-ce que tu fous ? Koji a demandé. On devait rester groupés. »

« Ça ira, j'ai dit. J'ai pris un cours de self-défense une fois. Faut juste viser les coucougnettes. »

Dans le hall, je suis tombée sur Soo-jin qui descendait voir ce qui se passait.

Quand elle est arrivée au bas des escaliers, j'ai tenu la bougie entre son visage et le mien, éclairant ses traits ravissants d'une jolie couleur chaude. Ses yeux ont parcouru mon visage. Ils se sont posés sur mes lèvres, et j'ai repensé à ce qu'avait écrit Aiden dans Bleue. Est-ce que Soo-jin voulait m'embrasser ?

L'attirance que j'ai ressentie pour elle à ce moment-là, c'était troublant. Non, c'était plus que troublant, c'était dérangeant. Ça dérangeait mon corps et ma tête de ne pas l'embrasser.

Tu ne sais rien d'elle, je me suis dit. Elle ne parle même pas ta langue. Ça n'a aucun sens, elle n'est pas le quart du tiers du millième de ce que représente Aiden pour toi. Alors tu l'oublies et tu vas faire quelque chose qui a du sens, tu vas faire peur à tes colocs en bas.

J'ai continué ma route vers le sous-sol, un peu bouleversée, tentant maladroitement de me convaincre que ce genre de moment finirait par disparaître.

J'ai soufflé sur ma bougie en entendant les voix de Babar et Zenos. À une dizaine de mètres devant moi, le visage éclairé par la lueur qui émanait de leurs téléphones, ils essayaient de trouver le fusible qui avait peut-être ou peut-être pas sauté.

Je me suis approchée sur la pointe des pieds, méfiante. Je me disais que si je leur faisais vraiment peur, ils auraient peut-être une réaction excessive et me donneraient un coup de poêle à frire sur la tête, comme dans les vieux dessins animés.

Si j'écrivais un roman, j'inventerais un truc à suspense. Genre je leur fais peur, ils m'en veulent, ensuite ils me pardonnent, tout le monde rigole, on pense que c'est terminé, et puis on voit une ombre passer derrière nous, tenant ce qui ressemble à un pot de peinture. Tu retiens ton souffle, c'est la fin du chapitre, et même si tu avais prévu d'aller dormir après celui-là, tu es obligée de continuer parce que tu as trop envie de savoir, et finalement tu t'endors en faisant des tas de cauchemars.

Mais comme j'écris la vraie vie et que je te dis toujours la vérité, je suis obligée d'admettre que ce qui s'est passé est un peu moins glorieux. J'ai trébuché sur une batte de baseball et je me suis lamentablement affalée sur un bac rempli de baguettes et de bols qui s'est vidé par terre en faisant un raffut terrible.

Je me suis fait mal, mais en fin de compte ça valait la peine parce que Babar a hurlé et que Zenos a attrapé un balai et l'a brandi devant lui en demandant qui était là. Ils ont tous les deux cru que j'étais le fou.

C'est ce qu'on appelle réussir une blague par inadvertance.

Midnight Demons

Vendredi 24 février

À quinze ans, je ne me rendais pas compte quand je faisais une bêtise. Aujourd'hui, je le sais, mais ça ne change rien. L'expérience, à vingt ans, c'est se rendre compte qu'on va faire une bêtise, mais décider de la faire quand même.

Ce soir, je suis sortie dans un izakaya à Baba avec des copains de fac pour fêter le début des vacances. Pas Babar, hein, Baba. C'est le diminutif de Takadanobaba, un quartier proche du campus propice aux sorties improvisées.

Je m'étais promis de ne plus boire d'alcool pour éviter les ennuis, mais mes collègues de fac japonais sont si généreux quand il s'agit de me payer à boire, c'était difficile de refuser. Les Japonais adorent l'alcool. Ils aiment mettre le *tatemae* de côté et libérer le *honne* pour la soirée, un truc qu'ils ont du mal à faire sans potion magique, un peu trop écrasés sous le poids de leur culture et de leur éducation.

L'alcool m'aidant à parler à des inconnus sans que mon ventre ne se torde, je suis devenue copine avec un sumotori mongol. Lui, il buvait pour noyer son chagrin d'avoir dû prendre sa retraite. Il aurait voulu continuer, mais sa calvitie le rattrapant, il ne peut plus se coiffer comme le veut la tradition, du coup les hautes instances du sumo ont pris une décision ferme et irrévocable et elles lui ont demandé de se retirer. Moche !

Lorsque je suis arrivée à la maison un peu avant minuit, le salon avait été transformé en discothèque par mes colocs, qui avaient invité quelques amis. Zenos tenait une grande canette de bière japonaise Kirin dans chaque main. Il buvait tantôt de l'une, tantôt de l'autre. Assise en tailleur sur la table de la véranda, Babar faisait des tours de magie avec des cartes pour trois garçons occidentaux. Lubin, lui, parlait avec deux jeunes femmes japonaises à côté du piano. Elles riaient beaucoup, en faisant « Êêêêêêêêh ! ». Koji et une nouvelle copine à lui, Cookie, étaient en train de sniffer une ligne orange sur la table basse. Cookie est une *halfie*, comme moi et Koji. Mi-néerlandaise, mi-japonaise. Elle est souvent à la maison en ce moment. Je me demande s'ils couchent ensemble. J'aurais bien demandé au *Fuck Detective*, c'est dommage que ça soit Koji, il n'enquête pas sur ses propres crimes.

La ligne orange, c'était de l'Adderall, une amphétamine prescrite pour les difficultés de concentration. Aux États-Unis, beaucoup d'étudiants en prennent en douce pour booster leurs révisions avant les examens. Quand on a des problèmes de concentration, l'Adderall aide à être « normal ». Mais quand on n'a pas de problèmes, il provoque des effets un peu similaires à la cocaïne. J'avais déjà vu des comprimés circuler dans les dortoirs à Columbia, mais Koji et Cookie étaient les premiers que je voyais en sniffer.

Quand Lubin m'a vue, il m'a demandé si j'avais déjà assisté à une fête française. Avant que j'aie pu répondre, il a lancé une chanson sur laquelle tout le monde s'est mis à danser.

« C'est typique ! il s'est exclamé. On la passe à chaque fois ! »

Il m'a prise par la taille. Amusée par la mélodie entraînante et par l'enthousiasme qui régnait dans le salon, j'ai posé mes mains sur son dos pour danser avec lui. Lubin et moi étions les seuls à comprendre les paroles. *J'ai besoin… de trouver quelqu'un, j'veux pas dormir… je cherche un peu de chaleur, à mettre dans mon cœur… Ils m'entraînent… au bout de la nuit… les… démons de minuit…*

Lubin me regardait différemment de d'habitude. À la façon dont ses mains me touchaient, à la manière dont ses yeux parcouraient mon visage, et parfois mon corps quand il pensait que je ne regardais pas, j'ai senti qu'il était attiré par moi. Il m'a dit à l'oreille que j'étais belle « ce soir », et que quand on me voyait sourire, on devinait que j'étais française. Je ne suis pas sûre de ce que ça voulait dire. Moi, je n'étais pas attirée par lui. Pas parce que c'était un garçon, juste parce que c'était Lubin.

Pendant qu'on dansait, je regardais Soo-jin du coin de l'œil. Assise sur le canapé, elle discutait avec un garçon japonais, ou peut-être coréen. Il avait un rire porcin. Tu connais ? C'est rare, j'ai rencontré deux ou trois personnes dans ma vie qui avaient un rire porcin. Je me demande s'il y a des cochons qui rigolent d'autres cochons parce qu'ils ont un rire humain.

Parfois, Soo-jin reculait son visage parce que celui de l'autre était trop près. Elle ne passait pas un bon moment. J'ai laissé Lubin pour aller à sa rescousse. Je me suis assise entre eux. J'ai passé mon bras autour de son cou, et on a échangé un regard complice.

Isolé, le garçon a fini par partir, penaud. Et moi, je me suis sentie en danger. Mélangée à l'alcool, la musique qui remplissait mes oreilles me rendait aventureuse et me donnait envie de folie. La main de Soo-jin était proche de la mienne. Et ses yeux… Je crois bien que cette fois, elle avait vraiment envie que je l'embrasse.

Sa main s'est posée sur ma cuisse. J'ai ressenti une cascade de sensations pas très légales. Je la voulais là, sa main, sur ma cuisse, je l'y trouvais parfaitement à sa place, et c'était pas normal.

Alors, j'ai fait ma bêtise.

Je suis remontée dans ma chambre, et j'ai facetimé Aiden.

Quand son visage est apparu sur mon écran, je me suis sentie coupable.

« Tu as bu l'alcool », elle a dit en français.

« Comment tu le sais ? »

« C'est ton visage *tipsy*. Comment dit-on *tipsy* ? »

« Euh, je suis pas sûre. »

J'ai avalé ma salive. Je commençais à me dire que j'avais fait une erreur. Qu'est-ce que j'allais lui dire ? Et en quoi ça allait m'aider ? En rien. C'était ça, la réponse. En rien du tout.

« Puce ? »

« Je… »

« Tout est bien ? »

« Oui. Oui. Je… Je sais pas. J'avais envie de te parler. J'aurai l'argent pour venir te voir bientôt. »

« Ah, super. Mais il faut que tu vas devant le Sensō-ji le 24 mars à cinq heures de l'après-midi, oui ? »

« Oui oui, j'ai pas oublié, je serai de retour avant. »

« Je suis très désolée, quand j'ai préparé la surprise, je pensais je serais à Tokyo avec toi. Mais tu ne vas pas regretter. Je promets. »

« C'est quoi la surprise ? »

« Je t'ai déjà dit, c'est le vrai cadeau de Birthmas Day. »

Je me suis sentie encore plus coupable. J'avais l'impression de lui mentir. Depuis quelques jours, mes pensées me gênaient, m'alourdissaient, et je ne les partageais qu'avec… toi. Et toi, pardon, je t'adore, mais on ne peut pas dire que tu sois une entité hyper concrète de ma vie.

« *What's going on ?* »

Aiden laissait tomber le français. À mon visage crispé, elle avait compris que je ne l'appelais pas pour parler de mon voyage. Alors moi aussi, j'ai parlé anglais, et j'ai dit un truc que neuf filles sur dix n'auraient pas dit à leur copine. C'est comme ça. Je m'appelle Capucine, et je fais des trucs que neuf filles sur dix ne feraient pas. C'est pas une fierté, au fait, c'est un regret.

« Je suis attirée par Soo-jin », j'ai dit.

La phrase était à peine sortie de ma bouche que déjà, je réalisais à quel point elle allait faire du dégât. J'aurais dû en parler à Sara, à mes parents, à mon chien, aller voir un psy, mais pas le dire à Aiden. Fichu alcool. Je veux pas l'utiliser comme excuse pour tous les trucs idiots que je fais, mais je suis à peu près sûre que sobre, j'aurais jamais fait ça.

« Okay, elle a dit, refroidie. Pourquoi tu me dis ça ? »

« J'en sais rien. »

« Tu as envie d'être avec elle ? »

« Non. »

Elle a froncé les sourcils.

« Ta bouche dit non, mais ton visage dit oui. »

« Je crois que c'est parce que tu es loin et qu'on ne s'est pas vues depuis longtemps. C'est la faute de la relation longue distance. »

Aiden a levé les yeux au ciel. Elle fait pas ça souvent, et heureusement, parce que dans ces cas-là, je me sens vraiment laide.

« Qu'est-ce que tu attends que je te réponde, exactement ? » elle a demandé.

« Tu n'as pas été attirée par une autre fille depuis que tu es en Californie ? »

« Non. »

C'est bizarre, une réponse qui t'apporte autant de soulagement que de déception.

« Écoute, Aiden a dit. Tu vivais dans un rêve. Tu disais

que j'étais une exception, moi j'ai toujours pensé que si tu m'aimais, tu pouvais aimer d'autres filles. »

« Je ne l'aime pas. »

« Peu importe. »

« Comment ça, peu importe ? Beaucoup importe ! »

« Elle est dans ta tête. »

« Non. »

« Pourquoi tu baisses les yeux ? »

Je l'ai regardée dans les yeux. Mais j'ai pas réussi à répéter mon non. J'aurais jamais cru ça possible. Soo-jin s'était glissée dans mon esprit, et je n'arrivais pas à balayer son image d'un revers de main comme il aurait fallu que je le fasse.

« Ça arrive de douter, j'ai dit. Toi aussi tu doutes, parfois. »

« Pas de nous. Je n'ai pas envie de me poser des questions sur toi et Soo-jin tous les jours. Tu ne peux pas me faire ça. »

J'ai soupiré en réalisant que ce que je venais de faire était irréversible. J'avais implanté tout un tas d'images dans la tête d'Aiden qui ne disparaîtraient pas, des images coupantes qui la feraient grimacer à chaque fois qu'elle y penserait. En une seule conversation, j'avais réussi à fissurer le truc le plus solide que j'avais jamais eu de ma vie.

« Je peux déménager », j'ai dit.

« Ça ne marche pas comme ça. »

Un sentiment de trop-tard commençait à me terroriser. Aiden était en train de se distancer de moi. Son passé, ses peurs, tout ce qui l'avait toujours rendue anxieuse à notre sujet, je venais de l'exacerber. Je la sentais qui s'éloignait déjà.

« Tu sais pourquoi je t'avais donné le joker ? elle a demandé. Pour que tu ne passes pas ta vie à te poser des questions. Je ne voulais pas que tu aies décidé que j'étais ton exception, ton "âme sœur", et qu'à cause de ça, dans vingt ans tu aies des regrets en comprenant que peut-être tu voulais autre chose pour ta vie. »

« Pourquoi tu me dis ça ? »

« Parce que si tu te demandes ce que ça fait d'être avec une autre fille, ça va te hanter. »

« Dis-moi ce que tu veux que je fasse. »

« Je veux juste être avec toi. Je veux être avec la Puce que j'ai rencontrée. Je te trouvais bizarre depuis quelque temps, je commençais à me demander ce qui t'arrivait. Je comprends mieux, maintenant. Mais je ne veux pas me demander si tu penses à quelqu'un d'autre quand tu es avec moi. Je mérite mieux que ça. »

J'ai commencé à pleurer.

« Puce… »

« Quoi ? » j'ai reniflé.

« Ça t'est déjà arrivé ? »

« De quoi ? »

« De penser à elle pendant qu'on parlait. »

Les larmes se sont mises à couler plus vite et plus fort, et je suis restée muette. Aiden était défaite. Elle avait l'air malade. J'ai senti qu'elle allait bientôt raccrocher. Derrière la couche d'alcool qui recouvrait mes pensées et me plongeait dans un état anesthésique étrange, j'étais effondrée.

« Tu m'en veux ? j'ai demandé. Tu as l'air en colère. »

J'avais peur qu'elle me dise qu'elle était en colère, mais maintenant que je sais ce qu'elle m'a répondu, je donnerais n'importe quoi pour qu'elle m'ait dit qu'elle était en colère.

« Non… Je suis déçue. »

« Je voulais juste être honnête… »

« Tu es libre, fais ce que tu veux. »

Et elle a raccroché.

Emotion Nudist

Samedi 25 février

J'ai appelé Aiden dix fois pendant la nuit, sans jamais recevoir de réponse. J'avais envie de me mettre des claques. Je l'aurais bien fait, mais je suis douillette.

Ce matin, je n'avais pas la force de me lever. La pluie tombait encore.

On a frappé à ma porte. Je suis allée ouvrir en traînant les pieds. Soo-jin m'apportait un café. La pauvre, elle n'imaginait pas ce qui se passait dans ma tête, ni le fait qu'elle était la cause de tous mes problèmes. Et puis, ça lui aurait paru si dérisoire. L'homme qui l'avait mise au monde et accompagnée jusqu'à ses vingt-trois ans n'existait plus, ni dans ce monde, ni dans un autre. Que représentaient mes élucubrations sentimentales face à ça ?

Après avoir bu mon café à la hâte, j'ai fait mine d'avoir des choses à faire pour que Soo-jin s'en aille. J'avais pris ma décision : j'allais l'éviter, créer une relation longue distance avec elle pour que ce que je ressentais pour elle prenne la poussière à son tour. Ensuite, j'irais voir Aiden pour remettre notre couple à l'endroit.

En attendant, je ressentais un besoin de changement. Il fallait que j'efface les derniers jours de ma vie et que j'aille de l'avant. Pour ça, j'ai décidé de m'émanciper de ma condition de moi-même. Je suis allée chez le coiffeur.

J'avais peur de ne pas pouvoir expliquer ce que je voulais, du coup j'ai apporté des photos de Winona Ryder jeune, de Jacqueline Toboni, bref, de toutes les filles dont les choix capillaires me faisaient rêver.

On m'a présenté un coiffeur qui parlait un peu anglais. J'en ai profité pour lui demander de bien vouloir ne pas faire n'importe quoi avec ma tête parce que je n'en avais pas d'autre, d'avance merci.

« Faites-moi confiance », il a dit.

J'ai jamais compris cette phrase. La confiance, c'est comme les bonnes notes : ça ne se demande pas, ça s'obtient quand c'est mérité.

De mon carré classique coiffé flou et ma tendance à me faire une natte, je suis passée à une coupe pixie garçonne avec les pattes effilées. Une coupe féminine et pétillante.

Quand j'ai payé, les deux coiffeuses derrière le comptoir m'ont félicitée. Peut-être qu'elles faisaient ça pour tout le monde. Mais quand même. Je me suis sentie jolie, et curieusement, investie d'une force et d'une assurance un peu supérieures.

Malgré tout, tu sais comment c'est quand tu changes de coupe, en sortant du salon à Shinjuku, j'étais à la fois très excitée et très vulnérable.

J'ai pris le métro en direction d'Iidabashi. C'est là-bas, à l'Institut français du Japon, qu'Aiden se rendait pour son activité secrète. D'après les indications écrites derrière Jaune, j'avais deviné qu'une lettre orange m'y attendait.

Dans le tunnel du métro, j'ai entendu un groupe de garçons japonais prononcer le mot *kawaii* derrière moi. Je ne savais pas s'ils parlaient de moi. J'ai pris un bout du compliment, juste assez pour me rassurer. Je leur ai laissé le reste, au cas où il aurait été pour quelqu'un d'autre.

En pensant à Aiden et à la possibilité que peut-être notre conversation-catastrophe était le début de la fin pour nous, j'ai senti ma gorge se fermer, et mes yeux piquer. Je sais, je dois détenir le record mondial d'humidité optique, mais c'est comme ça. J'ai un petit corps et de grosses émotions, à un moment donné il y a un problème de place, c'est mathématique.

J'ai aperçu trois enfants qui riaient en me regardant de loin. J'ai eu une impression de déjà-vu. Et puis j'ai compris. J'ai compris pourquoi ces enfants riaient de ma tristesse. J'ai compris pourquoi d'autres enfants avaient ri, eux aussi, en me voyant pleurer après le départ d'Aiden. Il n'y avait pas de cruauté là-dedans. J'étais au Japon, je devais porter un masque de *tatemae*. Sur mes joues, c'était le *honne* qui coulait, et le *honne*, il se porte à l'intérieur. Mes émotions, innocentes, touchaient moins ces enfants que l'entorse faite à leur règle. Ils voyaient les larmes, pas ce qu'il y avait derrière. Ils réagissaient comme des enfants américains réagiraient en voyant un corps nu. Quelque chose qu'on est censé cacher.

Orange

Puce,

Tout à l'heure, nous avons baladé à Central Park. Tu as boudé un peu. Quand tu boudes, tu as un visage très adorable. J'ai honte de te dire, mais parfois, j'ai envie de te mettre en colère juste pour voir ton visage très adorable. C'est pas bien, hein ? Je suis d'accord. Peut-être quand tu sais ça tu vas bouder. J'espère je vais être là pour voir.

La raison que tu boudais à Central Park est que tu as dit des choses sur toi et moi et le futur, et je n'ai pas dit beaucoup en retour. Tu as pensé je suis moins impliquée que toi dans notre relation. Mais non. J'ai juste pensé c'est difficile de dire nous serons encore ensemble dans dix ans. Peut-être tu vas tomber amoureuse avec une autre personne, ou peut-être nous allons être séparées par les choses de la vie, nous ne savons pas. Tu as pensé que tu serais avec Ben toute la vie, ça n'a pas fonctionné. J'ai pensé que je serais avec Yuna toute la vie, ça n'a pas fonctionné. Tu n'aimes pas quand je dis des choses comme ça. Mais ça signifie juste tu es optimiste et je suis pessimiste. C'est pourquoi nous sommes une bonne équipe !

Parfois, je suis pessimiste et grâce à toi, je deviens optimiste. Je me souviens notre premier hiver à New

York, il faisait très froid et je suis tombée malade. Nous devions voir l'une l'autre le soir, mais je t'ai envoyé un message pour dire je suis très malade et c'est meilleur si nous ne voyons pas. Bien sûr, j'avais envie de te voir beaucoup, mais je ne voulais pas que tu devenais malade comme moi.

Pendant le soir, j'étais très misérable dans mon appartement. Je regardais le « Star Wars Rebels » et je toussais et je mouchais le nez tout le temps. Je pensais la vie est moche. J'étais très pessimiste.

Alors, tu as frappé à ma porte pour une surprise. Tu apportais le bouillon des légumes et la bouillotte pour moi. Tu as dit que tu allais passer la nuit avec moi pour que je me sentais meilleur.

Parce que j'étais contagieuse, nous n'avons pas pu toucher l'une l'autre. Nous avons allumé beaucoup de bougies. Tu t'es assise dans le canapé, et moi dans le lit. C'était super et c'était horrible dans le même temps parce que nous voulions être ensemble. Alors, j'ai parlé des choses que je voulais faire à toi quand je ne serais plus malade. Nous avons fermé les yeux et imaginé, et toi aussi tu as dit qu'est-ce que tu voulais faire à moi. Sur la chanson « Two Men in Love », mes mains sont devenues toi et tes mains sont devenues moi.

Toute la nuit après ça, nous avons parlé de nos enfances. Je t'ai dit à propos de Sidonie, mon amie imaginaire. Je lui écrivais des lettres car j'aimais les filles et j'avais peur que j'étais différente. Tu m'as expliqué que pour toi, tes amis imaginaires étaient dans les livres d'Enid Blyton et de Jules Verne et d'Antoine de Saint-Exupéry.

Pendant que nous parlions, j'ai dessiné qu'est-ce que tu sais. Je ne dis pas dans la lettre parce que c'est notre secret et tu es très la tête en l'air. Nous ne savons jamais, si un jour tu perds Orange, alors au moins notre secret est toujours notre secret.

J'ai fabriqué un avion de papier avec la feuille et je t'ai envoyé le dessin. Tu as dit il était fantastique et nous devrions faire des tatouages de ça pour nous souvenir cette nuit. J'ai pensé que c'était une blague, mais en fait tu as insisté et tu as été très sérieuse.

Quand le soleil est levé, tu m'as emmitouflée dans tes écharpes et tes bonnets pour me protéger du froid. Nous sommes allées ensemble chez la boutique de tatouages du frère de Haley dans le Queens. Nous n'avions pas dormi encore. Nous avons fait le tatouage toutes les deux, et nous sommes retournées chez mon appartement ensuite pour dormir. J'étais toujours malade, mais j'étais devenue très optimiste.

Je n'ai pas écrit à Sidonie depuis que j'avais quatorze ans. Mais maintenant, je veux lui écrire une fois de plus. Alors pardon, mais pour la dernière lettre de l'arc-en-ciel des lettres, j'écris une qui n'est pas pour toi, c'est pour Sidonie. Mais si tu veux, tu peux la lire aussi, je suis d'accord. Tu peux trouver la lettre pour Sidonie si tu retournes Orange.

Je te ouistiti,

Aiden

Molière Was Right

Dimanche 5 mars

Lucien est un bachi-bouzouk. Un bougre d'extrait de cornichon. Un zouave interplanétaire.

D'habitude, je trouve mes mots moi-même, mais ce soir, j'avais besoin du capitaine Haddock. Mon lexique manquait de profondeur pour exprimer l'étendue de ma frustration. Y'a pas à dire, Lucien aime disperser des peaux de banane sur le chemin de son humaine préférée.

Ce soir, j'avais accepté d'accompagner Zenos et Babar à un vernissage à Ebisu. Une idée pas brillante, car à l'intérieur de ma tête, le temps était maussade. Le genre de météo mentale qu'il vaut mieux passer enfermée dans sa chambre plutôt qu'à socialiser dans un endroit public.

Incapable de me concentrer sur les œuvres devant mes yeux, je ne pensais qu'à ma conversation-catastrophe avec Aiden. On avait échangé quelques messages depuis, mais on n'avançait plus. Tant que je n'aurais pas fait le ménage dans ma tête, j'étais incapable de redevenir la Puce avec qui elle voulait être, et de son côté, Aiden préférait prendre ses distances en attendant. J'étais censée aller la voir dans une semaine, mais je commençais à me demander si c'était une bonne idée.

Quand j'ai glissé sur la peau de banane de Lucien, je me tenais à côté de Babar, devant une toile abstraite colorée. On plaisantait sur le fait que l'artiste était un escroc qui avait fait gicler quelques gouttes de peinture sur une toile avant de la décréter sublime et renversante. Et c'est tout ce dont je me souviens. Le moment d'après, j'étais allongée par terre et la voix de Babar, lointaine, tentait de me réveiller.

J'ai gémi en sentant une douleur perçante traverser mon poignet droit. J'ai ouvert les yeux. Babar et Zenos se tenaient au-dessus de moi, un peu flous. J'ai essayé de me relever, mais je me suis sentie étourdie, et Babar m'a dit de ne pas bouger. Zenos m'a demandé comment je me sentais. Petit à petit, j'ai retrouvé mes esprits. Mon poignet me faisait horriblement souffrir. J'avais dû le tordre en tombant par terre. En *tombant* par terre ? Je me demandais bien comment j'avais fait pour chuter en étant à l'arrêt.

Zenos s'est éloigné pour appeler un taxi. Je n'étais pas abstraite, je n'étais pas colorée, et je n'avais pas été réalisée par un artiste réputé, et pourtant dans la galerie, les gens semblaient penser que je valais plus la peine d'être regardée que tous les tableaux sur les murs.

Quand le taxi est arrivé, j'ai insisté pour que Zenos reste. Il devait rencontrer des gens importants plus tard dans la soirée et je ne voulais pas coûter des opportunités à sa carrière.

« Tiens-moi au courant », il a dit à Babar, et il a refermé la porte derrière nous.

« Ça va, ton poignet ? » Babar m'a demandé.

« Moins bien que ce matin. Mieux que si un alligator l'avait mordu. Ça peut toujours être pire. »

« Je m'en veux, j'aurais pu te rattraper si j'avais réagi plus vite. J'étais tellement surprise. »

« Je me suis écroulée comme ça ? »

« Comme ça. *Poum.* »

« Ah. J'aurais pensé *Boum.* Je dois avoir perdu du poids. »

Aux urgences, on m'a demandé de m'allonger sur un lit derrière un rideau. Je grimaçais dès que je bougeais le poignet. Babar a demandé à ce qu'on m'apporte de la glace. Cinq individus en blouses blanches sont arrivés. Ils avaient l'air d'avoir quinze ans, mais on m'a annoncé qu'ils étaient tous internes. Ils semblaient curieux, amusés, comme si j'étais un bébé tricératops qu'on venait de décongeler.

L'une d'eux a annoncé qu'elle allait s'occuper de moi, et tous les autres sont partis. La docteur m'a demandé de me mettre en soutien-gorge. Un infirmier a posé des électrodes partout sur mon ventre et ma poitrine. On a pris ma tension, on a enregistré l'activité de mon cœur, on m'a fait une prise de sang, on m'a posé quelques questions que Babar a traduites, et puis finalement, on m'a envoyée faire des radios pendant que Babar discutait avec la docteur de ce qui s'était passé.

Un quart d'heure plus tard, on m'a ramenée derrière le rideau. La docteur m'a annoncé que je m'étais fait une belle entorse au poignet. Elle m'a donné un antalgique pour la douleur. Elle a enroulé mon poignet dans une bande d'élastoplast après l'avoir recouvert de pommade. Babar m'a traduit qu'il fallait que j'essaie de le bouger le moins possible pendant les semaines à venir, le temps que mes ligaments guérissent. Il fallait aussi que je revienne à l'hôpital d'ici dix jours pour faire une autre radio.

Mais mon poignet n'était pas ce qui m'inquiétait le plus. Un moment, je regardais une peinture abstraite, et le moment suivant, j'étais par terre ? Je voulais savoir ce qui m'était arrivé.

La docteur a dit que j'avais probablement fait une syncope, mais que ça n'était pas grave et que je pouvais rentrer chez moi. Elle ne m'avait pas expliqué pourquoi ça m'était arrivé, et surtout, si ça pouvait se reproduire. Je lui ai dit que mon grand-père Wesley était mort dans son sommeil l'année dernière, mais elle n'a pas trouvé ça pertinent. Sachant qu'il existe un truc qui s'appelle l'hérédité, moi je trouvais ça très pertinent.

« J'aimerais bien savoir si je vais mourir cette nuit », j'ai dit à la docteur sans passer par Babar.

« Hmm… Très peu chances mourir cette nuit », la docteur a répondu.

« Très peu de chances ? Euh… J'aurais bien aimé zéro chance, en fait. C'est possible, zéro chance ? »

Réaction japonaise typique, la docteur a souri et a incliné la tête.

« Vous comprenez qu'il m'est arrivé un truc grave ? » je lui ai demandé.

« Oui. »

« Et vous ne m'avez pas expliqué ce que c'est. »

« Oui. »

« Mais vous me dites de rentrer chez moi. »

« Oui. »

« Donc ça sert à rien que je sois venue ici, finalement. Je suis pas plus avancée. »

« Oui. »

« Mais arrêtez de dire oui ! »

Babar était gênée. Elle m'a chuchoté de lâcher la docteur, qui était en train de faire les *fuck-you eyes*. J'ai fait les *fuck-you eyes* aussi, parce que je vis ici depuis le mois d'août alors je sais comment faire, non mais sans blague.

J'étais terrifiée à l'idée de m'écrouler encore, de tomber sur la tête et de me briser la nuque. Et si j'étais seule dans ma chambre et qu'on me retrouvait trois jours plus tard, remplie d'asticots ? J'ai imaginé le visage d'Aiden si on lui apprenait la nouvelle. C'était pas possible, je ne pouvais pas prendre ce risque.

Babar a parlé avec la docteur en japonais pendant une minute, la docteur lui a donné mon dossier, et elle est partie.

« Elle pense que c'est le stress », Babar a dit.

« Ah bah d'accord. Un peu de stress et on tombe dans les pommes, maintenant. »

« Tout est normal sur tes examens. Tu dois revenir si tu ressens des symptômes. Tu vas repasser pour le poignet, tu feras le point à ce moment-là. Elle a dit que tu devais éviter de voyager pour l'instant, au cas où. »

« De quoi ? Pourquoi je peux pas voyager ? »

« C'est au cas où tu aurais un nouveau malaise. Si ça t'arrivait en avion, ça serait embêtant. »

« Je croyais que j'avais rien ? »

« Elle veut vérifier quand tu reviendras. »

« Elle peut pas vérifier tout de suite ? »

« Bah... non. Elle a dit quelque chose, mais si je te répète, ça va t'énerver. »

« Dis. »

« Non. »

« Babar ! Dis. »

« C'est dimanche... Et le dimanche ils peuvent pas faire tous les examens qu'ils font d'habitude. »

« C'est une blague. »

« Non, c'est pas une blague, mais m'engueule pas, j'y suis pour rien. Elle a dit autre chose aussi. Attends. »

Babar a traduit des trucs sur son téléphone.

« Sur le compte rendu de ton ECG, ça dit que tu as un bloc de branche droit. »

« C'est quoi, ça ? »

« C'est une particularité de ton cœur, mais c'est pas dangereux. »

« C'est pas pour ça que je me suis évanouie ? »

« D'après elle, non. C'est relativement courant. »

« Cool. J'ai un... J'ai un quoi ? »

« Un bloc de branche droit. »

« J'ai un bloc de branche droit. Je vais l'ajouter à mon CV. »

Babar m'a aidée à me rhabiller. L'infirmier a passé une lanière en mousse autour de mon cou pour que je puisse mettre mon bras en écharpe.

Ensuite, on a dû payer la facture à l'accueil. J'ai demandé à la secrétaire si elle parlait anglais, parce que j'avais envie de lui expliquer que le prix était excessif pour le nombre de réponses que j'avais obtenues.

« *No, I don't speak English* », elle a répondu.

Ça, c'est un peu comme de dire qu'on n'a pas faim alors qu'on a un burrito dans la bouche.

À la maison, mes colocs m'attendaient tous dans le salon. J'ai expliqué que j'avais « très peu de chances de mourir cette nuit », ça a rassuré tout le monde. On se contente de pas grand-chose, hein ?

« Dites pas que je vous ai fait une belle frayeur, je leur ai dit, ça serait fromageux. »

« Tu nous as fait une belle frayeur », Lubin a répondu.

« Ouais, Koji a ajouté. Une belle frayeur. »

Il a déposé un bisou sur mon front avant de s'en aller. Les uns et les autres se sont dispersés, et je me suis retrouvée seule avec Soo-jin. Elle s'est approchée de moi.

« *Okay ?* » elle a chuchoté.

Son air inquiet m'a touchée. J'ai pris conscience qu'elle tenait vraiment à moi.

« *Yeah, yeah. I'm okay. Thanks.* »

J'avais en tête mon projet de relation longue distance avec elle, et en même temps, la voir était un tel soulagement. Je ne l'avais pas croisée depuis quelques jours. Elle me manquait. J'avais envie qu'elle me prenne la main, qu'on aille dans sa chambre et qu'on dorme ensemble encore une fois. Juste cette nuit, après on arrêterait.

Elle m'a étreinte, faisant attention à ne pas toucher mon poignet en écharpe. Je me suis agrippée à elle de ma main libre et j'ai logé ma tête dans le creux de son épaule. J'étais tellement bien.

Et puis j'ai vu Zenos, qui nous observait à l'entrée du couloir. Il m'avait proposé de mettre un truc sur mon poignet pour l'aider à guérir. J'ai fait un bisou sur la joue de Soo-jin et je me suis enfuie.

Je me suis assise devant le bureau de Zenos pendant qu'il préparait un cataplasme d'huile de ricin.

« Comment tu te sens ? » il a demandé.

« Bof. J'aurais bien aimé savoir ce qui m'est arrivé, mais visiblement, ma docteur s'en fout. »

« Ah, ça. La médecine occidentale soigne les symptômes, pas les causes. Faut pas trop leur en demander. Ils sont sélectionnés sur des qualités de mémorisation, pas sur leur capacité à penser différemment. »

« Quand j'étais petite, je croyais que les médecins étaient les Sherlock Holmes de la santé. En fait, ils s'en foutent, des mystères. Et cette arrogance dans leurs yeux quand tu poses une question, aaaaargh ! Ils supportent pas qu'on les remette en cause. Ils se font botter les fesses par le cancer depuis des décennies, pourquoi ils se comportent comme s'ils n'avaient plus rien à apprendre ? Y'a un truc qui m'échappe ? Ou alors Molière avait raison. »

Zenos a défait mon bandage pour appliquer le cataplasme sur mon poignet.

« Qui ça ? »

« Personne. Ouh, c'est chaud ! »

« C'est pour que l'huile pénètre ta peau. Ça va accélérer ta guérison. On en refera un demain, si tu veux. »

« Merci, Zenos. *You're a good friend.* »

« Toi et Soo-jin êtes proches, hein ? »

« Pourquoi tu dis ça ? »

« J'ai remarqué. Elle m'a parlé de toi, l'autre jour. »

« Qu'est-ce qu'elle t'a dit ? »

« Elle m'a demandé si tu étais toujours avec Aiden. Je crois qu'elle t'aime bien, Puce. Tu devrais faire attention. »

Faire attention. S'il avait su le nombre de fois où je m'étais dit qu'il fallait que je fasse attention, ces dernières semaines.

« Allonge-toi un peu, si tu veux. »

Je me suis allongée sur son futon. Je me sentais à mon aise, dans cette chambre. Ça sentait bon les huiles essentielles, comme les odeurs d'un autre monde.

« C'est parce que tu as peur de mourir que tu fais autant d'efforts pour être en bonne santé ? » j'ai demandé.

« Qui ça, moi ? Non, pas du tout. C'est pour me sentir bien. Je n'ai pas peur de mourir. »

« Moi j'ai peur. J'ai peur du néant après. »

« Le néant, après ? Non. Une autre vie. »

« Qu'est-ce qui te fait croire ça ? »

« J'ai visité des vies antérieures. »

« T'as fait quoi ? Tu vas rire, j'ai cru que tu avais dit que tu avais visité des vies antérieures. »

« Oui. Je peux te raconter, si tu veux. »

Zenos s'est assis à côté de moi, et il m'a raconté ses plongées dans des vies antérieures. Il s'était vu comme une femme pendant la guerre de Sécession aux États-Unis, comme un grand tribun sous l'Empire romain, et même comme une libellule.

Au début, j'avais envie de rigoler, mais ça a fini par me fasciner. Zenos m'a dit que si je le voulais, il pourrait me faire voyager, moi aussi. La femme qui l'hypnotisait en Grèce lui a appris à le faire aux autres. Moi, les vies antérieures, j'y crois autant qu'au monstre du Loch Ness, mais je me suis dit que ça pourrait être une expérience intéressante. Avant de voir ce qu'il a vu, Zenos aussi croyait au néant.

J'ai envoyé un message à Aiden pour lui demander de me rappeler. J'étais un peu traumatisée. Me réveiller comme ça, par terre, blessée, au milieu de tous ces inconnus… J'avais peur de m'écrouler encore. Je n'arrêtais pas de penser à mon grand-père Wesley. Son cœur s'était arrêté dans son sommeil. Et si j'avais hérité d'un truc ? Et si, quand je m'étais évanouie, c'était les premiers signes que mon cœur me lâchait, et que demain matin, je ne me réveillais pas ?

Mais Aiden ne m'a pas répondu.

« Je peux dormir ici ? » j'ai demandé.

Je faisais confiance à Zenos. Il était comme un grand frère.

« Si tu veux, il a dit. Tu te sens mal ? »

« Un peu. »

« D'accord. Je vais dormir par terre. »

« Non, c'est bon, dors avec moi, je risque pas de te manger, je mange pas d'animaux. »

« Tu aimes bien les filles de toute façon, hein ? »

Il souriait, comme après avoir dit une blague. Mais il avait raison, j'aime bien les filles. Et les garçons. Et les wookiees.

« Je vais écrire mon journal intime avant, si ça te dérange pas », il a dit.

« Pas du tout. Tiens, moi aussi, je vais bloguer. »

« Il vaudrait mieux que tu laisses ton poignet tranquille. »

« Je vais écrire d'une seule main. Comme l'aurait fait Luke… s'il avait eu un blog. »

« Luke ? »

« Skywalker. *Duh.* »

Alors voilà, je suis à côté de Zenos, et j'ai écrit tout ça de ma main gauche. Ça m'a pris super longtemps, c'était n'importe quoi, maintenant j'ai mal aux deux poignets. Zenos a fini d'écrire son journal depuis longtemps, il est déjà endormi. J'ai peur de faire la même chose. Peur de fermer les yeux et de ne plus jamais les rouvrir. Lucien est un sombre oryctérope. Un ectoplasme à roulettes. Un porc-épic mal embouché.

Like Ninja

Mercredi 8 mars

Oscar Wilde a écrit un jour que la seule façon de se débarrasser d'une tentation est d'y céder. Ça m'a trotté dans la tête ces derniers jours. Et puis j'ai pensé à un truc : quand j'ai envie d'un paris-brest, je vais en acheter un à la Pâtisserie des Rêves à Shinjuku, pour me débarrasser de la tentation. Et tu sais quoi ? Le lendemain, j'en ai encore envie. Conclusion : Oscar Wilde racontait des saucisses.

Le lendemain de mon passage aux urgences, j'ai écrit à Aiden pour lui expliquer pourquoi je ne pouvais pas aller la voir. Cette peau de banane sortie de nulle part, ça m'embêtait de l'écrire, j'aurais préféré lui en parler. J'avais peur qu'elle s'imagine que c'était une excuse, que je voulais rester avec Soo-jin ou quelque chose comme ça. Elle m'a répondu de prendre soin de moi, et de l'appeler quand je serais sûre de ce que je veux. Et c'est tout. C'est bizarre, la vie. Si on n'avait pas eu cette conversation-catastrophe, je ne suis pas loin de penser qu'elle aurait pris un avion pour venir me voir, inquiète de ce qui m'était arrivé.

Quand la nuit est revenue, je n'arrivais pas à dormir. Je sentais mon cœur battre fort dans ma poitrine, j'avais la sensation qu'il n'était plus comme avant, qu'il allait s'arrêter, et alors qui le dirait à mes parents, à Aiden, à Sara, Vaneck et Soupe ? Je n'aurais dit au revoir à personne. Quand j'y pensais, mes yeux se remplissaient de larmes. J'avais l'impression d'étouffer.

Je suis allée marcher. J'ai fait de la balançoire dans le parc, sous la lune et les étoiles. J'ai pensé à Aiden. À Soo-jin. À mon grand-père. Au tableau abstrait coloré avant que je m'écroule. Au néant. Je me demandais où Lucien voulait en venir avec tout ça.

De retour à la maison, j'ai posé l'oreille contre la porte de Soo-jin. J'ai entendu des clics et des doubles-clics. J'ai failli frapper, mais je me suis mis une claque imaginaire et je suis allée au lit.

À cinq heures, je n'avais toujours pas fermé l'œil. Sur Line, j'ai envoyé un petit lapin marrant qui faisait coucou à Soo-jin. Soo-jin m'a répondu le même lapin, sauf que celui-là rigolait avec un nounours dans un lit. Je me suis demandé si Soo-jin était le nounours et si j'étais le lapin. Après une longue hésitation, j'ai fini par lui répondre le lapin et le nounours qui dormaient ensemble dans le lit.

Et puis j'ai attendu, nerveuse. J'espérais qu'elle allait comprendre.

Quelques minutes plus tard, alors que je me tâtais à aller la voir, elle est entrée dans ma chambre sans frapper. Elle a rapidement refermé la porte derrière elle. Elle portait un bonnet fin qui pendait derrière sa tête, comme ceux des Schtroumpfs.

« Koji ! » elle a chuchoté en pointant vers le couloir.

J'ai montré mes yeux, puis Soo-jin, pour savoir si Koji l'avait vue. On ne faisait rien de mal, mais on savait toutes les deux qu'il ne valait mieux pas que le FD nous voie.

Elle a secoué la tête.

« *Like ninja* », elle a dit en se cachant derrière la porte ouverte de mon armoire.

J'ai rigolé. Soo-jin s'est avancée, timide. J'ai soulevé la couette à côté de moi. Elle s'est allongée, et on a échangé un sourire. J'étais soulagée qu'elle soit là, joyeuse à l'idée de dormir à côté d'elle. Je me sentais coupable, aussi, mais dans le combat qui opposait les deux sentiments, la joie était plus vaillante.

Soo-jin portait un short et un tee-shirt portant l'emblème de Gryffondor un peu trop court pour elle. Pas trop-court maladroit, trop-court sexy, trop-court attirant, trop-court ça donne envie. Je suis Poufsouffle pour la vie, mais ça m'a donné envie quand même.

Pour apprendre l'une sur l'autre, on a dessiné sur un bloc-notes. J'ai compris que Soo-jin adorait les chiens, les bulles, le badminton, le pop-corn, le jet-ski, la voile, le snowboard, les randonnées en montagne et l'astronomie. Je n'imaginais pas qu'elle aimait autant les activités en extérieur. Les combinaisons qui sèchent sur le balcon de temps en temps, c'est celles qu'utilise Soo-jin quand elle va faire du jet-ski à Yokohama.

J'ai dessiné mon amour du chocolat, des livres, des pique-niques, des îles désertes, du voyage dans le temps, de l'écriture, de la neige et des feux de camp. Je n'ai pas réussi à dessiner ma détestation des étiquettes, des cartes d'adhérent, ou de l'ego dinosauresque des médecins.

Soo-jin m'a aussi expliqué ce qu'elle ressentait depuis que son père était parti. Elle s'est dessinée elle, avec son père, et puis elle ensuite. Sur le deuxième elle, il manquait un morceau. Je crois que j'ai compris ce qu'elle voulait dire. Elle disait que c'était irréversible, qu'il n'y avait pas de rétablissement possible. Son père est parti, elle a perdu un morceau d'elle-même, et maintenant, elle finira sa vie avec ce morceau en moins.

Je me suis dessinée à côté d'elle, un morceau dans les mains pour remplacer celui qui lui manquait. Elle m'a souri tristement et a posé sa main sur la mienne. Je lui ai demandé de faire attention parce que j'avais peur qu'elle appuie sur mon poignet. Elle s'est excusée en japonais et a retiré sa main.

Elle a posé le bloc-notes par terre. J'ai éteint la lumière. Soo-jin a déposé un baiser sur ma joue, puis lentement, dans mon cou. Le bas de mon ventre s'est réveillé. Un soupir m'a échappé. J'étais à deux doigts de l'embrasser. J'ai tourné la tête pour ne pas faire ce que j'avais envie de faire et j'ai ordonné à mes bras de rester le long de mon corps. J'ai fermé les yeux. J'ai attendu que l'envie passe. Aiden, Aiden, Aiden, Aiden.

Mais l'envie n'est jamais passée. Alors je me suis endormie comme ça. Avec une envie puissante coincée en moi, comme une prisonnière qui s'agace de son sort, les mains crispées sur les barreaux de sa cellule, et qui menace ses geôliers de graves conséquences à venir.

The Reassuring Ghost

Lundi 20 mars

« Hey, Chibi, t'aurais pas baisé dans la salle de bains du bas ce matin, par hasard ? »

Cette question ne pouvait venir de nul autre que du *Fuck Detective* de la maison. Koji venait de faire irruption dans la cuisine, les doigts sur le menton en signe factice de réflexion, alors que Babar et moi étions en train d'éplucher des pommes de terre pour faire des frites maison. Enfin, plutôt Babar que moi, parce que avec mon poignet je ne pouvais pas éplucher, mais disons que je la soutenais psychologiquement.

« C'est pas indiscret du tout comme question », j'ai répondu.

« En tant que FD, c'est le genre de questions que je suis obligé de poser. Sache que je n'y trouve aucun plaisir personnel. »

« Je m'en doute. Non, je n'ai pas baisé dans la salle de bains du bas ce matin, Koji. Pourquoi tu demandes ? »

« Selon mes informations, Lubin aurait entendu des bruits d'amour provenant d'un individu femelle entre cinq et six heures du matin dans la salle de bains quand il est venu chercher un verre de jus de cassis dans la cuisine. Naturellement, j'ai considéré qu'il s'agissait là d'une enquête pour le FD de la maison. »

« Entre cinq et six heures du matin, tu dis ? » j'ai demandé.

« C'est ça. »

« À l'aube, donc. »

« Exactement. À l'aube. »

« Et c'était pas la fille-garou, sinon je l'aurais entendue. Et Babar. Et tout le Japon. »

« *Correctamundo.* »

« Hmm… t'as un alibi, toi ? C'était peut-être une copine à toi. »

« J'étais sorti avec Zenos. On est rentrés en métro un peu avant huit heures. »

« Zenos peut corroborer ? »

« Nos cartes Pasmo peuvent en attes.… Hé, je sais ce que t'es en train de faire ! C'est moi le FD, n'inverse pas les rôles. »

« Pardon », j'ai dit en faisant un clin d'œil à Babar qui secouait la tête, amusée.

« C'était donc ni moi, ni Zenos, ni Lubin puisque c'est lui qui a entendu les cris. »

« Sauf si Lubin t'a parlé des cris exprès, j'ai dit. S'il avait peur qu'on ait entendu la fille avec qui il était, il se doutait peut-être que tu ouvrirais une enquête, et alors il t'a posé la question pour être au-dessus de tout soupçon. »

« Si Lubin avait couché avec quelqu'un ce matin, il me l'aurait dit. Non, nous recherchons un individu qui ne ressentirait pas le besoin de se vanter de ses prouesses au lit. Ou, dans le cas qui nous occupe, sous la douche. Un individu sexuellement humble. C'est pour ça que j'ai pensé à toi, Chibi. »

« Je suis sexuellement humble, moi ? »

« Bah ouais. T'en parles jamais. »

« Je crois que toi et Lubin êtes les seuls à en parler, Koji. »

« Et toi, tu ne dis rien ? Koji a demandé à Babar. C'est suspect. »

« C'est suspect que je n'en ai rien à faire de qui couche avec qui dans cette maison ? » Babar a répondu.

« C'est exactement ce que dirait la coupable. »

Babar s'est levée pour jeter les épluchures de pomme de terre à la poubelle.

« Si tu veux enquêter sur un truc, enquête sur l'idiot qui a renversé de la peinture sur mes chaussures qui séchaient sur le balcon, j'ai eu un mal fou à les nettoyer ce matin. Du rose, en plus, n'importe quoi. »

« Yuki a entendu les cris d'amour aussi ? j'ai demandé. Sa chambre est pas loin de la salle de bains. »

« Elle dormait. »

« C'est ça, son alibi ? Elle dormait ? C'est peut-être elle, alors. »

« Ou toi. »

« Oui, ça peut être moi, ou Yuki, ou Babar, ou Soo-jin, ou tout le monde. On dormait tous. Ton enquête va pas aller bien loin. »

« Si vous me promettez que c'est pas vous, je vous croirai. »

« Eh bah. Monsieur demande aux suspects de "promettre" qu'ils ne sont pas coupables. Dans ma jeunesse, les FD, c'était autre chose. »

« Sinon il reste une dernière solution », Koji a dit, pensif.

« On t'écoute. Enfin, moi je t'écoute. »

« *Fuck ghost.* »

« *Fuck ghost* ? Ça existe, ça ? »

« Y'en avait un dans *SOS Fantômes.* »

Tu te demandes peut-être pourquoi je te rapporte toute cette conversation, et quel rapport ça a avec Vivre. C'est le concept de fantôme qui me fascine, et je voulais introduire une petite réflexion sur le sujet. J'avoue, c'est déséquilibré. Ça fait une très longue introduction et ma réflexion va être très courte, mais personnellement, je crois que ça valait la peine.

Les fantômes, je n'y crois pas une seconde. Je pense qu'ils sont là, comme Dieu, pour rassurer les gens. S'ils existent, ça veut dire qu'il y a bien quelque chose après la mort, et pas juste le néant pour l'éternité. Du coup ça fait peur, mais c'est rassurant, aussi. On veut bien être effrayé à court terme pour s'octroyer le privilège incroyable d'être rassuré à long terme. À *très* long terme.

The Line
Jeudi 23 mars

Depuis que Zenos m'a parlé de sa théorie des diversions, j'arrête pas d'y penser. Peut-être que tout ce que je fais, je le fais pour ne pas penser à la vérité. Peut-être que parler de Vivre, dans le fond, c'est parler de l'inverse. Sauf qu'il n'y a pas d'inverse. L'inverse de mourir, c'est naître. Vivre n'a pas d'inverse. Et c'est ça qui fait peur. On attend la symétrie, on voudrait un inverse.

Ma grande diversion, c'était Aiden. En ce moment, elle ne remplit plus ce rôle, alors c'est Soo-jin. Et c'est toi. Je te considère comme une amie, tu sais. Une amie un peu irréelle, comme Sidonie, l'amie imaginaire d'Aiden. Peut-être que tu existes vraiment. Peut-être que tu lis tous ces mots que j'écris. Si je le savais avec certitude, je crois que je n'oserais plus écrire. Je te dis tout, même des trucs que j'ai jamais dits à personne. Sauf quand j'y arrive pas.

Ces derniers temps, j'y suis pas arrivée. Il s'est passé des trucs, et je ne te les ai pas dits. Avoir peur d'être jugée par un être imaginaire, c'est triste, non ? Je suppose que ce n'est pas le but d'une amie qu'on invente pour se rassurer. Mais toi, je ne t'invente pas vraiment. Tu es mi-imaginaire, seulement.

Peu importe. Aujourd'hui, j'ai décidé de te dire la vérité.

Mon projet de relation longue distance avec Soo-jin a échoué. Je n'ai pas réussi à m'écarter. Chaque soir au moment d'aller dormir, j'étais pleine de bonnes intentions. Mais inévitablement, mes angoisses ressuscitaient au fond de mes tripes. J'avais peur de la nuit, peur de m'endormir et de ne jamais rouvrir les yeux. Quoi que je fasse, je n'arrivais pas à m'en dépêtrer.

Alors, j'allais me glisser sous la couette de Soo-jin. Souvent, elle travaillait à son bureau. Elle faisait mine de vouloir me rejoindre, mais je lui disais *daijōbu*, et elle continuait à travailler. Je la regardais faire. Qu'elle soit dans la même pièce que moi suffisait à ralentir mes angoisses. Je finissais par fermer les yeux, heureuse de savoir que plus tard, elle viendrait me rejoindre et que la chaleur de son corps m'envelopperait de nouveau. Parfois, c'était Soo-jin qui venait se glisser sous ma couette. Je crois qu'elle pensait à son père. Peu importe sous quelle couette, on s'offrait le morceau qui nous manquait.

J'ai tracé une ligne dans ma tête. Devant la ligne, j'ai mis le sexe et les baisers, et je me suis promis de rester derrière. Malgré ça, j'avais quand même du mal à me convaincre que je ne faisais rien de mal. Je ne savais plus bien où était la limite qui séparait ce qui fait du bien de ce qui fait du mal.

Il y a quelques jours, je suis retournée à l'hôpital. La docteur a répété que le stress avait causé ma syncope. C'est drôle comme on peut être convaincu de certaines choses dès lors qu'elles nous arrangent.

J'ai écrit à ma copine Naomi Chang, dont le père est

cardiologue. Je lui ai envoyé mon ECG et une description de ce qui s'était passé, et je lui ai demandé si son père pouvait confirmer que je n'allais pas mourir d'une horrible crise cardiaque. Dès que le mail est parti, j'ai eu honte de moi. Est-ce que j'étais en train de devenir hypocondriaque ? De sombrer dans la paranoïa et la névrose, des trucs dont j'entendais parler depuis toujours et que je croyais réservés aux autres ?

Le lendemain, j'ai passé mon dimanche seule à Nikkō, une petite ville au pied des montagnes à une centaine de kilomètres au nord de Tokyo. Mais la solitude, l'air frais, la nature et les temples n'ont pas suffi à dépoussiérer ma tête.

Dans le train pour rentrer, j'ai regardé Tokyo défiler derrière la vitre. J'ai pris conscience du temps qui s'était écoulé depuis mon arrivée ici avec Aiden. Tout m'était plus familier. Les lumières de la ville, les couleurs vives qui animaient la Tokyo nocturne et en faisaient une sorte de grande sœur de la Tokyo diurne, plus impressionnante, plus sûre d'elle, plus éveillée, plus excentrique et plus prête à tout. Les deux Tokyo sont deux faces d'une même pièce, comme le *tatemae* et le *honne*. Tout ça, je l'avais intégré, c'était mon monde, c'était normal, c'était chez moi.

Parfois, la ville était remplacée par mon reflet dans la vitre. Je me souvenais alors que j'avais une nouvelle coupe de cheveux. Un autre visage que celui que j'avais eu pendant longtemps. Ce n'était pas encore familier, pas encore normal, pas encore chez moi.

À la maison, tout le monde était sorti, sauf Soo-jin, qui profitait d'être seule pour jouer du piano. Quand elle m'a vue ouvrir le frigo pour chercher ce que j'allais cuisiner, elle m'a dit d'attendre. Elle a passé un coup de fil en japonais.

Une demi-heure plus tard, un livreur sonnait à notre porte. Pas un livreur de pizza avec un polo et une casquette, un livreur qui portait un costume noir élégant et qui nous apportait un grand panier.

Soo-jin a allumé les lumières de la véranda, et on est allées pique-niquer dans le jardin, sur l'herbe tondue par Zenos le matin même. J'adore l'odeur du gazon fraîchement coupé. Il faisait froid, mais on s'est enveloppées dans des couvertures. On a aussi pris Jean-Pierre pour nous tenir chaud.

Ce qu'il y avait dans le panier était étonnant. Du champagne, du vin blanc des années 70, des chips enrobées de chocolat spécialement venues de Hokkaidō, et des melons magnifiques. Au Japon, les melons coûtent un prix incroyable. Il y avait aussi du fromage français, des sushis végétaliens, et des truffes au chocolat belges. Et puis du caviar, mais Soo-jin l'a laissé de côté en disant *gomen nasai*. Je n'avais jamais rencontré quelqu'un capable de s'excuser parce qu'il y avait du caviar dans un panier.

J'étais choquée. Babar m'avait dit plusieurs fois que

Soo-jin était riche, mais je croyais que c'était une façon de parler. J'ai longtemps hésité à lui poser la question. Ça ne se fait pas, surtout au Japon, mais on avait une relation tellement unique, Soo-jin et moi, j'ai senti que je pouvais. Alors plus tard pendant la soirée, j'ai exhalé sur la vitre de la véranda, et dans la buée, j'ai dessiné le symbole du dollar et son prénom à côté, avec un point d'interrogation.

« *Sumimasen* », j'ai dit pour qu'elle comprenne que c'était une question sensible, vu que j'avais pas pu lui demander d'autorisation avant.

« *Daijōbu desu* », elle a répondu en souriant.

Elle a effacé mon dessin avec sa manche, et elle a exhalé à son tour. Elle a dessiné un B traversé par deux barres verticales.

« *Bitcoin* », elle a dit.

Puis, elle a écrit quelques nombres et quelques dates, et j'ai compris avec stupéfaction qu'à l'âge de quatorze ans, Soo-jin avait acheté pour trois mille dollars de bitcoins, alors qu'un bitcoin valait quarante cents. Des années plus tard, elle les a revendus quand le bitcoin valait plus de deux mille dollars. J'ai fait un calcul rapide dans ma tête.

« Êêêêêêêêh ! » je me suis exclamée.

Elle a ri, avec une innocence incroyable. Pourquoi elle vivait avec nous, pourquoi elle avait choisi Tokyo, comment elle faisait pour jouer à la Bourse sans parler anglais, j'aurais bien aimé savoir tout ça, mais je me suis dit que peut-être ça serait écrit plus tard, pendant une autre nuit froide, sur une autre vitre.

Après avoir fini de manger, elle m'a montré les constellations visibles dans le ciel sombre de Tokyo. J'ai répété leur nom en coréen. J'essaierai de placer ça le jour où j'aurai un entretien d'embauche. Je le garderai pour la fin, quand on me demandera si j'ai quelque chose à ajouter. « Bah, je tenais à vous dire, sous réserve d'un ciel bien dégagé, je peux peut-être vous donner le nom des constellations en coréen. » La différence se fera sur le « peut-être ». Ça montrera mon humilité.

J'ai adoré regarder les étoiles à ses côtés. Et parce que j'ai adoré ça, j'ai eu peur. Aiden et moi, on a une histoire. Comme un roman. Je considère que c'est un truc en cours, qui a commencé la première fois que je l'ai vue, et qui s'arrêtera, je pense, le jour où on mourra. Soo-jin, jusque-là, c'était pas une histoire, c'était des instants pris au hasard, toujours surprenants, sans forcément être liés les uns aux autres. Mais depuis qu'on dormait ensemble, quelque chose avait commencé à prendre forme. On se construisait des souvenirs qui étaient plus que des instants pris au hasard. Le pique-nique et les constellations en coréen, ça ressemblait de plus en plus à une histoire.

L'espace d'un instant, je me suis projetée vers l'avenir. La fin de mes études. Des voyages autour du monde. Des enfants. Ce n'était plus aux États-Unis, c'était au Japon. Ce n'était plus avec Aiden, mais avec Soo-jin.

Plus tard, la tête pleine de pensées confuses, je suis allée décrocher mon linge qui séchait sur le balcon.

J'ai entendu Soo-jin qui arrivait par l'escalier derrière la maison pour me faire peur dans l'obscurité. J'ai attendu qu'elle s'approche, et puis j'ai aboyé pour lui faire peur.

Ça a tellement bien marché qu'en reculant précipitamment, elle a trébuché sur les pots de peinture de Zenos. Je l'ai aidée à se relever, désolée, mais elle rigolait tellement, je me suis mise à rire aussi, surtout en imaginant la tête de Babar quand elle se rendrait compte que de la peinture rose avait giclé sur ses chaussures.

Dans sa chambre, on a regardé *Harry Potter et le prisonnier d'Azkaban* sous-titré en coréen. On n'a pas eu de mal à décider, c'était notre préféré à toutes les deux. Lucien faisait vraiment tout pour qu'on se rapproche l'une de l'autre. Saleté.

On s'est endormies comme souvent ces derniers jours, dans les bras l'une de l'autre.

Un peu avant l'aube, on s'est réveillées en même temps. Nos visages se touchaient presque. Son souffle a chatouillé mes lèvres. Une vague chaude est montée en moi, de mes orteils à mes oreilles.

J'ai fermé les yeux. Je n'osais pas me retourner, mais je ne savais plus comment faire pour esquiver toutes ces sensations que je ressentais près d'elle.

Alors, j'ai senti ses lèvres se poser sur les miennes. C'était autant une catastrophe qu'un soulagement. Je me suis donné cinq secondes. Cinq secondes de baiser, et après on arrêtait. Le cinq est devenu dix, le dix est devenu vingt. Je l'ai embrassée comme on embrasse quelqu'un qui va mourir, quelqu'un qui vient de ressusciter, quelqu'un qui nous a fait nous sentir vivant quand on se sentait mort. S'il y avait un Vivre, tout de suite, un bonheur de l'instant, une jouissance du présent, ça ne pouvait être que ça, je ne voyais rien d'autre, alors si je ne le faisais pas, quel sens avaient mon blog, ma philosophie, ma vie ?

Alors que nos lèvres se liaient et se déliaient, seulement pour se lier encore, sa main est passée sous mon tee-shirt. J'ai senti un frisson me parcourir la peau, comme une rangée de dominos qui s'effondre. De ma poitrine, sa main est descendue, lentement, laissant derrière elle une traînée de poudre de plaisir. Lorsque ses doigts se sont faufilés sous l'élastique de mon short, l'image de la dernière fois qu'Aiden avait fait ça m'est venue en tête.

La culpabilité m'a rattrapée, me donnant juste assez de volonté pour mettre fin au baiser, et attraper sa main à la seconde où elle allait se poser… *là*.

Je voulais tellement qu'elle continue. Mon corps me détestait, ma tête me haïssait, et je me demande bien quelle partie de moi a réussi à dire à tout le monde de la fermer pour m'extirper de cette situation délicate.

Je me suis excusée trois fois et je suis sortie de sa chambre en trombe. J'ai dévalé les escaliers. Je me suis précipitée dans la salle de bains. J'ai verrouillé la porte derrière moi. Je n'ai pas pris la peine d'enlever mes vêtements. J'étais en feu, et quand on est en feu il faut parer au plus pressé.

J'ai sauté sous la douche et j'ai tourné le robinet à fond.

De l'eau glaciale m'a aspergée. Quelques cris se sont échappés de ma bouche.

C'était des cris bizarres, générés à la fois par le choc avec l'eau froide et par la frustration immense qui me dévorait. Mais ça devait ressembler à des cris d'amour, je suppose. Et ça doit être à ce moment-là que Lubin est allé chercher un verre de jus de cassis dans la cuisine.

Après ça, je suis remontée dans ma chambre, dégoulinante et grelottante, et j'y suis restée pour le reste de la nuit après être allée m'excuser auprès de Soo-jin, de loin cette fois. Je m'en voulais tellement. J'étais une personne horrible. Je *suis* une personne horrible. Je parie que si tu pouvais me répondre, c'est ce que tu me dirais. Tu me dirais Puce, tu es une personne horrible. Tu me surnommerais Puce Horribilis.

Ou peut-être que tu comprendrais. Peut-être que tu as vécu la même chose. Peut-être que tu es déjà tombée amoureuse d'une colocataire coréenne millionnaire dont les oreilles dépassent de ses cheveux alors que tu grenouillais quelqu'un d'autre.

Mais c'est vrai que c'est peu probable.

月

- 5 -

SUIVRE LA LUNE

Jungle

Vendredi 24 mars

La vie est faite de moments qu'on imagine et qui n'arrivent jamais, et d'autres qu'on n'avait pas imaginés et qui arrivent quand même. Hier, si on m'avait demandé ce que je ferais la semaine prochaine, j'aurais haussé les épaules. Trop de possibilités, surtout pendant les vacances. Je me serais imaginée en train d'écrire au Gundam Café à Akiba, invitée à déjeuner avec Babar dans la famille de Yuki à Saitama, ou dans des tribunes avec mes colocs pendant un tournoi de sumo à Ryōgoku. Je n'avais pas envisagé une jungle tropicale parmi les possibilités. Et pourtant, la semaine prochaine, c'est bien là que je me trouverai.

Tout a commencé en fin d'après-midi. On était enfin le 24 mars, et je devais me rendre devant le temple Sensō-ji pour recevoir mon vrai cadeau de Birthmas Day.

Quand j'ai quitté la maison, j'ai proposé à Babar de m'accompagner. Dans le métro, on a imaginé les surprises possibles. Elle pensait à un orchestre de mariachis qui me chanteraient une chanson romantique en jouant de la guitare et de la trompette. Pour ma part, j'imaginais plutôt une montagne de chocolat, déversée par un camion-benne sur la place devant Sensō-ji. En voilà un beau cadeau !

On a dû traverser quelques embouteillages de trottoir à Asakusa. À Tokyo, les touristes fleurissent au même moment que les cerisiers. Ils étaient nombreux autour de la Porte de la foudre, près de laquelle ils s'amassaient pour prendre des photos de la lanterne rouge géante. On s'est faufilées en dessous, et on a traversé la longue rue pavée commerçante Nakamise qui mène au temple, situé quelque deux cents mètres plus loin.

Sensō-ji en vue, je suis devenue aussi nerveuse qu'excitée. Je ne savais pas où regarder, et si je devais chercher quelque chose en particulier.

Et puis j'ai aperçu ce qu'en un million d'années, je n'aurais jamais pensé voir.

Ils étaient là, tous les trois, assis sur les marches devant le temple.

J'ai tellement souri que ça ne suffisait pas, alors j'ai rigolé, et même rigoler ne suffisait pas, alors j'ai couiné, j'ai souri, j'ai rigolé, j'ai sautillé, tout ça en même temps, et puis si je dois être totalement transparente avec toi, il est aussi très possible que quelques gouttes de pipi se soient écrasées dans le fond de ma culotte.

Sara est la première que j'ai vue, avec ses lunettes trop grandes et ses longs cheveux blonds attachés au-dessus de sa tête. Une joie rare m'a inondée. Quand elle m'a aperçue, elle a dévalé les marches et elle a couru vers moi en criant d'une voix aiguë. J'ai fait pareil, sans la voix aiguë. Dans les films, on court en ligne droite pour les retrouvailles fromageuses, mais nous on n'arrêtait pas d'entrer en collision avec d'autres gens, d'en esquiver d'autres, jusqu'à ce qu'on se retrouve enfin. Les retrouvailles maladroites sont les plus magnifiques. On s'est jetées dans les bras l'une de l'autre, sous les yeux surpris de Japonais probablement coutumiers des retrouvailles couleur *tatemae*.

Après Sara, les grands bras fins de Vaneck m'ont entourée. Je l'ai serré contre moi. Chaque atome de son corps en contact avec les miens me rappelait l'intensité profonde et pérenne de notre amitié.

Derrière lui, Soupe est arrivé tranquillement en mâchant un chewing-gum, une casquette à l'envers sur la tête.

« *Hey, you* », il m'a dit, comme si on s'était vus la semaine dernière.

« *Hey yourself* », j'ai répondu, et lui aussi a eu droit à un gros câlin.

Il a râlé parce que je lui pleurais dessus. Je lui ai fait remarquer qu'il avait encore perdu du poids et qu'il était beau. Il a haussé les épaules, à la « moi ». J'adore mon Soupe.

« Qu'est-ce que vous faites là ?! » j'ai demandé.

« Faut poser la question à ta copine, Sara a dit. Nous on comptait venir te voir au printemps depuis le début, mais Aiden a dit que ça serait plus cool de te faire la surprise. »

« Vous faisiez semblant de pas vouloir venir ? »

Ils ont acquiescé avec un sourire malicieux.

« Vous êtes là combien de temps ? »

« Treize jours », Soupe a dit.

« Waouh !! Il faut que je réfléchisse à ce qu'on va faire ! Vous dormez à la maison ? »

« Évidemment qu'ils dorment à la maison ! »

Derrière moi, Babar était goguenarde.

« T'étais au courant ? » j'ai demandé.

« Bah ouais. Aiden m'avait écrit sur Facebook. »

Sara a essuyé mes larmes avec ses doigts pendant que j'essuyais les siennes avec les miens. J'ai eu la chance de vivre quelques moments de grand bonheur dans ma vie, mais celui-là, il était doré.

« *Hajimemashite*, Babar a dit à mes amis. Je suis Babar. Bienvenue au Japon ! »

Vaneck s'est incliné avec les mains jointes, comme dans un film de kung-fu. On a tous rigolé. Il a demandé pourquoi on rigolait.

Leurs bagages encombrants n'étant pas compatibles avec la visite des alentours, j'ai proposé qu'on rentre directement à la maison. Euphoriques, on s'est mis en route. Je planais.

Babar s'est penchée à mon oreille.

« C'est le Noir qui n'a pas changé de fringues pendant un mois ? »

« Non, le Noir c'est Vaneck. Les vêtements, c'était Soupe, celui avec la casquette. »

Soupe marchait devant nous d'un pas assuré, une main sur la poignée de sa valise et l'autre dans sa poche, comme s'il était chez lui, pas impressionné le moins du monde par Tokyo, le Japon, l'Asie, où il n'avait pourtant jamais mis les pieds avant.

Il faut qu'on parle un peu de Soupe, parce que si tu as lu mon blog au lycée et que je te préviens pas, tu vas mal l'imaginer. Depuis le lycée, il s'est métamorphosé. Il fait beaucoup de sport, il a arrêté les sucreries, son visage s'est aminci et ses cheveux ont poussé. Je dois dire, il est devenu assez sexy.

« Et Vaneck est en couple avec la blonde, c'est ça ? Sara ? »

« En personne ! » Sara s'est exclamée derrière nous.

Passant son bras autour de mon cou, elle a regardé Babar d'un air défiant.

« Alors c'est toi, hein ? »

« C'est moi ? » Babar a demandé.

« C'est toi qui essaies de me piquer mon poste de meilleure amie de tous les temps ? »

« Oh non, non. Chibi me parle de toi souvent, tu sais. »

« Chibi ? »

« C'est moi, j'ai dit. C'est parce que je suis la plus jeune à la maison. C'est affectueux. »

« Ça commence, vous avez déjà des blagues entre vous. »

J'ai fait un bisou à Sara.

« Boude pas, je lui ai dit. Vous n'êtes là que treize jours, on n'a pas le temps. »

« Bien reçu. *Chibi.* »

J'ai fait acheter une carte Pasmo à tout le monde pour qu'ils puissent prendre le métro plus facilement pendant leur séjour ici. Ça fait la différence entre les touristes et les résidents. Les touristes qui s'y connaissent pas trop en Tokyo s'embêtent à acheter des tickets à chaque fois, tandis que les résidents passent une carte magique devant les portiques qui s'ouvrent alors comme la mer Rouge devant Moïse. Les touristes regardent les résidents avec admiration, et les résidents pensent un truc du genre : « Eh ouais, les gars, c'est pour ça que vous êtes touristes et qu'on est résidents. » Ou alors je suis la seule résidente à penser ça, c'est possible aussi.

Dans le métro, Vaneck s'est étonné du nombre de gens qui portaient un masque chirurgical autour de nous.

« Qu'est-ce qui se passe ? il a demandé, inquiet. Y'a une épidémie ? »

« C'est le printemps, j'ai gloussé. Les Japonais sont particulièrement sensibles au rhume des foins. »

J'avais mal à la mâchoire à force de sourire. Voir Sara, Vaneck et Soupe poser le pied dans mon monde, s'intégrer au tableau qui était ma vie depuis sept mois, c'était magique. Avant de les revoir, je ne me rendais pas compte à quel point ils m'avaient manqué. Ils arrivaient pour me sauver de mes doutes, de mes angoisses et de la poussière dans ma tête.

À la maison, nos trois garçons travaillaient dans le jardin pour ce qu'on a intitulé il y a quelques jours le plan *Summer is coming*. Pas de marcheurs blancs qui s'apprêtent à nous envahir comme dans *Game of Thrones* mais des touristes, et au lieu du vent glacial de Westeros, une chaleur humide insoutenable. On prépare le jardin pour y faire bronzette, avec un jet d'eau et une petite piscine.

Sara a dragué Koji pour taquiner Vaneck, Lubin et Soupe ont parlé fessiers et développé couché, et Zenos et Vaneck ont sympathisé en causant du « pouvoir alcalinisant des jus de légumes ». Vaneck est comme moi, il aime bien poser des questions sur des sujets qu'il ne connaît pas.

J'étais fière de présenter mes amis à mes colocs, et tout aussi fière de présenter mes colocs à mes amis.

Après la visite de la maison, mes amis ont pris leurs aises dans ma chambre. Vaneck et Sara dormiraient sur un lit gonflable que Babar avait prévu pour eux, et Soupe sur mon futon avec moi. Ça me rassurait de savoir que j'aurais mes trois meilleurs amis à mes côtés pour les treize prochaines nuits. Ça m'aiderait peut-être à prendre enfin un peu de distance avec Soo-jin.

Après la douche glaciale, je suis encore allée m'excuser.

J'ai relu Violette, Indigo, Bleue, Verte, Jaune et Orange avant d'aller la voir pour diminuer mon envie de l'embrasser. L'arc-en-ciel est devenu un bouclier.

Soo-jin semblait un peu perdue. Je la comprends. Mais si je savais ce que je voulais, je le lui dirais. Enfin, je le dessinerais. Ou je demanderais à Babar de lui traduire, j'en sais rien.

Pendant que les autres s'installaient dans ma chambre, je suis allée sur le balcon écrire à Aiden pour la remercier des émotions incroyables que son cadeau m'avait procurées. Je lui ai dit que je voulais qu'on s'appelle après le départ de mes amis. C'est le délai que je me suis fixé pour avoir les idées claires.

Quand je suis revenue dans le couloir, Sara m'a demandé de lui expliquer les boutons électroniques sur les toilettes parce qu'elle avait pas envie « de tout faire exploser ».

« Okay… Celui-ci, c'est pour laver ton derrière si t'es pas bien propre. Mais d'après Zenos, si tu manges correctement, t'en auras pas besoin. »

« Et celui-là ? »

« Celui-là, c'est pour faire un bruit de chasse d'eau. »

« Pour quoi faire ? »

« Bah, au début les filles avaient tendance à tirer la chasse d'eau exprès quand elles faisaient leurs petites affaires pour pas qu'on les entende, ça coûtait de l'eau pour rien, du coup les Japonais qui fabriquent les toilettes ont décidé de mettre un bouton pour faire le son, comme ça tu fais tes petites affaires camouflée, et puis la planète Terre économise de l'eau. »

Sara a eu du mal à s'en remettre. Elle trouvait que le Japon était un pays formidable. Je me suis sentie obligée de lui dire qu'elle n'avait encore rien vu !

Ensuite, on est allés au restaurant se goinfrer de udon et de ramen, et j'ai montré Shinjuku à mes amis. En rentrant à la maison, on a croisé Yuki qui sortait rejoindre ses copines.

Les joues de Soupe ont rosi devant la beauté picturale de ma coloc.

« Je l'ai vue toute nue », j'ai chuchoté à son oreille.

« Oh ? Sans déconner ? »

« Ouaip. »

« Et alors ? »

« Je te dirai rien. »

« Pfff… Si c'était pour dire ça, ça servait à rien de faire du *teasing*. Et ça servait à rien de te mettre à aimer les filles si on n'en parle jamais. »

« On parlera des autres, si tu veux. Juste pas de Yuki. Elle est *family*. »

À la maison, Koji et Lubin jouaient à un jeu de course de motos sur l'écran géant. Ils ont invité les garçons à les rejoindre, alors je suis remontée dans ma chambre avec Sara.

« Ça a l'air de bien aller avec Vaneck », je lui ai dit.

Elle s'est allongée sur mon futon, joignant ses mains derrière sa tête.

« C'est vrai. On est bien. »

« T'imagines, si un homme du futur était venu nous voir quand on était *freshmen* et qu'il nous avait raconté à quoi ressembleraient nos vingt ans ? Toi avec Vaneck, et moi avec Aiden ? »

« Ha ! On aurait rigolé et on l'aurait renvoyé à son époque avec un coup de pied dans les miches. »

« Charlatan ! on lui aurait crié. »

« Affabulateur ! »

« Fieffé menteur ! »

Quand Soupe et Vaneck sont remontés une heure plus tard, j'ai lu la lettre de Hiro à mes amis, comme une histoire qu'on lit à des enfants avant de dormir. Sauf que celle-ci n'avait pas de happy end.

J'ai fait quelques recherches avec Babar cet hiver pour retrouver la trace de Hiro, Eiko et Nobu, mais dans les registres de la mairie de Sumida, on n'a vu aucune famille dans les années 40 dont les membres portaient le prénom et l'âge qu'ils étaient censés avoir. Peut-être qu'ils sont partis se réfugier sur l'île d'Iriomote juste après le premier bombardement, et que toute trace d'eux a brûlé pendant les deux bombardements suivants ? Mais dans ce cas, je ne comprends toujours pas comment cette lettre a pu atterrir dans notre sous-sol.

Soupe a demandé ce qu'on allait faire de nos treize

jours ensemble. J'y avais réfléchi pendant la soirée. J'étais prête à leur proposer quelque chose.

« Je vais vous faire visiter Tokyo, et puis la semaine prochaine on prendra le Shinkansen et on ira faire un tour à Kyoto et Osaka. Après ça, on a le choix. Choix numéro un, on va à Kobe, Hiroshima, les musées… C'est le choix touristique. Choix numéro deux, on fait un truc que la plupart des touristes qui viennent ici ne font pas. »

Curieux, Soupe a tourné la tête vers moi. Le long cou de diplodocus de Vaneck s'est tendu, et sa tête s'est posée au bord de mon futon.

« C'est quoi, le choix numéro deux ? » Sara a demandé.

« On part à l'aventure, j'ai dit. On va dans les îles tropicales japonaises. Plages de cartes postales, jungles exotiques. J'ai pensé qu'on pourrait aller explorer Iriomote, là où Hiro a écrit sa lettre. C'est moins connu que l'île principale d'Okinawa, il y aura moins de touristes, ça devrait nous plaire. Et puis, il paraît que les gens vivent très vieux là-bas… On tombera peut-être sur Hiro, Eiko et Nobu ? »

« Donc en gros, Soupe a dit, on choisit entre les musées et la jungle ? »

« C'est ça. »

« Jungle », Soupe a dit.

« Jungle », Sara et Vaneck ont ajouté en cœur.

Hanami

Mardi 28 mars

Tchou-tchou.

Ça fait bien longtemps que les trains ne font plus tchou-tchou. Le Shinkansen ne fait pas tchou-tchou du tout, il est bien trop moderne pour ça. Seulement, j'avais décidé d'ouvrir mon post par une onomatopée pour changer un peu, il se trouve qu'on est dans le train, et c'était ça ou le son guttural qui vient de sortir de la bouche de Soupe parce qu'il digère mal les tempura qu'on a mangés ce midi.

Alors tchou-tchou.

On est sur les rails, direction Kyoto. Je viens de lire un mail de Daisuke, un jeune Okinawaïen qui a accepté de nous servir de guide dans la jungle d'Iriomote dans quelques jours. Il m'a écrit de mettre nos maillots de bain avant de partir. Je ne sais pas si on va nager dans une rivière infestée de crocodiles ou au large d'une plage paradisiaque, mais j'ai drôlement hâte.

À côté de moi, Soupe essaie de comprendre le mode d'emploi d'un gadget qu'il a acheté à Akiba l'autre jour. Il découvre la sensation d'être analphabète. Devant, Vaneck et Sara discutent de couleurs de papier peint. Sara a décidé de poursuivre ses études dans une fac à New York l'année prochaine pour être plus près de Vaneck. Ils ont une relation courte distance, mais quand même, ils trouvent que c'est trop loin, alors ils vont prendre un appartement ensemble. Soupe va rester seul à Newark.

« C'est une bonne chose, il m'a dit tout à l'heure. Sara est un peu envahissante. »

Sara l'a entendu. Elle lui a mis une claque derrière la tête.

« Tu vois ? il m'a dit en se frottant le crâne. Toi, tu ferais jamais ça. »

Pour le papier peint, j'ai conseillé mauve. Le divin, l'humilité, tout ça. Évidemment, ils ne m'ont pas écoutée. Alors puisqu'on ne m'écoute pas, j'écris pour te raconter *hanami*.

Hanami, c'est quand on va contempler les cerisiers en fleur au printemps avec ses collègues, ses amis, sa famille, ou… ses colocs. Les cerisiers sakura représentent à la fois la beauté éphémère et le renouveau. Le passé et le présent. Ce qui change et ce qui ne change pas. La poussière qui se pose et la poussière qui s'envole.

J'étais persuadée que tout le monde viendrait, colocs et amis réunis dans un seul grand pique-nique formidable pour cet événement japonais majeur dont j'entendais Yuki et Babar parler depuis des mois. Mais au moment de partir pour le parc Yoyogi, Soo-jin n'était pas là.

La porte de sa chambre était entrouverte. Elle préparait sa combinaison de jet-ski.

J'ai passé la tête.

« Hanami ? » j'ai demandé.

Sans me regarder, elle a secoué la tête. Je n'ai pas insisté, je n'avais pas le droit après ce que je lui avais fait. Mais quand même. J'étais hyper déçue. Sa présence me manquait. J'avais envie, peut-être même besoin de passer du temps avec elle. Mais par ma faute, Soo-jin a préféré le jet-ski à hanami. Si je n'étais pas venue vivre à Tokyo, Soo-jin aurait fait hanami avec les autres. J'étais néfaste à sa vie. Moi, Puce, je dégradais l'existence d'un autre être humain. C'était pas du tout ce que je voulais être. Je voulais être quelqu'un qui participait au bonheur des autres.

Comme je m'y attendais, le parc Yoyogi était bondé. Beaucoup de regards curieux se sont posés sur nous. En tant qu'Occidentaux, on a tendance à attirer les yeux des Japonais, surtout quand on est en groupe. Entre Vaneck qui est noir et qui bisouillait Sara en public, Soupe qui m'a prise sur son dos pour me montrer comme il était fort et Lubin et Zenos qui ont des cheveux et des barbes comme les Japonais n'en ont jamais, on avait de quoi se faire remarquer.

On a étendu nos couvertures sous des cerisiers devant un grand étang. Sous les pétales de sakura qui flottaient parfois dans l'air, on a mangé de la nourriture de konbini et bu du saké tout l'après-midi.

« *Oh. My. God*, Sara a dit. Je pourrai plus jamais manger de sushis à New York. »

Soupe était perturbé par les filles autour de nous.

Il les trouvait « excessivement magnifiques, à un point exagéré qui commençait tout doucement à lui courir sur le haricot ».

« Tu dois avoir envie de tromper Aiden tout le temps ! » il m'a dit.

J'ai pensé à Soo-jin, et ma gorge s'est serrée. Et puis j'ai pensé à Aiden, et ma gorge s'est serrée encore plus en songeant à ce que j'avais fait avec Soo-jin, que je devrais déclarer à la douane amoureuse de notre relation le jour où on ferait le point. Si on faisait le point un jour. Je me posais aussi la question.

« Tu penses à Leo ? » j'ai demandé à Soupe.

« Tout le temps. »

Leo, c'est la fille pour qui il a eu le coup de foudre il y a quelques mois. Je me suis demandé si Soupe et Leo avaient une relation plus forte que moi et Aiden. Je pense à elle souvent, mais plus « tout le temps ». Et puis je me suis souvenue que Soupe et Leo sont ensemble depuis seulement trois mois. Ils sont encore dans la phase lune de miel Une bouteille de vin, au bout de deux ans dans une cave, elle aura peut-être pris la poussière, mais on sait ce que ça veut dire pour le vin à l'intérieur.

Un peu plus tard, je suis allée nous chercher des friandises avec Vaneck.

« Vous vous disputez pas trop avec Sara ? » j'ai demandé.

« De moins en moins. Sauf sur les gamins. Sara en veut quatre. Un garçon, une fille, et deux jumeaux. »

« Et toi tu en veux cinq, je parie. Pour faire une équipe de basket. »

Il s'est arrêté de marcher et a secoué la tête en souriant, incrédule.

« Quoi ? » j'ai demandé.

« Tu m'as vraiment manqué, tu sais ? »

« Tssss. Toi aussi, mon vieux. »

Il m'a pris la main. Les Japonais qu'on a croisés à ce moment-là ont sûrement cru qu'on était un couple. Mais on s'en fichait. Qu'ils se débrouillent avec leurs étiquettes, nous on s'inscrivait dans le Vivre, tout de suite. Et puis j'avais besoin de réconfort, car mon moral était décrépit depuis que j'avais laissé Soo-jin à la maison.

J'ai imaginé les enfants de Vaneck et Sara, métis, jouant au basket avec leur père et suppliant leur mère de bien vouloir les laisser lécher la pâte à cookie au fond du plat. Je me suis demandé si j'aurais moi aussi, un jour, ces petites diversions dans ma vie pour oublier le néant.

En revenant, je me suis assise à côté de Lubin. Allongé, il contemplait le plafond de nuages à travers les branches de sakura. Je lui ai posé une question que je voulais lui poser depuis longtemps.

« Pourquoi tu fais des tableaux Excel ? j'ai demandé. La vie est trop courte. »

Il s'est redressé sur son coude, l'air mécontent.

« J'ai dit quelque chose qu'il fallait pas ? »

« Quel âge tu as, vingt ans ? Et tu crois pouvoir donner des leçons de vie ? »

« Quoi ? Non, je… »

« Si je fais des tableaux Excel, c'est justement parce que la vie est courte. Je me fais beaucoup d'argent. À ce rythme-là, dans cinq ans, je prends ma retraite. »

« Dans cinq ans ? »

« Eh oui. Il y a un monde en dehors de ta petite tête. Dans cinq ans, j'arrête de travailler et je profite de la vie. Et toi, tu feras quoi dans cinq ans, hein ? Avec tes belles idées, tu seras où ? Tu seras libre, tu crois ? Je me souviens de ce que tu nous as raconté sur ton lycée prépa. Cinq heures de devoirs tous les soirs pendant quatre ans, c'était vivre dans le présent, ça ? Étudier à Columbia, s'endetter pour vingt ans, c'est vivre dans le présent ? Voir ta copine une fois dans l'année ? Et tu crois que tu t'en sors mieux que moi ? »

« J'ai jamais dit que je m'en sortais mieux que toi », j'ai répondu, vexée.

Porté par le saké, Lubin était parti pour me faire des reproches jusqu'à la fin des temps, mais Babar lui a dit d'arrêter, et Zenos et Koji aussi. Pourtant, ils ne parlent pas français. C'est dire si malgré les cerisiers en fleur, l'ambiance était… comment dire… épaisse. Tellement épaisse que Yuki a froncé ses jolis sourcils, mal à l'aise devant une tension si inhabituelle pour elle qui garde le *honne* à l'intérieur.

Contrariée, j'ai demandé à Sara si elle voulait aller faire un tour avec moi, et on est parties se promener dans le parc Yoyogi. Je lui ai tout raconté. Aiden, la peau de banane de Lucien, mes angoisses… et Soo-jin.

Elle ne m'a même pas dit que j'étais horrible. Au lieu de ça, elle m'a rassurée. Elle m'a dit qu'elle comprenait. Elle m'a aidée à trier mes pensées. J'aurais dû l'appeler plus souvent cette année, ça m'aurait évité de faire quelques bêtises. Pour elle aussi, mes sentiments avaient pris la poussière, alors qu'elle était la meilleure amie que j'avais jamais eue. Je croyais que voyager, c'était découvrir, mais voyager c'est pas découvrir, c'est se souvenir. Se souvenir de ce qui est important pour soi.

Quand quelqu'un me critique, j'ai tendance à me vexer, mais une fois que c'est passé, j'aime bien me remettre en question. Dans l'éventualité que le quelqu'un aurait raison.

C'était le cas de Lubin, alors quand on est revenues, je suis allée le voir pour m'excuser. Il a eu l'élégance de ne pas me mettre le nez dans mon pipi. Il m'a tapé dans la main, il m'a dit qu'il me « kiffait », et tout était terminé. C'est peut-être pas grand-chose, mais je crois que c'est grâce à ce genre de moments que notre colocation fonctionne, malgré le fait qu'on est sept personnes très différentes.

Depuis que Lubin a remonté mes bretelles, je me dis que mes pensées sur la vie pourraient bien n'avoir été que ça, de simples pensées. Peut-être que je suis comme tout le monde, à vivre dans l'illusion et à repousser Vivre à plus tard. Je garde un pull trop petit pour moi dans mon placard depuis des années. Je crois qu'un jour, je perdrai du poids et je pourrai le porter. Après hanami, je me suis rendu compte que c'était une erreur. Le problème, c'est que je n'arrive pas à mettre le doigt dessus.

L'erreur, c'est de ne pas avoir perdu de poids, ou de ne pas avoir jeté le pull ?

Leonora

Mercredi 29 mars

Dans le train pour Kyoto, Soupe m'a enfin raconté l'histoire de son coup de foudre. Ça mérite un petit post. Vivre, c'est aussi ce genre de truc.

À la fin de l'été dernier, Soupe a commencé à ressentir des douleurs oculaires dues à un « problème de convergence ». Son ophtalmologiste lui a prescrit des lunettes pour regarder son écran d'ordinateur, et des séances de rééducation chez l'orthoptiste.

Quand mon Soupe a rencontré son orthoptiste, une jeune femme de vingt-six ans d'origine finlandaise nommée Leonora, son cœur s'est mis à battre très fort dans sa poitrine. Les jours d'après, il ne pouvait plus se l'enlever de la tête. Il s'est demandé *what the fuck*, et il a fini par conclure que ça devait être cette fameuse foudre dont tout le monde parlait.

La rééducation consistait à regarder un gros point sur un écran au loin. Soupe devait dire à chaque fois s'il en voyait un ou deux, pendant que l'orthoptiste plaçait des filtres devant ses yeux pour le faire loucher. Quand ses yeux louchaient bien, Soupe voyait un point, et l'orthoptiste était contente. Quand les yeux de Soupe craquaient, il y en avait un qui partait sur le côté, Soupe voyait deux points, et alors Leonora savait qu'il y avait encore du travail.

Soupe ne devait pas être un patient facile pour Leonora. À chaque fois qu'elle lui demandait de se concentrer sur le point noir devant lui, Soupe voulait regarder le visage de Leonora à la place, et quand elle mettait son doigt devant ses yeux pour l'aider à faire la mise au point, il regardait le doigt au lieu du point parce qu'il trouvait que c'était le plus joli doigt de l'histoire des extrémités articulées.

Un jour, Soupe a brisé la glace, sous la forme d'une boutade.

« C'est bien que vous m'aidiez à faire la mise au point, mais on va faire comment, je vais devoir vous emmener partout avec moi pour avoir votre doigt quand j'ai besoin de regarder un truc ? »

Coup dur, Leonora n'a pas rigolé, offrant seulement

à Soupe l'esquisse d'un sourire amusé. Soupe s'est dit qu'il avait devant lui le plus grand défi de sa jeune existence : réussir à séduire une jeune femme plus âgée, plus belle et plus intelligente que lui, qui semblait aussi avoir un sens de l'humour plus raffiné que le sien. Et c'était même pas le plus embêtant. Difficile de charmer une fille quand à chaque fois qu'elle vous regarde, elle voit un type qui louche !

Les semaines passant, Leonora a rééduqué les yeux de Soupe. Mais Soupe avait tellement peur que les séances s'arrêtent qu'il n'avait pas envie d'aller mieux. Alors, malgré ses progrès, quand Leonora lui demandait s'il voyait bien un seul point, Soupe disait parfois qu'il en voyait deux. Comme Leonora ne voyait pas son œil partir sur le côté, elle ne comprenait pas pourquoi Soupe mentait. Pour la première fois de l'histoire de l'humanité, on peut dire que *littéralement*, une femme a vu dans les yeux d'un homme qu'il était amoureux d'elle.

Quand Soupe a terminé sa rééducation des yeux, Leonora l'a raccompagné sur le pas de la porte, et elle lui a souhaité bonne chance. On imagine qu'elle parlait de ses yeux, mais Soupe a pris ça pour un encouragement. Il l'a embrassée.

Le problème, c'est que ce genre de trucs, ça ne marche que dans les films fromageux. Leonora l'a repoussé, sourcils froncés. Soupe s'est excusé. Et Leonora a posé une question qui allait changer sa vie.

« *Why ?* »

Alors Soupe lui a dit pourquoi. Il lui a parlé de son petit cœur plein de foudre, il lui a dit qu'il se sentait vivant quand il pensait à elle, qu'il avait passé vingt années sans jamais connaître ça et qu'il ne voulait pas attendre vingt années de plus avant de retrouver ça. Et il a demandé à Leonora si elle voulait l'accompagner à un match de basket à New York, un de ces quatre.

Ça, ça a fait rigoler Leonora. Pas la blague du doigt, mais une invitation à un match de basket.

« Pas de restaurant ? » elle a demandé, amusée.

« Après le match, si vous voulez. On fera ça bien. Je vous tiendrai la porte. »

Leonora a refusé trois fois. Mais Soupe a demandé quatre fois.

Je sais ce qui s'est passé ensuite, parce que je suis une fille et que je connais très bien Soupe. Lors de leur première soirée ensemble, Soupe a fait rire Leonora. Il était différent des autres hommes qu'elle avait connus dans sa vie. Plus pur, plus direct, capable de points de vue uniques sur le monde et d'attentions adorables à son égard. Derrière ses apparences de beau gosse un peu macho, le petit cœur de Soupe battait fort pour elle, et elle s'est rendu compte qu'il était sincère. Qu'il était jeune, mais pas si jeune. Qu'il avait confiance en lui sans avoir la grosse tête. Qu'il n'était pas sur Facebook. Qu'il se pourrait bien qu'elle ait affaire à un être humain formidable.

Elle a peut-être même entrevu en lui un homme capable de lui faire des enfants et de l'aider à les éduquer. Alors elle a accepté de le revoir. Et à la fin de leur troisième soirée ensemble, c'est elle qui l'a embrassé. Pour la blague, Soupe lui a demandé *why*.

Ils sont ensemble depuis ce soir-là. J'ai tellement hâte de voir Leonora en vrai. Je veux me retrouver dans une soirée avec eux. Quand quelqu'un leur demandera où ils se sont rencontrés, je les supplierai de me laisser raconter l'histoire. À la fin, je dirai que Soupe et Leonora sont tombés amoureux entre un synoptophore et un autoréfractomètre, et puis j'éclaterai de rire. Mon interlocuteur rigolera pas, alors j'arrêterai de rire et je chercherai quelqu'un d'autre à qui raconter l'histoire.

Chasing a Dragon

Samedi 1er avril

Avant qu'on s'envole pour les îles, Soupe a proposé qu'on fasse un pacte. On a prévenu nos familles, et on a tous éteint nos téléphones portables. On a promis de ne pas les rallumer avant notre retour dans cinq jours.

Pour les souvenirs visuels, on n'utiliserait que l'appareil photo de Vaneck.

On a opté pour un établissement de notre quartier général à Ishigaki, une sorte de plaque tournante des îles Yaeyama. Contrairement à Iriomote, elle a l'avantage d'avoir un aéroport, et des ferries qui en partent régulièrement vers les îles avoisinantes, comme Iriomote.

Dès notre arrivée à Ishigaki, dépaysés par la végétation, la mer, le soleil et la densité moindre de la population, on a déposé nos affaires dans un petit appartement près du port, dans le sud de l'île.

Ensuite, on s'est empressés d'aller louer deux scooters. On avait lu que les transports en commun étaient toussotants sur l'île, et on ne voulait pas passer plus de temps que nécessaire sur un asphalte déprimant au lieu d'un sable merveilleux.

Pour ce premier jour, notre objectif prioritaire était de trouver une plage secrète au nord d'Ishigaki dont Soupe détenait la localisation grâce à un voyageur habitué des îles Yaeyama rencontré sur un forum en ligne.

On a joué à janken pour décider qui conduirait les scooters. Je dois être maudite par les huit millions de dieux japonais, parce que j'ai encore perdu. Je me suis assise derrière Sara, et Vaneck derrière Soupe. Soupe râlait parce que Vaneck le serrait trop fort, et Vaneck râlait parce que Soupe conduisait trop vite et trop brusquement.

La plage secrète se trouvait à quelques centaines de mètres d'une autre plage plus grande et plus prisée dont je ne donnerai pas le nom parce que si je te révèle où est la plage secrète, ça sera plus une plage secrète.

Pour accéder à la plage, il a fallu laisser nos scooters au bord de la route et nous engager sur un sentier surplombé de branches d'arbres tropicaux.

Quand les branches ont laissé place au ciel, on a découvert la plage.

D'abord, on a été époustouflés par le paysage. Le sable fin était grignoté par une mer émeraude entourée de montagnes verdoyantes. Des îlots fleuris, certains énormes, ressortaient de l'eau un peu partout, une vue typique d'Asie du Sud-Est nous rappelant qu'on en était proches.

Mais en avançant un peu sur le rivage à la recherche d'un coin où installer nos serviettes dans l'ombre d'une falaise, notre enthousiasme s'est éteint. Des tas de détritus nous attendaient. Emballages vides, bouteilles de sodas et paquets de gâteaux, entassés sur le sable merveilleux.

«*Jesus*», j'ai dit.

«*This is fucked up*», Vaneck a ajouté.

Soupe a soupiré. Sara a secoué la tête, dépitée.

Que l'homme pollue la planète Terre n'était pas une révélation, mais découvrir que cette pollution pouvait se trouver même sur cette île, et sur sa plage la plus secrète ? La désillusion était glaciale. Et puis, je ne comprenais pas bien. Je n'avais jamais vu un Japonais polluer. Ils étaient tellement polis et tellement propres. Comment c'était possible ?

On est allés se baigner, mais aucun d'entre nous n'arrivait à faire abstraction de ce qui se trouvait derrière nous. Comme des enfants dans leur chambre qui prétendent qu'ils pourchassent un dragon mais qui entendent leurs parents se disputer dans la cuisine, notre imaginaire était fissuré. Secrète ou pas, j'avais envie de partir et de trouver une autre plage qui n'aurait pas été souillée par l'espèce humaine.

Mon sentiment était partagé par l'ensemble du groupe. Assez vite, on a repris nos affaires et on est partis explorer le reste de l'île.

Kyoto était déjà un Japon différent de Tokyo. Plus lent, plus posé, plus simple. Ishigaki, c'était encore un autre Japon. Les gens étaient détendus, leurs yeux ne chutaient pas au moment de croiser les nôtres, et les sourires étaient plus fréquents. Le soleil et la mer propageaient des ondes de vitalité au sein de cette population qui ne semblait pas sujette aux inquiétudes pressées et à l'anonymat d'une grande ville. Le contraste entre le paysage urbain en ébullition froid et futuriste qui était devenu mon quotidien à Tokyo et celui que j'avais devant les yeux était saisissant. J'adorais Tokyo, que je considérais depuis quelques semaines comme ma ville préférée, mais je ne pouvais pas m'empêcher de penser qu'à l'échelle de la vie, elle représentait l'illusion et le temps qui ne compte pas. Ici, il me semblait qu'on était dans le vrai. Je ne connais pas le taux d'accidents de corps humains dans les îles Yaeyama, mais je parierais qu'il est très inférieur à celui de Tokyo.

En fin d'après-midi, j'ai été prise d'une envie pressante en même temps que Sara. On s'est arrêtés dans un boui-boui de cuisine mexicaine et, sans même demander la permission au propriétaire, on s'est précipitées aux toilettes.

C'était pas exactement les toilettes de luxe auxquelles j'avais été habituée à Tokyo. Il y avait deux cabines côte à côte et des traces non identifiées un peu partout sur les murs. Mais l'envie était pressante, alors on s'est jeté un regard, et on a chacune poussé la porte de notre cabine avec notre tee-shirt sur le nez.

Quelques secondes plus tard, j'ai chuchoté à Sara :

« Tu mets du papier sur la cuvette, toi aussi ? »

« Je n'ai pas ce luxe, moi. »

« Ah bon, t'as pas de papier ? »

« J'ai pas de cuvette. »

J'ai emmené mes amis sur une île paradisiaque pour qu'on vive une aventure inoubliable, qu'on se reconnecte à la vérité, à la vraie vie, à la nature et à la beauté de notre planète. Pour l'instant, nos souvenirs, c'est les détritus et les toilettes à la turque.

To Pee or Not to Pee

Dimanche 2 avril

Je suis assise sur un lit, près d'une fenêtre ouverte par laquelle m'arrivent les effluves de l'océan Pacifique. Ça sent la Chine. Sur cette île, on est plus proches de Taïwan et de la Chine que de la métropole japonaise. Mais l'odeur, rien à voir, c'est parce qu'il y a un restaurant chinois de l'autre côté de la rue.

Sara et Vaneck dorment dans l'autre chambre. À côté de moi, un Soupe en débardeur échange des messages avec Leonora. Moi aussi, je voudrais raconter ma journée à Aiden. Elle me manque. Soo-jin me manque. Tout le monde me manque, quoi, je suis ridicule.

Cette journée a commencé par un moment de vie cocasse. Quand je me suis réveillée, j'étais collée à Soupe, et j'ai senti quelque chose. Soupe a senti que j'avais senti quelque chose, et alors là, le malaise était cosmique.

« Tu es content de me voir ! » j'ai dit pour transformer le cosmique en comique.

Mais Soupe ne devait pas être d'humeur à transformer les choses, car il est devenu tout rouge. Je lui ai fait un bisou et je me suis levée, préférant le laisser seul pour « s'en remettre ». Je suis bien contente de ne pas avoir ce genre de problème. Si mon corps avait dû émettre un signal visible le jour où j'ai vu Soo-jin nue dans l'eau magique, j'aurais pas eu l'air maligne.

Dans la cuisine, Vaneck et Sara prenaient le petit déjeuner. Vaneck coupait des petits morceaux de mangue qu'il glissait dans la bouche de Sara, assise sur ses genoux. Ça m'a fait sourire. Et puis ça m'a fait peur. Qu'est-ce qu'on ferait s'ils se séparaient un jour ? Ce serait la fin de notre groupe. Comme l'a dit Babar, on ne peut pas transformer un avion en locomotive et espérer qu'il continue de planer.

Quand Soupe est arrivé, Vaneck lui a demandé s'il se sentait en forme. Soupe l'a regardé d'un air suspicieux, puis moi, puis lui.

« On doit se dépêcher, j'ai dit. Faut pas rater le ferry. »

« *Roger that, boss* », Vaneck a répondu.

Une heure plus tard, on a pris un bateau pour Taketomi, une toute petite île entourée de récifs de corail. À part les quelques buffles qu'on a croisés qui tiraient des carrioles avec des visiteurs, une activité que j'ai refusée quand Sara l'a proposée, le reste était fantastique. L'île était si petite qu'on pouvait la parcourir entièrement à pied. Elle est restée dans un état traditionnel, sans constructions modernes.

Le petit village qu'on a traversé au centre de l'île était rempli d'arbres magnifiques, de murets de pierre encadrant des allées sableuses, et de corail qui s'était parfois étendu jusque là. Les maisons en bois aux toits en tuile rouge étaient toutes protégées par des petites statues de *shīsā*, sortes de croisements entre un chien et un lion issus de la mythologie d'Okinawa. Ils défendent les habitants de l'île contre les mauvais esprits.

Les gens qui vivaient là avaient une expérience du Vivre qui était fondamentalement différente de la nôtre. Beaucoup étaient très vieux, mais semblaient très en forme. Les habitants des îles japonaises ont trouvé la pierre philosophale.

Sur la plage, le sable était délicieusement fin, étoilé, et l'eau turquoise tellement claire qu'on voyait des poissons aux couleurs fabuleuses nager entre nos jambes. Pas un seul déchet à l'horizon. Notre nouvelle expérience a gommé celle de la veille.

Nos vêtements se sont vite retrouvés sur le sable, et on s'est précipités dans l'eau. Sara portait un bikini vert pâle ravissant, et moi un bikini noir et blanc façon bandage.

En entrant dans l'eau, j'ai regardé autour de moi avec appréhension, car dans le ferry, un local nous avait prévenus qu'il s'y trouvait parfois des méduses et des serpents de mer.

« Si je me fais piquer par une méduse, tu me feras pipi dessus ? » Vaneck a demandé à Sara.

De l'eau jusqu'aux genoux, Sara a marché jusqu'à lui et a passé ses bras autour de son cou.

Oh non, j'ai pensé, ça va devenir fromageux.

« Bien sûr, mon ours. Je te fais pipi dessus quand tu veux. »

Tout compte fait, j'avais jamais entendu personne dire ça au cinéma.

Grâce aux masques et aux palmes loués à Ishigaki avant de prendre le bateau, on a pu admirer l'océan et les poissons exotiques.

De temps en temps, on revenait dans l'ombre des palmiers et on s'étendait tous les quatre, côte à côte, soupirant de bonheur, dévorant des mini-bananes et des mini-ananas cultivés à Ishigaki, plus doux et sucrés qu'on n'en avait jamais mangé. Le bonheur était tellement dense, on aurait pu s'accouder dessus. Mes angoisses, la peau de banane, la conversation-catastrophe, Soo-jin, Aiden, tout ça était si loin. Ma peau mate était un panneau solaire, les rayons de lumière me régénéreraient. Je me sentais profondément vivante.

« On n'est pas bien, là ? » Vaneck a demandé.

« On est *très* bien », Sara a répondu.

« Ch'est pas mal », Soupe a ajouté avec une mini-banane dans la bouche.

« Nobu n'aura jamais vu tout ça, Vaneck a ajouté. Vous imaginez ? »

Non, on n'imaginait pas. On n'imaginait pas ce que ça faisait vivre tout ça dans le noir. Est-ce que sentir l'odeur iodée de la mer, entendre le clapotis des vagues, laisser couler du sable entre ses doigts et manger un fruit exquis avaient suffi à rendre Nobu heureux ?

« Si vous deviez emporter trois objets sur une île déserte, vous prendriez quoi ? » j'ai demandé.

Question simple, qui jusqu'ici, m'avait apporté des réponses simples. Mais mes amis ne sont pas mes amis par hasard. Comme moi, ils ont tendance à trop réfléchir.

D'abord, Vaneck a voulu négocier.

« Je peux prendre quatre petits trucs au lieu de trois gros ? » il a demandé.

« J'ai pas dit trois gros trucs, j'ai dit trois trucs. »

« Est-ce qu'il y a du réseau sur l'île ? »

« Peut-être. Mais si tu prends un téléphone et qu'il n'y en a pas, tu auras gâché un de tes trois trucs. Soupe, tu me passes une banane ? »

« Il y a des animaux sur l'île ? Sara a demandé. Il fait quel climat ? Les chemins sont escarpés ? »

« Hey, c'est pas un voyage organisé ! Ton bateau va couler, un génie est juste assez sympa pour te prévenir et t'offrir d'apporter trois trucs ! »

« Je dois les porter depuis le navire ? »

« Non, le génie s'en occupera pour toi. »

Finalement, Soupe a donné ses réponses en premier.

« 1. Un livre de survie.

2. Une radio.

3. Mjolnir. »

« C'est quoi, Mjolnir ? » j'ai demandé.

« Le marteau de Thor. »

Vaneck lui a rappelé qu'il ne serait sûrement pas

considéré assez digne par les dieux pour pouvoir soulever le marteau en question. Était-ce bien raisonnable d'utiliser l'un de ses trois trucs pour un marteau dont il ne pourrait rien faire ? Têtu comme une mule, Soupe a dit qu'il voulait le prendre quand même, mais j'ai bien vu qu'il était contrarié.

« La radio, c'est pour appeler les secours ? » j'ai demandé.

« Hein ? Non, pas une radio pour parler, une radio pour écouter de la musique. Je serai seul sur une île paradisiaque, pourquoi je voudrais partir ? »

« J'ai jamais dit qu'elle était paradisiaque, j'ai dit qu'elle était déserte. »

« *Whatever.* »

Vaneck a caressé son cou de diplodocus pendant quelques secondes avec ses longs doigts noirs, puis il a claqué dans ses mains et il a dit :

« 1. Un ballon de basket.

2. De l'anti-bestioles (qui marche sur les guêpes en priorité, mais si ça fait les moustiques aussi, c'est mieux).

3. Une photo de Sara. »

Sara lui a donné un coup de poing dans le bras parce qu'elle n'était pas dans la liste, et Vaneck a répondu, avec une innocence magnifique, qu'il ne savait pas qu'il y avait assez de place sur le radeau pour emmener quelqu'un. (Pendant que j'expliquais le coup du génie qui apporte les affaires, Vaneck était parti rincer ses mains pleines de jus d'ananas dans l'eau.) Il a voulu changer pour mettre

Sara dans les trois trucs, mais Sara a dit que c'était trop tard et qu'il finirait sa vie tout seul sur l'île déserte et qu'elle allait lui donner une photo trop pourrie exprès, même si ça allait être dur parce qu'elle est bien sur la plupart des photos.

Quand Soupe a entendu qu'on pouvait amener quelqu'un, il a voulu remplacer Mjolnir par Jessica Alba. Sara lui a dit qu'il faudrait peut-être demander l'autorisation à Jessica Alba avant, et que ça commençait à bien faire cette manie des garçons de penser qu'ils pouvaient disposer de nous comme si on était des sacs plastique et que c'était pas parce qu'il avait perdu du poids et qu'on pouvait presque voir ses abdos qu'il pouvait tout se permettre. Le *presque* a contrarié Soupe, qui a regardé son ventre en fronçant les sourcils.

Alors, Sara a donné sa liste :

« 1. L'intégrale de *Harry Potter* (que monsieur le génie réunira dans un très gros livre pour que ça fasse un seul truc, merci d'avance monsieur le génie).

2. Une vache (pour me donner du lait et du fromage).

3. De la mort-aux-rats, parce qu'une fois que j'aurai relu *Harry Potter* vingt fois et mangé plein de fromage, Vaneck ne sera pas là alors j'aurai envie de mourir. »

Vaneck a couiné. Il l'a couverte de baisers et il a dit à quel point il était désolé, « mon petit cupcake au romarin », et que lui aussi il voudrait mourir sans elle, alors moi et Soupe on s'est regardés avec des yeux effarés et Soupe a mis ses doigts dans sa bouche comme pour se faire vomir. Moi, franchement, j'avais pas besoin de mettre les doigts.

Pour contenter tout le monde, j'ai accepté les changements de dernière minute.

Pardon, Jessica Alba.

The Moon and the Stars

Lundi 3 avril

« *Jump !* »

Cette phrase, il y a plein de gens qui peuvent la dire. Un hors-la-loi sur le toit d'un train, tendant la main à sa complice assise sur un cheval au galop et poursuivie par le shérif. Un policier à un suicidaire, après deux heures à essayer de le convaincre de rester en vie, qui en a plein les baskets et veut rentrer chez lui. Une bande de gamines dans l'eau à leur amie chétive, la seule à n'avoir pas encore osé sauter du haut du rocher géant.

Dans mon monde, celui qui l'a dite c'était Daisuke, notre guide pour aller à Iriomote. Du même âge que nous, il avait la peau super bronzée et des cheveux noirs hirsutes qui débordaient d'une vieille casquette de baseball. Il respirait le soleil et la fraîcheur. J'étais à peu près sûre qu'il ne savait pas ce qu'était un tableau Excel. Sur Terre, normalement il n'y a que deux catégories de gens, absolues, les gens en vie et les gens morts. Mais lui, il était très en vie.

On l'avait rejoint au port, tôt le matin, excités comme jamais de partir à l'aventure. Louer les services d'un guide individuel et de son bateau pour la journée n'était pas dans mes moyens, mais j'ai la chance d'avoir des amis qui n'ont pas ce genre de problème.

Au milieu du trajet entre Ishigaki et Iriomote, Daisuke a éteint le moteur et nous a dit de sauter. Il voulait absolument nous faire goûter un morceau de l'océan avant de continuer.

« Je vous attends ici, il a dit. C'est l'océan le plus beau que vous verrez jamais. Si vous n'y nagez pas, vous le regretterez. »

Autour de nous, rien d'autre qu'un désert bleu, plat et silencieux, qui s'étendait à perte de vue.

Soupe a enlevé son tee-shirt et écarté les cheveux devant ses yeux.

« Et les requins ? » Sara a demandé.

« Les requins ? Êêêêh… le risque qu'un requin vous attaque ici alors que vous êtes en groupe près de mon bateau est quasi nul. »

Pour Soupe et Vaneck, c'était une bonne nouvelle,

pour Sara et moi, une mauvaise. Ils avaient entendu « nul », on avait entendu « quasi ». Je crois que Vaneck a un problème de hiérarchie des dangers. Il a peur des guêpes, mais pas des requins.

« Allez, j'ai dit à Sara. On est venus ici pour ça, non ? »

J'ai enlevé mon short et mon tee-shirt, puis Sara à son tour s'est délestée de ses vêtements avant d'attacher ses cheveux. J'ai souri en la regardant faire, ravie de n'avoir plus ce genre de problèmes.

« On se prend la main ? » j'ai demandé aux autres.

« Oh là là, Soupe a dit. Vous êtes vraiment des chochottes. »

« C'est pour la photo », j'ai dit.

On s'est tous pris la main. L'appareil photo de Vaneck entre les mains, Daisuke nous a donné le départ, et on a sauté.

L'eau était délicieuse, parfaitement claire, d'un bleu chaud et attirant dans lequel il était incroyablement jouissif de se mouvoir. Mais seulement à la surface, car sous nos pieds, il existait des profondeurs obscures, incertaines, dont on se faisait tous une idée différente. On essayait de ne pas y penser.

Zenos m'a dit une fois qu'il ne comprenait pas la fascination des humains pour l'espace, alors qu'on n'a vu qu'une fraction infime des merveilles que la planète Terre a à offrir. L'océan est si profond qu'il n'a été exploré qu'à 5 %. Mais on veut découvrir l'univers. C'est typique de nous, on cherche nos lunettes alors qu'elles se trouvent sur le bout de notre nez.

Avec notre accord, Daisuke s'est éloigné pour nous donner l'illusion d'être laissés à nous-mêmes au beau milieu de l'océan. Après ça, il n'y avait plus d'espace tangible. On était minuscules, perdus, enveloppés dans l'infini. On s'est laissés flotter à la surface, soupirant de plaisir, plissant les yeux pour ne pas être éblouis par un soleil qui était, comme nous, perdu dans un désert de bleu.

Bientôt, Sara a hurlé au requin, parce que Soupe était sous l'eau en train de lui mordre les jambes. La plupart des gens se seraient contentés de les tirer, mais Soupe fait toujours les choses très consciencieusement. Sara a essayé de le frapper ensuite, mais il nageait trop vite pour elle, avec ses *presque* abdos.

Après avoir savouré ce moment de vie inattendu, on a nagé jusqu'au bateau, on est remontés à bord et on a remercié Daisuke pour son idée formidable. Il faut être très en vie pour laisser une trace indélébile sur l'existence des autres avec une seule idée.

Iriomote est un peu plus grande qu'Ishigaki, mais beaucoup moins peuplée, car elle est recouverte à 90 % de forêt tropicale. On a descendu une rivière, émerveillés par le paysage autour de nous. Je n'ai pas pu m'empêcher de penser à Aiden. Son truc préféré dans *Star Wars*, c'est la diversité des planètes et des cultures. Les déserts de Tatooine, les paysages vertigineux de Naboo, l'architecture de Coruscant. À Iriomote, entre les mangroves, la végétation que, si j'étais fromageuse, je qualifierais de « luxuriante », et les cris d'animaux qu'on était incapables d'identifier, il était difficile de ne pas imaginer qu'on avait changé de planète.

On a jeté l'ancre dans une petite crique où une dizaine de kayaks vides étaient amarrés. On a sauté sur la terre ferme. Daisuke a pris les devants pour nous guider à travers la jungle.

« Regardez où vous mettez les pieds, il a dit. Il ne faut pas marcher sur un *habu*. »

« Habu ? » on a demandé.

« *Habu snake*. »

« Sa morsure est mortelle ? » Soupe a demandé.

« Elle peut l'être, parfois, si on n'est pas soigné. Autrefois, les gens ici en mouraient. J'ai marché sur un habu une fois en courant dans la jungle. Mais un médecin m'a guéri. »

Un frisson a parcouru mon dos lorsqu'il nous a montré la cicatrice sur son mollet. Heureusement qu'il n'est pas tombé sur un médecin qui pensait que c'était le stress...

Marcher dans la jungle est beaucoup plus fatigant que je ne l'avais imaginé. Il faut sans cesse regarder où on met les pieds et la tête pour éviter les serpents par terre, les serpents dans les arbres, les bestioles bizarres et les branches dangereuses. On patauge parfois dans de la boue, on escalade, on grimpe, on s'agrippe, on descend, on glisse, on se fait mal, on grimace. Et puis parfois on se trompe. Fatiguée, Sara a cru s'appuyer contre une vieille écorce sur un tronc d'arbre, mais c'était pas une écorce, c'était une énorme limace marron de la taille de mon avant-bras. Tous les êtres qui vivent dans cette jungle ont dû lever la tête et se demander quel étrange animal avait bien pu pousser ce hurlement strident.

Sur la route, on a croisé deux petits groupes de touristes japonais qui revenaient vers les kayaks qu'on avait vus plus bas.

Sans exception, ils nous ont tous dit bonjour avec un grand sourire, spontanément.

« *'nichiwa !* »

J'étais surprise, car c'était loin de la façon de faire tokyoïte, que j'avais peut-être un peu rapidement analysée comme la façon de faire japonaise. À l'avenir, quand on me demandera si je connais les Japonais, je dirai non, je connais les Tokyoïtes. Quelque chose me dit que Tristan et son cure-dents ne s'embarrasseraient pas de ce genre de considérations.

« Tu es déjà allé à Tokyo ? » j'ai demandé à Daisuke.

« Tokyo ? Oui, bien sûr. »

« Qu'est-ce que tu en penses ? »

« Oh, je n'aime pas beaucoup. Trop urgent. Trop occupé. Trop frénétique. Les habitants de Tokyo ne sont pas très gentils. La vie est fatigante. Ce n'est pas une bonne vie. »

D'un côté, ça m'a un peu vexée, parce que j'adore

ma ville, mais de l'autre, j'ai compris exactement ce qu'il voulait dire. À Kyoto aussi, on a rencontré des Japonais qui semblaient ne pas tellement apprécier Tokyo. Je trouvais les Tokyoïtes charmants, mais d'autres Japonais les trouvaient impolis. Mon père vient d'un petit village à côté de Montpellier, et il a le même avis sur les Parisiens. Ça doit être un truc de capitale.

Daisuke nous a menés jusqu'à une cascade haute d'une cinquantaine de mètres, olympienne, qui coulait dans un grand bassin entouré de rochers. On est arrivés à bout de souffle et dégoulinants de sueur, mais on a vite oublié notre fatigue, émerveillés par la vue qui s'offrait à nous.

« C'est incroyable, j'ai dit à Daisuke. *Sugoi.* »

« Puce, regarde ! » Soupe a chuchoté.

Un petit lézard vert presque fluo au museau adorable se tenait dans la paume de sa main.

On s'est baignés sous la cascade. On était encore seuls au monde, mais cette fois dans la jungle. Daisuke ne voulait pas venir, se cantonnant à son rôle de guide, mais devant notre insistance, il a fini par enlever sa casquette et plonger dans l'eau avec nous.

« Je ne comprends pas, je lui ai dit. On a remarqué plein de déchets sur la plage, à Ishigaki. Je n'ai jamais vu un Japonais polluer à Tokyo, les gens sont différents ici ? »

« Oh, non. Pas les Japonais. »

Il a pointé du doigt l'horizon par-delà les arbres en faisant la moue.

« Là-bas, il a dit. Taipei. Leurs déchets dérivent jusqu'ici. »

Bon. Je ne sais pas si c'était une information ou l'avis subjectif d'un Japonais, mais comme je ne suis pas spécialiste en dérive de détritus dans l'océan Pacifique, je te laisse décider.

« Est-ce que beaucoup de gens sont venus ici après la guerre ? » j'ai demandé.

« Quelques-uns. Certains habitants des îles occupées par les Américains ont fui. S'ils n'étaient pas assez riches pour émigrer vers Taïwan, ils tentaient leur chance à Iriomote. Mais c'était dangereux. »

« À cause des serpents habu ? »

« À cause des moustiques. Ils transportaient la malaria. »

En anglais, on appelle ça avoir le choix entre le diable et son fils. J'espère que Hiro, Eiko et Nobu n'ont pas fui l'occupation en pensant arriver sur une île paradisiaque, seulement pour se retrouver piqués par des moustiques mortels. Avec un peu de chance, ils étaient comme moi et Aiden, propriétaires d'un sang spécial avec l'anti-moustique intégré.

Sur le chemin du retour dans la forêt, Daisuke s'est intéressé à ma nationalité.

« Je suis plus américaine que française, j'ai dit. Disons que c'est du 60-40. Ma mère a gagné la bataille. »

« Je suis allé en France, une fois. Sur l'île de La Réunion. Tu connais ? »

« Hmm… C'est à côté de l'Afrique, non ? »

« Oui, c'est ça. Quand j'étais petit, j'ai fait le tour du monde avec mon père. On est allés sur toutes les petites îles du monde. »

« Ah, c'est pour ça que tu parles si bien anglais ! Tu n'allais pas à l'école ? »

« Mon père m'apprenait tout, sur le bateau. »

« Waouh. Ça c'est Vivre, tout de suite. Tu étais heureux ? »

« Très heureux. »

Il a escaladé un énorme tronc, puis il m'a tendu la main pour m'aider à faire de même.

« Qu'est-ce qu'il faisait, ton père ? » j'ai demandé.

« Il étudiait les oiseaux. »

Mon cœur a fait un bond, car j'ai failli glisser en descendant une pente boueuse. Je me suis rattrapée de justesse à une racine. J'avais pas eu le temps de vérifier, si ça avait été un serpent habu, tant pis, je l'attrapais quand même.

« Mon père a étudié le taille-vent sur l'île de La Réunion, Daisuke a dit. Tu connais le taille-vent ? »

« Non. »

« C'est un oiseau qui n'existe que là-bas. Il vit dans les montagnes. Mon père a parlé aux habitants de l'île parce que ces oiseaux étaient en danger. Quand les petits sont assez grands, ils s'envolent vers l'océan. Normalement, ils s'orientent grâce à la lune et aux étoiles, qui se reflètent sur l'eau la nuit. Mais avec les éclairages que l'homme moderne utilise en ville, les petits sont désorientés. Ils échouent dans les zones urbaines, et une fois au sol, ils ne peuvent plus redécoller. Alors ils meurent. »

Il m'a dit de faire attention à ce que je faisais, parce que j'avais failli rentrer dans un arbre à force de le regarder pendant qu'il me racontait son histoire. J'étais fascinée. Un oiseau rare avec des problèmes d'orientation ? Elle me parlait, cette histoire. Et même, elle me parlait tellement que si je m'étais pris un arbre dans la figure, j'aurais dit que ça valait la peine.

Comme Daisuke connaissait bien Iriomote, je lui ai demandé s'il avait déjà entendu parler d'un couple, d'un petit garçon aveugle et d'une tortue ici dans les années 50. Dans un roman, je parie qu'il nous aurait amenés dans un champ de canne à sucre au milieu de la jungle. Une femme âgée quasi immortelle avec un bandeau mauve dans les cheveux se serait tenue là, elle aurait été la meilleure amie d'Eiko, et elle nous aurait raconté la vie entière de Hiro, Eiko et Nobu.

Mais Daisuke ne savait pas. Dans la vraie vie, les gens ne savent pas.

Ce soir en t'écrivant, je pense à ce qu'il m'a raconté sur le taille-vent. Et je pense à son adolescence, aussi. Pas de *college prep*. Pas d'uniforme. Pas de soirées entières à faire des devoirs. Pas d'examens. Pas de dossiers de candidature. Pas de fac. Pas de pression pour un métier de prestige. On m'a toujours dit que tous ces trucs étaient essentiels pour avoir une bonne vie.

Comment ça se fait que ce garçon-là est très en vie ?

Social Animals

Mardi 4 avril

Les rêves, c'est le cerveau qui fait le ménage. Il trie, range les pensées, organise nos sentiments, nous aide à digérer les événements. Si j'avais mieux dormi cette année, peut-être que ma tête serait restée rangée. Peut-être que la poussière ne serait pas rentrée par mes oreilles.

Cette nuit, quand je suis allée au lit, j'ai senti que quelque chose était en train de se passer. Ici, dans les îles, loin d'Aiden et loin de Soo-jin, les choses devenaient plus claires. Ma rencontre avec Daisuke a été fondamentale. Les conversations qu'on a eues dans la jungle, les histoires qu'il m'a racontées, sa propre histoire, sa façon de voir le monde et le taille-vent m'inspiraient des pensées nouvelles. Je commençais à sentir ce qu'il fallait que je fasse. Avec Aiden, avec Soo-jin, avec ma vie.

« Tu dors ? » j'ai chuchoté.

Question de dessous-de-couette classique.

« Non », Soupe a répondu.

« À quoi tu penses ? »

« À rien. »

« C'est super dur de penser à rien. Tu penses forcément à un truc. »

« Ouais, je pense à un truc. »

Il a soupiré avec le nez.

« Je me demandais si ça allait marcher avec Leo. »

« Pourquoi ? »

« J'ai eu des pensées chelou, ces derniers temps. »

« Quel genre ? »

« Je sais pas, je pense à d'autres filles. Tu penses à d'autres filles qu'Aiden ? »

« Ouais, une. Mais c'est compliqué. Tu sais, Yuki, tu t'entendrais pas avec elle. Les garçons, elle s'en fiche. Quand il y en a un qui lui plaît, elle le voit pendant quelques jours, et puis elle se lasse et elle passe à autre chose. »

« Je m'en fous. »

« Sympa. »

« Non, pas de ce que tu racontes, je m'en fous de Yuki. »

« Ah ! Bah à qui tu penses, alors ? »

Il a tourné la tête vers moi, et à la façon dont il m'a regardée, j'ai pris peur.

« *What ?!* Qu'est-ce que tu racontes ? »

« Mais non. T'inquiète, je vais pas tomber amoureux de toi ou une connerie comme ça. C'est juste… Je sais pas, parfois quand on rigole tous les deux… ou qu'on parle de certains trucs… je me dis que j'ai pas ça avec Leo. »

« C'est normal. On se connaît depuis cinq ans, tu peux pas comparer. »

« Et puis quand tu t'es mise en bikini sur la plage, l'autre jour. *Fuck*, ça m'a fait un truc, t'es chiante ! »

J'ai rigolé.

« Je t'ai fait un truc, moi ? Tu me trouves bien ? »

« Carrément. T'es trop bien, débile. Avec tes seins et tout, c'est n'importe quoi. »

« Débile toi-même, avec tes presque abdos et tes cheveux de beau gosse et ton sourire qui charme tout le monde. »

On a rigolé ensemble. Je lui ai fait un bisou sur la joue.

« Je crois que c'est normal d'être attiré par d'autres gens, j'ai dit. On est des animaux sociaux. Mais l'amour, c'est autre chose. »

« Je sais pas ce que c'est. »

« C'est la grande diversion. »

« De quoi ? »

« Rien. Faut dormir, demain y'a journée exploration. »

« Bonne nuit, débile fan de mes cheveux. »

« Bonne nuit, débile fan de mes seins. »

J'ai rêvé d'une île déserte. J'étais avec mes amis sous un cocotier lorsqu'un cafard géant est sorti de la jungle. Soupe voulait lui mettre des coups sur la tronche avec Mjolnir, mais il n'était pas assez digne pour les dieux et du coup il n'a pas réussi à soulever le marteau divin qui était planté dans le sable. De son côté, Vaneck a essayé d'utiliser son anti-bestioles sur le cafard, mais c'était un produit pour bestioles de taille normale et le cafard était géant, du coup le cafard a rigolé et il a mangé Vaneck. Sara s'est mise à hurler. Le cafard géant s'est avancé vers moi en ouvrant ses mandibules.

J'ai trouvé ça injuste, c'était pas moi qui avais hurlé.

Fixing the Secret Beach

Mercredi 5 avril

Il y a des moments de vie, quand on les traverse, on sait qu'on ne les oubliera jamais.

Pour notre dernier jour dans les îles, Daisuke avait annoté une carte d'Ishigaki. Parmi ses nombreux conseils d'exploration, il avait marqué d'une croix l'emplacement d'une petite librairie spécialement pour moi. On n'avait pas parlé que du taille-vent pendant notre trek dans la jungle, on avait discuté de plein d'autres trucs, comme par exemple ma propension à me perdre dans les pages d'un livre et à rêver de mondes merveilleux dans lesquels les détritus ne dérivent pas jusqu'aux plages secrètes.

Soupe et Vaneck ne comprenaient pas l'intérêt d'une librairie où tout serait en japonais. J'ai essayé de leur expliquer. « Quand vous allez au zoo, vous comprenez ce que disent les girafes ? Eh bah c'est pareil. »

La librairie était exactement comme je la voulais. Petite, ancienne, et en désordre. Quand on est entrés, le petit carillon n'a pas réveillé un vieil homme bronzé qui somnolait derrière le comptoir, penché en arrière sur sa chaise. Il n'aurait plus manqué qu'il soit secrètement maître en arts martiaux et qu'il attrape des mouches avec des baguettes, et *ding ding ding*, on sonnait la cloche à fromage.

J'ai pris beaucoup de plaisir à fureter. J'ouvrais un livre, je humais ses vieilles pages jaunies, je les feuilletais un peu, j'admirais les kanji, je regardais les images, je refermais le livre, et je reproduisais l'opération. Je suis sûre que tu me comprends, toi, mon amie mi-imaginaire qui aime lire.

Et puis j'ai traversé un moment que je n'oublierai jamais.

Mes yeux se sont posés sur une couverture, dessinée au pastel, et le sol s'est ouvert sous mes pieds. Un jeune homme japonais. Une jeune femme japonaise, le visage marqué par des cicatrices. Sur ses épaules, un petit garçon, les yeux fermés. Dans ses mains, une petite tortue. Derrière eux, la jungle. Au-dessus de leur tête, des B-29.

J'ai porté la main à ma bouche. Je ne pouvais plus détourner les yeux. Qu'est-ce que… Comment ? Pourquoi ?

J'ai appelé Sara, qui a appelé Vaneck, qui a appelé Soupe, qui a demandé *what the fuck*.

J'ai pris le livre dans mes mains et j'ai tourné les pages, les autres regardant par-dessus mon épaule.

« Tu comprends des trucs ? » Vaneck a demandé.

« Je t'ai dit que je pigeais rien au japonais. »

Jamais avant, ma frustration d'être analphabète n'avait été aussi grande.

Je suis allée voir le libraire au comptoir. Le temps qu'il émerge de sa sieste, j'ai réussi à me souvenir de quelques mots que j'avais appris quand je me baladais dans les librairies à Tokyo.

« *Sumimasen. Shōsetsu ?* » j'ai demandé pour savoir si c'était un roman.

« *Hai, shōsetsu desu* », Dormeur a répondu.

« *Sakusha ?* » j'ai demandé pour savoir l'auteur.

« *Misaki Chiyo desu.* »

Misaki Chiyo… Chiyo Misaki… Chiyo… la femme qui avait vécu dans ma maison avant Sayoko-san ? J'ai repensé au sous-sol. Aux machines à écrire. À la canne blanche. Et aussi, à ces photos d'un cow-boy en noir et blanc que j'avais trouvées dans une commode en cherchant des indices. Gary Cooper ?

J'ai sorti la lettre originale de mon sac à dos et je l'ai

posée sur le comptoir. Le libraire a ajusté des lunettes sur le bout de son nez. Il s'est penché en marmonnant.

« Êêêêêêêh ! » il s'est exclamé.

« Ça veut dire qu'il est surpris », j'ai chuchoté aux autres.

« Heureusement que t'es là », Soupe a ironisé.

J'ai posé mon doigt sur le roman, puis la lettre.

« *Same ?* » j'ai demandé.

« *Hai. Sō desu.* »

Il a feuilleté le livre, puis il m'a montré le texte et il a placé la lettre à côté.

« *Same* », il a dit.

La lettre qu'on avait chez nous devait être une sorte de premier jet d'une partie d'un roman qui se passait principalement dans les îles Yaeyama. Contrairement à ce qu'on avait pensé, ce n'était pas un morceau de l'histoire du monde, mais juste *une* histoire. J'étais déçue que Hiro, Eiko et Nobu ne soient que des êtres de papier, et en même temps, j'étais excitée d'avoir l'occasion de plonger un jour dans leurs aventures sous la forme d'un roman, si jamais par chance il avait été traduit en anglais.

Bien sûr, j'ai acheté le livre. Je suis restée frustrée de ne pouvoir expliquer au libraire dans quelles circonstances on était entrés en possession de la lettre.

« *Kaishu desu* », il a dit pour se présenter.

« *Puce desu* », j'ai répondu.

« *Vaneck desu.* »

« *Sara desu.* »

« *Eric desu.* »

« *Hajimemashite* », j'ai chuchoté aux autres.

« *Hajimemashite !* » on a tous répété gaiement.

« Heureusement que je suis là », j'ai chuchoté à Soupe.

Après ça, on est rentrés à l'appartement pour se rafraîchir avant notre dernière soirée sur l'île. On avait une idée très précise de la façon dont on voulait la passer. Avec d'autres personnes, on n'aurait peut-être pas été d'accord. J'étais heureuse que mes amis aient le même genre d'idées que moi, qu'ils soient touchés par les mêmes choses et qu'ils voient la vie de la même façon. Même s'ils ne savent pas pour le néant, et pensent qu'il y a un paradis. On n'est pas d'accord sur la mort, mais on est d'accord sur la vie.

Pendant que Vaneck et Sara étaient sous la douche et que Soupe faisait des tractions dans la cuisine en attendant son tour, j'ai ouvert mon MacBook pour chercher des informations sur Chiyo Misaki.

Une heure plus tard, tout le monde sentait bon. On a rempli nos sacs à dos de fruits frais, on a grimpé sur les scooters et on est remontés vers le nord de l'île, direction la plage secrète.

Là-bas, on a réuni tous les déchets qu'on pouvait trouver. On y a ajouté du bois, et on a fait un grand feu de joie. On a regardé les flammes consumer la bêtise humaine. On a réparé la plage secrète.

Quand j'ai dit aux autres que je connaissais désormais

l'histoire de Chiyo, ils ont insisté pour savoir. Sara s'est assise entre les grandes jambes de Vaneck. Soupe a posé sa tête sur mes cuisses.

Alors, près du feu, j'ai raconté ce que je savais.

Comme Hiro, Chiyo Misaki a perdu ses parents pendant les bombardements de Tokyo. Elle aussi se trouvait sur le pont Kototoi ce soir-là, et elle aussi s'est sauvée en sautant dans la rivière Sumida.

Quelques années plus tard, pendant l'occupation, elle est tombée enceinte d'un soldat américain. Je n'ai pas réussi à découvrir si c'était une histoire d'amour ou quelque chose de moins joyeux.

Le soldat est rentré aux États-Unis après son service. Seule, pauvre, et désormais mère célibataire, Chiyo s'est mariée avec un homme d'affaires japonais afin de subvenir aux besoins de son enfant, Yoshi. Ils se sont installés tous les trois dans une grande maison à Kamikitazawa.

Le mari haïssait Yoshi, car comme Koji, comme Cookie et comme moi, Yoshi était un *halfie.* Après la guerre, beaucoup de Japonais détestaient les *halfies* américains.

Un jour, le mari a roué de coups le petit garçon. Transporté en urgence à l'hôpital, Yoshi a perdu la vue. Quelques jours plus tard, on a retrouvé le mari mort dans sa maison. Certains pensent que Chiyo l'a empoisonné, mais personne ne le sait vraiment.

Chiyo est restée vivre dans la grande maison avec son fils. Elle a acheté un piano pour que Yoshi puisse apprendre la musique. Elle est devenue écrivaine, imaginant des histoires inspirées de sa vie. Dans son premier roman, *Une tortue dans l'écume*, le personnage de Nobu, diminutif de Nobuyoshi, devenu aveugle pendant les bombardements de Tokyo, échappe à l'occupation en embarquant avec sa sœur Eiko et son ami Hiro sur un bateau à destination d'Iriomote, où ils trouvent tous un destin plus favorable.

Adulte, Yoshi est devenu pianiste en Europe. Quant à Chiyo, on l'a retrouvée sans vie chez elle quelques jours après les attentats au gaz sarin. Personne ne sait ce qui lui est arrivé.

« *Oh là là*, Puce ! Sara s'est exclamée quand j'ai terminé. Bonjour la déprime ! »

« Y'a pas une fin joyeuse à ton histoire ? » Vaneck a demandé.

« C'est une histoire vraie, j'ai répondu. Dans la vraie vie… ça finit mal pour à peu près tout le monde. »

« Eh ben, Soupe a dit. Heureusement qu'on était de bonne humeur. »

L'intensité du feu diminuait. J'ai demandé à Soupe de se redresser pour que je puisse attraper la pochette Oui-Oui dans mon sac à dos. J'en ai sorti la dernière lettre de l'arc-en-ciel épistolaire. J'avais attendu le bon moment pour la lire. C'était le bon moment.

Le trac au ventre, j'ai ouvert l'enveloppe en m'éloignant un peu des autres.

Comme je m'y attendais, elle était rouge. Mais c'était un rouge particulier. Un rouge orangé.

Un rouge…

Capucine

Chère Sidonie,

J'ai rencontré quelqu'un. Elle s'appelle Capucine. Elle préfère quand les personnes l'appellent Puce. Je l'appelle «ma petite otarie» quand elle boude, parce que quand elle boude elle a une tête très adorable mais si on s'approche trop près elle est dangereuse.

Je ne parle pas de ça souvent, mais avant le Delaware, j'avais de l'anxiété et de la déprime. Quand Puce est venue dans ma vie, elle a effacé ça. Elle est toujours enthousiaste et énergétique. Les personnes qui la connaissent disent elle fait les gens meilleurs autour d'elle. Elle est comme un petit soleil.

Puce est très belle, mais elle ne sait pas ça. Elle pense elle est banale. Alors elle est encore plus belle.

Parfois, elle me dit elle est «médiocre» et elle n'a pas beaucoup de valeur. C'est faux. Je n'aime pas quand elle dit ça. Elle ne réalise pas comment elle est. Elle ne voit pas dans les yeux des garçons qu'est-ce qu'ils pensent. Ils se demandent comment c'est d'être avec une fille comme elle. Ils pensent ça doit être très différent et très excitant parce qu'elle est forte et curieuse et drôle et futée et rebelle aussi. Les garçons n'aiment pas qu'elle veut être avec moi, ils pensent elle devrait être avec un garçon. Moi je pense c'est bien !

C'est incroyable d'être la petite amie de Puce. Elle me fait rêver, sourire, rire, parfois dans la même minute. Nous avons toujours des conversations formidables. Elle m'inspire pour dessiner. Elle a une imagination géante. Elle croit en moi. Je peux reposer sur elle tout le temps quand j'ai peur ou je suis triste ou malade. Les mauvaises choses me paraissent moins mauvaises, je sais ce n'est jamais grave parce que Puce va sourire et m'aider pour trouver une solution. Aussi, elle est surprenante. Elle fait des surprises beaucoup. Je ne sais jamais où sont les limites des choses qu'elle peut faire.

J'aime que même si elle est incroyable, elle n'est pas parfaite. Elle craque ses doigts. Elle a des pieds froids dans le lit. Elle aime bien parler avec sa bouche pleine. Elle mange trop des sucreries parfois. Elle est impatiente. Elle râle. Elle boude quand elle n'est pas contente. Parfois elle n'est pas contente pour des très petites choses. Mais elle oublie vite parce qu'elle est gentille.

Puce a des particularités drôles. Elle n'aime pas dormir dans le noir. Quand elle était petite, elle était terrorisée que des petits gnomes venaient dans la chambre la nuit pour mettre de la poudre sur ses jambes pour les raccourcir !

Aussi, elle pleure beaucoup. Mais c'est parce qu'elle a beaucoup de l'empathie pour toutes les personnes autour d'elle. Et pour les animaux. J'aime que quand je regarde où je marche pour ne pas écraser un escargot ou des fourmis, elle ne dit pas c'est bizarre, comme les autres personnes. Elle fait la même chose. Elle dit la vie a une valeur gigantesque, même pour les êtres minuscules.

Puce est un paradoxe : elle est très chaleureuse et accueillante et drôle avec toutes les personnes, mais dans le même temps, elle est timide. Elle rougit souvent, et elle a peur quand il y a beaucoup de personnes autour d'elle. Elle a la sagesse d'une vieille personne et l'innocence d'une enfant.

Puce déteste arriver en retard car elle n'aime pas que les personnes sont fâchées avec elle.

Elle adore les pique-niques. Elle lisait les vieux livres de « Le Club des Cinq » de son père quand elle était une enfant. Il y avait beaucoup des aventures et des pique-niques et les pages sentaient très bon le vieux papier, et maintenant elle sent encore l'odeur des pages dans sa tête quand elle fait un pique-nique.

Parce que Puce aime faire plaisir aux autres personnes, elle aime cuisiner. À New York, je lui ai donné une clé de mon appartement, et parfois elle allait là et elle cuisinait un repas pour nous comme une surprise. Quand je rentrais, elle portait le tablier et avant que je disais bonjour elle tendait une cuillère en bois avec de la sauce dessus et elle mettait devant ma bouche. Puce disait ça c'est un cliché, mais si la sauce est bonne, alors ça va effacer le cliché. La sauce était toujours délicieuse.

Puce adore lire et écrire, surtout en français. Elle prend

souvent des notes sur les choses qu'elle voit. Elle passe des heures avec le café et le dictionnaire quand elle écrit son blog. Elle me dit toujours le français est magnifique mais très rigide en comparaison à l'anglais et elle souffre beaucoup pour écrire des jolies phrases et elle ne peut jamais être écrivaine en français même si elle voudrait. Je suis sûre elle peut. Je crois elle va devenir écrivaine. Non, en fait je sais. Elle va devenir écrivaine.

Le soir, quand nous allons au lit ensemble, j'aime qu'elle va sur le ventre et elle attend que je m'allonge par-dessus elle. Nous restons comme ça pendant un long moment. Elle dit elle aime sentir «tout le poids de mon être» sur elle.

Le matin, elle bâille et elle se détend et elle fait un petit cri, comme un chaton. Chaque fois elle fait ça, je pense je veux me réveiller tous les matins à côté d'elle.

Puce est courageuse. Quand elle est tombée amoureuse avec moi, elle n'a pas beaucoup hésité pour être avec moi, même si elle n'avait été jamais avec une fille avant. Elle n'a pas eu le besoin d'écrire les lettres à toi comme moi. Elle a pensé la vie est courte et c'est tout. Elle a accepté les idées difficiles parce qu'elle savait elle pouvait être heureuse plus comme ça.

Puce a le courage pour être heureuse.

Aiden

Kenobi Was Right

Vendredi 7 avril

Me voilà de retour dans les nuages. Écrire parmi les oiseaux, c'est mon destin. Avec un peu de chance, je vais voir un taille-vent avec un sens de l'orientation aussi ridicule que le mien, qui cherchera la lune en plein jour. Et qui claquera du bec, parce que si l'écran devant moi dit vrai, il fait pas chaud, dehors.

J'aime écrire, mais j'aime pas voler. À chaque fois, je me demande si je vais mourir. Une nuée d'oiseaux myopes, un orage excessif, un pilote dépressif, et c'est le néant pour l'éternité, sans dire au revoir à personne.

À notre retour d'Ishigaki, on n'est pas sortis de l'aéroport de Haneda. Sara, Vaneck et Soupe sont rentrés directement aux États-Unis. Et moi, après les avoir serrés fort pour les remercier de ces treize jours fabuleux, je suis repartie aussi. Mais pas chez moi. Ma tête était propre, il était temps d'aller l'expliquer à Aiden. J'ai dépensé mes dernières économies pour m'acheter un billet pour Burbank. J'aurais pu lui parler au téléphone, mais elle méritait mieux. Elle méritait plus.

Je suis arrivée aux États-Unis dans la soirée. Je n'avais pas prévenu Aiden que j'arrivais. Je voulais que ça soit spontané, qu'on ne décortique pas tout à l'avance. Enfin, elle, surtout, parce que moi j'avais pas pu m'empêcher, j'avais tout décortiqué.

Quand je suis arrivée devant chez elle, j'ai vu un truc inquiétant : la New Beetle verte de Sophie, garée devant son immeuble. J'ai entendu la voix d'Obi-Wan Kenobi dans ma tête : « *I have a bad feeling about this.* »

J'ai profité qu'un résident sorte pour me faufiler à l'intérieur de l'immeuble. Je n'avais pas envie qu'Aiden découvre ma présence ici à travers un interphone. Cinq mois qu'on ne s'était pas vues. J'avais les mains moites, et un ventre comme avant une rentrée des classes. J'étais bien coiffée ? Mince, j'espérais que j'étais bien coiffée.

En montant les marches jusqu'au troisième étage, j'ai baissé les yeux. De vieilles tennis, un jean troué, un chemisier blanc sans col et un blazer noir, manches retroussées. Ça allait, j'étais pas mal.

Knock knock.

Quand Aiden a ouvert la porte, son odeur vanillée a glissé jusqu'à moi. Elle avait teint ses longs cheveux blonds attachés en queue-de-cheval. Ils étaient décolorés, quasi blancs, une couleur qu'elle n'avait plus portée depuis un an.

Ses grands yeux bleus ont pris une forme toute particulière sous l'effet de la surprise. J'ai canalisé le feu d'artifice d'émotions qui pétillait dans ma tête. J'avais préparé un discours, et je n'aurais pas pu arriver au bout avec des pétarades à l'intérieur de moi.

« Aiden, j'ai dit. Je… »

Elle m'a embrassée. Pas de bonjour ou de qu'est-ce que tu fais là ou de quel plaisir de te revoir. Aiden, c'est quelqu'un qui va à l'essentiel. Elle a passé ses bras autour de mon cou.

Du coup, bon… j'ai abandonné le discours.

En retrouvant ses lèvres, j'ai eu l'impression d'avaler ma première gorgée d'air après une éternité sous l'eau. Mais il n'y a pas eu de larmes sur mes joues. Je savais bien que je pleurais pas si facilement que ça, bande de mauvaises langues.

Quand le baiser a pris fin, Aiden a gardé son visage près du mien, et elle m'a souri comme si rien n'avait changé. Elle m'a sentie. Elle a passé sa main dans mes cheveux courts. Elle m'a chuchoté que j'étais belle. Je l'ai embrassée encore. Sur les lèvres, sur les joues, dans son cou, j'avais envie de la manger.

Et puis je me suis sentie mal parce que j'avais quelques actes illégaux à déclarer, quand même. Mais je me suis dit que, comme un enquêteur rebelle fromageux, on s'occuperait de la paperasse plus tard.

Radieuse, Aiden m'a prise par la main pour rentrer chez elle.

Sophie s'est levée. Sur la table basse devant le canapé, il y avait deux ordinateurs portables ouverts, avec des croquis de bâtiments sur l'un et de créatures sur l'autre. J'ai dit bonjour à Sophie, qui a dit qu'elle allait nous laisser. J'avais peur qu'Aiden dise une grosse bêtise, du genre « t'es pas obligée », mais Aiden ne dit jamais de grosse bêtise dans les moments qui comptent.

Sophie a échangé quelques mots avec elle pendant que je jouais machinalement avec les papayes dans la corbeille à fruits pour me donner une contenance. Puis Sophie est partie retrouver sa New Beetle, son ordinateur sous le bras. Quelqu'un de pas sympa aurait pensé « Bon débarras », mais si jamais je l'ai fait, tu ne peux rien prouver.

Aiden a refermé la porte.

Mon téléphone a sonné. J'ai coupé la sonnerie sans le regarder.

Aiden s'est approchée de moi. Elle portait une jupe noire courte qui laissait voir ses longues jambes minces et soyeuses, et un chemisier sous un petit pull vert qui épousait ses formes à la perfection. Même après deux ans ensemble, je ne suis jamais insensible à ce charme étincelant qu'elle dégage. Je ne trouve pas que ça soit « normal », je ne suis pas blasée. En la voyant comme ça, devant moi, j'étais juste incrédule. Je n'en revenais pas qu'elle soit ma petite amie. Que Sophie ne l'intéresse pas, parce qu'elle a Puce. Qu'elle me connaisse mieux que personne sur cette planète, et qu'elle choisisse quand même d'être avec moi.

Elle a glissé ses doigts entre les miens.

« *You don't want to know why I'm here ?* » j'ai demandé.

« Je suis très contente que tu es là, elle a répondu en français, ignorant ma question. Je t'ai manqué beaucoup. »

« Oui, ça c'est vrai. Tu m'as beaucoup manqué. »

« Ah, zut, encore j'ai dit la chose mauvaise ? Sapristipopette. »

Mon téléphone a re-sonné. J'ai coupé la sonnerie de nouveau.

Aiden s'est penchée pour m'embrasser. J'ai reculé la tête.

« Attends. Faut que je te dise un truc. On s'assoit ? »

Elle serait bien restée debout, je crois. Elle avait ignoré ma question parce qu'elle savait lire mon visage et qu'elle redoutait ce que j'avais à lui dire. Elle avait peur de la raison de ma présence, comme on peut avoir peur d'une New Beetle verte.

On s'est assises sur le canapé.

« Français ou anglais ? » j'ai demandé, la boule au ventre.

« Français. Tu décroches ? »

J'ai éteint mon téléphone qui sonnait encore. Et puis j'ai tout dit à Aiden. Je lui ai donné le détail romantico-technique de mon long bisou avec Soo-jin, de nos dodos ensemble, de sa main sous mon tee-shirt. Je l'ai rendue malheureuse. Mais à ma grande surprise, quand je lui ai raconté le coup de la douche glaciale et du *fuck ghost,* elle a éclaté de rire. Elle a dit qu'elle était jalouse de mes sentiments pour Soo-jin, mais heureuse aussi. Qu'elle me trouvait forte.

« Je suis désolée d'avoir eu des doutes, j'ai dit. Mais je n'en ai plus aucun. »

« Non. C'est normal, des doutes. Je comprends. Je suis

si contente que tu es venue. Et aussi, je voulais dire à toi. Je finis le stage bientôt. Dans dix jours, je peux partir. Est-ce que tu veux habiter à Tokyo avec moi pour ton deuxième semestre ? »

« *Duh !* »

« Ah, mais je ne comprends pas, qu'est-ce que c'est, "*duh*", c'est pas du français, ça. »

Elle a mordillé mon nez.

« Ça veut dire que j'ai trop envie de vivre avec toi à Tokyo, andouille. »

« Andouille ? »

« Hmm... *silly*. Et ça se mange aussi. »

« Tu manges le *silly* ? »

« Non, tu manges de l'andouille. Mais pas nous. C'est du cochon. »

« *Ewwww.* »

« Beurk. »

« Beuwk ? »

« Beurk. »

« Beurrrrrk. »

Je me suis allongée contre Aiden sur le canapé et j'ai rallumé mon téléphone en rigolant alors qu'elle m'entourait de ses bras. Un poids monstrueux s'était envolé. Je n'avais pas été heureuse comme ça depuis des mois. Ma vie était à l'endroit.

D'après mon téléphone, mes parents avaient essayé de m'appeler six fois.

Quand je les ai rappelés, ma mère a décroché tout de suite.

« Puce ? »

« Qu'est-ce qui se passe, tout va bien ? »

« Où es-tu ? »

« À Burbank, je suis allée voir Aiden. »

« Elle est en Californie », ma mère a dit à mon père.

« Je vous ai dit que j'étais dans les îles et que je revenais... »

« Puce, on voudrait que tu rentres. »

« Où ça ? »

« À la maison. »

« Quand, maintenant ? Je peux pas, je reprends les cours lundi, et puis j'ai plus assez d'argent de toute façon, j'ai juste un billet retour pour Tokyo. »

« On va t'envoyer de l'argent. »

« Hein ? Pourquoi ? Je comprends rien. »

« Qu'est-ce que je fais, je lui dis ? » ma mère a demandé à mon père.

Elle avait mis sa main sur le téléphone, mais il devait rester un trou, parce que j'ai tout entendu. J'ai mis le haut-parleur pour qu'Aiden puisse entendre.

« Puce, le père de Naomi nous a appelés avant-hier. »

« Okay... »

« Tu avais demandé son avis pour ton petit problème de santé ? »

« Ouais. »

« Il voulait qu'on vienne faire un ECG à l'hôpital, Papa et moi. »

« Pourquoi ? »

« Pour déterminer si on avait un problème génétique dans la famille. »

« On a un problème ? »

« Il a des doutes, il voulait te voir. Ou que tu voies un spécialiste au Japon. »

« J'ai déjà vu un médecin au Japon, elle a dit que c'était le stress. »

« Mais tu es ici, maintenant, ça tombe bien. Tu peux prendre un avion demain ? On va te faire un virement pour l'argent. »

J'ai levé la tête vers Aiden. Elle a fait des yeux qui disaient que je n'avais pas le choix, et que si je disais non, elle allait arrêter de me mordiller le nez et elle allait commencer à le mordre.

Alors j'ai dit à mes parents que je prendrais un avion le lendemain matin, et j'ai raccroché. La poussière s'était bien envolée, mais mes angoisses étaient de retour. Qu'est-ce qu'il avait vu, sur mon ECG ? Est-ce que j'allais mourir ? Ah non, pas le néant, pas maintenant, je venais à peine de retrouver Aiden.

Fuck off, Lucien.

Safety Net

Dimanche 9 avril

« Asseyez-vous. »

On a tous pris place dans le bureau du Dr Chang. Mes parents, moi, et Aiden, qui à mon grand soulagement avait insisté pour m'accompagner à Philadelphie.

J'avais rencontré le Dr Chang plusieurs fois pendant des événements scolaires au lycée, mais je ne lui avais jamais adressé la parole. Il est petit et a des cheveux blancs rasés très court, dégarnis sur l'avant, avec une courte barbe de la même couleur.

« Puce, c'est ça ? C'est comme ça que t'appelle ma fille. »

« C'est ça. »

« Je suis le Dr Chang. Tes parents t'ont expliqué la situation ? »

« Un peu. »

« Alors écoute. On va commencer par te refaire un ECG, on discutera ensuite, d'accord ? »

« D'accord. »

Il m'a fait passer dans la salle d'à côté et m'a demandé de me mettre en soutien-gorge. C'était un peu bizarre de me mettre en sous-vêtements devant le père d'une copine, mais il paraît que quand ils portent la blouse blanche, les médecins débranchent leur cerveau d'homme et branchent leur cerveau de docteur à la place. C'est celui-là qui est équipé de l'ego dinosauresque. Quoique, je crois que pas mal de cerveaux d'hommes ont l'option aussi.

Quand l'infirmière a collé les électrodes sur ma poitrine, le Dr Chang lui a demandé d'en déplacer deux un peu plus haut.

Elle a branché la machine, et elle est ressortie pour chercher un truc.

« Elle s'était trompée avec les électrodes ? » j'ai demandé.

« Non, c'est spécialement pour toi », le Dr Chang a répondu.

« Pourquoi ? »

« Dans ton cas, le résultat sera plus fiable. »

J'ai demandé ce que c'était, « mon cas ». Il a souri. Réponse typique de médecin. Pourtant, il n'était pas comme les autres médecins que j'avais connus dans ma vie. Je lui ai fait confiance tout de suite. On sentait qu'il était curieux, empathique, que son esprit était ouvert, qu'il se remettait en question et cherchait sans cesse à se perfectionner. Il était comme Naomi, au-dessus de la moyenne. J'avais vu de quoi sa fille était capable, alors si elle tenait rien que la moitié de ses capacités de son père, il devait être un sacré scientifique.

Pendant qu'on enregistrait l'activité électrique de mon cœur, Aiden attendait près de mes parents, les bras croisés. Elle essayait de prendre un air détendu, mais ça ne marchait pas très bien.

Après ça, le Dr Chang est sorti pendant une petite demi-heure, et puis il est revenu face à nous quatre dans son bureau. À ce moment-là, j'avais plus envie de rigoler. Il n'affichait pas le visage de quelqu'un qui s'apprête à dire que fausse alerte et que tout va bien.

Aiden a senti la même chose que moi. Elle m'a pris la main.

J'ai pas attendu. J'ai posé la question que tout le monde se posait. Ou que moi, en tout cas, je me posais.

« Je vais mourir ? »

Surpris, le Dr Chang a regardé mes parents, puis Aiden, puis moi.

« Non. Non, tu ne vas pas mourir. On va s'en assurer. »

Maintenant que j'y pense, je me rends compte que ma question était stupide, et que sa réponse était erronée. Bien sûr, que j'allais mourir. Et toi aussi. On va tous mourir. C'est bizarre, comme on a tendance à l'oublier, hein ? De manière générale, on le sait. Au jour le jour, on l'oublie. Et la vie, ça se passe au jour le jour, pas de manière générale.

« Puce, tu as le syndrome de Brugada. »

« Okay… C'est quoi ? »

« Une anomalie électrique dans ton cœur. C'est ce qui a causé ta syncope à Tokyo. »

« C'était pas le stress ? »

« Non, ce n'était pas le stress. »

« Ça peut recommencer ? »

« Ce n'est pas une certitude, mais c'est possible. »

« C'est ça qui a tué mon grand-père ? »

« J'en ai peur, oui, même si vu l'âge qu'il avait, c'est peu fréquent. Le syndrome de Brugada est très rare. Les médecins généralistes le connaissent mal, ton grand-père n'avait jamais été diagnostiqué. Il est mort très âgé, il a eu de la chance, si je peux m'exprimer ainsi. »

Il nous a montré une petite bosse sur mon ECG.

« Ce que vous voyez là, c'est typique de ce qu'on appelle le syndrome de Brugada de type 1. Quand Naomi m'a envoyé ton ECG, je n'ai pas cru à un bloc de branche droit, le syndrome de Brugada est nettement différent pour un œil exercé, mais je voulais faire passer un ECG à tes parents pour étayer mes soupçons, et celui de ta mère confirme un trait génétique de son côté, celui de ton grand-père. Vu ton ECG d'aujourd'hui, et ton épisode de syncope… j'ai consulté mes collègues tout à l'heure. Il y avait consensus. »

« Qu'est-ce qu'on fait, y'a un médicament ? Faut faire du sport ? Je fais pas assez de sport. Je peux me mettre au sport, si ça aide. »

« Malheureusement, il n'existe aucun traitement à l'heure actuelle. »

Je ne comprenais pas bien. Il disait que je n'allais pas mourir, et puis il disait aussi qu'il n'y avait aucun traitement. Un truc m'échappait.

« Quels sont les risques ? » mon père a demandé.

Le Dr Chang a pris une grande inspiration.

« Il se pourrait que Puce vive toute sa vie sans jamais

avoir d'autre événement cardiaque. Mais le fait qu'elle ait déjà eu une syncope à son âge laisse penser que ça arrivera encore. Ça pourrait lui être fatal. Beaucoup de patients sont frappés pendant leur sommeil. Le sport n'y changera rien. Aux patients à risque comme toi, Puce, on pose un défibrillateur implantable. Si ton cœur s'arrête un jour, il lui donnera un choc pour le faire redémarrer. »

Les larmes me sont montées aux yeux. C'était un cauchemar ? De quoi est-ce qu'il me parlait ? Je pouvais m'éteindre à n'importe quel moment ? J'allais aller au lit, et ne jamais me réveiller ? Pas d'au revoir à Aiden ? À mes amis ou mes parents ? Et me faire implanter quoi ? J'avais l'impression de m'enfoncer dans ma chaise et de dégringoler à l'intérieur, en chute libre. J'étais dans une autre dimension.

Aiden a serré ma main plus fort.

« Puce, je suis là pour t'aider, le Dr Chang a dit. J'ai des patients diagnostiqués depuis vingt ans qui n'ont jamais eu de problème. D'autres ont fait une crise, et le défibrillateur les a sauvés. Tu peux très bien vivre avec le syndrome. »

« Le défibrillateur sera comme un filet de secours, c'est ça ? » Aiden a demandé.

« C'est exactement ça. »

« Ça marche comment ? j'ai demandé. Il faut ouvrir mon cœur ? »

« Non, c'est une petite opération, ça dure une heure.

On t'implantera le défibrillateur sous la peau, juste au-dessus du sein gauche. On connectera une sonde au ventricule droit de ton cœur. Ensuite, tu seras protégée. »

« Ça se voit ? »

« Ça se verra un peu, oui. »

Il a sorti un petit objet métallique de son tiroir, comme une boîte d'allumettes, mais plus fine, qu'il a brandi devant nos yeux.

Une immense nausée est montée en moi. J'ai juste eu le réflexe de me précipiter au-dessus de la corbeille à papier avant de vomir dedans. Aiden m'a enlacée par derrière, puis elle m'a tendu un mouchoir.

Quand je suis revenue m'asseoir, j'ai eu un choc. Les yeux d'Aiden, d'ordinaire étanches, étaient tout mouillés. J'avais souvent essayé de la faire pleurer pour rigoler. J'aurais jamais cru que j'y arriverais dans des conditions pareilles.

« Hey, j'ai chuchoté. Ça va aller. »

J'ai passé mon bras dans le sien et je lui ai fait un bisou sur la joue. On est restées un moment front contre front. Le docteur et mes parents ont eu l'élégance d'attendre.

« Est-ce que j'ai un autre choix ? » j'ai demandé finalement.

« Non. Je suis désolé. Mais c'est un très bon choix. Je comprends que tu sois angoissée, après ce que je viens de t'apprendre. Ce que je vous propose, c'est de te garder avec nous dans le service jusqu'à ton opération.

On va prendre quelques jours pour t'observer, et puis discuter du défibrillateur. Tu seras monitorée constamment. »

« D'accord. »

Je me suis tournée vers Aiden.

« Il faut que tu rentres finir ton stage. »

« Non. Je reste avec toi. Je peux rester avec elle ? »

« Bien sûr », le Dr Chang a répondu.

« Aiden, il te reste plus que dix jours. »

« J'ai déjà mes crédits de stage, ça ne changera plus rien. On faisait des trucs pour la prochaine saison. Je reste ici. »

« J'en ai parlé avec mon mari, ma mère a dit au docteur, et j'ai décidé de le faire aussi. »

« Hein ? j'ai dit. De quoi elle parle ? »

« Je vais me faire poser un défibrillateur comme toi, Puce. »

« Pourquoi, t'as le syndrome de truc, aussi ? »

« Pas exactement, le médecin a dit. Mais j'ai déjà expliqué à ta mère qu'à son âge, en n'ayant jamais eu de syncope, au vu de son ECG et de ce qui est arrivé à son père, elle a quand même une probabilité de 1 % par an de faire une mort subite. Sur dix ans, ça fait 10 %. »

« *Fuck !!* »

D'habitude, mes parents râlent quand je jure, mais là, ils n'ont rien dit. Je l'ai répété plusieurs fois. J'ai commencé à me frapper la cuisse, mais Aiden a arrêté ma main. Je me suis remise à pleurer. J'étais tellement en colère. En colère contre mon corps, contre Lucien, contre la vie. C'était pas le moment de nous faire ça ! Mais Aiden m'a chuchoté des mots à l'oreille, et elle a réussi à me calmer.

Et puis ma mère et moi, on s'est regardées, les yeux dans les yeux.

« On va le faire ensemble, d'accord ? » elle a chuchoté, d'un ton rassurant de maman, si précieux, qui n'a pas d'équivalent dans tous les autres tons qui existent.

« *Okay*, j'ai dit. *Let's do this, mom.* »

On ne pouvait pas dire que je venais d'apprendre une bonne nouvelle. Et pourtant, je commençais à me demander si Lucien, avec sa peau de banane, n'avait pas essayé de m'aider. Peut-être qu'il savait que je portais cette maladie en moi depuis que j'étais bébé. Il m'avait fait rencontrer Naomi Chang au lycée, il avait fait en sorte qu'on devienne amies dans des conditions improbables, il avait glissé la peau de banane sur mon chemin à Tokyo pour me donner des soupçons, tout ça pour qu'on puisse me trouver un filet de secours, pour que je ne tombe pas dans le néant et l'inexistence avant d'être allée au bout de mon histoire avec Aiden. Je ne savais plus si je devais lui en vouloir ou lui dire merci.

The Little Death

Mardi 11 avril

Il y a moins de dix jours, j'avais les pieds dans l'eau sur une plage paradisiaque. Aujourd'hui, je suis allongée sur un lit d'hôpital, et demain, on va m'ouvrir la poitrine pour mettre un bidule électrique dans mon corps. Qu'est-ce que tu en penses, ma situation s'est dégradée ou pas ? Je me rends pas compte.

Les infirmiers ont placé un lit à côté du mien pour Aiden. On leur a dit que c'était pas la peine, mais ils n'ont pas eu l'air de comprendre qu'elle dormirait dans mon lit. Infirmiers et médecins, bien qu'ayant des ego de tailles très différentes, semblent partager le même manque d'imagination.

Aiden vient de partir discuter avec ma mère dans la chambre d'à côté. Mon père a dû rentrer pour s'occuper de Hercule et Sacrebleu. Je suis sûre que ma mère est aussi nerveuse que moi pour son opération demain, mais elle la joue à la japonaise, avec un beau masque de *tatemae* pour essayer de me rassurer.

Ce matin, Sara, Vaneck et Soupe sont venus nous rendre visite. Ils étaient affolés.

« C'est grave ? » Vaneck a demandé.

« Bah ouais. Je vais mourir. »

J'ai attendu quelques secondes, puis devant leurs visages livides et Sara qui commençait déjà à pleurer, j'ai dit à Vaneck que lui aussi allait mourir, et que tout le monde allait mourir. Ça me semblait être une révélation pire que la première, mais paradoxalement, ça les a soulagés. Ils ont tous un problème de hiérarchisation des dangers, finalement.

J'en parle seulement à Aiden, parce que j'ai pas envie d'effrayer mes parents, mais je suis terrorisée. J'ai peur de l'opération, peur qu'un médecin fasse encore une erreur, peur d'avoir à porter ce machin en moi pour le restant de mes jours, peur qu'on me traite différemment, peur de me *sentir* différente, peur d'avoir une bosse horrible sur la poitrine, peur de m'écrouler un jour sans avoir dit au revoir à Aiden, peur de ne pas me réveiller demain matin.

Au rayon des trucs qui me remontent le moral, il y a les deux cartons-surprises qu'on nous a livrés cet après-midi. Dans le premier, il y avait la machine à écrire de Chiyo que je gardais dans ma chambre à Tokyo, Jean-Pierre l'ours polaire, et une dizaine de mushipan et de paquets de Kit-Kat au thé vert. Dans le deuxième carton, il y avait mille origamis de grues liés par une longue ficelle. Le livreur les a sortis du carton et les a accrochées dans la chambre pour nous. Je crois que ses instructions venaient de Soo-jin, parce qu'il portait un costume-cravate, comme celui qui nous avait apporté le pique-nique de luxe sous les étoiles. Ça doit être une entreprise de livraison secrète à laquelle seuls les millionnaires ont accès. Ou un truc comme ça.

Aiden était impressionnée.

« Tes colocs sont vraiment super », elle m'a dit.

« C'est vrai. Ils sont… *family.* »

Dès qu'il a été l'heure d'appeler au Japon, j'ai facetimé Babar pour les remercier. Aiden s'est éclipsée pour aller nous chercher des cafés.

« Les gars, c'est Chibi ! » Babar s'est exclamée derrière son épaule.

Tous les autres sont arrivés dans la cuisine et se sont collés devant la webcam. Ils m'ont demandé comment j'allais et si j'avais peur pour mon opération et ils ont dit que je leur manquais et que la maison n'était plus pareille sans moi. Ça m'a fait un pincement au cœur de ne pas être parmi eux pour le petit déjeuner.

« Merci pour tout, j'ai dit. Vous êtes incroyables. »

« Il y a bien mille origamis, Koji a dit. On a recompté trois fois. »

« Tout ira bien », Zenos a ajouté.

« Je prie pour toi beaucoup », Yuki a dit.

« Ça c'est bien, j'ai répondu. Sur huit millions de dieux, y'en a bien un qui va t'écouter. »

« Et t'inquiète pas pour toutes tes affaires, Lubin a ajouté. On va t'envoyer tout ça. »

Après une longue réflexion la veille avec Aiden et mes parents, j'avais décidé de ne pas retourner à Tokyo. Je vais manquer mon deuxième semestre à la fac, mais je reprendrai en septembre l'année prochaine. J'ai besoin de temps pour me faire à ma nouvelle situation, et ça me rassure de rester en Amérique, pas trop loin du Dr Chang. On n'habitera pas ensemble à Tokyo avec Aiden comme on l'avait prévu, mais on fera ça plus tard. Aiden illustrera des livres, elle pourra travailler d'où elle veut. Et moi, je ne sais pas encore ce que je ferai, mais je veux pouvoir travailler d'où je veux aussi, comme ça on pourra bouger tout le temps, passer plein de temps au Japon et faire le tour du monde. On ira voir les taille-vent sur l'île de la Réunion.

« Vous allez tellement me manquer ! » j'ai dit à mes colocs.

« Dis pas de bêtises, Babar a répondu. Quand ça ira mieux, toi et Aiden vous viendrez nous voir. Vous aurez toujours un futon qui vous attendra ici. »

« Je dormirai avec Yuki pour vous laisser ma chambre », Koji a dit en me faisant un clin d'œil.

Sourcils froncés, Yuki a demandé si c'était du second degré.

Jusque-là, Soo-jin ne disait rien. Elle se tenait debout au fond, derrière les autres. Et puis elle a parlé à Babar, qui à son tour a parlé aux autres. Tout le monde m'a dit au revoir. Ils m'ont fait plein de bisous, et ils sont partis.

Soo-jin s'est approchée de la caméra. Mon cœur s'est crispé. En voyant son visage, tous les moments qu'on a partagés cette année ont repris vie. J'ai ressenti un grand vrac de tristesse, de regrets, de mélancolie, de colère, de doutes, et de culpabilité en même temps.

« *Gomen nasai*, je lui ai dit. *I'm so sorry.* »

« *It's… okay*, elle a répondu. *I… understand.* »

Je lisais ses yeux tellement bien, à présent. Cette peine à l'intérieur, elle était sévère. Elle avait pris conscience que tous ses projets avec moi, tout ce qu'elle avait imaginé pour l'avenir ces dernières semaines, tous ces moments de vie qu'elle avait idéalisés entre nous, n'arriveraient pas. C'était la carapace bleue. On avait été si proches d'être tout l'une pour l'autre. À quelques détails près, ça aurait pu arriver. Elle aurait appris l'anglais. J'aurais appris le japonais. Elle m'aurait emmenée faire du jet-ski à Yokohama et du snowboard à Hokkaidō. Je lui aurais fait découvrir mes romans préférés. Elle m'aurait présenté sa famille en Corée, et moi la mienne aux États-Unis.

Soo-jin, c'était un peut-être. Un magnifique peut-être, une possibilité sublime dans laquelle je m'étais prélassée ces derniers mois. Mais finalement, on ne serait rien du tout. On ne serait même pas une locomotive, parce que Soo-jin et moi, on ne pouvait être qu'un avion. On n'avait pas été ensemble, mais c'était quand même une rupture. La fin de tout ce qu'il y avait eu, et de tout ce qu'on imaginait qu'il y aurait un jour. Une rupture, c'est comme une petite mort.

J'ai dû faire tous les efforts du monde pour ne pas pleurer devant elle. J'avais envie de lui dire la vérité, mais elle la connaissait déjà. Elle avait compris que j'étais tombée amoureuse d'elle, mais que je ne la grenouillais pas. On savait toutes les deux que c'était une belle histoire. Une belle histoire qui nous avait fait nous sentir vivantes. Dans la vie, c'est déjà beaucoup.

Finalement, on s'est dit au revoir en japonais, avec le sourire, et on a refermé notre ordinateur en même temps. Fataliste, j'ai laissé les larmes couler. Je me sentais un petit peu morte à l'intérieur.

Quand Aiden est arrivée quelques minutes plus tard, les larmes avaient séché, mais elle a senti que j'étais triste, et que ça n'avait rien à voir avec mon opération de demain. Je crois bien qu'elle avait compris ce que je ressentais pour Soo-jin, et qu'à l'approche de mon coup de fil à la maison, elle était partie exprès pour me laisser lui dire au revoir.

Par pudeur, elle s'est tenue à l'écart, faisant mine d'avoir des affaires à ranger dans son sac, mais je lui ai dit de venir s'allonger près de moi et de me serrer contre elle.

Quelques heures plus tard, la grande diversion s'effaçant, la raison de ma présence dans cette chambre est remontée à la surface. Je me disais que j'étais dans de beaux draps. J'allais mourir. Comme tout le monde, certes, mais si on faisait la course, je venais quand même de prendre la pole position sur un paquet de gens. Et dans cette situation, ma théorie sur le néant n'était pas idéale. J'aurais été plus tranquille si j'avais cru en autre chose.

Alors ce soir, j'ai prévenu Aiden que j'avais besoin d'être seule, et j'ai skypé Zenos.

« J'ai quelque chose à te demander. »

« Vas-y. »

« Tu m'avais promis de m'emmener quelque part. Je crois que je voudrais y aller avant mon opération. S'il y a quelque chose à voir, j'ai besoin de le voir maintenant. »

Past Life

Mardi 11 avril

« Ferme les yeux. »

Aiden m'a laissée seule. Zenos est assis dans la véranda. Il apparaît sur l'écran de mon ordinateur, posé sur une petite table de lit en face de moi, de manière à ce qu'il puisse voir mon visage. J'ai mis des écouteurs, pour ne plus entendre que sa voix. J'ai joué avec la télécommande pour relever mon dos et me mettre dans la position qu'il jugeait adéquate. Je lui fais confiance. Je suis prête pour cette expérience, quelle qu'elle soit et où qu'elle me mène. J'étends les bras le long de mon corps, comme il me le demande. Je prends une grande inspiration, j'exhale, et je ferme les yeux.

Zenos m'explique qu'il veut que je me détende comme je ne me suis jamais détendue avant. Je vais atteindre un état de relaxation maximal qui va faire tomber des cloisons, permettre à mon esprit de se libérer de la prison qu'est mon corps et d'aller explorer des territoires qui d'ordinaire lui sont hors de portée.

« Je ne sais pas comment faire ça », je dis.

« Ne t'en fais pas, je vais te guider. On va commencer par tes yeux. »

Il décrit les muscles qui composent mes yeux et mes paupières, et me demande de les détendre. Un par un, de plus en plus profondément. Puis les muscles de mon front. Chacun d'entre eux, même le plus minuscule. Centimètre par centimètre, millimètre par millimètre. Mes joues. Mon nez. Mes oreilles. Je dois les détendre. Les laisser aller, dériver, échapper à mon contrôle. Je les visualise tous et les détends, un par un.

Petit à petit, mon visage entre dans un état que je n'avais jamais connu avant. En temps normal, tout ce moi est constamment sous pression, prêt à entrer en action. Ce que dit Zenos me permet de dépasser cet état.

« Continue de te détendre. Ta bouche, tes lèvres, ta langue. Chaque atome de chaque molécule de chaque cellule de ton visage est tellement, tellement détendu. »

Après un moment, je sens à peine mon visage. Je ne

pourrais pas dire si ma bouche est ouverte ou fermée.

Zenos passe du visage à mon cou, ma poitrine, mes seins, mes épaules, mes bras, mon ventre, mes hanches, mes fesses, mes cuisses, mes genoux, mes mollets, mes chevilles, mes pieds, mes orteils… Il me guide de haut en bas, de bas en haut, et il m'aide à autoriser tous ces morceaux qui constituent mon corps à se relâcher, bien au-delà de ce que mon cerveau les a jamais autorisés à se relâcher auparavant.

« Imagine une vague de détente qui part de ton front et te traverse jusqu'aux pieds. Tu te sens tellement, tellement détendue. »

Je sens la vague arriver. Elle balaie tout. Mon esprit se détache, comme s'il flottait à l'intérieur de mon corps, comme si pour la première fois, je prenais conscience que mon corps n'est qu'une enveloppe, froide, organique, animale, et que moi, je me cache à l'intérieur, mais que je suis plus. Je suis un esprit, une conscience, une âme, et ce que je suis vraiment transcende la science.

« Maintenant, je veux que cette sensation de bien-être qui est en toi soit encore plus puissante. Je vais claquer des doigts, et lorsque je le ferai, toute cette détente qui s'est accumulée en toi sera multipliée par deux. »

Zenos claque des doigts, et je sens une onde d'apaisement se propager en moi, m'enfonçant encore plus profondément dans mon état de relaxation. Mon esprit reste conscient de tout ce qui se passe. Je trouve ça incroyable que le fait qu'il ait claqué des doigts ait provoqué cette sensation en moi. Je me demande si c'est normal que je continue encore à avoir des pensées comme ça. Mais j'essaie de me concentrer sur la voix de Zenos et d'oublier la réalité.

« Nous allons descendre un escalier de marbre. Il est très solide. Chaque marche va multiplier ton état de relâchement. Chaque pas te plongera dans un état de relaxation deux fois plus profond que le précédent. Il y a dix marches. Neuf. Huit. De plus en plus profond. Sept. Six. Tu te sens tellement, tellement détendue. Cinq. Quatre. Trois. Tu lâches prises. Deux. Un. Ça y est, tu es en bas ? »

« Oui. »

« Il y a un fauteuil. Tu le vois ? Assieds-toi. »

Je m'assois.

« Je veux que tu écoutes ma voix, et seulement ma voix. Prends quelques instants pour apprécier ton état. »

J'aime cette sensation en moi. Jamais mon corps avant ne m'avait paru aussi confortable. Il n'est plus tissus et organes, il est nuage et coton. Je plane. Je flotte. Je vole à l'intérieur de moi-même.

« Si tu te lèves du fauteuil, tu verras qu'il y a un couloir. Si tu veux, tu peux te diriger vers ce couloir. Est-ce que tu veux ? »

« Oui. »

« N'oublie pas, tu ne risques rien. Je suis avec toi, rien ne peut t'atteindre. Tu peux ouvrir les yeux et revenir vers moi à tout moment. C'est toi qui décides. Quand tu le voudras, dirige-toi vers le couloir. »

« D'accord, j'y vais. »

« C'est un long couloir. Il y a beaucoup de portes. Des portes à gauche, des portes à droite. Ça y est ? »

« Oui. J'y suis. Je vois les portes. »

« Très bien. Derrière chaque porte se cache l'une de tes vies antérieures. »

Je suis surprise. Je ne pensais pas qu'on y arriverait si tôt. Je ne suis pas endormie, je ne me sens pas « sous hypnose », je me sens juste profondément détendue, et même si j'imagine bien le couloir dont il me parle, je ne peux pas croire qu'il y aura quoi que ce soit derrière ces portes. Penser tout ça, je me dis que ce n'est pas normal. Je me sens coupable. Si Zenos le savait, il serait déçu, il se dirait que ça n'a pas fonctionné, que je n'étais pas assez concentrée.

« Je veux que tu avances et que tu choisisses une porte. Arrête-toi devant. Ne l'ouvre pas, décris-la-moi simplement. Ça y est, tu as choisi ? Décris-moi la porte. »

« Elle est en bois. Marron. Elle est neuve. La poignée est dorée. »

« Est-ce que tu veux aller voir derrière ? Tu n'es pas obligée. »

« Oui. Je veux bien. »

« Très bien. Quand tu te sens prête. »

Je sens les battements de mon cœur qui se font plus forts et plus rapides.

Lentement, je pose ma main sur la poignée dorée, et j'ouvre la porte.

Mon cœur s'emballe. Mes paupières se mettent à faire un truc très bizarre. Elles frétillent rapidement, comme un poisson hors de l'eau. Elles restent fermées, mais je les sens bouger très vite. Ou alors c'est mes yeux derrière mes paupières qui font ça, je ne suis pas sûre. Dans le même temps, j'ai poussé la porte, mais je ne vois rien. C'est noir, devant moi. Le néant. C'est ça, ma vie antérieure ? Le néant ? Je me dis que j'avais raison d'être sceptique. Après la mort ? Circulez, y'a rien à voir !

« Je ne vois rien », je dis.

« Calme-toi. Détends-toi. Tu es en train de t'agiter. »

« Mes yeux ? »

« Oui. Ton esprit s'emballe, ce n'est rien. Referme la porte. »

Je referme la porte, déçue.

« Il n'y avait rien derrière, je dis. C'était tout noir. »

« Tu n'étais pas prête à voir cette vie-là. Ça arrive. C'était peut-être quelque chose qui n'était pas joyeux. Reprends-toi. Tranquillement, détends-toi. Tu veux retourner dans le fauteuil ? »

Petit à petit, mes yeux s'arrêtent de faire le truc bizarre.

« Non, ça va. »

« Tu veux en essayer une autre ? »

« Oui. »

Je marche dans le couloir et je vais un peu plus loin. Une

porte mauve attire mon attention. C'est la seule qui est mauve, mais surtout, c'est la seule qui semble m'appeler.

« J'en ai trouvé une autre. Elle est mauve. »

« Tu veux l'ouvrir ? »

« Oui. »

« Prends ton temps. Rappelle-toi, tu es en sécurité. »

Au moment où j'ouvre la porte mauve, mes yeux recommencent à faire le truc bizarre. Zenos me dit de ne pas m'inquiéter, que c'est normal.

« Oh mon Dieu… Zenos… »

Derrière la porte, ce n'est plus noir. Je me sens aveuglée par la lumière du soleil.

« Qu'est-ce que tu vois ? Regarde autour de toi. »

« De l'herbe. Il y a de l'herbe partout. Et des enfants. Des enfants qui jouent. »

« Et tes pieds ? Tu peux voir tes pieds ? »

Je baisse les yeux. Je ne vois rien. Ce n'est pas noir ou flou, ce n'est juste « pas là ».

« Je n'arrive pas à les voir. »

« D'accord. Est-ce que tu veux marcher ? »

« Il y a un lac. »

« Marche vers le lac, si tu veux. »

Je fais quelques pas dans l'herbe. Les enfants me regardent, mais comme avec mes pieds, je ne peux pas vraiment voir leur visage. Je remarque quand même qu'ils portent des vêtements particuliers. Les fillettes portent des robes à bretelles à carreaux blancs et bleus, avec un corset, et un petit bonnet à franges blanc noué autour de leurs têtes. Les petits garçons portent des chemises et des bretelles. Des vêtements d'un autre temps, d'un autre pays, mais je suis incapable de dire où et quand. Je suis lucide, je sais que c'est dingue. Je ne crois pas vraiment à ce que je vois, et en même temps, je ne sais pas si je suis capable d'inventer quelque chose que je ne comprends pas moi-même.

Lorsque j'arrive devant le lac, Zenos me dit de me pencher et de regarder mon reflet pour découvrir mon visage.

Je me penche, mais une fois encore, il m'est impossible de distinguer mon reflet. Je suis déçue, j'ai l'impression d'échouer. Mais Zenos me rassure et me dit que c'est normal, que tout se passe bien. Je regarde mes bras, mes jambes, mais je n'arrive pas à déterminer si je suis un homme ou une femme car les images qui me viennent continuent d'être partielles.

« Est-ce que tu vois autre chose ? »

Je sens mes yeux frétiller sous mes paupières.

« Il y a une cabane près du lac. On dirait une petite maison. Je vais aller voir. »

La cabane se trouve à une centaine de mètres, mais je n'ai pas vraiment besoin de « marcher » jusque-là. En décidant d'y aller, je me retrouve rapidement devant la porte.

J'entre dans la cabane. La première chose que je vois, c'est un berceau au fond, contre un mur. Puis un homme, debout près d'une cheminée. Il est grand, brun, et il me regarde. Dans ses bras, il tient un bébé.

Alors, je me sens submergée par une émotion d'une intensité et d'une vivacité phénoménales. Je comprends des tas de choses en même temps. Cet homme me connaît. Je le connais. Ce bébé, c'est le mien. Ils m'attendaient. Pas depuis des minutes ou des heures, mais depuis beaucoup, beaucoup plus longtemps que ça.

Sous mes yeux fermés, je sens les larmes couler.

L'homme me sourit. Je l'aime. Je l'aime ! J'ai l'impression que je viens de tomber amoureuse, mais ce n'est pas un coup de foudre, ce n'est pas un amour neuf et incertain dirigé vers l'avenir, c'est un amour ancien qui sommeillait en moi et dont je viens seulement de me souvenir. Il a un tel poids, cet amour, une telle gravité, il concerne plus que ma vie en tant que Puce, il concerne mon existence en tant qu'âme. Cet homme et ce bébé sont les deux choses les plus importantes pour moi. Ils m'avaient tellement manqué, je crève de m'en rendre compte. Je m'en veux de les avoir fait attendre. Je souffre, et en même temps, une joie intense se propage en moi de les retrouver enfin.

Je m'approche. Je voudrais prendre mon bébé dans mes bras, mais je ne peux pas. Je n'y arrive pas, je ne vois pas assez, j'ai du mal à interagir avec mon environnement. C'est comme des tableaux qui prennent vie de temps à autre, mais pas partout, et pas tout le temps.

« Qu'est-ce que tu vois ? »

Zenos a vu les larmes couler sur mes joues. Il voulait me laisser du temps. Mais maintenant, il veut savoir. Alors je lui raconte. Ce que je vois, ce que je ressens.

« Tu sais comment il s'appelle ? Cet homme ? »

« Je ne sais pas. Je sais juste que je l'aime et qu'il m'attendait, qu'il m'a manqué comme jamais personne ne m'avait jamais manqué avant. Même Aiden. C'est incroyable. »

« Demande-lui comment il s'appelle. »

« Je ne peux pas. Il ne comprendrait pas. »

Ça me paraît tellement logique. On ne demande pas qui il est au père de son enfant.

Alors, l'homme se penche vers moi, et il fait quelque chose qui fait déborder les émotions qui bouillonnaient en moi. Il me mordille le nez.

La pièce commence à tourner autour de moi. Mes yeux se remettent à frétiller très vite.

« Sors de la cabane. Tu ne devrais pas rester trop longtemps. »

« Je ne veux pas. Je veux rester avec eux. Je ne peux pas les abandonner encore. »

« Tu pourras revenir plus tard. Il faut que tu t'en ailles, Capucine. »

Je sors de la cabane à contrecœur, déchirée.

Zenos me fait ressortir du couloir. Je remonte l'escalier, et à chacune des marches, il me ramène plus près de mon état normal. Arrivée en haut, j'ouvre les yeux.

Je me sens à la fois complètement vidée et pleine à ras bord. Je repense à l'homme et au bébé, et j'explose complètement. Je pleure à chaudes larmes. Ils me manquent, j'ai envie d'y retourner. Zenos me dit que tout va bien, mais qu'il fallait que je parte, que je ne pouvais pas rester trop longtemps, que ce n'est jamais bon pour notre esprit de s'attarder.

Zenos m'a révélé plus tard que j'avais atteint le stade le plus avancé de la méditation, mais le plus léger de l'hypnose. Contrairement à certains stades qui permettent de voir des détails, de sentir des odeurs ou de toucher des choses, je n'avais eu accès qu'à des bribes limitées.

J'avais ressenti un sentiment surpuissant, mais un rêve intense procure parfois des émotions. Et si ça n'avait été qu'un rêve éveillé ? Un produit de mon inconscient, de mes désirs et de mes fantasmes ? Zenos appelle ça une vie antérieure, peut-être parce que ça l'arrange de penser ça, comme ça nous arrange de croire aux fantômes, à Dieu… ou aux anges gardiens architectes de vie.

Je n'arrête pas de repenser au moment où l'homme a mordillé mon nez. Soit c'est mon esprit qui l'a inventé parce que je grenouille Aiden, soit ce que j'ai vu est vraiment une vie antérieure. Et dans ce cas… je crois qu'on sait toutes les deux ce que le mordillement de nez signifie.

Aloha

Jeudi 15 juin

Ça faisait soixante-six jours que je n'avais plus blogué. Alors, bonjour. Et puis sourire.

Ce coup-ci, je ne veux pas faire que sourire. Je voudrais aussi m'excuser. Pas pour le temps qui s'est écoulé depuis la dernière fois que je t'ai écrit, mais pour le temps qui risque de s'écouler jusqu'à la prochaine fois. J'ai décidé d'arrêter de bloguer. Ce post devrait être mon dernier.

Attends, pars pas tout de suite. J'ai encore quelques trucs à partager avec toi.

D'abord, il faut que je te dise qu'Aiden est assise à côté de moi. Elle lit ce que j'écris. Aiden, je sais que tu lis ce que j'écris. Mais ça me dérange pas. T'as appris le français, t'as gagné le droit. Hé hé, elle sourit. Je lui demande ce qu'elle veut que je dise sur elle dans mon blog. Elle me dit de te dire que j'ai passé plus de temps avec toi qu'avec elle cette année, et qu'elle est jalouse. Elle est jalouse de toi, mon amie mi-imaginaire. J'espère que ça te rend fière. Oh, et si jamais t'es un garçon, pour toutes ces fois où j'ai parlé de toi au féminin, dis-toi que je m'adressais à la part de femme qui est en toi et arrête de faire la tête, grognon.

Par-delà les arbres, on peut entendre le ressac de l'océan Pacifique. On est sur l'île de Maui, à Hawaï, depuis bientôt dix jours. On fait du *house-sitting*. Un couple de retraités nous a laissé la garde de sa maison et de son chien Roger pour trois mois, pendant qu'il voyage en Scandinavie. Après ça, je ne sais pas encore si je retournerai à la fac. Vivre, tout de suite, je croyais que je savais ce que ça voulait dire, mais parfois, on n'y voit pas clair même avec les yeux ouverts. Depuis quelque temps, Aiden travaille comme illustratrice en freelance par Internet. Elle gagne assez d'argent pour nous nourrir, et avec son travail sur la série américaine à laquelle elle a participé cette année, elle est déjà très demandée. Elle non plus ne sait pas si elle retournera dans son école. Alors on verra.

Il fait bon, ce matin. La luminosité orange-rose est si jolie. Droit devant, au fond du jardin, les arbres sont plus grands que la maison. Il y a un eucalyptus deglupta, dit eucalyptus arc-en-ciel. Il perd régulièrement des morceaux d'écorce qui laissent place à des couleurs différentes selon les couches du tronc. Tu vas croire que j'affabule. Mais il y a des choses qui ne s'inventent pas.

Et c'est justement parce qu'il y a des choses qui ne s'inventent pas que j'ai décidé de remplacer bloguer par autre chose. À ma sortie de l'hôpital, j'ai lu *Une tortue dans l'écume*, le roman de Chiyo. Il a changé ma vie. Chiyo a vécu une vie incroyable, mais elle n'a pas tenu un blog. Elle n'a pas eu de journal intime. Elle a choisi d'écrire des romans inspirés de sa vie.

Moi, les romans, ils m'appellent depuis que je suis petite. Seulement, j'avais peur. Peur de ne pas être assez douée, peur de faire des mots de deux lettres au Scrabble, peur de décrire des armoires. Mais le temps passé à avoir peur, c'est du temps qui ne compte pas. Je ne veux plus de ça dans ma vie. Je veux une vie remplie entièrement d'un temps qui compte.

Si, c'est possible. Tout est possible. Ne parle pas d'utopie, ne rétrécis pas nos rêves. Tu ne m'as pas lue pendant tout ce temps pour me dire aujourd'hui que tout n'est pas possible. Je veux faire comme Chiyo, qui a dansé sous la pluie en écrivant des romans. Je veux être ange gardien architecte de vie pour des êtres de papier.

Peut-être qu'un jour, j'écrirai un roman inspiré de ma vie. Comme ce blog, mais puisqu'il sera écrit « roman » dessus, les gens penseront que tout est inventé. Sauf toi. Toi, tu sauras que tout est vrai, parce que tu me connais, et tu sais que l'imagination, c'est seulement mon plan B. Mon plan A, c'est la vie. L'océan, l'équipage, et les étoiles au-dessus de nos têtes.

Pour l'instant, j'ai un projet avec Aiden qui occupe nos journées, nos soirées, et parfois nos nuits. On ne sait pas s'il nous rendra riches, mais il a le mérite de nous faire rigoler. J'écris le texte d'une série de romans d'aventures, et Aiden dessine les illustrations. Ses dessins sont vachement plus cool que mes mots. Je suis le maillon faible. Mais quand je dis ça, Aiden répond que je raconte des bêtises. Raconter des bêtises, c'est pas exactement ce que ferait un maillon faible ? Ha !

Le personnage principal est un enfant zombi nommé Wesley qui a un goût certain pour le second degré. Dans son monde, les zombis vivent en harmonie avec les humains. Ils ont leur propre version de janken qui s'appelle lapin-limace-main, ils s'inclinent pour dire pardon et ne mangent jamais d'animaux morts. Wesley pense en deux langues, humain et zombi, mais il a décidé d'écrire en humain. Il vient d'arriver sur une île pleine de mystères après avoir vécu dans une grande ville sur le continent. La luciole qu'Aiden avait dessinée sur mes fesses une nuit est devenue une clé des mystères de l'histoire, et la zombee aussi fait des apparitions de temps en temps. Je te l'ai dit, mon plan A, c'est la vie.

Aiden vient de se lever pour aller s'occuper du potager. Un jour, on en aura un à nous.

Maintenant qu'elle est partie, je peux te le dire, je ne sais pas ce que j'aurais fait sans elle. Après mon opération, j'ai eu beaucoup de mal à accepter ma nouvelle réalité. Ce truc sous ma peau, que je voyais tous les matins dans le miroir, que je sentais sous mes doigts, et qui n'était pas temporaire. J'avais peur qu'il ne fonctionne pas, que la pile soit morte, et qu'un matin je ne me réveille pas. Je me lamenterais bien sur mon sort, le problème c'est que la vie est un peu trop courte pour ça, c'est une question de logistique, je ne vais pas avoir le temps de me plaindre si je veux vivre une vie remplie de temps qui compte.

Alors oui, j'ai une petite maladie. Ça s'appelle le syndrome de Brugada, et c'est pas la joie. En gros, je sais que je vais mourir, mais je ne sais pas quand. Je suis comme tout un chacun, en somme. Mais pour moi, il y a des chances que mon cœur décide de s'arrêter plus tôt que prévu.

Cela dit, si j'essaie de voir mon verre à moitié plein et ton verre à moitié vide, toi t'as peut-être pas le syndrome de Brugada, mais si ton cœur s'arrête, c'est rideau, merci, au revoir. Moi, je ferai une Jésus et je reviendrai à la vie. Enfin, si le Dr Chang n'a pas fait n'importe quoi avec mon défibrillateur. J'ai toujours peur qu'il soit mal programmé et qu'il m'électrocute à la piscine. Ou quand je suis en train de faire l'amour. Aiden prendrait la négligence d'un médecin pour l'orgasme le plus fou de l'histoire des galipettes.

De toute façon, je ne peux pas mourir pour l'instant. J'ai trop de choses à savourer avec Aiden, je mourrai plus tard. Mais au cas où, je vis urgemment. On ne sait jamais. Et c'est parce qu'on ne sait jamais que Vivre est une urgence.

Tu m'excuses une seconde ? Faut que je demande un truc à Aiden, ça me trotte dans la tête depuis hier soir mais j'oublie à chaque fois de lui en parler.

« Hé, Aiden ! »

Elle se retourne, son arrosoir à la main. Je ne te dis pas qu'elle est belle, je crois que tu l'as compris, depuis le temps. Mais quand même, quoi. Sache que c'est vraiment quelque chose. Que le temps que je passe à la regarder, c'est toujours du temps qui compte.

« Tu pourras dessiner l'armoire de Léonora dans le livre 2 ? J'ai pas envie de la décrire. »

« Oh bah oui, bien sûr. »

Voilà. Ça c'est Aiden. Quand elle parle français, elle dit des choses comme « Oh bah oui ». C'est pas magnifique ? Et puis elle dessine les armoires pour que j'aie pas à les décrire. Ça aussi, c'est magnifique.

Je vais devoir te laisser, faut que j'aille aider Aiden, et puis après, on va aller se balader. Je voulais juste te prévenir pour le blog, et puis pour les romans, comme ça tu pourras guetter les sorties en librairie. Je ne sais pas si on prendra des noms de plume, mais si jamais tu vois un truc qui s'appelle *Les Chevaliers des Gringoles*, tu sauras que ça vient d'Aiden et moi, et qu'on a failli faire pipi de joie dans nos culottes en écrivant ces livres. Et si jamais c'est un roman sur ma vie, je ne sais pas encore comment ça s'appellera, mais je suis sûre que tu me reconnaîtras. Je serai la seule à te parler comme si tu étais une fille, à jamais décrire une seule armoire, et à me prendre les pieds dans le tapis des expressions françaises.

Voilà, je crois que je t'ai dit tous les trucs importants. Il ne me reste plus qu'à te remercier d'avoir passé tout ce temps avec moi. Et pour finir, je vais te quitter sur un petit moment de vie, comme je l'ai fait tant d'autres fois dans ce blog.

Hier, un peu avant midi, on marchait sur la plage, main dans la main. On a dépassé une petite fille qui faisait un château de sable. On lui a souri. Elle ne s'est pas inclinée comme la petite fille de Tokyo, et elle ne nous a pas souri non plus. Elle a juste pincé les lèvres, et puis elle a appelé sa mère pour lui demander sans aucune sorte de discrétion pourquoi Aiden et moi on venait de se faire un bisou sur la bouche.

La réponse de sa mère n'a pas dû lui convenir, parce qu'elle a couru jusqu'à nous. Elle nous a demandé si on était amies. Enfin, pour être exacte, vu le ton employé, je dirais plutôt qu'elle a *exigé* de savoir si on était amies. Aiden a dit qu'on était plus que ça. La petite fille a demandé ce que c'était, « plus ». Alors je lui ai dit la vérité.

Je lui ai dit plus, c'est la lune.

THANK YOU!

Un gigantesque merci à toutes celles et tous ceux qui m'ont aidé dans mes recherches pour écrire ce livre, vous qui êtes en Bretagne, à Paris, à Tokyo, dans les îles Yaeyama, en Suisse, dans l'Ohio, en Virginie, dans le Delaware, en Pennsylvanie, en Pologne et en Grèce ! Avec une pensée chaleureuse toute particulière pour les survivants et les survivantes des bombardements de Tokyo du 10 mars 1945 qui ont raconté leur histoire.

L'AUTEUR

Erwan Ji est né en 1986 à Quimper. Il a passé son permis de conduire quatre fois, mais c'était pas de sa faute. Son velouté de potimarron est tellement savoureux, c'est ahurissant. Il ne comprend pas la fonction des autocollants « Bébé à bord », ou les gens qui pensent que l'invention des raisins secs était une bonne idée. Quand il avait dix ans, il était fou amoureux de Whitney Houston, et en conséquence, il a vu *Bodyguard* plus de cinquante fois. Comme Puce, il a habité à la fois dans le Delaware et à Tokyo et il évite de marcher dans le noir de peur d'écraser un insecte. Et comme tout le monde, il pense que c'est mieux s'il ne parle pas de lui à la troisième personne.

Pour lui poser des questions ou en savoir plus sur ses prochains romans, vous pouvez le retrouver sur Facebook, Twitter ou Instagram, ou sur son site www.erwanji.com.

Retrouvez Puce dans

J'AI AVALÉ UN ARC-EN-CIEL

déjà paru

Je m'appelle Capucine,

mais on m'appelle Puce. J'ai dix-sept ans,
la peau mate et un accent de Montpellier.
Enfin, l'accent, c'est quand je parle français.
Je vis aux États-Unis depuis que j'ai trois ans.
Cette année, il m'est arrivé un truc phénoménal.
Retournement de vie, frisson géant, secousse cosmique…
Vous appelez ça comme vous voulez, mais la vérité…
c'est que j'ai avalé un arc-en-ciel.

ENVIE DE DÉCOUVRIR
DES EXTRAITS D'AUTRES ROMANS ?
ENVIE DE PARTAGER
VOS AVIS SUR VOS LECTURES PRÉFÉRÉES ?
ENVIE DE GAGNER DES ROMANS EN EXCLUSIVITÉ ?
REJOIGNEZ-NOUS SUR

www.lireenlive.com

ET SUIVEZ EN DIRECT L'ACTUALITÉ
DES ROMANS NATHAN

MIXTE
Papier issu de sources responsables
FSC® C022030

N° éditeur : 10236938 – Dépôt légal : février 2018.
Achevé d'imprimer sur Roto-Page en février 2018
par l'Imprimerie Floch à Mayenne.
N° d'impression : 92290.
Imprimé en France